在清醒与麻木之间

尚笑 著

作家出版社

图书在版编目（CIP）数据

在清醒与麻木之间 / 尚笑著 . — 北京：作家出版社，2015.9
ISBN 978-7-5063-8365-3

Ⅰ . ①在… Ⅱ . ①尚… Ⅲ . ①自传体小说—中国—当代 Ⅳ . ① I247.5

中国版本图书馆 CIP 数据核字（2015）第 240536 号

在清醒与麻木之间

作　　者：尚　笑
责任编辑：张　平
装帧设计：史小怡
出版发行：作家出版社
社　　址：北京农展馆南里 10 号　　　邮　　编：100125
电话传真：86-10-65930756（出版发行部）
　　　　　86-10-65004079（总编室）
　　　　　86-10-65015116（邮购部）
E-mail:zuojia@zuojia.net.cn
http://www.haozuojia.com（作家在线）
印　　刷：北京市玖仁伟业印刷有限公司
成品尺寸：160×230
字　　数：271 千
印　　张：22.5
版　　次：2016 年 1 月第 1 版
印　　次：2016 年 1 月第 1 次印刷
ISBN 978-7-5063-8365-3
定　　价：39.00 元

|目 录| Contents

|目 录| Contents

我终于抛掉了愧疚的重担，我的心在微笑。

——崔斯特·杜垩登

一　Limp　Bizkit——《My　Way》

　　二〇〇二年七月一个闷热的午后，波音客机轰鸣着降落在东京市郊外的成田机场，靠窗坐着的我被降落的颠簸所震醒。看看机窗窗外，飞机还在高速滑行，一路都在睡觉的我突然醒来，接着就是严重的头疼。

　　为了不使头脑涨裂，我弯下腰，双手捂脸，一动不动。很快，一位日籍空中小姐走来，用日语问了我一些什么，我没有听懂……只是头有点晕[1]。

　　离开了一起作为事业搞了六年的新裤子乐队，我算是彻底叛逃了北京摇滚圈子。至于为什么跑到日本来，那时的我也好现在的我也好，都没有办法一一解释清楚，还来不及找到合适的理由，我就已经作为为数不多的七零后，跟一大堆孩子们表情严肃地踏上了东京的土地——这个闷热的乱糟糟的超级城市。其实从到东京的第一分钟开始，这个城市就没有给我带来太多新鲜感，那感觉很奇怪，就像过了很多年，你终于回到故乡，既熟悉又陌生。当然，说是故乡有些夸张，那完全是我的想象，当时的我连怎么坐机场大巴都不知道。所以，我可能是日剧看多了。

　　在来东京之前，有一次在家里我真正意义上拥抱了我的母

Between sobriety and numbness

[1] 在此向一九九六年版林少华译《挪威的森林》致敬。

亲。她为我即将远去而感到伤心与彻底的无助。我告诉她这都没什么，我只是坐三个小时的飞机去一个岛国玩上一圈而已。但她仍然经常在我不知道的时候，或趁我不注意的时候自己偷偷抹眼睛，这都是后来我父亲告诉我的，虽然在北京机场送我的时候母亲表现得很坚强。

而事实上，从踏入东京成田国际空港到出口大厅的一刹那，我就忘了父亲和母亲，甚至忘了跟我一起来的二十多个同学。对我来说这是个新世界，我有点紧张。于是我拖着行李直接走进空港的公共卫生间，迅速找个格子钻进去并从里面插上了门。没有想上厕所的意思，我只是需要一个没人的地方安静安静，这是我好多年以来形成的习惯，遇到事情或是环境有所改变时先要静一下，大概想想接下来怎么办，而且尽量是一个私人性质的空间。在家里自然有自己的房间可以让我停下来思考或是发疯，在外面可以躲到出租车后排座位上。在公共场合的话，卫生间格子是最好的选择，比如走进某个商场或某个公司或成田机场。

我忘了当时那里面是一股什么气味，现在只记得很香，人造清新剂的味道。我也忘了当时卫生间里的BGM（背景音乐）放的是什么，只觉得是跟这香气很配的音乐。

坐在马桶上，听着不知道曲名的BGM我慢慢抽了根烟，算是稳定一下情绪。磨蹭了大约十分钟，我终于感觉自己的表情已经不再僵硬，才把烟头扔进马桶里并长出了口气。OK，开始留学吧我！我对自己说。虽然那时候还不知道日本的公共设施是不能抽烟的，甚至都有烟雾报警器，不过反正什么也没发生，抽了也就抽了。然后我起身拿行李，这时候马桶自动冲水了！自动冲水了！我吃惊地回头看了看自己身后一个安置在墙上的暗红色小方块，中间有个很小的红灯在不停地一闪一闪。我又坐回马桶上，等了十几秒再度起身

与
麻木
之
间

在
清醒

回头看暗红色的小方块，果然马桶又自动冲水了……

现在我才真正有了离家很远的感觉，实感上来了。那时候我在北京还没见过自动冲水的马桶，我果然是到了另外一个地方。

从厕所出来我开始重新审视这里，这才发现整个国际线出口外面其实挤满了人。我的同学们扎成一堆叽叽喳喳地乱叫着，边上是匆匆忙忙走过的白种人、黄种人、黑人，没人多看他们一眼。然后跟日剧里看到的一样，好多女孩子穿着学生服，传说中的休学旅行？不少人的行李车上放着巨大的滑水板。脑袋上顶着东西走路的印度人也看见了。这里还有不同国家来的各种旅游团，举旗子的日本导游都穿着黑制服，手里拿着钱和护照还有机票之类的东西。旅客们则无一例外显得很茫然，到处是迷途的老外。在我头顶上是巨大的飞机时刻表，用我那时候还不能完全看懂的文字写着航班号与时间等。机场广播都是日语先说一遍，然后是英语，但两个我都听不太懂。大大小小的商店与服务台遍布各个角落，每个柜台后面都是穿着同样制服的机场服务人员。她们不但有同样的制服，还有同样的笑脸。

我走回一堆同学当中，他们正吵着要推举一个人去买大巴票。跟出发的时候一样，没人送我们出来，同样到了这里也没人来接。倒是我们每人都有一张行程表，上边写着到成田空港后应该怎么办，坐什么车，发车时间，到哪里下，以及乱七八糟的注意事项。

我大概扫了一眼，整个队伍少了将近一半人，后来听同学说，有找地方抽烟的，有买东西的，有上厕所的，反正一下子就散了。剩下的这些人恐怕是心里没底不敢乱跑的，最大的原因是语言不好怕走丢了。看见我回来了，他们就七嘴八舌说着让我去买大巴票。其实我的日语也没那么好，不过他们可能觉得我算是不错的。好吧，我去买。

看了看行程表上的大巴站台号，我直接找了一个写着Information的柜台询问。坐在柜台后面的两个日本女孩很有礼貌地对我鞠躬，然后摆出各种手势，同时说了一大堆话，接着面带笑容等着我开口。我直接把行程表递上去用手指了指池袋王子饭店（确切站名），她们两个看看我又看看我的行李，接着又说了一堆话……最后两个人同时用手指着不远处的一个柜台，这时候我听懂了bus这个词，也没说谢谢就直接走向那里。到了她们所指的柜台后看到一个时刻表，从一堆时间和地名里，我马上发现了"池袋"两个字，但后面还跟着各种片假名。以我那时的日语水平，汉字和平假名还可以，片假名则一个都不认识……没关系，说英语应该能沟通，我想。于是我开始排队。在我前面排的基本上都是日本人，因为他们都说日语也都是黄种人。还有几个是欧美来的，男人挺着巨大的肚子，女人戴眼镜，像是夫妇，旁边两个男孩子都戴着棒球帽、穿T恤和短裤，其中一个手里拿着一张地图。

　　排到我的时候我又看了看时刻表，用日语说出"池袋"，然后说了英语Prince Hotel，加起来就是——池袋Prince Hotel。柜台后面的女孩和刚才Information那里的女孩一样，先是对我说了一堆话，然后是同样的笑脸。我估计她应该听懂了，于是我接着说要买多少张，女孩微笑着点点头开始出票。我居然蒙对了，她刚才的一堆话应该是问我一共买几张。

　　拿着票我走回一堆同学那里，发现人差不多齐了，有几个还向我炫耀着手里的可乐，说是从自动贩卖机买的，一百日元一个。把钱放进去按一下要买的东西，咣当一声就会从下面掉出来。我说你真厉害。其实那玩意儿几年前去香港演出的时候早就玩过了，不过确实那时候北京还没有普及自动贩卖机。

　　把票发到每个人手里，我开始带着一群人找大巴站。说实话，

我只想尽快摆脱这群乱糟糟的同学。这时候我听一个女同学说了一句话，这句话现在我都记得。她说：你们都别嚷嚷了！在日本不能大声说话！……说完之后大家的确静了一下，两秒左右？但我们几个北京孩子紧跟着回了一句，傻×吧你。结果所有人都跟着大笑起来。看来以后跟这个女同学做朋友是不太可能了，不过没关系，反正她长得也不怎么样。

一行人找到大巴站，几号我忘了，只记得当时就是热，北方人受不了的那种潮湿加闷热，没干什么身上就是一层水，整个黏了吧唧的，空气吸起来像是成团的固体。好在没等多久巨大的空港大巴就缓缓进站了。去池袋的没几个人，除了我们这些留学生在车站排成长长一队。机场大巴站的工作人员看了我们的人数，直接把我们的行李都聚在一起，也没用我们排队就全部收进了大巴宽大的行李箱，接着用日语示意我们快点上车，不要影响后面的旅客。看我们人多势众，排在我们前面的人也都躲到一边去了。

互相推搡着上了车，我找到一个靠窗的座位坐下，望向车厢最前面，我看见司机上方有一块电子显示牌，绿色的字显示成田国际空港。这算是放心了，就算听不懂报站名的广播，每到一站看这个显示牌就应该可以了。

等了十几分钟空港大巴开始移动起来。我和身边坐着的忘了是谁的同学随便聊了几句，就草草结束了谈话，接着拿出随身听，戴上耳机按下播放键，周围的叽叽喳喳瞬间被Limp Bizkit轰鸣的吉他和沉重的鼓声所淹没，我又能暂时享受一个人的世界了。耳机里Fred Durst神经质地唱着《My Way》，这才是应该有的声音。

听着音乐，我看着车窗外迅速向后退去的景色，不知道为什么丝毫也开心不起来。就像一开始我说的，这一切看起来丝毫没有新鲜感，除了自动冲水的马桶算个小惊喜以外。本来应该是一个完

全陌生的地方，可是有些什么东西就是让我感觉很熟悉，让我觉得不像是刚刚到来，更像是刚刚回来。

坐了一会儿我从兜里翻出记事本，那上面记满了到东京后要办的事情，要买的东西，还有一些常用的日语生活会话。随便翻了翻我觉得这些实在是可有可无，不是说计划赶不上变化吗，真到了才会知道，就算你有再多的准备，在这个陌生的地方一个陌生人跟你说上一句陌生的语言，所有的自信瞬间就会崩塌。

翻过这几页，记事本后面是一大串电话号码，家里人的电话，国内朋友的电话，有的还标注了住址。现在看这些东西突然觉得很陌生，我觉得这里面有些人我这辈子也不会再联系了，而事实上也的确如此。接着我把记事本翻到最后，这里有新写上的电话，纯子的电话。她在日本的手机号码和在大阪的住址。我看了一遍又一遍，直到完全把电话记在脑子里。我知道我第一个要联系的人是谁了，确定了这件事之后我才开始觉得有些安心感。接着我把记事本重新收好，换了个舒服的姿势靠在车窗上，又看了一会儿外面的景色。离我很远的天空中仿佛能看到一个巨大的金色齿轮在慢慢旋转，忽隐忽现，我不确定是否真的看见了，也许是大巴车窗映射出的某种倒影也说不定。之后我就闭起眼睛，不再关心了。

Fred Durst怪异的唱腔还在继续：

I'm a do things my way!

It's my way！

My way or the highway!

与
麻木
之间
在
清醒

二 A君的色情漫画与成人杂志

一路上我除了听音乐还是听音乐，跟边上的人没什么话说，毕竟连是谁都想不起来了。现在能记起来的只有大巴开上首都高速的那段风景。也算不上是风景，不过是一排排办公楼和居民楼的罗列而已。那天应该是个晴天，阳光很足，我记得那些大大小小高高低低的楼群，在强烈的太阳光的照射下看起来很晃眼，甚至有些还泛着锐利的白光。并且每栋楼的最上面都无一例外挂着巨幅广告牌，内容从日本清酒到进口汽车各不相同。竞选用的宣传广告也能看见，某中年与青年政治家或微笑或愤怒或一本正经或自信满满的大脸从很远的地方就可以看到，大脸旁边都写着竞选标语，那时的我一句也看不懂。这里的各种政党随便谁都可以出来捞一把，反正都是骗子，表情看上去都很假。

这一路上我能记住的就这么多，除了楼还是楼。也许是因为首都高速基本上都以高架为主，对于地面上的树当时没怎么注意，因为从高架上看不见。后来才知道，东京这地方的绿化程度比北京好很多，地面上基本看不见土。其实当大巴从高架下来开上一般道路以后，我们是有机会看看街景的，不过当时看到了什么我现在已经不记得了。

进入市区后，大巴的速度开始慢下来，停停走走，虽然算不上

堵车但也不是跑得很畅通。之后在我们谁都没有预料的情况下，大巴突然在一栋当时觉得很高很大的、有着暗红色外墙的建筑前面靠边停下了。到了？谁也不知道。停稳后，司机沉默着打开车门，车下面走上来不知是两个人还是三个人。他们站在车厢最前面互相说着日语，我坐在后面听不清楚，直到看见最前面的同学开始站起来下车，我才觉得可能是到池袋了。

一堆人乱哄哄地下车后，大多数人都在伸懒腰，该照相的又开始啪啪啪地拼命拍起来。我心想，从此就要在这鬼地方不知道待上多久，有什么可拍的。等所有人的行李都从车上卸下来，司机关上大巴门，就把车发动起来慢慢开出去了。没有我想象中日本人的各种喧哗各种客气鞠躬。原来在这里开大公共汽车的也就是这样，一般人而已。

大巴开走后，那两个人或者三个人开始对着我们说话——用中文。原来是语言学校老师来车站接我们。是不是有人在机场给学校打过电话了？反正不管怎么说终于顺利到达，并且也终于有人能来管管这帮人了。

老师们在短暂的自我介绍后就开始给我们分配住的地方。我一心想着要和北京的几个哥们儿住在一起，结果他们被分到了学校的公共宿舍，日本叫寮。我和一个……比我小几岁来着……反正是一个小子，我们被分到了一起。其他很多都是好几个人一起住的，怎么就我们两个？而且听说在学校分配的地方要住满三个月才能有资格自己租房子，不知道这个规定有什么必要，反正有地方落脚就好。后来才知道，学校校长也经营房地产，原来我们被强行要求入住的房子基本上都是他名下的，而且房租不便宜。现在想起来，我们一下飞机就先让自己人黑了一把，干得漂亮。

被分配之后，一个日本老头儿负责把我和同屋带到住处去，这

个家伙会说中文，而且说得不错。路上的情况忘了，坐的是地铁还是电车也记不清了。现在能回忆起来的，就是下车以后我发现自己正站在一座高架桥上……这车是怎么开上来的？

出了车站是商店街，几个超市和便利店围在车站周围，中间空出来的地方是出租车和大巴停车场。身边则插满了各种彩旗和超市宣传画，大都顶着太阳看起来没什么生气，一动不动向下垂着。我也一样。

这地方叫成增，隶属东京都板桥区，我们出来的地方是成增站，面前的商店街是成增商店街。不是什么有名的地方，但也算不上乡下，貌似离市区不远，我没办法用北京的地理位置来形容。反正，这是我在日本的第一个家。

跟着会讲中文的日本老头儿，我们出了成增商店街一直走了几分钟，然后右转走下一个大坡，进入住宅区。街两边我记得有间小酒吧，有个肉铺，有个药店，有个理发馆，还有一个专卖二手书、CD、DVD等在日本很有名的大型连锁店——Bookoff成增店。住宅区里很安静，没看见什么人，两边是成排的盖成两层或三层的居民房，简单来说就是像《机器猫》里那种随处可见的民房，很干净，很整齐，日本叫一户建。

后来一路上没再拐弯，我心里想着还好，至少从车站到这里不会迷路。继续走着走着，老头儿却突然拐进一条很小的路，比北京一般的胡同还要窄。我刚要努力记住这路口是什么样，结果马上他就停了下来，在一栋……二层的灰色建筑前停了下来。接着他笑眯眯地对我们说，到了。

话说这种建筑我还真是第一次见到，就算是楼吧……但全部只有四户。一楼左手右手各一户，二楼同样。看起来很小但很结实。解释一下为什么说结实。日本的建筑是根据材料来分的，大概分起来是木制建筑和钢筋混凝土建筑。木制建筑一般都很老，房间都是和式，也就是传统日本式的，地板上铺榻榻米。钢筋混凝土型的一般来说比较新也比较好看，里面是木地板，算是洋式，跟我们北京的差不多。

我眼前的这个就是洋式。灰色的楼看起来不大但是很精致。精致是说，从外面看，无论是正面还是侧面，目测感觉整栋楼都真的算不上大，那也就是说里面也不会大……

简单介绍了几句，老头儿打开一楼右手边的门，让我们进去。门口的地方比室内略低，叫玄关，是脱鞋的地方。这时候老头儿自己已经脱鞋进去了，于是我们也搬着行李在门口七扭八歪地好不容易脱了鞋进到里面。

果然很小，但室内竟然还有二层……进到屋里，三个人加上行李箱就已经剩不下什么地方了。有一台很小的电视机，一个冰箱，一张很简陋的由四根金属棍、一个金属框和一块板子组成的单人床。仅此而已，至少还有电灯。往里面走是厨房，厨房边上有一道门，打开后发现是带浴缸的洗澡间加厕所。大小也就够一个人站。从地板到天花板都是防水材料的，踩在上面嘎吱嘎吱响。

简单说明了煤气、电的使用方法，还有水的使用方法后，老头儿问我们还有没有问题，我和刚认识的同屋四目相对互相看了一会儿，没得出什么像样的结论，就表示没事了。于是老头儿笑眯眯地在玄关穿上鞋，准备离开，临走时又交代了什么时候到学校报到，还塞给我们一份地图，另附一份说明，是教我们怎么坐车的。

送走老头儿，我和同屋开始琢磨如何规划这个屋子。我真忘了他叫什么，提醒一下也许我还能想起来，暂时称为A君吧。不过无所谓，这家伙一共也没和我住几天，后来就消失了。分配如何睡觉

的时候，由于我个头比较大，最后决定我睡一层，A君上二层。说是二层，其实也就是一个有下面一半大小的平台。房间入口处有小梯子，顺着梯子可以爬到上面去。在上面是只能坐着的，高度不够站起来，连蹲着的高度都没有。

决定以后我帮A君把大行李放到上面，就开始各自收拾起东西来。由于那床真的很小，我直接就给拆了，好在所有的部分都能分解开。金属棍子和框子放进收纳柜，也就是壁橱，剩下一块板子放到地上，然后铺褥子摆枕头，看起来还凑合像张床。之后我打开行李，把所有的衣服和乱七八糟的物件也全都塞进收纳柜，剩下的就是几十本书和乱糟糟摊在地上的CD了。我没什么主意，纠结了很久，才最终承认真的已经没地方摆了，便只好沿着墙码在床边了。

等我们都各自收拾完，二人分别洗了澡吃了饭（我依稀记得第一顿饭是国内带来的方便面……），这会儿我们已经没力气再去找饭馆了（也许我记错了）。好像还看了会儿电视，不过听不懂。后来A君说要到外面转转，我说你自己去吧我要歇会儿，他就一个人出去了。下午剩下的时间里我睡了个觉，起来后又抽了一堆烟，A君回来后我才打起精神，因为他拿回来厚厚一叠书，用塑料绳子绑得很整齐，最上面的书有水印，看来是被水淋过了。我问他这都什么玩意儿，哪儿来的啊？他很得意地说，这都是在家门口垃圾站捡的，有好多，这只是其中一部分。原来在日本扔书是这样的，貌似日本老头儿在解释扔垃圾的时候说过，星期几扔什么垃圾在日本各地区是有不同规定的，不同的垃圾有不同的日子和扔法。看来今天是扔书的日子。

不管垃圾怎么扔吧，A君进来后蹲在我的床边开始嘿嘿嘿不停地笑，说让我仔细看看，要是喜欢再弄些回来，反正没事干就可以看书打发时间，说得好像是发现了什么宝贝。我记得最上面那本被淋湿了的是某种杂志，光看封面也不知道是什么东西，于是点起烟，代替剪子把塑料绳全部烫断了。都散开以后，第一本已经湿了的直接扔到一边，剩下的则噼里啪啦倒成一堆摊在地上。

除了色情漫画就是成人杂志……

真正的色情漫画和成人杂志！！成堆的色情漫画和成人杂志！！传说中的日本的色情漫画和成人杂志！！而且除了这些，家门口的垃圾站好像还有更多！！这是今天最为惊天动地的一件事了。我记得后来我和A君就一直窝在家里看这些杂志，这是我们到这里来留学后做的第一件真正有意义的事。

其他事情已经完全记不得了。

与 在
麻
木 清醒
之
间

三　入学手续

七年后回到北京，现在是二〇一〇年十月十六号，回国已经一年多了，却依然懵懵懂懂没什么实感。不清楚以后要干什么，甚至有时还会将现在的生活和过去混搅在一起。过于深刻的记忆与摆在面前的现实互相碰撞，有时候的确会迷失。不在于什么有意义什么没意义，那些都不是重点，只是我无论怎么紧紧攥起拳头，手心儿里永远都只有碰不到的空气，没有实感。我说不好在过去的日子里自己失去了什么，但的确是失去了……钱？我也不清楚现在我想要什么，想要的很多，却一个例子也举不出来……还是钱？我只能继续使劲攥着拳头，里外都是空气，依然没有实感，但我知道我不能松开手，一旦松开，过去和现在都将失去。

今天参加了一个朋友做的活动，糖蒜广播主办的经典老歌复古演出。演出本身无瑕疵，玩得挺高兴。不少老朋友都来了，有些我还认得出，并且他们也还认得我。聊了很多过去的事情，十几年前的事情，帮我回忆起很多人和很多事，这都没问题。有问题的是有些人我已经记不清了，我忘了他们的名字，忘了他们是谁，只记得脸。这些脸像孤立出来的标点符号一样在我眼前晃来晃去。标点符号本身没意义，一个圈，一个点，一条横线而已。这些脸看起来也只是脸，我熟悉的脸，却失去了作为载体的"文章"本身。

……？……！……？！

没有实感。

如果这种事情只发生在我对面的某一个人身上，也许我可以忽略。可我忘掉的不是一个人，而是一群人。我和这群人本来生活在一个世界，结果我毅然决然地跳进了另一个世界，等我再回到这里，缺失的那部分只能靠听朋友口述来填补了。但那毕竟不是我经历过的，能填补进来的，只有被描述的一个一个独立"事件"，那些看似不太重要的中间部分是没办法被描述的。比如我和出租车司机说我要从望京到西直门，有了望京和西直门这两个具体的点就可以了。但如果中途出了事故我要半路下车，那我势必迷失在这个"中间部分"里。现实中，我可以依靠与别人问路再现这个"中间部分"，而最终到达终点。但在记忆里没有人可以询问。毕竟我不是作为一个植物人白白睡了八年，某一天突然睁眼醒来，被告知我必须也只能心甘情愿地接受这个"新世界"。事实是我睁眼醒来的时候，还带着对另一个世界的满满的记忆，但却被告知在这里这些记忆已经变得毫无价值，这些记忆没办法拿来填补我所缺失的。没有实感……而且这感觉很不舒服。

我还没有把握好现在，我的过去却已经开始渐渐变得混乱和淡薄了，也许回忆起一些事情能帮助我更好地把握现实。至少能作为一些参考。知道我到底失去什么了，是不是就能更好地判断我到底想要什么了？说不好，我不敢保证，我只能尽量回忆。自己凭空制造一个过去与现在相重叠的"中间部分"出来，让我能更顺利地得以重返这个"世界"。如果没有这个连接点，过去的七年就只能任其自行消失，渐渐变成一片空白。那些时间里我所获得的经验、感动、教训等等，如果不能与这个"世界"发生关系，那我势必会失去重返这个"世界"的信心与根据。

当然，如果我只想简简单单活下去，也就没有必要牺牲看动画的宝贵时间绞尽脑汁地折腾出这些文字来。我拥有的东西不少，相比一小部分人来说甚至算多的，可谁让我就是不甘心呢……我得继续回忆下去。

就从开学第一天开始。

早上起来，我和A君各自收拾好自己和书包，又小心翼翼地检查了一遍水电、煤气、窗户等有用的没用的，才拿着日本老头儿给我们的地址和地图去车站。开学第一天，我还有点紧张和兴奋。为了不迟到，我们比预想的时间提早出发，也许是早上七点多。由于从住的地方到车站是笔直的一条路，这会儿看地图没什么意义。互相随便瞎聊着，我们第一次在早上所谓的出勤时间走上住宅区大街。路上不时会走过几个安静的小学生，穿着制服短裤和小T恤，背着黑色大书包，跟小丸子一点儿也不像。初中生或是高中生则大多骑自行车，深色校服，这里请脑补一下樱木花道和流川枫。男人们清一色的西服加公文包，女人们大都有很精致的化妆，并穿着十分得体的裙子。我记得那天东京的天很蓝，但是阳光很刺眼。

进站坐上电车后，我不记得跟A君有过什么像样的对话。上班高峰时间，早上的通勤电车很挤，互相不方便说话，我们一路沉默着。他不时会轻轻碰碰我，给我使个眼色，然后指指某个漂亮妞，我们就互相对着不出声地笑。坐车的时间不长，路程一共差不多二十分钟。等我们到了池袋走下电车，眼前则是真正的人山人海。

池袋本来就是大站，算是东京的繁华地段之一，各路电车都在这里交会，从这里几乎可以坐上到东京任何地方的电车或地铁。而且周边坐落着数条大型商业街，也是银行聚集地，还有号称是东京第二个唐人街的池袋北口，充斥着无数中国物产店。于是无可厚非的，在这里下车或是换车的人数规模，我觉得几乎可以和北京站相提并论。当然，这时候的我还没见识过新宿的厉害……

出了车站我拿出地图，对于那时的我来说，池袋站大得简直跟地下迷宫一样，大概扫了一眼地图，各种出口加起来已经多于十个了，并且有些出口通的不是地面，而是规模巨大的商场。好不容易拿票出了站口，我和A君都是一脸的茫然。无数高速行走的人穿梭在我们身边，头顶上是密密麻麻的指示牌。成排的自动售票机每一排都有五台以上，而每一台前面都无一例外排着长队。每隔不远就会有一个卖报纸、电池、口香糖等等的小卖店，或者咖啡厅，或者供应早点的面馆。在咖啡厅里坐着的几乎都是公司职员样子的穿西服的中年人，一脸的优越感，他们透过大玻璃窗看着外面忙忙碌碌的其他人，一边喝着咖啡看着报纸，一边神情恍惚地抽烟。女人们慢条斯理地吃着形状各异的面包和三明治。面馆里的人都是站着吃面，这倒是第一次见到，在北京无论怎么省时间也不用到这种程度吧，可在东京就是这样。后来我也经常光顾这种速食面馆，出面的速度一般不超过五分钟，站着吃，吃完把餐具放到餐具回收口走人。从进去到出来，一顿饭的过程最多十五分钟，这就是东京人的生活节奏。

虽然这个庞大的地下车站看起来兵荒马乱，但习惯后才发现还是挺有秩序的。迷茫了一会儿，我们发现只要顺着人流往你要去的地方走，基本不会碰到碍事的。每个人都以同样的速度挂着同样的表情默默赶往自己要去的地方，很少见人张嘴说话。能听见的无非车站广播，以及无数只脚同时踏向地面发出的巨大嘈杂的声音。

小心注意着指示牌，我和A君成功找到了地图上标示的正确出口，然后走上一段台阶来到地面。我记得这个出口边上应该是一间咖啡店和花店，过了咖啡店是一家名叫松屋的专卖牛肉饭和咖喱饭

与 麻木 之间 在 清醒

的快餐店，继续往前则是几间银行，一间三井住友，一间三菱。后来我在三井住友办了我在日本的第一张信用卡，在三菱办了第一张储蓄卡。过了银行以后，街上的人开始明显变少，渐渐脱离繁华区。路过一间加油站再过一条很大的马路，路上的行人就几乎只有同样赶往学校的学生了。从衣服和说话就能知道，他们就是我以后的同学，虽然这会儿还都互不相识。头顶上悬着高架公路，我们沿着高架桥一直继续向前，边上走过的人几乎都说中国话。接着走了不远，我注意到右手边的一栋深灰色的建筑前面聚集着很多岁数不大的年轻人，我想，这里就应该是语言学校了吧。现场局面一片混乱。学校旁边一间小饭馆的人有时会提着脏水桶从他们身边路过，也许是正在做开店准备，而他总是很警惕地看着这帮人。

跟几个相识的哥们儿打过招呼，我们开始挤在一起抽烟，互相说着住的地方怎么样，看见谁了，到哪儿玩去了等等不疼不痒的短暂的东京趣闻。有几个还真是胆大，说是已经把东京有名的地方都转了一圈，新宿、涩谷、原宿、上野、代代木公园之类能数得上的知名的地方他们都去了，听得我真有些兴奋。我是一直窝在家里来着，最多不过发现了几个家附近的公园而已。于是我很想直接无视开学，这就找个地方转上一圈再说，可惜没人响应。还有的连手机都买好了，说是不用花钱，填几张表去领就可以，零元。当时的我对此表示怀疑……不过后来我的第一款手机也是零元……

抽完烟，看到时间差不多了，我们挤进学校窄小的校门，其实也就是这栋建筑的楼门。过道里有信箱和学校提示板。我记得那时候上面贴满了新生教室分配和入学流程什么的，但是根本没人看，所有人都拥向一楼的办公室兼接待处，在那里叽叽喳喳继续乱成一团。等自己也终于成功挤进去，我一眼看见了把我和A君带到住处的日本老头儿，原来他是负责后勤的。他这会儿正同时面对着好几个学生同时回答着好几个问题，强装的笑脸上已经挂满了汗水。我自然也有一堆问题想要问，结果没挤过去，最终放弃了找这个待人很客气的老头儿询问的念头。

正不知该如何是好的时候，我突然瞭见接待处桌子后面有个穿格子衫的年轻办事员。头发有点自然卷，稍胖，个子很高，长得不算讨厌，他手里拿着一叠表格，一脸憨厚地看着我笑。我也点头对他笑笑，顺势挤过旁边的人到他这里。正想着是应该用日语做自我介绍呢还是应该用中文做自我介绍……我还没决定好，"格子衫"先用很标准的中文跟我说，你好。接着直接问我，你是尚笑吧？

诶！？哥们儿我认识你吗？

四　一个人

　　先介绍一下，那个叫我名字的"格子衫"姓神田，后面的名字忘了，中文很流利，他是语言学校里一名没什么权力的小事务员。每天写写文案复印点资料什么的，处理些杂事。他的梦想是挣工资买一辆BMW（宝马）跑车，然后把工作辞了，带着妞子出去兜风，至于未来怎么样，爱谁谁。妞子除了东南亚和黑人以外，哪儿的都行，因为他不喜欢女孩乳头是黑色的。这都是他亲口对我说的，后来他也做到了。在我考上大学离开语言学校之前，他先买了BMW，并顺利找到了乳头不可能是黑色的纯日本妞，然后真的辞职走了，再也没见过。

　　梦想无论大小，能实现，他就赢了。

　　我认识神田其实是二○○○年左右的事情，那时候我还在做新裤子乐队，稍有些成绩，日子过得不错，还有个日本女孩天天跟着一起玩。认识神田也多亏了这个日本女孩。那时候在五道口聚集了不少日本留学生，同时有一家名叫蓝鸟（好像是这名字）的酒吧，貌似老板是个日本人。所以，自然蓝鸟酒吧就成了日本留学生相聚的地方。还有个日本留学生会，总部好像就在那里。蓝鸟酒吧定期会举办一些联谊会之类的活动，欢迎新生啊欢送老生啊什么的，有时候就有留学生组成的临时乐队在那儿表演，没什么正经的，高兴高兴就完了。但有一支乐队在那个小圈子里渐渐演出了名，歌好像都是自己写的，技术也还可以，名字叫"摇摇晃晃五道口乐队"。后来经过跟我一起玩的日本女孩介绍，新裤子乐队作为嘉宾也去演了一次。日本学生们听了中国朋克都很高兴，觉得特别不错，完了就各种神聊，折腾到很晚才走。那时候这个神田，日本留学生神田，就是这个"摇摇晃晃五道口乐队"的贝斯。

介绍完毕。

时隔几年来到日本，没想到他还能认出我。神田叫我名字的时候我怎么回答的？我只记得现场挤满了留学生，神田用中文大声问我是不是尚笑。我勉强回答我就是尚笑，你是……他说你还记得当年跟新裤子一起在蓝鸟演出的"摇摇晃晃五道口乐队"吗？我说记得啊，接着他笑眯眯地说，我是那个乐队的贝斯。接着就把一堆资料交到我手里，说你直接去教室吧，中午再聊。我好歹答应下来，就赶紧从乱哄哄的人群中跑掉了。

到哪儿都是有熟人好办事，国际通用。

进教室后的事情记得不太清楚，除了人多还是人多，新生老生一大堆，没人上课。老生女孩互相说着哪儿的化妆品在打折，新生女孩就嚷嚷着快带我去快带我去。老生小伙子都是问最近干吗呢，在哪儿打工呢，没工作我给你介绍，新生的我们就说以后跟你混了！烟呢烟呢。总之，没人上课。

没什么意义的事情就不写了，开学第一天倒是做了笔试和口试测验用来分班。口试老师说我可以直接去高级班，笔试老师让我从头学起。不过最终，我还是被无情地踢到了初级班。但因为初级班课程很简单，我凭借一口自认为流利的初级日语，成为在班里被说成"你不用学了直接大学吧"的假冒优等生。说实话，那些日子还是比较顺心如意的。上课完全不听也能考个还算理想的成绩，而成

在 与
清醒 麻木
之间

绩有了保障，自然上课时聊得开心，睡得也香甜。基本上每天就是上课聊会儿睡一觉，下课吃口饭就随便散步。身边没有妞子，也不用工作，兜里还有钱，这样的生活持续了差不多半年。

这半年里我要做的，就是要适应在日本的生活，了解日本的法律，了解日本人的生活习惯生活态度，并尽快融入日本社会中。这是出国前父亲说的，我一直记得。除了学费，我还有差不多一年的生活费，就用这笔钱，我开始有意识地让自己无论从外到内，都尽可能变得像一个日本年轻人。他们懂的我必须要懂，最好还能再懂点他们不懂的。他们常去的地方我也要去。他们玩的什么我则默默记在心里留着以后用。同时和身边的中国哥们儿保持好关系，他们之中大多数都比我先来了几个月，有在这儿生活的经验，我不得不请他们帮忙并向他们学习。

记得小时候在某本书里看到过这样一句话——如果你不具备这个时代的时代精神，那你必将经历这个时代所有的痛苦。叔本华大概是这个意思，而这句话到现在我也记得，在当时更是深信不疑。

这个时代的日本，有不用花钱只交电话费就可以用的免费手机，有HMV——世界上最大的唱片连锁，有在第一时间就可以买到的新款DC鞋，有不输给欧美的高水准演唱会和户外音乐节，还有估计是世界上最五花八门的AV产品可以随便弄回家，甚至买一本过期风俗杂志里面就免费送色情DVD。我不知道对于当时二十四岁的我来说还缺什么，我要做的就是跟别人聊聊天，然后走出家门而已。新宿涩谷原宿下北泽横滨中华街，对我来说那就是整个世界。

每天下课必去一次唱片店看看有什么新货可以买，然后就是听着音乐坐电车到每一个我觉得能够吸引我的地方。有时候早上太阳还没出来就随便买张车票，跳上出城的首班电车，在电车里听着Linkin Park看日出，然后再坐回家倒头睡觉。有机会就和日本人

说话，没机会就找警察问路聊天，我不在乎他们告诉我的是不是正确或能不能听懂，我只想跟他们说话。并且在我有女朋友之前，足够多的色情DVD和不打马赛克的H漫画完全可以用来散发自己的性欲，同时还能加强日语学习。晚上回家要做的事情就是看电视。日本电视机里有据说是世界上最棒的娱乐节目，没有任何意义，基本上都是垃圾，唯一的目的就是娱乐大众，为了娱乐而娱乐，听不懂也能看出个大概意思。

一直看到深夜，所有动画片电影电视剧的播出时间都一一记下，到时间就换台，继续娱乐自己。还要注意尽量不看到太晚，因为第二天下课以后还有没去过的地方等着我去，不过就算看得晚了也可以上课睡一觉然后继续。约朋友吃饭也只是偶尔，大家住得很分散，见面的机会不多，并且他们都忙着各自的生活，很少有人能陪我在唱片店和咖啡厅消磨时间。书店也是不二的选择。语言不是问题，在日本书店里我看到的，不是所谓千年永流传的经典名著摆成一面无人问津的书墙，也没有什么名人自传和警示格言选集。从漫画到最新的小说可以用铺天盖地来形容。把话说大一点，这是真正的出版的自由能带给喜欢阅读的人最大的恩惠，说小一点，我可以自由地满足自己真正沉浸在"知识的海洋"里的快乐。而重点中的重点在于，读物，还是要看纸制品。

就这样，几个月的时间随随便便被我白白消耗，其间值得记录的事情几乎没有。上课，漫无目的地散步，听音乐，一个人去电影院，请朋友来家里聚会，一个人看电视读书，偶尔和同屋一起玩PS2，玩《最终幻想》，玩《生化危机》。还定下了要把能看见的自动贩卖机里所有没喝过的饮料都喝一遍的计划，可最终没有实现。抽烟倒是好解决，除了软包装的万宝路和好彩，对别的烟几乎没兴趣，中南海在日本很受欢迎这一点倒是有些意外。

与 在 清醒
麻木 之间

在一个陌生的地方毫无顾虑地消耗生命，总是过了以后才觉得时间这东西实在过得太快，转眼从七月进入十月，我一无所获。

　　插一个小段子：

　　这是在即将出发去日本之前，应该是冬天或是秋天的事。有一次和一起办理出国的中介公司的同学们约好吃饭，那天下着雨，很冷。我记得是在东四十条附近吃的涮羊肉还是什么。吃饭本身没有值得一说的。我们吃完饭从饭馆出来，商量着打车回家还是换个地方玩会儿再走。我问一起来的另外几个人，如果这是在日本，没有亲戚，没有朋友，下着雨，一个人站在东京街头会是什么感觉？我知道在这帮人当中，没人有过独自去陌生城市的经验，我也没有。其实这是一句玩笑话，结果当时的气氛马上变得很……纠结。女孩们独自笑而不语，我们几个男的后来都不知道说什么了。我知道大家都害怕。至于害怕什么，那时候想象不出来。

　　继续在日本的话题。随着新鲜感逐渐消失，剩下的就唯有无聊和漫无边际的寂寞。有几次闲得没事，我也去应征过一些工作。当时和家附近一个便利店的老板混得挺熟，因为我几乎每天光顾一次，买零食，买烟，买完全无用的各种败家小玩意儿。于是，当有一天我看见店门口贴着招聘启事的时候，我没写履历书穿着拖鞋就晃进店里，问问能不能有个卖东西的工作。店员也很熟，马上就热情地去帮我叫老板。老板出来后我们简单聊了聊，结果他说我的日语不够好，没有答应。OK，反正是为了打发时间，没有挫折感。后来也去过路口的Bookoff，那个经营二手CD和书籍的连锁店，结果就是没有结果，一个星期之后没有电话打来，便宣告成为过去。两次失败，已经证明了我日语还是不够好，找工作的方法貌似也不正确，于是我又回到松散的日常生活中。

　　不同的是从那时候开始，我放学几乎直接回家，不再留恋外面，散步则改到晚上。吃完晚饭，我会戴上耳机听着音乐沿河边慢慢走，听Eminem，听Air，或是到附近的小公园里玩秋千看路人。因为A君几乎每天都在家对着电视机拼命打游戏，我没办法安静地看书或是看喜欢的电影。

一个人散步多了，对周围的环境越来越熟悉，也就越走越远。住的地方原来是很大一片住宅区，这是我通过每天散步才知道的。大住宅区里总是零星有一些小公园。在日本，公园的概念不是北京的地坛、天坛那种，它们都是很小的一块，有个沙坑，有个秋千，旁边种满树，还有漂亮的石头椅子，大概是给遛狗的人和小孩子们准备的。知道了大概三处这样的公园，晚饭后我便随机选择其中一处，独自坐在秋千上听音乐、抽烟。忽略掉每天都会被蚊子咬，这种生活还算不错。只是坚持了一段时间后，我开始觉得每天这样还是有些凄凉，还是想时不时能跟一个什么人说说话。人不要多，有我，再加一个，就够了。既不会觉得吵闹，话题太多应接不暇，又能顺利排解自己的寂寞，如果对方是女孩的话就更好了。

后来大学期间，有个朋友曾经很认真地跟我说过一句话，说的时候他表情很严肃，我没敢笑。他说：我想找个女孩，和她认真地坐下来谈谈人生。

我想，那时候每天坐在公园秋千上一个人听音乐的我当时也是这个心情吧。没什么可谈的，但有些话必须要说出口，就算你说的不是人话也好，学狗叫哼哼两下也行，重要的是另一个人一定会听。就算是学狗叫，对方也会说：学得还挺像哦！这就足矣了。

终归，我们害怕的是寂寞。

后来的某天晚上，我一边荡着秋千，一边给纯子打了来日本后的第一个电话。

与麻木之间在清醒

五　纯子

"尚笑？在日本用日本的电话跟你说话真想不到啊！"纯子说。

"我也是，你还在大阪？"我说。纯子说的中文，我假装淡定地说日文。

现在能记起来的当时的对话就这么多，过于遥远了。那时候纯子在大阪，我在东京，她大学还没有毕业，是因为到中国留学才休了大学课程，现在正努力着要早日从学校出来找工作。虽然她不找工作也完全可以像个真正的公主（没有夸张）那样生活下去，但纯子是个要强的女孩，她不想也不会依靠家里的力量。

既然纯子不在东京，我也只能和她靠电话或短信偶尔保持联系。还好日本的十月还有些微热，晚上散步依旧能穿短袖和拖鞋，毕竟这样才舒服。每次出来散步我照旧听音乐，抽烟，看看行人。随意沿着河边慢慢走，路过某个公园，看见石头椅子或秋千就坐下来休息，发呆，不时掏出手机检查在我听音乐时是不是有人给我发过短信。一般情况下短信很少，有时同学会发来无聊的短信，说什么快看电视某某台什么的，此种短信一概忽略。如果散步时间太长了，同屋有时也会发来一个，问问我在哪儿，什么时候回来，他要睡了，我可以回去看书了等等，同样忽略。而

纯子的短信则几乎没有。另外，我不主动给那边打电话过去，那边也不会主动打来，估计她很忙。

大学时代的纯子除了要读书、打工之外，还身兼某个大学剧团的演员和临时编剧。她很爱戏剧，在北京留学的时候就曾偷偷瞒着父母报考了中央戏剧学院导演系，还经常会问我一些中国作家的某某作品之类的问题。每次我都告诉她，中国作家的书我几乎不看，问了我也不知道，但她还是问。回到日本以后她还是继续在剧团里，不管多忙也不会耽误剧团的事情。打工结束得晚了就削减睡眠时间，或者干脆不睡，把时间都用在背台词、琢磨提高演技、制作要用的道具，等等。这些都是打过几次电话以后我慢慢了解的。既然这样，我也不好意思每天都去打扰。全世界就我最悠闲。

说起来，除了到河边公园散步之外，后来我又发现了一个夜间的好去处，就是坐在家前面的便利店台阶上，边听音乐边喝啤酒打发时间，有时候一坐就是几个小时。店员晚上出来倒垃圾总能看见我，熟了就和我点头打招呼，我也点头打招呼，但没说过话。而且几乎每次他都会微笑着扫走我扔了一地的烟头，我也只是适当地表示一下不好意思，他走了以后，我继续抽。

十月的前一半就这么不疼不痒地过去了，到了月中，我住的商店街迎来了成增祭。

所谓祭，类似于中国的庙会，这也是我第一次亲身经历日本的祭。头几日就发现商店街的店铺开始挂起大大小小的旗子和灯笼，上面写着"第×次成增商店街祭"，负责这次活动的委员会，类似北京胡同里的街道办事处吧，还会搭起帐篷发放宣传单和招募志愿者。我和A君都不太清楚这是个什么阵势，只是渐渐感觉到平时没什么生气的商店街渐渐热闹起来。

到了成增祭当天，我记得自己还在家卷着薄被子和A君玩

PS，远远听见敲敲打打的声音，A君说是不是那个什么祭开始了，我说不知道，完全没注意过时间，也没有出去看的意思。后来一个住的还算近的哥们儿打来电话，说要马上过来找我，打算一起去看那个成增祭。于是我只好起床、喝水、上厕所、洗脸，再抽个烟，等他来。那个哥们儿来得很快，我想他有可能是在路上给我打的电话。

哥们儿来了以后完全没耽误，我们在玄关穿上鞋迅速来到街上。记忆中那天有点阴，但看起来不会下雨，而我们出来的时候街两旁已经站满了人，又正赶上一队表演队伍经过。女人们穿着和服拿着扇子走在队伍前面，排成几排一边跳舞一边慢慢走，男人们在后面高喊着我听不懂的某种口号，还有些人抬着巨大的太鼓，并用力把太鼓敲得震天响。原来我在屋里听到的敲打声就是这个。在最后面跟着的估计是自愿参加表演的附近居民，没有统一服装，但也都是和服之类的传统日式造型，连发型都是。他们手里捧着花或摄像机或不知在哪里买的吃的喝的，跟着队伍一边跳舞一边和挤在街两旁的人打招呼。第一次碰到这种阵势，我穿着短裤站在街边完全不知所措，哥们儿倒表现得好像很习惯，他建议我们也别闲着，因为是过节，所以大大小小的商铺都会出来摆摊，在那里买东西吃有时很便宜，再说管他什么节，跟着一块玩就是了。于是我们三个也彻底混进了人群。我记得那天我们喝了好多啤酒吃了好多鸡肉串，别的就淡忘了。

成增祭过去以后，这条平时没什么人气的小商店街又恢复了以往半死不活的状态。小五金店一如既往根本看不到客人，理发店店主不是出来遛狗就是坐在店里听广播。唯一的一家小饭馆里永远都是老头儿和老太太，一边吃拉面炸饺子，一边看电视里的新闻或者棒球比赛。我则继续每天上学，放学，吃饭，散步，偶尔查看手

机。日子过得没什么味道，今天重复昨天的事，明天也一定和今天差不多，时间一天一天流逝，如同巨大的多米诺骨牌在身边无声且匀速地轰然倒塌。这样又过了差不多半个月，已经接近十一月了，依然没有太多来自纯子的消息。

其实自从成增祭之后，我就再没给纯子打过电话，没什么理由。她在大阪不分白天黑夜地忙碌着上课打工和剧团，我在东京每天除了上课睡觉，就是晚上回家一个人散步到深夜。虽然在同一片天空下生活，但我和她之间似乎找不到什么连接点。在有限的几次电话里，我们的话题也不过是谈论日本和中国的不同，过去的朋友，在北京的生活等等，有些不想谈及的事情，我和她都默契地回避了。毕竟现在能做的也只是打打电话，既然如此，我们也都没有再向前跨一步，不必要的努力只会徒增烦恼而已。做一个也许不恰当的比喻，就像一个晚上在山里迷路的人，一味只关心远处的灯火而不看当下的处境，最后只能弄得自己一筹莫展、身心疲惫，不小心也许连命都给送掉了。这时候不如干脆转过身只看脚下，也许会意外发现一条通往别处的路也说不定……

但事情远没有那么简单。

虽然我没有纯子的消息，却意外接到另一个人的电话，是在中国留学时跟纯子住同一宿舍叫作麻美的女孩打来的电话。电话里麻美告诉我，她听纯子说我来日本了，很意外也很高兴，这次正好来东京办事，可能的话很想见一面。我当然很痛快地答应下来。不过那时我的日语还没有能跟日本人长时间对话的水平，于是只稍微聊了一会儿，定好时间地点后就挂了。

我们约的时间是通电话的第二天中午，先到池袋站东口见面，然后就近找个餐厅或是咖啡店，随便什么地方，只要能安静说话就够了。于是第二天中午一下课，我就直奔池袋站东口，从学校走路

到池袋站差不多十五分钟，时间上来说正合适。这天上午天气还不错，但到了中午阳光开始渐渐被灰色的云遮住，气温也有所下降，不时有擦身而过的人手里提着伞，我后悔应该多看看天气预报。我是无所谓，下雨也几乎懒得打伞，除非是大雨。日本这地方雨水很多，每天带伞太麻烦，一般的小雨也不至于把人浇透，所以几乎不放在心上。但今天约了女孩，带着女孩站在雨里想吃饭的地方恐怕不太乐观。不过直到我走到池袋东口也没有要下雨的意思，看看时间，差不多麻美应该出现了。我在出站口附近转了一圈没有发现她，就找了个人少的地方，靠着墙听音乐、抽烟。

面前不间断高速走过的是来来往往的西服男，这个时间很少见到学生。偶尔有流浪汉经过，翻翻垃圾桶，找找被人遗弃的旧报纸或旧杂志。而说起流浪汉，跟中国还是很不同的。这些人流浪归流浪，但沿街乞讨的没见过，地铁里唱歌抓人衣角不松手的没见过，不给钱便纠缠着不放朝你吐口水的更没见过。摆个孩子或是老人，躺在地下通道里装死磕头的也没有，估计还不等我发现就被警察带走了。这里的流浪汉大多是因为家庭原因或事业不顺利，继而自暴自弃的前上班族，或者随着私人公司经营不利，被迫破产的中年或老年人。经济原因恐怕是有，但精神上的问题也许才是真正的原因，不管怎么说他们基本都受过还算不错的教育。这些人大都有固定的临时"自制"住所，大多数这样的玩意儿是用纸箱子等物拼接起来的，跟他们相比我对自己的动手能力就只能说惭愧了。他们一般都汇聚在公园或铁路桥下面，有的也在干枯的河堤上。纸箱子搭成的小房子差不多一人多长半人多宽，也有更大规模的，外面盖上防水布，地上铺起褥子就够一个人住了。到了晚上，有些"高级"纸箱子里还能看见灯光，流浪汉可以在里面看书读报。他们真的会看书读报，有些人看的书还很高深。当然拿着H漫画在里面手淫的估计还是最多的。

而"豪华"纸箱子里就不止灯光了，从外面看上去，会发现一闪一闪的亮光从纸箱子缝里透出来，那是住户在看电视呢。这些人拿着政府微薄的津贴，占一个自己的地盘，在不给别人造成麻烦与不便的前提下，默默地生活在东京这个超级城市里，过着几乎不用消费的美好生活。有啤酒喝，有烟抽。尤其是过年，我还看见过社区人员给流浪汉发年糕的。白天他们摆出凳子坐在大街上聊天，或到公园里喂野猫、野狗，打牌、下棋、聚众"赌博"的没见过。晚上则钻回自己的住所自得其乐。这是最常见的。也有一部分流浪汉的处境颇为悲惨，这些人连纸箱子都没有，没有饭吃，没地方洗澡，每天能睡觉的地方也不能保证，他们属于流浪汉里被抛弃的一部分。我曾经跟一个有些流浪汉朋友的家伙认真询问过。据他说在流浪汉的世界里也有所谓的斗争。街区的划分，资源的划分，等级的划分，跟黑社会差不多。具体我不太了解，总之混得好些就能过上前面我说的那种还凑合的生活，混得不好同样会遭到同类排斥，以至于只能像动物一样生活在流浪汉的普遍标准之下，甚至有些人生活得还不如动物。

现实是对于动物来说，人还是有些同情心的，但人对人，在他们那个圈子里只能用残忍来形容。不过虽然残忍，但也可以理解。他们面对的不是生活压力，而是生存压力。如何像人一样有尊严地活下去是他们首先要面对也是唯一要面对的问题，在这样的问题上没有可供商量的余地。白代表活下去，黑代表死。灰色的部分只能产生于有选择的前提下，而他们没得选择，彻底的失败者或是完全绝望的人在流浪汉的世界里也是没有位置的，仅有的资源不可以让没有勇气活下去的家伙拿去浪费。现实如此，美丽的富士山脚下那片著名的自杀森林，日语中被称作"林海"的地方就是最好的证

与 麻木 之间 在 清醒

明。

其实在知道这么多之前我也羡慕过流浪汉的生活。我在上学与打工之间奔波着忙于生计的时候，他们却能在公园里晒着太阳，悠然地和野猫玩，嘴上叼的烟也是软包好彩。但稍微了解之后我才发现，这些人有着远比我强大得多的精神能量，我和他们眼中看到的恐怕绝不是同一个世界。

扯远了……

在我抽了一会儿烟看了一会儿路人之后，在熙熙攘攘的人群中终于我发现了麻美。来得不算晚，还不至于被划分到迟到的范畴。其实我也善于等人，听听音乐发会儿呆，无关痛痒地看看世间活物们是如何忙碌的，这种事对我来说是一种放松，对于脖子来说，空白的脑袋也总比塞满的脑袋顶起来要容易些。

发现麻美后，我扔掉烟头迎上去打招呼。她是从不知道哪个方向转来这里的，我一直守在东口，她若从东口出来那应该不是这个方向，不过来了就好。开始我还怕认不出她，但除去发型有所改变以外，其他的都和我记忆中的麻美一模一样。我试着叫了一声麻美的名字，接着挤进不断涌来的人潮向她那边走过去。这时候麻美也看见我了，她大笑着高高举起手挥舞着，费力地向我这边移动过来。

等她走近之后，我才发现麻美身后跟着纯子，她是故意躲在麻美身后的，这时候正看着我噗噗笑。

开始下雨了。

六　吉祥寺

从池袋坐上JR山手线到新宿，之后换乘JR中央线至吉祥寺，一个在东京与涩谷原宿等年轻人聚集地齐名的，所谓属于年轻人的街。大有东急百货、伊势丹，小到满街的绝世咖啡、露天酒吧、蛋糕店、小剧场、二手唱片行。虽然下北泽也不错，但这里比下北泽干净整洁些。愿意散步的话，走一会儿就可以到著名的吉卜力美术馆，喜欢宫崎骏的可以去看看。不喜欢宫崎骏的话，井之头公园也是不错的选择，公园里有一面很大的湖，可以划船，看鲤鱼，到了樱花季，湖两岸则会开满樱花。除了划船、看鱼以外，附近还有家烧烤店也很不错，我其实去的最多的是这家烧烤店。名字忘了，但是味道很棒。听朋友说那里以前是个肉铺，后来兼营烧烤店，从此一发不可收拾。肉的新鲜程度不用多说，毕竟是肉铺改的，啤酒还天天有特价，其中麒麟黑啤是我的最爱。那里的烤鸡皮很有味道，鸡胗鸡肝也不错，连大葱烤出来都很甜。

但印象最深的是卫生间，居然不分男女。里面有个男用小便池，一个带门的隔间里面是马桶。男人们除了大便以外都很自觉地不使用隔间，女人们从隔间出来，如果看见有男人背对自己在小便池小便也没有任何不愉快，反正什么也看不见。卫生间门口只挂块布，没有门，旁边一个小牌子上用日语写着卫生间。互不相识的男男女女从同一个卫生间不停进出的情景恐怕是不多见的，并且没有人为此大惊小怪。如果进去的时候正好有一个男人或女人出来，点头示意，交错而过而已。如果碰上稍有些微醉的女孩，她还会对你笑笑，帮你掀起门口的布帘，嘴上说着"请慢用"之类。总之，吉祥寺是个好地方。记忆中的三鹰森林永远是夏天的绿色，也永远都有人在写着吉卜力美术馆的路牌前拍照留念。湖里的鲤鱼大的有半米长，杂货店前挤满了买小玩意儿的年轻人。我和纯子在这里划过船，划至伸到湖面的樱花树下闻过樱花的味道，吃过烧烤，散过步。因为去不去吉卜力美术馆吵过架，结果我胜出，与吉卜力美术馆擦肩而过。至此也许再无缘去了，后来纯子也似乎一次都没有去过。

那天我和纯子与麻美在池袋见面后，犹豫了一会儿，最后我们决定的就是吉祥寺。是谁决定来这里已经忘记，反正不是纯子就是麻美，因为吉祥寺这名字那时我还是第一次听说。

按照我前面说的路线，三个人一路从池袋挤到新宿，换上中央线，人才少了一些。其间纯子和麻美用日语说着东京这个东京那个，能听懂的时候我偶尔插上两句话，其余时间则一直看着车厢里的最新杂志广告。内容基本上乱七八糟，传言烟税要涨了，某个老牌偶像组合要重组了，内阁即将改组，东京最好吃的拉面排名，哪里的女演员准备进军AV界等等，五花八门。内阁大臣的照片旁边就印着半裸的人气黑丝艳舞女，日本的八卦杂志向来如此，看多了就能学会找重点。其实也不存在什么重点不重点，只要能消磨时间就好，这玩意儿唯一的价值就在于，当你有时间可以浪费的时候会为你提供一个能让时间快速流走的出口，仅此而已。电车里倒不时有醉鬼，一边极认真地大读其内容，一边抬抬嘴角发出冷笑，很不屑一顾，但又很小声，偶尔还流口水。

从吉祥寺站出来，才发现在我们坐车的时间里天已放晴，淡薄的乌云和小雨已经不知去向。因为三个人都没带伞，顿时心情大好，走出车站我们随便选条路就走进去了，没走多远就发现一个三角形的小广场。路边一家便利店前面坐着一个年轻姑娘，记忆中是穿着球鞋，一条很长的亚麻裙子，深色外套，短发，耳朵里塞着耳机在听音乐。她身边带着八条还是七条清一色的大金毛，每条金毛都拴着绳子，数条绳子拧成一股攥在姑娘手里。在便利店的雨搭下面，姑娘靠墙坐着边听音乐边看书，金毛们全都老老实实趴在地上。十几个人在那里围观，都拿出手机来拍照，姑娘则完全没反应，继续看自己的书，也许是散步途中来避雨的。我们也上去围观，纯子拍了几张照片。

后来麻美看中便利店隔壁的一家咖啡厅，两面很白的墙，白色的椅子白色的餐桌，店员白色的工作服外面围着质地很好的黑色围裙，加上整面落地玻璃橱窗。雨后秋日的阳光透过橱窗满满照在店里，亮得晃眼，但却有一种说不出的……愉悦感？满足感？还没进去就觉得满足还真是种奇怪的心情。不过既然麻美看好了，我和纯子则没有异议，等我们看够了狗和女孩就直接走进店内。客人不多，我们运气好，拣了张靠橱窗的桌子坐下，店员过来打过招呼后在我们面前铺开菜单就离开了。阳光很足，直接打在三个人的脸上身上，但因为是秋天并不觉得热，反而晒得很舒服。店主人也没开空调。

这是我记忆中在日本颇为小资的数个片段之一。

纯子和麻美点的什么忘记了，我要了鲜榨柚子汁，记忆很深刻。因为真是甜到了一定境界，同时也酸到了一定境界，大口喝下去仿佛自己的脑袋都要变成柚子了。味道之浓厚让我喝了一口险些说不出话来，不是无话可说，是张不开嘴……也许是因人而异。日

与 在
麻木 清醒
之间

本的鲜榨果汁都是这么鲜吗？后来知道是的。其实点的时候可以选择甜度，好吧，我没经验，结果为了缓解浓度又要了一大碗冰。因为我们都没吃饭，这里也没什么正经饭菜可吃，我们又每人都追加了小蛋糕。

　　吃着喝着，聊了会儿天气，称赞过这里的环境之好，蛋糕味道真棒，三人之间的话题渐渐转到我身上，毕竟为了见我才来的嘛。具体说了什么，我没办法一一想起来，也不可能想起来了。大概是麻美问我怎么就一个人跑到东京来了，纯子则更关心新裤子乐队怎么样了。我极尽我之所能，用日语大概解释了为什么来日本。其实简单，谁都有漫游症，区别就是轻重程度的问题，我就是在北京混得没意思了，所以才来日本，想趁年轻多看看外面的世界。旅游团又太过仓促，跟在导游的屁股后面手里攥着小黄旗子，还说是出去寻找自我了，那样恐怕会叫人给笑死。毕竟要在异地生活一段时间才能感受到一些具体的东西。环境越陌生越好，语言不通则更是锦上添花，再加上从小看日本动画玩日本游戏长大，并且熟读村上春树膜拜大江健三郎，几部人气日剧的情节也都烂熟于胸，日本自然是我的出国首选。我这样的回答，纯子和麻美都表示理解，同时也极为赞同，说我没选错地方。

　　至于新裤子，理由更简单，那时候我们这辈儿做乐队的还不能养活自己，光靠音乐的话，未来生活是个问题。另外从小学开始就干什么都虎头蛇尾，想起一件干一件。纯子对于我怎么说不干就不干表示很难理解，我说压根就不用理解，我自己都没想明白，反正就到日本了，就是不想玩音乐了，想干别的。而纯子和麻美对北京朋克圈还算是熟的，也很有感情。喜欢新裤子，喜欢无聊军队，听我这样回答就一直说我八嘎八嘎，我没什么可反驳的，一直在那里笑。后来纯子问我还写不写小说了，我说还想继续写，但没什么

Between sobriety
and numbness

好故事，有几个大概，有些梗概了却又一直没动笔。我给她们讲了几个想到的素材，又举了几个例子，纯子说让我一定写出来，她大学毕业后也不会放弃中文，可能的话还要看呢，那时我满口答应下来，想等生活进入正轨了，面对自己停滞不前的人生重新找到方向之后，一定都付诸现实，到时候一定送给她和麻美一人一本作为礼物。但现实是我渐渐在一条岔路上走得越来越远，被拧到了完全陌生的另一个方向，最后已经远到没有人能再把我喊回去了。

现在我还是很怀念那天下午，在吉祥寺一个不起眼的咖啡店里，三个多年没见的朋友坐在秋日午后的阳光里，聊着各自不起眼的经历。这里是第一次来，也是最后一次来，店的名字已经完全不在记忆中了，就算现在再回到东京，估计也都不记得这咖啡店的位置了。

等我们出来的时候已经是傍晚，牵狗的姑娘早就不知去向，离开小广场，我和纯子还有麻美开始不约而同慢慢走向井之头公园。公园和广场之间隔着一片安静的小树林，钻进小树林广场就看不见了，如果当时有人回头最后看一眼的话，也许还能记住这小广场的特征，咖啡店的样子，甚至招牌。可谁也没回头，直到广场消失在小树林后面。

到达井之头公园时，天色已经够暗，不过总能看见三三两两来玩的人。白天这里大多是一堆人一起来散心、划船，在草地上铺开席子坐在树下野餐。晚上大人数团体渐渐变少，取而代之的是情侣们多了起来，长椅上基本都坐着俩人一组的情侣。我们三人沿湖走了半圈也没有发现可以歇会儿的地方，这时纯子看见湖边某处有几块很大的石头，说走得累了要过去坐坐。于是，三人便来到湖边大石头这里，书包、衣服随便摆在石头上，人就坐在旁边。晚上的湖

与麻木之间在清醒

036

也很好看，能映出远处的高楼，有树荫的地方则一团漆黑，偶尔能听到观赏用的大鲤鱼瞬间浮出水面的声音。我从兜里掏出便携式烟灰缸点起烟，纯子看着湖面。麻美说要去买点喝的回来，可还没去电话就响了。她一边掏出电话，一边对我和纯子说马上就回来哦，接着便沿我们来的小路往回走，打着电话找小卖店去了，剩下我和纯子俩人。

纯子继续看着湖面，不知道在想什么，短短几分钟过去，我烟也抽完了。

沉默……

等纯子看完湖面，也不知道她看到了什么东西，总之等她转过头来，我还没找到适合这个气氛的话题。要说的话断了，断了两年，从纯子离开北京那天我去机场送她，到现在已经不知道要从何说起了。本应是回忆中的人物一下子出现在面前，距离不过半只手臂的长度，现实感在纯子眼睛里逐渐消退。

"是为了什么来日本？"纯子说。测谎？

"不是为了纯子，只是在北京没意思了。"我说。实话，测谎通过。

"那样就好……其实，本不想来东京的。"

"嗯，但还是来了，哈哈，吓一跳。"

"嗯，能看见尚笑，我也吓一跳，没准备好。"

"准备什么，剧团很忙？"

"还行，马上毕业了，准备来东京找工作呢，剧团要休息了。"

"纯子一个人？"

"哥哥在东京啊，住在五反田，我来了也住在那里。"

"跟哥哥一起？不自由吧？"

"没办法，不过没事，哥哥很忙，没时间看着我。"

"嗯……"

沉默……

"还喜欢纯子？"又测谎？

"嗯，喜欢，所以吓一跳。"再次通过。

"嗯，我也是，不过马上回大阪。麻美留下，有工作。"

"知道，没想过纯子这就能留下来。"

"找到工作就来，工作很难找。"

"加油。"

"想找用中文的工作。"

"那有吧，毕竟会外语。"

"嗯。"

沉默。我又点了一支烟，这时间里纯子看着我笑，接着把头埋进抱在一起的胳膊里。我也笑，不知道笑什么，反正就是笑。

"麻美真慢。"纯子说。说完我们都笑出声了。

等麻美回来，我跟纯子也没再说什么，都不知道要说什么，麻美回来后才又三个人叽叽呱呱说了一会儿。麻美给自己买了热的罐装咖啡，我和纯子喝了什么不记得了。

离开公园的时候时间还不算太晚，三人讨论了一下要不要吃晚饭，最后决定这就回家，很累了，麻美第二天还要工作，于是我们起身走向车站。路上麻美悄悄问过我，谈得怎么样？我说还好，麻美善意地笑了。我问她你买到咖啡以后去哪儿了？麻美说去看了会在街边表演魔术的。纯子是不是麻美硬拉来东京的，到现在我也不知道，买完咖啡她故意没有直接回来倒是确实了。

三人坐车回新宿，之后方向就不一样了。纯子跟麻美回家，第二天去东京站坐新干线回大阪，我回自己家。相反的方向，于是我们走上不同的站台，坐不同的车。

与 在
麻 清
木 醒
之 间

遥远的北京，人山人海的新宿车站。回家的路上我闭起眼听Eminem，脑子里没有任何画面，只有Eminem的音乐，一直到家。从成增站出来，商店街里的小店大部分都关了，我一路走回家，忘了吃饭，也没食欲。开门进屋，A君已经在上铺，或者说是在屋子上边的部分躺下了，不知在干什么，开着台灯。我进屋，他伸出个脑袋。

　　"玩得如何啊，哈哈，汇报啊。"

　　"还行还行。"我说。

　　"我媳妇给我来信了，我正看呢。"

　　"哦，牛×啊。"

　　"等我看完了给你看看？"

　　"不看。"

　　洗过澡躺在床上，我又抽了会儿烟。屋里安静得要命，我直愣愣地盯着天花板。

　　"今天你丫不玩游戏了？"

　　"嗯……"A君一边看信一边说："不玩了，看会儿信还写回信呢。"

　　"好。"

　　我把烟灭了想想是不是吃点什么，但后来一想澡也洗了都躺床上了，再弄什么都是麻烦，算了，关灯睡觉。闭上眼，闻到自己床的味道，床边上摆着的书和CD的味道，这个临时住所里自身的味道。除了A君不时翻身和偶尔信纸噼噼啪啪的声音外再无任何声响。现实感渐渐返回，势不可当。

七　图书馆

排解孤独其实不是很难，习惯了就很简单。

走路时多看看路面有没有小石头或饮料罐，有就踢几脚，没有就看看人脸，看看什么样的衣服穿起来适合自己。或者多逛逛CD店、书店这种地方，看一会儿就眼花缭乱顾不上孤独了。只要是一个人的时候就听音乐。坐上电车只管闭上眼睛睡觉，没有坐的地方就靠在门附近的扶手上看看途中的风景。偶尔也可以选择光顾一下电影院，而且不要在门口转来转去，去之前就要选好地方和片子，以及放映时间，到了以后迅速买票、买零食、入座。

电影开始前继续听音乐，直到放映厅里完全黑下来再关掉。电影开始前的广告也要仔细看，因为有时候有趣的反而是广告而不是电影。尽量不要去游戏中心这种地方，那里除了穿得一塌糊涂的高中生就是情侣，都堆在门口投硬币抓小布熊。没人陪也不要在外面吃饭，回家自己做，看着电视洗洗菜切切肉也能打发不少时间。生活中处处都是把人引向孤独的陷阱，不过大多数时候，只要有意识地闭上眼睛或堵住耳朵，大多还是能避开的。

纯子事件过去半个多月，我的生活即是如此。我不会拿什么时候能再见到她这个问题来烦自己，从那天以后既没有打过电话也没有发过哪怕一条短信，只是一心关注眼前的日子。这期间A君

开始打工了，他比我先找了工作，貌似是在一家有名的料理店打杂，经常午夜才回来。并且基本上回来以后也不吃饭，稍微说几句不疼不痒的话就早早爬到阁楼上去睡觉，自此我一个人的时间多了起来。看书、看电视，或是租DVD回来看到深夜。以前每天出去散步的日子虽然无聊倒也充实，现在突然觉得一个人的时间多得用不完。

进了十一月，天气转冷。换上厚衣服，我差点跟人打了一架。

事情的起因其实很无聊，但我认为最根本的原因还在于老师上课没意思，所以才会引发混乱。如果都能认真听老师讲课恐怕也不会折腾起来。话说这个语言学校是有一位美女老师的。除了牙有点不好看以外，不张嘴的话可以说相当漂亮，平时穿得不算时髦但很整洁，也有品位，身材也不错。每次她上课我们就都能认真听讲。尤其是考试的时候，我们都很高兴她能来监考，我们在下面答题，这个美女老师就静静坐在讲台上看书，几乎整节课都不看我们一眼，关键是衬衫扣子也总是扣得很低……

说回打架的事。每天上课虽然很无聊，不过也没什么特殊。但这天来上课的是我们都很讨厌的一个中年妇女老师，大龅牙加一副厚眼镜，衣服搭配得莫名其妙不说，发型也是让人匪夷所思，这样的知识女性在日本是不多见的，可这里就有一个。面对一群语言不通的外国人还总摆出一副大学教授的样子，挺着恶心的大胸在班里傲气逼人，不时还傲慢地咧开嘴难看地笑。虽然外形不怎么样，当然她还是比我们懂得多，这点不得不承认，毕竟是日本人教日语。也就是她的课，基本上班里同学没有一个能听下去的。最常见的情况是韩国人和韩国人用韩语叽里呱啦地聊，中国人则和中国人互相乱成一锅粥。入学时给我笔试监考的老师就是她。

这天上课我们也和平时一样，注意力完全不在课上。没的聊

就打哈欠、睡觉、看小说，不过大多数人还是从开始上课就左右不停地说着，留下老师一个人在讲台上自说自话。后来聊着聊着不知道谁问了句关于换签证的事，大概是说日本当局政策有变，从中国来留学的签证不是那么好申请了，但日本当局对待北京、上海和广州的留学生依然持信任与开放的态度。也就是说，北上广的留学生依然不存在签证难的问题，中国其他地方似乎变得微妙了。这话题进行了一会儿，韩国人的声音渐渐大起来，并不时爆出大笑。问了问朝鲜族哥们儿他们在聊什么，说是其中一个人在打工的店里，一个叫"白木屋"的居酒屋，居然和日本人女社员搞到一起，昨天俩人还翘班出去喝酒喝到半夜，之后找了个情人旅馆干到早上，现在酒劲还没过去，而其他韩国人为了表示庆祝，下课后还要拉着他继续喝。朝鲜族哥们儿说自己能和他们聊天，正考虑是不是也要一起去。聊得正高兴，我们也想一块儿凑凑热闹，就在这时候教室前排的角落里传出一个声音。

"靠，不就是北京的吗？有什么牛×的。"

？？

当时我没记得仔细找过声音来源就知道是谁说的了，为什么我也不知道。脑袋里完全没有任何具体的反应，总之先是一脚踹开桌子，书啊笔啊哗啦哗啦砸到前面女生背上，接着走到教室前面，又一脚踹开说话那孩子的桌子，所有动作一气呵成。班里瞬间没了声音，中年妇女老师完全不明白什么情况。

"北京人就是牛×了，又怎么了。怎么就他妈你有意见啊。"我问。

这孩子看了我一眼，不说话了。我又踹了他桌子一脚，这次差点踹翻。后边另一个北京孩子喊了句，给丫书顺窗户扔出去！

"你丫怎么蔫儿啦，啊？"看他不说话我又继续说，说完我还

与麻木之间
在清醒

真打算扔他书来着。

这会中年妇女老师才反应过来制止。她拼命从后面抱住我，企图把我拉回到座位上，同时吩咐旁边同学把我东西从地上捡起来，并小声跟我说你回家吧你回家吧，放你半天假。班里同学都安静地看着。

既然老师都同意我回家了，好，回家就是，反正这课上不上也无所谓，去他妈的。我犹豫了一下，捡起掉在地上的书塞进书包，接着拿起大衣走出教室，桌子还在那儿歪着，那孩子再没多说一句话。走出教室来到楼道，我把书包和大衣扔在休息用的椅子上，拉过墙角的公用烟灰缸，点上烟，深深吸了几大口。教学时间楼道里空无一人，旁边教室中传出老师带学生朗读例句的声音，自己教室里没有任何声响，不知道那个老师会怎么处理今天这事。语言学校应该不像初中高中什么的给处分，也许，但估计也不会就这么算了，就算校方不怎么样，同学会怎么想？靠，爱怎么着怎么着吧。我继续大口抽烟。其实真打了也就打了，势单力薄的小角色，我知道那孩子没什么朋友，看似也不像家里富裕的，从哪儿来的都不知道，估计在学校里也没几个同乡。不像我们北京孩子好几个，还都互相认识。属于没什么存在感的一类人。不过仔细想想，也许他也有难处，也许最近不太顺利？说话的时候估计也没过脑子想想？但我过去踹他桌子的时候又想什么了。现在回想起来，等我反应过来的时候已经站到那里了。我又怎么了？

抽完烟，我看了看手机时间，差不多要下课了。下课后楼道里就会出来不少人，上厕所的抽烟的找机会逃课的等等，有的老师还会早下课。趁他们没出来我拿起大衣和书包慢慢走下楼梯。一楼办公室的老师都埋头于自己的工作，谁都没注意我从门口走过去，就这样我若无其事地走出校门来到街上。头上的高架公路传来车流

碾压过路面发出的巨大声响，学校旁边社区墓地里有个老头儿正在给一个木牌子浇水。我皱皱眉走下紧挨着校门的地铁入口，戴上耳机，检票，进站。

等车的时间里我想了想，是不是该干点什么了，闲散日子时间长了让脑袋变得一片空白不说，时间感越来越弱，生活变得停滞不前，烦躁。我来日本就是为了每天早起上上课，聊聊天，然后回家看DVD的吗？其实说起来，从来日本开始，我就没有过什么像样的打算，只因为在北京待着无趣了才想出来换个地方生活一下而已。现在是不是到了我该计划一下的时候了？……想着想着地铁进站，我一头钻进车厢，听着音乐面无表情地往家的方向奔去。

不过二十分钟后我又再次把做计划的事情搁置了。因为我发现从车站出来，只要稍稍抬头就可以看见，邻近麦当劳的大楼最上边贴着几个大字——板桥区立成增图书馆。这之前怎么没发现呢。在北京的时候从来没去过任何图书馆，总觉得那是与自己格格不入的地方，没有去的机会也没有去的必要，所以才完全忽视了它的存在吧，虽然每天都至少要路过两次。

我想象中的图书馆应该是栋超大的略显不自然的建筑物孤立在街上，里面有着巨大空旷的空间，摆着一列列巨型书架，书架上放着数不清的估计有上千万本不明所以的书。馆内的空气凝重得让人抬不起头，安静到正常人也会觉得耳鸣。仅有的几个服务人员则像幽灵一样，都练就出完全不发出任何声响的忍者一样的走路方式，并且个个都面无表情，在你不知道的时候会从远处偷偷不怀好意地盯着你，等到需要说什么的时候，就会用那种不出声的走路方式突然出现在你背后，是那种会让人觉得浑身不自在的地方。但这个图书馆却被建在便利店、邮局、麦当劳之上，外观看起来和普通办公楼差不多，而且其中似乎不光是图书馆，还有一块专供举办小型艺

与在麻木清醒之间

术展的地方，因为入口处摆放着看板，上面写着二楼正在举办某某刺绣展之类的文字。图书馆前面是公共汽车和出租车用停车场，隔壁是一间大型超市。

我从便利店买了罐装咖啡，在图书馆入口处找个有垃圾桶的地方一边抽烟一边喝，抽完才慢慢走进图书馆。果然相当安静，但还不至于安静到耳鸣的地步。几个营业员有的在服务台里摆弄电脑，有的在整理书架，清一色中年女性，都穿着浅绿色工作服，外面罩着蓝色围裙。服务台前面是几张很大的桌子，某顾客在那里翻阅很大的，看起来很厚重的平面设计画册。两边是宽敞的走廊，放着巨型书架，但却没几排，越过它们可以看到远处的紧急出口。正对入口的是整面墙大的落地大窗，阳光透进来把那里照得相当明亮，落地窗下面有几个人正安静地散坐在沙发里看书。

我正在门口站着观望，一个看上去五十岁左右的女营业员过来轻声问我有什么需要，并介绍说如果想找书的话可以帮我用电脑查。我说没什么事，第一次来，先随便看看，有想要的书我会自己找，并道了谢。女营业员离开后，我在里面转了一圈，每个书架都走了一遍，没发现什么有意思的地方，藏书看起来不是很多。后来我发现有一道通向二楼的楼梯，便顺着楼梯走上去。二楼的情景和一楼差不多，只不过没有服务台，角落里放着两台很大的打印、复印机。在二楼我还发现了漫画区，数不清的漫画按照出版社和作者名字摆满了好几个书架。除了漫画还有不少跟漫画有关的理论书籍，一些有名的漫画家自传，或是漫画教学书等等。二楼面积相对于一楼来说更小，客人除我之外，只有一个好像学生的女孩趴在一张大桌子上，一边翻书一边写着什么。

转了转没发现什么有意思的书，我便准备下楼，这时候却看见一道金属制的门通向外面似乎是露天阳台的地方，透过玻璃窗可

以看见隔壁超市正门。我推开金属门来到外面，果然，是一个面积差不多有四十多平方米的露天阳台。这里摆着四张金属制的桌子，椅子也是金属制的，墙角分别放着四个盆栽，里面种着叫不出名字的一人高的小树，还放有烟灰缸。哦！烟灰缸！对于我来说，看书的地方能有烟灰缸真是再好不过了。我一直认为酒、咖啡、书、电脑这四样东西都是离不开烟的。有酒的地方不用说，料理店啊酒吧啊很少听说有不让吸烟的，至少都设有吸烟区，咖啡店和网吧也一样，日本的麦当劳、肯德基也是有吸烟区的，但在图书馆也能有吸烟区倒是有些意外。虽然是第一次来图书馆这种地方，但总觉得不应该这么有人情味，这种地方应该更……接近于无感情的冷漠的存在才对吧？

不管怎么说，我正好可以在这里休息一下。于是我马上点根烟，一边抽一边隔着护栏看下面来往的行人。

抽了一会儿，我突然冒出个想法，反正眼下无事可做，回家不过是虚度时间而已，如果能在这儿把自己一直没弄完的小说继续写下去倒是可以打发时间。这里安静，没人打扰，也没有我总是忍不住看的电视机分散注意力，除了桌椅、烟灰缸，没有任何多余之物，能在这儿静下心来写写东西是个不错的选择。对，从明天开始，放学后吃过饭就可以直接来图书馆，一直坐到天快黑再回去，既能省钱，又能好好利用这段闲着的时间。决定之后我把烟头掐灭在烟灰缸里，推门走回馆内，下楼来到街上，又顺路拐进隔壁超市，准备回家前买点吃的充足一下冰箱。

打架事件这会儿已经差不多从脑袋里消失了，有了值得做的事情，心情稍稍好了些。能做出一个决定，无论是什么决定，都至少能稍稍改善停滞不前的生活所带来的麻木感。

因为心情不错，于是那天我在采购上多花了些钱，买了大块的

牛肉和白萝卜，晚上做了米饭、炒鸡蛋和清汤的牛肉炖萝卜吃。饭后又看了两部电影，看的什么倒是忘记了。看完便翻出行李箱，拿出从北京带来的一堆没写完的小说手稿，一个人整理到半夜。

八　去大阪

　　《太阳的爆炸以及消失的湖水》，好多好多年前我构思了这个故事。一个小子和自己的女朋友挤在十几平方米的小屋里，过着闲极无聊的同居生活。某天外面下着大雨，俩人躲在屋里睡觉。女孩子一直沉睡不醒，那小子一会儿醒来一会儿又睡去，睡到头昏脑涨、浑身无力不能起床，为了打发时间盯着房顶上的一条裂缝看了又看，接着再次昏睡过去，然后他做了两个梦。

　　第一个梦，太阳的爆炸。梦里那小子来到另一个世界，一个已经被垃圾填满了的世界，一个四季不再循环万物不再生长的世界。小子在那个世界的某间小木屋里睁眼醒来，之后走出小木屋开始了短暂的旅行。说是旅行，不过是到处乱逛了一天而已，最后他碰到一个捡垃圾的老头儿。老头儿告诉他世界完蛋了，小子不明白。于是老头儿指点小子，说天上聚集了太多坏东西，变成一层坚硬的壳，把这世界整个包裹住，太阳不会再升起来，因为冲不破那层壳。小子不信，跟老头儿打赌，于是俩人一起等日出。到了差不多可能是清晨的时候，太阳照常升起，小子觉得自己赢了，却发现升起来的太阳有点不一样，从一个半圆渐渐变成一个椭圆，而不是一直以来的圆形。本该是能升得更高的太阳像是被什么卡住了，但还在努力向上升。

"你看，上不去了吧？卡住了。"老头儿一边继续捡垃圾一边说。

"那会怎么样？"小子还是不明白。

"怎么样？会被挤爆呗。"

"啊？那我们都要被炸死了？"

"不会不会，哈哈哈。"老头儿继续忙活着，"挤爆了一个还会再出来一个，太阳这玩意儿就跟垃圾一样，要多少有多少。"

第一个梦结束了。

第二个梦，消失的湖水。在这里小子自己都不再登场，梦到的完全是别人的事。梦里有几个从小生长在孤儿院的孩子，他们是好朋友。至于为什么是在孤儿院，是因为这里刚刚结束了一场规模浩大的战争，他们的家人都在战争中不是失踪就是死掉了。

有一天，其中一个孩子说，自己的爸爸在参加战争之前是一个有名的野外摄影师，经常独自跑出去拍这拍那。他曾经跑到一个森林里拍到一片很美的湖，现在还留着那张照片。于是，其他孩子提议去找那片湖。有了干净的水就有了活下去的保证，不用待在孤儿院里等着被打死。摄影师的孩子表示赞成，于是他们出发了……

后来还没写。

《水晶般晶莹闪亮的唇印》这是另一个。很短。大概是说一对本来很好的情侣，在不得不分开的时候，女孩子吻了男孩子心脏的地方，留下一个口红印，之后俩人就再也没见过。时隔数年之后，长大的男孩子很偶然地和女孩子相遇，于是俩人坐下来开始慢慢聊起这些年来各自的生活。最后男孩子提到现在的自己，说是心脏有问题正打算有时间去医院看看，多年来总会时不时感到心脏不舒服，最近越来越厉害了。女孩子仔细问过男孩子的病，告诉他不必担心，以后不会再疼了。女孩子说，是因为那个唇印，女孩子那时候用了一枚特别的口红，她在男孩子心里留下了烙印，每到自己寂寞的时候男孩子的心就会疼。随着年龄增长，人渐渐变得孤独，但是这时候能和男孩子再次见面她很高兴，以后再也不会寂寞了。她告诉男孩子，你的心不会再疼了。

大概就是这样，一厢情愿的爱情总让我觉得有说不完的事可以挖，但这个后来也没写完。我一直以来都很讨厌以大团圆方式收场的故事，考虑做一个比较合理的残酷结局出来，结果一直没想出来……到现在也没想出来。实在不行的话只能让其中一个死掉了，但又想这样是不是太绝对了……所以没写。

之后还有《狩猎的季节》《职业海盗》《正中靶心》《D国新闻报道》《妹妹日记》《泡泡》……差不多完成的短篇有两个，没写完的长篇一大堆。写满字的稿纸摞起来，厚度和一个中型生日蛋糕差不多，对，就是平时最常见的那种最平民化的最普通的生日蛋糕。蛋糕的部分嚼起来松松散散一嘴渣子，奶油的甜味里全是化学添加剂的味道，就是那个。

不管怎么说也是十一月了，白天天气好的时候，到了正午气温还算可以，但到了下午稍晚的时候还有些凉意。

差不多一星期的时间，我坚持每天都来图书馆整理这些乱糟糟的稿纸。仔细回忆被涂黑的地方原来写着什么，为什么被自己否定，看的过程中又继续把新的不中意的段落涂黑。最后终于有些眉目的时候，我已经无心再继续写什么了。每天要从自动贩卖机里买好几次咖啡，烟灰缸里塞满了抽掉的烟头。图书馆的露天阳台也不再有新鲜感，对面巴士站来来往往的巴士和出租车发出的噪音开始渐渐让人觉得烦躁。回想起来是不是连图书馆的人都开始注意到我了。因为有一次，一个图书馆员竟来问我要不要换烟灰缸，简直成了咖啡馆。与其说是过来换烟灰缸，我倒觉得是在监视我……一个

与
木
在
之
间
清辉

每天都坐在室外，喝很多罐装咖啡，抽一包烟，拿着一堆乱糟糟的稿纸，还皱着眉的语言不通的外国人。

既然什么也写不出来，不如就此结束，也许还是找个工作更合理。比起每天这么无所作为地浪费时间，还是像个正常的留学生那样边打工边上学更好些。

就这样，短暂的图书馆文学生活被我宣告结束，但我并没有马上去找工作，却开始计划在打工之前先做一次短途旅行。目的……明确来讲没什么目的，突然想看足利义满住过的金阁寺可以算是目的吗？抛下乐队和当时的女友一个人跑到日本来又是什么目的？人人都有漫游症，想动的时候动起来就是了。

于是有一天我给纯子发了短信，上次见面以来的第一个短信。没有任何啰唆，直奔主题，只问她最近有没有时间，说自己很想去关西转一圈，等自己开始打工了恐怕就不再有时间了，要旅行只能趁现在，如果有时间的话带我玩玩。纯子回信说没问题，这段时间剧团没什么事情，打工方面请几天假就好了。从回信内容上看，纯子似乎对我唐突的联系没有什么特别反应，貌似和两个普通朋友之间的短信往来没什么区别。这倒使我松了口气，本来也不是为了见纯子才要特意跑去关西。不再计较半个月前那次突然的见面，似乎又自然成为我和纯子间不需要沟通的约定。

最后我们说好，就在我决定不去图书馆的这周周末，周六早上我搭新干线去大阪，纯子会在那儿等我，之后住上一晚，星期日晚上我再自己回来。

这样决定后，我又像平时那样，放学回家继续看书看电影，吃饭抽烟睡觉。不再去图书馆，几天时间一晃而过，而与其说是几天，倒不如说是同一天的复制。自己复制自己今天的生活，再把复制过的生活贴进自己的明天、后天、大后天、大大后天……我需要

动起来。

　　星期六一早，我忘了几点，抄起什么都没装的背包，只带了几盒烟和一瓶楼下自动贩卖机买来的水，轻装的我坐上开往池袋的地铁，一路听着音乐，脑袋彻底放空。到了池袋再转乘山手线去东京站，下电车后抬头看着密密麻麻的换乘指示，不停挤过来往的行人寻找新干线售票处以及换乘口。东京站算是大站，在这里往复的电车地铁加起来十几条线路，而且都是热线，因此虽是周末早上也是人流不断。我找到几个站员打听了好几次，终于问到能换乘新干线的地方。由于事前未做调查，我连要去的方向都不知道，只能用生疏的日语在售票窗口跟站员拼命解释，最后终于弄明白买什么票坐什么车以及在哪儿坐。但对我来说这也是旅行的乐趣，若是想都不用想就能顺利到达，那岂不是和回家没什么区别……而基本上任何旅行前我都是完全不做调查。

　　东北新干线，开往新大阪方向。第一次看见新干线的列车很震撼，流线型的三角车头看起来简直如同科幻片里才会出现的……金属制巨大鱿鱼头。

　　很意外的是这天乘客不多，我以为乘新干线的人应该比乘飞机的人多才对。毕竟车站就在市内，能省去各种复杂的乘机检查手续。如果把手续时间也算到路程上，新干线也许更快一些。

　　钻进车厢，我找到自己的座位坐好。广播里说这是一趟差不多两个半小时的旅程，从东京到新大阪，途经名古屋和京都。随着车门关闭，列车缓缓开出站，开始并未觉得有多快，我只是坐在宽大的座位上听音乐看风景，熟悉的东京市内风景，开出市区列车才渐渐提速。偶尔有列车服务员推着装满零食和小吃的手推车经过，我被推荐了几款东京有名的糕点，看样子都是作为礼物用的，纯子恐怕对这些玩意儿没兴趣，于是一一谢绝，后来就不

与　麻木　之间　在　清醒

再有人跟我搭话了。

　　第一次在外国旅行，从一个我刚刚开始熟悉的城市去往另一个完全不熟悉的城市，多少有些兴奋和不安。兴奋的是我又在旅行中了，独自旅行是我的最爱，尤其是旅行途中。到达终点的时候就是要"被迫"接受新环境的时候，那种心态不是兴奋而是强烈的好奇。但只有在旅行途中才能体会到在旅行的感觉，想象着再过几个小时，自己就将进入一座新的没有经历过的城市，那感觉总能让我兴奋到手心出汗。唯一的不安，是我怕自己坐过站。新干线这玩意儿速度极快，每一站都跨越一座城市，万一坐过了再返回就太麻烦，而且纯子应该已经动身去车站等我了。

　　这时候想起纯子……看着车窗外大片的田野，穿越城市的河流，远处的铁路桥和高速公路，我又开始在意起半个月前和纯子突如其来的见面。无所谓我们的过去，再提起来也说明不了什么，只看眼前，我不清楚这次又是突如其来的关西之行会以什么样的方式结束，我没办法做更多判断。我一边看着列车窗外一边听音乐，认真听，尽力不让我的思绪跑到纯子那里去。我告诉自己我只是去旅行的，只是纯子碰巧出现在我要去的地方而已。没有什么期待才是好事，我必须什么都不期待。我又能期待什么呢？上一次匆忙的见面后我甚至没有问她是否单身，同样她也没有问我。这么说她不是单身了？只是想跑来见一面而已？以她家里的条件来说随便买一张新干线的往返车票应该不算什么。不，纯子一直都是靠自己的，她忙着搞剧团的同时还在坚持打工，她一直都是靠自己的……我换了个坐的姿势，强迫自己不再把思绪纠缠在纯子的事情上。本来就是一次旅行，我该高兴起来才对，我该想想旅行本身的事情才对。是，我该想想准备去什么地方，想想有什么可以尝尝的大阪料理。话说我该买张大阪地图？可是已经有一会儿不见服务员推着小车过来了，贩卖时间结束了吗？那我也就没地方弄地图了。好吧，我又换了个姿势，继续看窗外景色在眼前不间断地一闪而过。纯子不是碰巧在那里的……纯子不是碰巧在那里的。几年前纯子也是碰巧在北京吗？碰巧来看新裤子演出？……算了吧。

终于，在剩下的行程里我强迫自己把眼睛闭起来，决定在列车开进新大阪站前什么也不再想不再看。

听了一个什么乐队的差不多几张专辑，算着时间我睁开眼，瞟一眼车厢里的电子显示牌，差不多快要新大阪了。我拿掉耳机收进包里，站起来走进卫生间洗了洗脸。照照镜子，看起来还算精神，于是返回座位，嚼上两块口香糖，喝了口随身背来的水。窗外是和东京看起来差不多的景色，高楼林立的大城市，没什么特别的地方。

列车停稳，我起身走到车厢一头的出口，待自动门发出嗡嗡的声音打开后走出车厢。抬头寻着电子显示牌的指示走向我和纯子约好见面的出口。

新大阪站和东京站一样，算是有名的大站，在这里交汇的电车地铁恐怕也不少于十几条。虽然已经过了应该是高峰的时间，但因为是周末也算是人挤人。我大概知道了出站口的方向就开始随着人流慢慢挪动。记得走过了一条很长的通道后，我才看见出口的牌子，下面是从改札口进进出出不停走动的人群。随着慢慢接近改札口，我开始寻找纯子，毕竟她个子不高，又不是看起来很惹眼的类型，我觉得可能不太容易发现。这时候手机响起来，我掏出来看，纯子打来的。

"喂？纯子你到了吗？"我问。

"嗯嗯。"听筒里传来纯子的声音："我都看见你啦。傻瓜！"

这时候我看见在改札口正中央纯子正向我招手。

与
在
麻木
潮湿
之间

"知道啦，傻瓜！"

我走出改札口，纯子迎上来。

"饿了吗？"

"嗯，差不多啦。这就去吃饭吗？"我问。

"嗯，车站旁边的一条商店街里有家不错的大阪烧，我带你去。"纯子说。

我忘了那天纯子穿的什么，但看起来似乎心情不错。

跟着纯子，我们走出乱糟糟的新大阪站，又走了相当的距离后才拐进她说的那条商店街。很热闹的地方，我觉得几乎和池袋最繁华的一条主商店街不相上下，高级料理店和普通的小饭馆混杂在银行、麦当劳、便利店、水果摊之间，不时有人递过来印着风俗店广告的免费餐巾纸和夹着打折券的杂志，骑着自行车的巡警从身边经过，女人们带着孩子小心地走在路边，年轻情侣挎着胳膊吃着奶油卷饼。这玩意儿在关西也流行？

穿行在这些人中间，我一路上抽着烟跟纯子说着不疼不痒的话题，身体好吗、最近在干吗之类。突如其来的第二次见面我还没立刻进入状态，看来纯子也一样，互相费力地寻找话题，说起来全都断断续续的。不过至少天气不错，纯子看起来也没有因为缺乏共同的话题而显得拘束。

没走多远纯子拐向路边，示意我走进一家看起来没什么特点的小店。店门是典型的日式拉门，门口挂着木牌子，上面有店名和大阪烧几个字，看起来不算高级但却是整洁干净的地方。纯子拉开门先钻进去，我紧随其后。店内的装饰我是想不起来了。我现在还记得的就是我们挑了张靠角落的桌子坐下，桌子是木头的，颜色也是自然的木头颜色。坐稳后服务员拿来菜单和茶，我接过自己的茶，纯子接过菜单。她只大概看了几眼就开始点菜了，果断地和服务员用大阪话说这说那，我一句没听懂，大概听懂的只有我们自己烤之类的话，其余实在是无能为力。但从说话时间长短和她兴奋的指指点点的样子来看，貌似纯子在短时间内点了不少东西。

点菜结束后服务员撤下菜单走开了。纯子四下看了看，笑眯眯地问我这里看起来怎么样。我自然说看起来不错，确实不错。之后纯子解释说她点了配料很正宗的大阪烧，也就是最能代表大阪烧的大阪烧……我说好吧。其余还有啤酒和一些纯子推荐的，适合跟大阪烧配起来吃的小菜。我说没问题，正经的大阪烧我没吃过，全都听你的就好了。等啤酒的时间里我点上烟，纯子说去洗手间。纯子走开后我一个人抽着烟，四周的空气变得不自然起来。连我自己都想不到自己正身处大阪，正独自坐在专卖大阪烧的店里等纯子从卫生间回来。几年前的模糊记忆与此时此刻我眼前的现实微妙地混杂在一起，有那么一瞬间我甚至怀疑这是不是真实的。陌生的店，陌生的语言，陌生的桌子，陌生的铁板。哪儿来的什么铁板？可这玩意儿就摆在桌子正中间，旁边放着蛋黄酱、酱油、辣椒粉的瓶子等等。桌子上的烟也从都宝换成了软包好彩。所有的一切突然全都变得陌生起来，我究竟在这莫名其妙的地方干什么？为什么我会坐在这儿？我觉得我现在非常需要能有几个北京的哥们儿突然拉开门走进来跟我打个招呼，帮我回到我熟悉的环境，可那当然是不可能的，对面的椅子上还挂着纯子的衣服。这是现实。纯子刚才确实就在我对面，说着我听不懂的大阪方言点菜来着，可我怎么也上不来实感。

我正胡思乱想着，这时服务员端来啤酒。我拿过来先给自己倒了一杯，一饮而尽。冰凉的啤酒喝下去我终于感觉……正常了。来自厨房的声音听起来很真实，店员招呼客人的声音，铁铲子在铁板上剐蹭的声音，收款机哗啦哗啦的声音都变得真实了。我在心里出声地笑了笑，猛抽了几口烟，把烟头掐灭在烟灰缸里。我只是碰巧来到这个地方而已，对，碰巧而已，没什么奇怪的。

待纯子返回，我给她倒上啤酒，又给自己倒了一杯。纯子看着我的杯子故意埋怨说应该等她回来干杯的，那才是日本的礼节啊。我说对不起对不起，渴死了，就先喝了。纯子假装生气地端起杯子，忽然又笑着大声说，干杯！辛苦啦！我也笑了，之后我们按照中国式的干杯一口气把啤酒喝干了。放下杯子，纯子满足地看着我一边笑一边说真幸福啊，真好喝！我又点起一根烟，跟着纯子一起笑。看着熟悉的纯子坐在我对面放松下来的样子，混着店里的嘈杂，我内心中有一团异样的东西开始随着现实感的回归迅速膨胀起来。

九　不是那样的意思

　　吃过大阪烧，在纯子的推荐下，我们去了一个叫美国村的地方，据说是大阪最棒的年轻人聚集地。街上是密密麻麻的洋服店、文身店、首饰店，当然也少不了快餐店。我和纯子在那里东看看西逛逛，偶尔我会用不熟练的日语和某个店主聊聊天砍砍价。最后我买了一件带有海盗标志的篮球背心，纯子则说那里的东西不适合她，于是什么都没买。接着我们坐电车到京都，去了金阁寺，还有银阁寺，在那坐了日本人力车，还看见几个站在路边化缘的和尚。他们拿着禅杖和碗，穿黑色的袍子，头戴斗笠，和《一休》里面的和尚完全没差别。并且那里有许多卖日本刀的，都是真家伙，还有忍者用的暗器之类。但是因为要带回国很麻烦，而且价钱异常得高，于是只好作罢。后来又吃了某种京都小吃，走了很远的路，一直从银阁寺的山坡走下来。再后来想不出还有什么可玩的，只好无言地在京都市内坐巴士转圈。按纯子说的，就算是在很短的时间里尽量体会一下京都的气氛吧。因为既不是旅游的季节，时间也不是上下班的时间，所以车上人很少。

　　其实很久之后，有一次做梦我还梦见了这情景，只是在梦里没有纯子，只有我一个人。与那天同样我坐在最后排，还记得梦里的巴士座椅是绿色的，外边阳光亮得晃眼，车则开得很慢很慢，就像是一个慢慢移动的很长很长的长镜头。我把头靠在椅背上，阳光照在脸上身上，半闭着眼睛昏昏欲睡，任凭车向前一直开，街上的景物完全是陌生的。我不知道什么时候会停下来，也并不希望停下来，最好就这么一直向前开出去，但我心里清楚，我不知道为什么清楚但就是清楚，这辆车总是在某个地方不停转圈，路过的地方我马上会忘掉，再经过的时候也认不出来，但我心里却又好似知道这个地方。我就那么坐在最后一排，一动不动地不停经过那些看起来陌生却又熟悉的地方。同样的梦境也反反复复，直到我醒来。

坐巴士的时间里我和纯子有没有对话我已经完全忘记了，与那天的记忆相比，那个梦反而显得真实。整个过程就像没有发生过，但确实在我记忆中占据了一个微不足道却又不能忽视的位置。

等我们坐腻了，从巴士下来时已经接近傍晚，这是一个我完全不认识的地方。我记得那是个规模不小的商店街，有一条河，还有一座很漂亮很古典的木桥。纯子大概想了一下，并未想起那附近有什么可以坐下来休息的地方，于是我们找了个便利店买了喝的东西，干脆走下桥，来到长满野草的河堤上，在河边一边往水里扔石头一边看夕阳。在河边我给纯子讲了离开新裤子以后的生活，我说那之后听了很多不同风格的音乐，跟新裤子的音乐完全不一样。纯子问我是不是因为这个离开的，我告诉她不是，最大的原因可能是我总在一个地方停不下来。纯子则给我讲了剧团的事，说她们那时的导演很讨厌却又很有才能，大家都是因为他的才能才选择继续留在剧团里，她自己则是有机会的话很想做导演，但一直没编出什么像样的剧本来。

天黑之前我们动身去神户，见了一个共同的朋友，纯子在中国留学时的朋友，我也认识，一个姓星野的漂亮姑娘。我记得这姑娘在北京的时候，最喜欢的乐队是"反光镜"，我还给她补习过中

文。见面后，我们在一间很小的咖啡店喝了咖啡，吃了蛋包饭和咖喱饭，又喝了酒。饭后星野开车带我们到附近一座不高的山上看夜景，在那里大家抽了会儿烟。之后我和纯子因为要赶最后一班电车回大阪，只好与她分手，两个人赶到车站坐车，返回纯子在大阪租的房子。

回到纯子家里时已经相当晚了。那是一栋很普通的二层公寓楼。她租的房子也是一个普通小房间。现在我还能回忆起那里有什么，因为实在是很简单。进门一个小鞋柜，左手是卫生间兼洗澡间，里面是卧室——也是唯一的房间——门口挂着纱帘，屋里一张小桌子，一个架子，一张床加一个衣橱，这就是所有了。

进门之前纯子说要先收拾一下，我就在门口抽烟，街上实在安静得要命，我把烟吐向夜空里的星星。

得到纯子同意后我走进房间，纯子把我让到卧室，我随便找了个没放东西的空地坐下来，直接坐在地毯上。房间很小也没有什么可以摆弄的，我便坐在地毯上心不在焉地翻看她不知从哪里搜集来的流行杂志。纯子在旁边简单收拾了出门带的背包、衣服之类的东西，并到浴室换了在家穿的衣服，之后过来坐在我身边抽起烟。她知道我没有在真正看那些不疼不痒的东西，却也没开口说话。我手里拿着杂志，心里却在拼命找话题，可我和她实在是很久没有这样在一起独处了，感觉上好像刚刚恋爱的两个人第一次到旅店开房。突然在一个封闭的空间里只有我们两个人，我竟然不知道怎么开口。准确地说我有点不知所措。翻了一会儿杂志，我把它们扔到一边，抬头则发现纯子正面无表情地紧紧盯着我的脸，突然间我们目光相对。我不知该不该移开，但最终我还是没有移开自己的视线，只是僵硬地笑了笑，接着看到纯子低下头。她手里还夹着烟，我记得是清凉型万宝路，烟灰攒了很长。就这么僵持了几分钟，我犹豫

了一下，抬起手摸了摸纯子的头发，纯子这才抬起头，用中文跟我说，谢谢你啊。我依然没想到说什么，只好又僵硬地笑了笑。这时候的纯子不再是面无表情，她脸上挂着很浅很浅的微笑，但我能从她眼睛里读出来的东西则要丰富得多。

　　"洗澡吧！你先去，毛巾用我的，快快！"我还没想到怎么回应她那句谢谢，纯子突然说。之后她站起身在烟灰缸里灭掉抽了一半的烟，开始自言自语着四处翻找给客人用的毛毯、枕头和褥子。我看着她在壁橱里翻东西，一时接不上话，只好站起来脱掉上衣，穿着裤子走向浴室。

　　等我洗完澡出来，纯子已经在地毯上整理好地方。看我出来了，她拿着白天穿过的换洗衣服，嘱咐我可以听音乐，要喝东西就到冰箱里自己拿等等，之后掀起纱帘走出房间。我听到她在门厅那边开动洗衣机，之后进浴室锁上门。坐在铺好的毯子上，我看了看纯子收集的CD，日本的一大堆，还有一些很久以前我送给她的欧美的东西，中国的只有崔健和新裤子。我没开音乐，没什么特别想听的，就一边用毛巾擦头一边点起烟。这时候时间已经很晚了，外面很静，连那种经常在小说里被用来打破沉默的，于深夜中高速驶过窗下的隆隆车声也没有。我能听见的只有纯子在浴室里噼里啪啦洗澡的声音。抽着烟我一个人仔细打量纯子的屋子，说不上是男孩子还是女孩子的房间。看来这家伙平时是自己做饭的，盆盆罐罐有很多。还有杂志跟大量DVD、录像带、零食、卫生纸之类的东西整齐地摆在一起。我不清楚她为什么不分一下类别，至少把DVD录像带什么的跟卫生纸分开吧。不过虽然内容乱七八糟，但因为摆放整齐看起来倒也不算太奇怪。一台小电视机摆在一个高高的架子上，架子里面是各种名目不详的杂物和录像DVD两用机。一张看起来很软的单人床上散着几本书和一只很大的玩具熊。没什么过多的装饰，

墙上贴着几张貌似很久以前的话剧演出海报。在其中一张海报上我看见有纯子，于是走过去打算仔细看看，这时候正好听见浴室门打开了。

"喂，纯子洗完了？这海报上的人是你吗？"隔着纱帘我看不到那边。

"是啊，那不是什么特别有意思的，不用看啦，不过我倒是有录像带。"纯子说着掀开帘子走进屋，已经换上了睡衣。

"你在这里演什么？"

"一个OL，配角。"

"发型和现在差不多嘛，最近的吗？没看到时间。"

"嗯嗯，也不是很近，半年前吧，麻美也来看了。"

"哦……"我盯着海报上的纯子，她穿一身OL职业装、短裙加小西服，站在一个看起来很猥琐的扮演大叔的男人后面，手里拿着一个貌似便利店的塑料袋。纯子问我要不要看这次演出的录像，我本来想看一会儿，到现在为止还从没看过站在舞台上的纯子，但是考虑到时间，我说还是不看了，如果明天有时间的话起床看吧，很累了。纯子说那好吧。之后她关掉一直开着的白日光灯，打开床头的台灯。这家伙很少化妆，床头上也看不到镜子之类的东西。看到她已经半躺在床上，我也躺回自己的地方。

之后我们随便聊了一会儿白天去过的地方以及第二天的计划，纯子说关灯聊吧，我说好。于是她抬手关掉台灯，屋里黑下来。厚实的窗帘紧闭着，连一点外边的路灯光都透不进来。说好关灯聊天，但我们都没有先开口，黑暗中似乎无论说什么都显得很多余，我没开口，纯子也没开口。过了一会儿我听见她翻身的声音。我把手臂垫在头下面，睁着眼睛毫无困意，说实话气氛很奇怪。本来，或许……可能我们有很多事要说。我知道她有些话想对我说，在我

们刚进屋的那个时候，在她盯着我的脸看的时候，在她突然催促我去洗澡之前。但我似乎也知道她什么也没说的理由，应该是和我一样的。因为我们都不知道该从何说起。在北京那会儿我们是真正的恋人，在一起一年多。每天我去学校宿舍找她，让她跟着我们一起排练，一起演出，跟麻美还有乐队的人一起出去逛前门，逛东四，在电影学院那边吃大排档，去五道口买CD，吃日料，去天津淘衣服，去动物园爬虫馆看蛇。二〇〇〇年的整个夏天我们每天黏在一起，说着不清不楚的日语和中文。而从那之后的一天，纯子则突然提到学期将至不得不回国，而我那时能做的除了到机场去送她以外，其他完全无能为力。之后的两年里我们都从对方的生活里消失了，偶尔写信，电话几乎没有。她给我留了家里的座机号码，我只打过一次，听声音是她母亲接的。我紧张地用日语问纯子在不在，对方说不在，之后很多没听懂，我便急忙说"谢谢"，然后马上挂掉了。

从那以后，渐渐的我们也都从彼此的记忆中消失了，直到那天晚上在公园的秋千上，我给她打了电话。现在我们之间的距离也许不到一米，但是除了各自躺在那里看着过去的时光以外都说不出一句话。我希望自己因为白天积累的疲惫能很快睡过去，但黑暗只是令很多事情变得更加清晰而已。最终我放弃了马上入睡的念头，起身摸到自己的烟和打火机，停了一下，看纯子躺在那边依旧没有说话，我才点起烟，深深吸了几口，熏得眼睛疼，于是使劲闭上眼，一阵晕眩。

静默。

"要不要来床上？"大约在我烟快抽完的时候，黑暗中的纯子突然小声说道。我没听见她有任何动作，我不知道她这时候是不是正看着我。

"……嗯。"

我把烟灭在烟灰缸里，转身移到床上，这才发现纯子背对着我，穿着一条睡裤和一件T恤，整个人攒在一起。勉强在她身后窄小的地方躺下，我把身体靠过去，一只手搂住她腰和胸之间的地方，感觉到她没有穿内衣。另一只手我垫在自己头下面。其间纯子往里面挪动了一下给我让出些地方。她头发上有我叫不出名字的香波的味道。接下来我不知道该怎么样，好像是在等她给我另一道命令般，只是搂着她一动不动。纯子也是。

"我一直都觉得，这里是我的地方。"我感觉时间已经过了很久以后，纯子才说道。

"什么地方？"我问。

"就是现在这个地方，在你这里。纯子想，这里是属于纯子的。"

"……"

"纯子觉得这里很安全。"

"嗯。"

"来东京吗？毕业后。"我问道。

"不知道。可能。"

"嗯。"

之后她不再说话了。我又抱得紧了一些，接着吻了她脖子后面的地方，纯子依旧没有动。我也不知道还能怎样，继续保持一个姿势没有动。闭上眼睛，瞬间睡意极其汹涌地涌上来。也许是因为白天过于疲惫了，也许是因为纯子的身体很温暖。我抬起搂着纯子的手，微微掀起窗帘放进一点路灯光，看了看挂在墙上的钟，快要凌晨了。低下头借着路灯光看纯子的脸，我才发现纯子哭了。轻轻放下窗帘，我继续搂着纯子，更紧了一些，无意间手碰到她的胸。这时候纯子突然握住我的手，抓得很紧，我没有过去抓她的手，只是

与 麻木 在 清醒 之间

轻轻放在她腹部，任她紧紧握着。过了一会儿纯子才渐渐放松，但依旧没有松开。黑暗中我想象着以前看过的纯子哭的样子，但是完全反映不出来，脑袋里一片模糊。突然觉得她的脸很陌生，刚刚借着那一点昏暗的灯光我其实只看到她的侧脸，现在却怎么也想不出纯子完整的样子。虽然我们一起度过了一整天时间，但她的样子在我脑海中反而比我见到她之前更为模糊。

"想做爱？"纯子用很小的声音说，接着慢慢放开我的手。

"不是那样的意思。"我说。

纯子再度抓住我的手，但是很轻，同时向后靠近了些。之后我们再没说话。那一夜的记忆到此为止。

十　洗碗与旧钞票

从大阪回来，事情终于有了进展。不是我和纯子怎么样了，是我有了在日本的第一份工作。因为来得突然，说实话我还没准备好。

有一天上完课，学校里负责总务的老师把我叫到一楼办事处，煞有介事地对我说，新生里除了有特殊情况的同学基本上大家都有工作了，问我怎么想。我能想什么，因为他们比我有钱？当然我没说出口，只是向老师传达了我也正在找，只是不顺利之类的理由。我又没说谎，老师也觉得这个理由可以接受。接下来告诉我现在有个机会，准备从学校推荐两个人，到一个高档料理店去做洗碗的……洗、碗、的……来了！传说中在国外刷盘子什么的终于来了！没想到我的第一份工作也是洗碗！！但我马上镇定下来，我同屋A君现在就是个洗碗的，有什么呢？我说好啊，随时去。老师对我的答复还算满意，并说下午课不用上了，这就去面试。我同意了，只要能不用上课，我什么都同意。

吃过午饭，我又来到一楼办事处，看到刚来时带我看房子的日本老头儿已经穿戴整齐，正和另一个学生模样的人等我，他什么时候看起来都是笑眯眯的。人齐了我们迅速出发，我问去哪儿，老头儿笑眯眯地说，新宿。

从池袋坐上山手线，一路上没什么话，而我对那个总是笑眯眯的老头儿则持怀疑态度，就是他把我领进了现在住着的窄小公寓，这次又要把我带到什么地方呢？说是高级料理店，这几个月我可是在大街上看过了不少料理店，说实话没我在国内想象得那么好。当然高档的也有，只是我没胆子进去……但是高级料理店什么的，真是那里的话倒是天上掉馅饼了。我听说别的同学也有做洗碗工作的，都是小黑屋什么的，累得要死不说，还经常被骂得乱七八糟，去了三天就打架辞职的也有，谁都没想过能进什么高级地方工作。我在大街上看到的高级料理店基本上就是日剧里有钱人穿着西装才去的地方，我也能去？

到了新宿，三个人从车站出来，七拐八拐走到地上，一个大花园出现在眼前，大花园的正中间有一个像是高档别墅一样的三层建筑物，也可能是私人会所什么的。老头儿带我们找了一个长椅坐下，同时掏出烟点上，笑眯眯地抽起来，不时看看表。我也掏出烟点上，想必是老头儿走累了。这期间另一个家伙一直在玩手机。烟抽到一半，我问他料理店在哪儿，还远吗？老头儿嘴里冒着烟说，就是这儿，随后用夹着烟的手指了指那栋三层的大房子。我有点吃惊。这可是一整栋楼啊，虽然只有三层，单从外观看占地面积可是不小。差不多整个呈圆锥形，尖顶，一楼用落地玻璃代替了墙，这会儿都拉着厚厚的窗帘，看不到里面。如果这只是一个料理店的话，那规模算是我来日本以后见到的最大的。不过现在想起来可能也没那么唬人，倒是像一个用玻璃和砖垒起来的巨型窝头……

抽完烟，老头儿带着我和另一个家伙走向这栋三层建筑，在一个与这栋建筑物带给人的压迫感不太相匹配的看起来普普通通的小门前停下，轻轻按了一下装在门边的传话器，并大声说着我们来

了之类的话。日语的敬语表达起来十分麻烦，简单说就是尽可能地把自己摆到一个极低的位置，能让对方觉得自己高高在上的表达方法，说起来啰里啰唆，简单一个意思也要说一大堆，那会儿以我的日语水平还不太明白那个，反正老头儿就是说了一大堆。老头儿说完过了几秒钟，门里传来咔嚓一声，开了个缝，老头儿马上凑过去又说了几句什么还鞠躬，我也微微跟着弯了弯身子，之后门开了。开门的是个……我想不起来了。

进到里边，迎上来一个头发梳理得很整齐的眼镜男，老头儿跟他又说了一堆话，我和另一个家伙就在那儿面无表情地听着。之后那人把我们带进厨房，用我听不太明白的话边说边用手比画着，貌似是在介绍这里的环境。我简单回答好的好的，其实是不太明白。再后来老头儿跟上来十分客气地和眼镜男又说了些什么，接着转过来对我们说，加油！就离开了……我记得那时厨房里乱哄哄的，所有的厨子都在忙着自己的事情，炒菜的烤肉的切鱼的，每个人的表情都相当严肃，听不到什么人说话，只能听见巨大的金属制料理用具的碰撞声，也没人抬眼看我们，而老头儿说了句"加油"就走了。加什么油？整个过程还不到五分钟。

后来那个眼镜男再次出现，这次他用很慢的日语和我们说，我是店长，看我的牌子。我这才注意到他胸前有个很精致的小牌子，上边分别用日语和英语写着店长。怪不得老头儿跟他说话的时候低声下气。做完自我介绍，店长说等一下，再度离开，这次过了不到十秒钟，他和另一个穿白色制服的人一起出现，是个厨子。走到我们这儿店长对那人交代了几句，转身离开，就只剩我和另一个家伙，还有这厨子。

"我姓严，你可以叫我老严或者严师傅，上海人。你们俩哪儿来的？"突然厨子开始说话，标准的中国普通话，一边说一边打

与
麻
木
之
间
在
清
醒

量着我们，原来是一个中国人。他长着一副高鼻子，眼睛很小，但是很有神，是那种盯住你就让你浑身不自在的眼神。说实话这会儿他就让我很不自在。

"我叫尚笑。"我说，"北京来的。"接着另一个家伙也自我介绍了一下，没想到也是北京的。

"好吧，都是北京的，那就好说了，都是大城市来的，我只说一句话。"他自己可能不知道，他这句话后来我一直记着。他说，"不求给中国人增光，但是不能给中国人丢脸，记住了？"

简单明了。

"那好，向后转，以后这就是你们刷碗的地方。"严师傅说，接着抬了抬下巴示意我们看后面。我们俩转过身，才注意到身后是一块被隔出来的长条形小空间。大约有二米宽，四米左右长。左边用几个高大的铁架子和厨房隔开，架子上摆满了各种形状的盘子和碗。右边是宽大的工作台，工作台上放着大型洗碗机。我们对面是两个很大的洗碗池，上面分别装着两个水龙头，冷热水分开。池子里则堆满了脏盘子脏碗。这就开始刷？

"换衣服，打卡，然后开始吧。"严师傅说，"看见那几个装碗的筐了吗？绿色的。把碗上的剩菜冲干净，然后放进筐里，再然后推进洗碗机就行了。别忘了开电源和加洗剂。动作快点啊，该准备晚上的定食了，这些都要用。"说完，他看了看我们就转身离开了。好的，我心里说。

"你姓什么？"严师傅离开后，我和一块儿来的家伙走到更衣室，一边换衣服我一边说，这才想起来我还不知道怎么称呼另一个家伙。

"姓李，原来你也是北京的，真难得，北京人不多啊。"李换着衣服回答我。

"是，是，我们一块来的有几个，但是给分到别的班了。以前没见过你啊，几年级的？"

"上级班的，今年准备考大学了，还没选呢，先得挣学费啊。"

"原来如此。上级班还行，你考一级了吗？"

"考了啊，我在中国就拿日语一级证了。"

"我靠真牛×。"我是真心佩服，"我觉得那玩意儿我根本拿不到啊，太难了。"

"没事，你才来多久，慢慢混呗，时间长了，随便一考就拿了，比在中国好拿。"

托他的福。但事实是，到我彻底离开日本那天，我也没拿到日语一级证书，而且并不是因为考试那天我拉肚子了。

有了工作，生活开始变得充实且忙碌起来。每星期休息一天，下午一点上班，工作到深夜十二点，勉强能赶上末班电车。听起来时间很长，但傍晚可以在店里吃饭，这样能省下一顿饭钱。刚来留学的很多人都希望能有份这样的工作，不需要说太多话，还能管饭。吃的东西虽然因店而异，但以我的经验是店越大吃得就越好，幸运的是我干的这家店够大。所有厨子每天轮流做饭，吃的东西不比来店客人差，不过这也是唯一的安慰了，因为全店加起来能进三百多客人，刷碗的只有两个人。你可以想象三百名客人同时用餐，同时换三百套餐具，结果就是洗碗间瞬间堆满，洗碗池里洗碗机里碗柜上地板上到处都是，有时候竟然能多到连洗碗池都看不见了，台阶上再摆几口锅就更完美了。

最忙的时候基本从工作开始到最后收拾完毕，我的眼睛就没离开过洗碗池和洗碗机，手被加了洗洁剂的水泡到浮肿，走出洗碗间仿佛是去了另一个世界，脚也疼得不行，抽根烟马上就头晕。那个姓李的曾经拍过照片，盘子、碗和他，说要给北京的朋

友看，我还蹭了一张。因为当时他的手机好，能拍照，我用的破玩意儿没那功能。

工作大概就是这样，倒垃圾、掏地沟等等那都是小儿科，开始的时候虽然不适应，但跟满满一屋子盘子、碗相比，那都不算什么。你真的知道什么叫满满一屋子盘子、碗吗？很壮观的。

我努力熟悉着工作，很快一个月过去了，一场雨过后进入十二月，我拿到来日本的第一笔工资，整整二十四万日元，因为是第一笔工资，我记得很清楚。我用这笔钱买了几件衣服和几张CD，交了房租、水电等费用后，还剩下很多，我开始觉得自己是个有钱人了。剩下十几万不是个小数目，除去日常开支，没准还能攒上十万。可沾沾自喜了没几天，我就穿戴整齐去见了一个真正的有钱人。

此人从年龄上讲我应该叫他叔叔，他在东京和北京都开了公司，貌似台湾也有分公司，具体是什么项目我想不起来了，只记得是一种很复杂的工作。那天我是先接到了父亲的电话，说去了这么久怎么样啊之类的话，啰唆了一会儿之后才说有个人你应该去见一下，跟父亲是很多年的朋友，这两天正好在日本，父亲叫我去拜访，并给了他在日本用的电话号码。挂了父亲电话，我按照号码拨过去，响了几声，一个男人接起来，听声音岁数没有想象的大，至少感觉他还没到父亲的年龄。通话很短，我忘了说过什么，也许只是问了地址，并且当天就约好见面，因为正赶上休息，再等的话就要一星期之后了。

按照地址我坐了几条平时没坐过的地铁，倒来倒去最后到了新宿附近。走上地面又转了很久才在一栋中型的、大概八层的办公楼前停下。虽然已是十二月，我还是走出一身汗。确认地址没错后进楼上电梯，嗡嗡嗡了一阵，电梯停在某层，出了电梯我找到他告诉我的公司门牌。按下门铃，数秒后一个穿戴整齐、标准的日本职业

女性出来开门。我尽量客气地用日语说明来意后，她微笑着把我带进社长办公室，这才终于见到父亲的朋友。那时，他正在看某种文件之类的东西，穿一身看起来很高档的西装，戴一副看起来很高档的眼镜，踩一双看起来同样很高档的皮鞋。见我进来，他马上把文件丢在桌子上，招呼我坐下，笑容很温和。我照他说的坐进高档办公桌对面又是看起来很高档的真皮椅子里，身上带的几张旧钞票在钱包里皱巴巴地挤成一团。

在他办公室我们没坐很久，寒暄了几句之后，他便收拾了一些随身要带的东西，跟我说一起去吃个饭吧。我没什么意见也不太敢有什么意见，点头答应。既然是父亲的朋友，我都听他安排就好。从办公楼出来后怎么走的我忘得一干二净，现在能记起来的只有一点，在我们路过另外一座办公楼的时候，他指给我看，说你看这栋楼。我看了看，并没看出什么特别。后来他解释说，东京的华人组织之一，北京帮总部就在这楼里。我除了肃然起敬，再没有其他感觉。

在街上转了一会儿，最后他决定带我去一间很高级的天妇罗店。席间谈的什么基本上记不清了，唯一记得他提醒我要怎么管理钱，不要去玩柏青哥之类的话，我一一点头听话，同时拼命吃了好多平时吃不到的东西。比如天妇罗版的活炸泥鳅，据说在日本这是高级料理，没什么味道，但是看着挺过瘾。

吃过饭我便与他道别，从头至尾他的笑容都很温和，虽然见面时间不长，我也忘记了与他聊过什么，这却是我在日本为数不多的温暖记忆之一。

见过父亲的朋友数日后，我第一次搬家了。原因是房东向管理房屋的不动产公司投诉我夜里太吵，总打扰他睡觉。所以不动产的家伙来找我谈判要我搬家。他是听见我看毛片了，还是听见我打游

与
麻
木
之
间
在
清
醒

戏了？不管怎么说搬是肯定了。于是，我的新同屋变成了一起刷碗的李，虽然不在一个年级但是比较聊得来，房子也是他找的，在一个叫小岩的地方。从新宿坐一趟黄色的电车——总武线，大概三十多分钟路程。后来才知道，小岩这地方当年有很多飞车党。

十一　去看星星

　　新家距离小岩车站骑车五分钟，走路要二十分钟以上才能到，并且紧邻铁路，周围也没有什么超市、医院之类的建筑，连个便利店都没有，环境谈不上好还是不好。一条大马路从房子旁边穿过，但是几乎没有车。不远处有个公园，同样很难看到人影，总之是个寂寥的地方。房子本身是个一室两厅的空屋子，没有任何家具电器。整体木质结构，榻榻米地板，只有一间屋子装了空调，另一间连窗户都没有，感觉更像个仓库。厨房和客厅是一体的，没有抽油烟机，但是打开窗户就可以排油烟，也就是说冬天不会有人想在这儿做饭的。洗澡间里只有一个脏兮兮的浴缸，没有淋浴，并且没有洗衣机用的排水口，但当时我们都没考虑到洗衣服的问题。以上的理由加起来，结果就是这里房租很便宜。并且在分房间的时候我选了没有空调和窗户的那一间，这样就可以少付一部分房租作为补偿。当然，这是我和李都看过房子商量后决定的。

　　因为我和李都是第一次搬家，除了随身行李外没有什么东西。刚到日本的时候，一直用房东准备好的冰箱、洗衣机之类，所以这次要重买一套了。不过，幸好车站前面就有家韩国人开的超大二手家具店，看上去像是个旧仓库，二楼专卖旧家具，一楼则从没人要的双开门大冰箱到巴掌大的古董相框一而足。我和李选了一天俩

与在麻木之间清醒

人都休息的日子在这里泡了三四个小时，挑了两个茶几、两台电视机和两张床，外加一个冰箱。我自己则又挑了一套SONY的旧音响和一个DVD机。这就是全部了。后来，这套旧音响和电视机一直被我用到离开日本那天。

新家需要的东西差不多了，我和李突然想到家里没有电脑。两个嗜游戏如命的单身男怎么可以不拥有电脑呢？！于是我无比激动的，真的是很激动的，由李带着我第一次去了传说中的宅男圣地——秋叶原。满街的电器店加游戏店加外国人，这就是我对秋叶原的印象，一个无聊极了的地方。当然这只是我的个人意见，因为这里看起来眼花缭乱，但实际上却很乏味，店铺和店铺虽然在装修和规模上大不相同，但其核心部分确是严重同质化。当然，我相信秋叶原有它特有的文化，但对于刚去日本时间不长的我来说还不是很能理解。那次以后，包括整个我在东京的日子里，我好像也只去了两次还是三次而已，这地方不吸引我，所以不想多介绍了。说回到那天，买了电脑后，我又在某条小巷里买了两把一套的仿真日本刀，以及数张有码的二手AV盘，就草草结束了很多人向往的秋叶原之旅，然后急着回家下载游戏去了。

转眼间又是半个月过去了，我的新家已经基本上布置完成。除了那些必要的家具以外，我们又添置了窗帘之类的小东西。由于家里没有洗衣机排水口，我们就没弄洗衣机，倒是在旁边一条街上发现了自助洗衣房，也就是投进硬币开始洗，洗完还能烘干的那种自助洗衣房。没有人看管，全凭自觉，我经常把衣服往那儿一丢就回去玩游戏，等再想起来已经半夜，但至少从来没丢过衣服。生活上唯一的烦恼是深夜里有时旁边的铁道会过电车。不是那种一般的电车，是检修铁路的，开得极慢，旁边还跟着走路的工人，一边在铁道上敲敲打打，一边跟着检修铁路的电车慢慢走。我观察过一次，从听见咣咣咣的声音到这声音远去，大概需要十五分钟左右，这就算是唯一的烦恼了，不过习惯了也就无所谓了。有时候睡死了根本听不到，能听到的时候基本上都是我和李在夜战游戏。

自从进入十二月，李越来越忙，因为渐渐接近日本大学考试的时间，他每天打工完都要去复习功课，我一个人在家的时间变得多起来，多数时间都是窝在家里看DVD或者听音乐。那段时间很迷成龙的电影，虽然以前都看过，但还是经常到租DVD的地方弄成龙的片子回来看，可能是因为看他的片子不用动脑子吧。另外，在商店街我发现了一家很棒的拉面馆，一家三口开的，店主人老两口加上儿子。味道相当棒，清一色的猪骨汤，面条很筋道，配料也很足。最讲究的是，如果还嫌汤头不够重口味可以要求加料，这时店主人就会用一个大笊篱从汤锅里捞出块肥肉，在盛好的面上抖来抖去，这样肥肉就会从笊篱的缝里变成肉渣一块一块掉进碗里，有些重口味，但是吃起来真的过瘾极了，而且冬天吃很暖身子。于是，我经常在下班后顺路吃上一碗才骑车回家，路上吸几口冷气，到家后则会觉得整个胃好像凝成一个大油块。

总之，小岩这地方是那种一开始觉得没什么，但住一段时间后才慢慢发现其实很不错的地方。有好吃的，站前也很热闹，甚至还有一条规模很小的风俗街，相比之下以前住的成增就太冷清了。天气好的时候，我会骑车到那个巨大的韩国二手店或者超市里打发时间，没精神的时候就缩在家里看DVD打游戏，日子过得算不上充实，但很悠闲。很少看书，国内带来的书几乎都看过了，于是游戏和电影占据了休息日的大部分时间。李在家的时候两人就一起喝酒打游戏，偶尔聊聊考大学的事情。李是个很能说话的人，我们经常这个那个的一直聊到半夜，第二天再一起旷课。而纯子的事情，我已经基本上不考虑了，徒增烦恼而已，打电话也不知道说什么，我

与
在
麻木
清醒
之间

又不能频繁地跑去大阪见她。当然我跟李也说过她的事情，李说随缘，随缘就好。或者干脆我考到大阪的大学，就一切迎刃而解了。开始我眼前一亮，觉得这是个绝妙极了的主意。他在日本的时间比我长，所以思路上要比我放得开，我真没想过要换一个城市。但之后我又觉得事情或许没那么简单，我的预感是我会一直待在东京，完全是直觉。虽然我很喜欢大阪，也没有太深刻地认为东京很适合我，只是对于在大阪生活这件事无论如何上不来实感。当然，我还有一年的时间可以去慢慢考虑，但是看着李带回来的大学资料，我还是下意识地回避了大阪的大学。甚至考虑过北海道的大学，但唯独没有考虑过大阪。也许是我不想再回到那里，至于原因当时并没有细想。现在想起来，我对大阪唯一的认知就是纯子生活在那个城市，也许当时的我不是回避大阪，只是在回避纯子的存在而已。

想起大阪，所有脑海里形成的画面都有纯子的影子，就像偶尔翻出一件很长时间没穿过的衣服，总会有一些不能完全抚平的折痕宿命性地留在那上面，衣服的折痕可以马上洗去，但心里的折痕也许只有靠时间来慢慢冲洗了。我没有让自己刻意忽略纯子的存在，因为我知道自己现在还没办法忽略。直至现在我也只去过一次大阪，那里对我来说依旧只是纯子生活过的城市，再无其他。

但到了十二月底，虽然不是大阪，我又去了另一个纯子生活过的城市。那是她的老家，一个离姬路不远的地方，我忘了那地方的名字。

十二月底，是日本新年的重要日子，相当于中国春节。我不知道是什么时候，也懒得查，日本取消了旧历，一年中最重要的日子变得和西方一样，过新年。也就是在快到新年的时候，我接到了纯子的电话，问我要不要今年和她家人一起过节。我当时没有多想就答应了，没有不答应的理由，要把我正式介绍给她家人？该高兴？

见不见她家人对我来说根本没有意义，我只想见到纯子。虽然那时候我已经对再跟纯子见面不抱希望，但当然我还是想念她的。于是接到电话后，我马上就出门去给纯子挑礼物了。那是一条在二手饰品店挑的极细的银项链，一万日元。

三十一日那天，我没有特意打扮，只是换上干净衣服，兜里放着给纯子的项链，又一次登上开往关西的新干线，并且一路睡到姬路。在车站和纯子会合后，我们没有急着赶路，先逛了逛姬路站前的商店街，只当这是一次普通旅行。要说是旅行，我却错过了登上姬路城的机会。到现在我还记得，我们站在一条商店街的街口，抬头望着远处山上雄伟的姬路城。这是我对姬路唯一的记忆。

之后纯子带着我一路走向我不再记得的地方，偶尔和路边的老太太打招呼，偶尔告诉我这家人是干吗的，那家人是干吗的。再之后我们来到一个很小的电车站，检票口只有一个，没有站员，冷清的站内只有几个看起来很木讷的老人在闲逛。我说我可以直接从检票口跳过去，只要助跑一下就可以。当然我是开玩笑的，换来的是纯子大声对我说笨蛋笨蛋笨蛋，说了好多次。

等电车的时间里干了什么早就不记得，不过记忆中好像是等了很久电车才慢悠悠开进站。惊讶的我和淡定的纯子迈上车，关门，和一大堆上了年纪的老人一起站着等发车。是的，关门，不是电车关上门，是关门，手动的，分别抓着两扇门的把手，向中间使劲一拉就关上了，还会发出嘭的一声。就这件事情一路上我都在笑话纯子，说这简直是上个世纪的电车，只有两节车厢，车里那些老人就像博物馆里等着被展出的蜡像，哪儿还有电车的门是手动的！并且在途中，还有个老头儿吵着要去厕所，吵了很久，驾驶员迫于无奈居然半路停车，让老头儿下去找个没人的地方解决一下，并嘱咐他

与 在
麻木 滑腻
之间

要快去快回，不要对其他乘客造成困扰。这真的不是困扰，我快要乐死了，纯子解释着这是乡下，乡下！然后对我说更多的笨蛋，笨蛋笨蛋笨蛋。

电车轻微晃动着前进，一路上没有值得书写的地方，晃到某一站的时候纯子提醒我下车，我们便跟着几个老人来到站外，迎面扑来的腥味告诉我这是海边。又走过几条小街后眼前的景象证实了我的看法，不光是海边，还是个小渔村。路边能看到用绳子串起来晾干的章鱼、鱿鱼，还有其他我叫不出名字的鱼。除了偶尔飘过来的腥味，这里空气异常清新，虽然有点冷，但是阳光很足，被海风吹着很舒服。

最后，纯子带我来到一个码头，很小的码头，却停靠着一艘相当大的船。纯子说从这里开始我们要坐船了。我问她这究竟是要去哪里？不是你的老家吗？她说不能完全算是，到了就知道了。我还想在船下面拍个照片，却被纯子催着上船，说时间不多了，这是今天下午最后一班船，而一天好像只有两班。登上船我和纯子没有走进船舱，选择在甲板靠着栏杆聊天。船舱里都是老人，这地方到处都是老人。他们很友善，很放松，看见人就不住地点头打招呼，从远处看很像一群极温顺的动物在船舱里慢慢地晃来晃去。老太太几乎都提着篮子或者布袋子，老头儿都带着棒球帽。

船开起来，吹着海风，纯子开始给我讲这个渔村里她认识的各种人。有的看到她会问问家里人怎么样，城里生活怎么样，然后送她几条鱼。有的会问她同样的问题，但是会送给她蔬菜。虽然我连自己在哪儿都还不太清楚，但很快就喜欢上了这个地方。城市里的人在这里会感到有些恍惚的幸福感。一个小海湾，几条连行车线都没有的马路，只有两节车厢还要手动关门的电车。现在回忆起来，整个村子给我的印象如同电影里的布景一般简单，

Between sobriety
and numbness

那就是纯子长大的地方，我想。对我来说，当时的情景也真像是穿越到了某部电影里，但那里的色彩是真实的，海风是清冽并带有腥味的，靠在甲板栏杆上听海浪的声音是很大的，而我在那里没有回忆。那里只有我对纯子的回忆，她在那儿拥有过去的时间，她和她过去的时间只会留在我的回忆里。而在我的回忆里，纯子家的房子则大得像一座城堡。

大概经过一小时左右，船在某座小岛上靠岸。下船后纯子领我走上一段两旁长满树的坡道，然后指着岛中央一座小山的半山腰说，我家在那儿。抬头望过去，我看到的是一栋别墅，像城堡一样大的别墅。而我能看到的岛的这一面，分布着大大小小的别墅，不止一座。

纯子家的别墅在这里算大的，一共三层，二层有个木制露台，露台后面是一整扇玻璃墙面朝大海。过了坡道，我们又走上一条通往别墅的铺满碎石的小路，小路两边是修剪过的花花草草，其间还摆放着装饰用的陶瓷人偶。穿过小路来到门前，我说我有点紧张，纯子看着我笑了笑没说话，拿钥匙打开门，没人。时间接近傍晚。

其实不是没人，这时候纯子的母亲正在二楼厨房里准备晚饭，她哥哥也在二楼，只是她父亲不知道在哪儿。我们在一楼玄关换好鞋，走过一张台球案上了楼梯。台球案，客厅里确实有张台球案，我还下意识地找了找壁炉，没看到，不过也许真的有。

当天是如何跟她家里人打过招呼等细节我已经完全不记得，只有一件事情倒是觉得有意思，那是在纯子的父亲现身之后。打过招呼，我和她父亲一本正经地坐下来聊天。第一次见面，我的日语又没有那么熟练，再加上他父亲彻底的关西方言，说聊天不如说是猜谜、灾难。后来他父亲问我，你猜这别墅多少钱？我犹豫了半天……两千万？我说。我哪儿知道，完全是胡说的，两千万日元对

当时的我来说已经是天文数字，当然对现在的我来说也是……不，她父亲接着说。就说了一个"不"字，我等着下文，但却没有下文。他父亲说了个"不"字以后，就笑了笑起身走开了，剩我自己坐在那里，闻着厨房里传来的烤鱼味。

吃饭的细节不再一一描述，饭菜虽然丰盛，但却有点无聊，可能是因为我当时日语不好，没办法很好沟通吧。晚饭后简单收拾了一下，一家人上三楼，躲在一个很小的铺着榻榻米的屋子里看电视。例行节目，红白歌会。我记得屋子里的陈设很简单，一张桌子，一台小电视机，最多能坐大约八个人。其间我问纯子父亲，这么大的别墅，为什么要弄这么小的一个房间看电视？而且电视机也是那种极普通的。他父亲想了想后慢慢说，因为这样才有家族的感觉，没有别墅之前都是这么过来的，不能让家里人忘掉那种感觉。我想起在北京的父母。

红白结束后，我去厕所，在楼梯上碰见纯子，手里拿着大衣和帽子。

"要出去？"

"嗯，父亲说出去走走，这岛上的小山是可以上到山顶的，晚上可以看到很多星星，父亲说要带你去看看。"纯子说，"去拿衣服吧，我们在一楼。"

我记得那天纯子母亲好像没有跟我们去，她要留下来收拾房子。只有我和纯子，纯子哥哥以及父亲四人上了山顶。等我取好衣服，所有人在一楼会合后，纯子父亲领我们出门，顺着来时走过的坡道向山顶前进，一路无话。我不知道有什么可说的，四周很安静，也没有人说话。虽然有时候我想跟纯子说话，但隐约觉得这气氛还是不说的好。除了我们的脚步声，能听到的只有很小的潮汐的声音从下面传来。这条路不知道是被人走出来的还是特意修出来的，不是柏油路，只是条单纯的土路。两旁长满野草。

互相沉默着，我们一路借着月光走上山顶，最后到达一处人工修建的混凝土平台。平台大概有五十平方米左右，记忆中那里还摆着两张长椅和几个垃圾桶。看来这里是为了观光或看星星而特意准备的场所。

大家松散地站在平台上，纯子似乎没有看星星的心情，也许是因为经常看吧。一路无话的纯子父亲倒是跟我搭上话。怎么样？这里是不是可以看见很多星星？托天气的福。我站在他身边一边抬头看着，一边回答是啊是啊。这里的确可以看见很多星星，很多，也许是我这辈子有机会见到的最多的星星了。整个暗蓝色的夜空布满了大大小小的星星，四周仿佛变得不再有边际，天幕像块镶满了碎宝石的巨大纱巾就要飘落到自己脸上。甚至伸手摘星星之类的童话也许都是可能的，就是这种感觉。但是感叹星星之多的同时，我也用余光不时注意着纯子。不知道什么时候，纯子一个人躺在了地上，双手交叉叠在脑后。我走过去问她，在干吗？看星星啊，纯子说，这样看最舒服呢。我也想躺下来看看，但是碍于纯子哥哥和父亲都在，我想了想也许还是不要那么随便的好。这时纯子父亲走过来，一脸严肃地说，快起来，有客人在呢，我们要下山了！其实我们上来还不过十分钟的时间。纯子没动，但是她父亲已经开始独自走向来时的路，哥哥看了看我们俩也跟着父亲过去了。纯子好歹站起来拍拍身上的土，不情愿地也开始往回走。你爸真厉害，他一直都这么厉害吗？我说。是，纯子漫不经心地回答，他就是家里的国王，他们还觉得家里的男人就是家里的国王。之后就不太高兴地闭上了嘴。我想有些话她没有告诉我。

看星星的小插曲就这么结束了，我始终没搞清楚纯子父亲搞的这次小惊喜到底是出于什么目的。因为我没看出他有那么兴致勃

勃，如果单纯把我当成客人要向我介绍这里的话，除了看星星也还会说些别的吧，比如看看四周的夜景。说实话那里的夜景美极了，头顶上布满星星，脚下是微弱闪烁的灯火，远处的四国岛在黑暗中看起来如同一块贴在暗色玻璃上的黑斑。但是没有，除了问我是否能看见很多星星以外，他父亲什么也没对我说，对纯子说的唯一一句话就是命令她站起来回去。哥哥更是从头至尾保持沉默，似乎对我们所有人的所作所为都不太感兴趣，似乎是被迫跟来的。听说过大男子主义这玩意儿在日本还很严重，难道这就是？不光是对自己妻子，对所有家里人都是吗？纯子似乎很讨厌家里的男人们。

一行人回到家，纯子母亲已经收拾好了所有东西，到了该分配如何睡觉的时候。意外的是我竟然要和纯子父亲和哥哥在一个房间睡，我无法拒绝也不能拒绝，三个人的被褥已经在三楼可能是卧室的榻榻米上铺好了。很快速地看了一眼房间后，我发现纯子哥哥和父亲还没有来，我想这就进去先躺下会不会很尴尬，于是决定悄悄去抽根烟。所谓悄悄，是因为纯子家里没有人抽烟，整个别墅内是完全禁烟的，虽然纯子也偶尔抽烟，但她家里人并不知道。

避开纯子的父亲、母亲和哥哥，我悄悄下到一楼，打开房门来到外面，迫不及待地点上一支烟使劲吸着。一天下来，除了路上的疲惫，又小心翼翼地应付纯子家人，一口烟下去，想象之外的疲惫感贯穿全身，晕眩感麻痹了大脑涌上头顶，在紧闭上眼之前，我慌忙坐在门口的台阶上才不至于摔倒。这次登门探访完全不是我想象的，我几乎没能和纯子独处哪怕一分钟。她那个不苟言笑的父亲带给我很大压力，为了应付他的关西方言，我几乎筋疲力尽了。哥哥倒是很好对付，或者说几乎不用对付，除了偶尔的客套话，我们没说过什么。母亲同样如此，一直在忙碌着准备这个照顾那个，记忆中我和她几乎没有过一次完整对话。想想这家人，在他们眼里，我是个……我不知道纯子是怎么介绍我的，所以我说不好我在他们之间的位置，在他们眼里的角色。他们没有冷淡我，但我确定的是，在我和他们之间存在着一层厚厚的隔膜。

我尽了自己最大的努力在他们面前保持礼貌，为了不给纯子难堪，也为了自己能给她家里人留个好印象，但还是清楚地感觉到那层坚硬的隔膜，并且完全不是语言造成的困扰。来东京这段时间接触了无数的日本人，我没有感觉到跟他们交流有任何的……违和感。但是在这家人面前，我们一起说了话，虽然不多，一起吃了饭，一起过年看电视，甚至一起登上山顶看了星星，我仍然无法放松下来。在他们的客套话和笑脸背后，有我浅浅意识到但绝不愿承认的一种感情。很久以后，在一场暴雨过后晴朗到刺眼的阳光下，纯子给了我答案，因为我是外国人。

熄灭烟，我正想再抽一根，身后的门被慢慢打开，纯子悄悄走出来，又小心地关上门，也在我身边坐下了。

"每次过年都很累。"纯子小声说。

"似乎可以理解。"我小声回应她，但更像是说给自己的。

之后我们沉默了一会儿，纯子轻轻把头靠在我肩上。我又点上根烟，深吸了一口，接着吐向远方昏暗的大海。

"在这里也能看到星星啊，何苦要去山顶呢？"看着夜空我说道。纯子摇摇头。

等我把烟抽完，纯子也似乎有些困意了，靠在我肩上她差点睡着了。于是我提议回屋里去睡觉。我俩站起身拍拍裤子上的土，轻轻打开房门回到别墅里。听楼上已经没什么声音了，看来纯子母亲终于也要歇一歇了。走向楼梯的时候，我们又经过那张台球桌，在台球桌边上我从后面轻轻抱住纯子的腰。突然被我从后面抱住的纯子有些吃惊，但她只轻轻挣扎了一下就不再动了。

与
麻
木
之
间

在
清
醒

就这么抱着，记忆中大概经过了五分钟，纯子把手盖在我的手上。不要在这儿啊，纯子说，他们会下楼的。我没说话，用一只手从兜里掏出给纯子准备的礼物，那条一万日元的二手银项链。给你的礼物，新年快乐，我说。接着撩起纯子后面的头发把项链系在她脖子上。纯子低头看项链的时间里我继续抱着她，就像这别墅是属于我和纯子两个人的。

"真的跟我很合适啊，你那么知道我的感觉。"纯子说，她的中文有时候会变得比较奇怪。

"喜欢就好。"我说。

"你家有壁炉吗？"

"壁炉？"

"没事，就是问问。"我说。看来没有，或者纯子不知道中文的壁炉是指什么，而我也不知道壁炉用日语怎么说。

纯子摆弄项链的时间里，我也开始担心要是这时候突然有人从楼梯上下来，无论是她的父亲、母亲还是哥哥，恐怕都不太愿意看到这样的我们。于是我们离开台球桌，手拉手走上楼梯，直到接近二楼，纯子母亲的背影出现在我们视线里才把手分开。都在等你们啊，快睡觉吧，纯子母亲似乎有点不高兴。知道了知道了，纯子随便应付了两句便走进卫生间。对不起……我用日语小声跟她母亲打了招呼，就迅速闪进给我准备的卧室。这时卧室里已经关了房灯，借着地灯隐约能看见已经睡下的纯子的父亲和哥哥。我尽可能轻地走到给我准备的被褥旁边，尽可能轻地脱了衣服钻进被子，又尽可能轻地但是大大出了一口气。

就算结束了，我想，明天回东京。

第二天早起一家人吃过早饭，收拾好各自的东西出门，依旧没

有什么寒暄，各自沉默着坐来时的大船回到小渔村。在这里大家要分手了，纯子父母开车回家，纯子哥哥不知道要去什么地方独自离开，剩我和纯子坐电车返回姬路。从那里纯子再转乘电车回大阪，我则需要乘新干线回东京。一路上没什么值得回忆的。只有一件事我记得，在船上的时候，我和纯子依然选择站在船舱外靠着栏杆聊天。纯子的父母哥哥都待在船舱内。其间纯子母亲好几次想要把纯子叫到里面去，但都被纯子拒绝了，于是她母亲再度有点不高兴。这时候我不知道应该扮演什么角色，是一个帮着母亲说话的优秀、听话、懂事、会看风向的准女婿，还是一个为了给女儿面子才有资格和家族一起过年的中国来的穷小子。

事实是我选择了沉默。反正我觉得也不会再有机会和纯子母亲见面了。没什么理由，就这么觉得，她母亲讨厌我，我想，至少是没什么兴趣，不希望我和她女儿在一起。事实上我也真的再没有见过她。

一个人坐在回东京的新干线里，我迎来了自己的二〇〇三年。

与 在
麻木 清醒
之间

十二　大学

　　回到东京，继续休息了几天，准确地说是休息到新年放假结束后，我又开始去打工。虽然实在是不想再回到那个装满了碗和剩菜的狭小空间去，但生活还得继续。结果一上班却发现自己升职了，或者也不叫升职，我和李因为在刷碗那地方任劳任怨表现不错，被料理长提拔到厨房去了。于是我们换了工作服，戴上白帽子，开始和那些趾高气扬的厨子们一起工作。我负责烤鱼烤肉，李负责蒸煮包子米饭。新来的两个留学生则被塞到洗碗间代替我们。

　　厨房的工作干起来要比刷碗麻烦得多。一道道做菜的程序要记住，忙的时候人手不够用，又要忍受料理长的大呼小叫，说我们上菜太慢。三百人的大店负责烧烤的只有我和一个日本人社员，从我开始学习烧烤那家伙就几乎不再动手了，只是在边上指导指导或者讲讲荤笑话，看我一个人忙得一塌糊涂。李倒是比我轻松不少，毕竟包子、米饭这东西需要时间长，半生的又不能端出去，所以几乎没有人去催他。偶尔他会跑到我这边来问，你丫没事吧，你丫没事吧？我一般只回答一个字：滚。但是不用倒垃圾不用掏地沟，整体来说新工作还算轻松，我是指身体上的轻松，挣的钱也比以前多。进了厨房可是货真价实的做一道菜上一道菜，隔着厨房玻璃看外面那些食客吃着自己做的菜，还很有满足感，这当然要比刷碗多一些报酬。但是压力却大了很多，周末客满的时候，整个厨房就是一场战争。不说我，就连李也忙得再没工夫来问候我了。每到这种时候，料理长就会拿着一个铁炒勺在厨房里转来转去，表情就像吃了什么不干净的东西肚子疼那样，整个脸憋得通红，瞪大眼睛亲自监督每一个岗位是否会出错，出错就意味着耽误时间，而在耽误的时间里又有新的订单不停进来。我亲眼见过他右手拿着炒勺，一边叫骂着一边用左手把刚烤好的芒果使劲按在一个倒霉鬼脸上。那是个新来的厨子，还不太了解这里，我也不知道他做错了什么，但是滚烫的芒果在那个家伙脸上烂成一片，黄色的汁顺着脸流到他崭新的工作服上，我担心他就要大声哭出来了。可是没人说话，甚至都没什么人看他，所有人都气势汹汹地忙着属于自己的那一堆单子。除了料理长骂街的声音，只有叮叮咣咣厨具相互碰撞的声音响彻周末的厨房。

我就在这样的厨房里忙碌了几个月，顶着厨师长的叫骂，每天焦头烂额，无暇他顾。但却攒了一笔钱，因为没时间花。每到周日休息只会在家睡成一团泥，因为太累，学校也懒得去而旷了不少课。

一天一天忙过去，转眼四月来临，大家都换上了薄衣服，不知不觉间街上也开满了樱花。突然想起艾略特那首著名的《荒原》：四月是最残忍的一个月，荒地上长着丁香，把回忆和欲望掺和在一起，又让春雨催促那些迟钝的根芽。身处开满樱花的东京，这种景象可是无论如何都想象不出来的。

持续着非打工即睡觉这种生活，久而久之，感觉自己脑袋像被抽空了一般，懒得听音乐懒得看电影，偶尔打打游戏，在家跟李喝喝酒吃吃火锅，聊点学校的破事，看看电视里的娱乐节目。不自觉地，整个世界被我单纯分为了两个部分，厨房和厨房以外。我不

与麻木之间

在清醒

知道该怎么形容这种情况。每天换好衣服走进厨房，整个人就会莫名其妙精神起来，似乎我命运真正的归属就在这里，在一堆鱼、萝卜、白菜和钢铁架子中间，下班出来看着空荡宽阔的新宿大街，那些林立在霓虹灯虚幻光彩下的高层建筑，又感觉厨房里刚刚发生的那场战争是很遥远的事情，其实在我身后，这两个世界相距不到十米，只需转个身就可以简单穿越回去。

在我生活变得绝对单纯化，绝对两点一线的这段时间里，李提出了他的看法。

"这可不是什么好事啊。"有一天在家吃饭时李举着啤酒瓶子说，"慢慢地你就会被腐蚀掉，最后变得跟那帮面无表情、穿西服打领带的上班族一样。你觉得生活安定下来了，其实这都是假象，就像这啤酒瓶子。你看，我把它摆在饭桌上它就是瓶好啤酒，包装很牛×、漂亮，其实呢，早就被我喝光了，里面是空的，是空气！就是个漂亮的垃圾！就是你。"

"你丫喝多了吧，今天真能说啊。"我拿着电视机遥控器，一边换台一边喝口酒说。

"这刚到哪儿啊。真的，我真的这么认为。你来的时间没有我长，这是你打的第一份工吧。以后你就理解了，慢慢地你也会被别人喝光。"

"这不是挺好吗，钱多，就是累点。我们先得活下去吧，以后的事情以后再说吧，有工作还有钱喝酒吃火锅，这不是挺好吗，你说。"

"这就是陷阱的真面目了！活下去？你看咱那帮同学，来的时候这个那个的都跟活畜生一样，哪个不是活蹦乱跳。一宿不睡跑台场沙滩上挖螃蟹的，去歌舞伎町找日本小姐的，带女同学考察情人旅馆的，那他妈才叫生活啊！你懂吗？就你现在这样，一直这么下

去就完蛋了。这叫死循环。跟你一拨来的有一人，个子特高的男的叫什么来着？一人打三个工，天天就吃大萝卜，你受得了吗？你问他挣钱干吗，他也不说，简直就是张死人脸。就这，听说在国内是学画画的，做广告的，你说丫干吗来了？"

"那是丫活该，我可不会。"我说，"我可不会那样。"

"你在国内不是弄音乐的吗？你也不弄音乐了吧？"

"你说我有时间弄音乐吗？"

"你看，一回事。"

无法反驳。

不过这天李的确是喝多了。我没问他原因，后来他继续胡言乱语了一阵以后也还是没说，酒后洗了个澡，又跟什么都没发生一样。这家伙一般不喝多的，属于可以冷静处理各类问题的那种靠谱角色。话说现在的李已经是大学生了，折腾了几个月，他最终考进了帝京大学，按他的说法好像是第二志愿，第一志愿如何他自己没提过，但不管怎么说，能顺利升入大学应该高兴才对。考上大学的家伙基本上都要庆祝一下，李却没有。"考上啦"之类的话也没说一句，只是今天却莫名其妙喝多了。

"其实我是有个日本女朋友的。"洗完澡清醒过来的李躺在床上说，"哪天带来让你见见啊？"

"哟，你怎么从来没说过日本女朋友的事？"我也躺在榻榻米上正看着电视机。听他这么一说，真有点吃惊。

"没来得及。"他说。什么叫没来得及？

"对了，你说过你在大阪那个日本妞，叫什么来着？"

"纯子，怎么了？"

"果然！她俩名字一样，姓不一样啊，但是名字真一样！什么

时候来个四人聚会啊。她来东京吗？"

"那倒是也行，嗯！不过我不知道她来不来东京啊。"

"问问啊，打电话。"

"能来就来了呗，来不了问了也没用啊。"

"就你这样，估计是来不了了。你就不能主动点？"

"主动了。目前来看是没有可能……"

"然后呢？"

"你不懂。"

李摇摇头发出哼哼哼的笑声。我用手摸了摸电话，又放下了。

我和李就这样每天两个人一起进厨房拼命，下班回来后再一起喝酒聊天。五月的一天，我突然决定辞职，回家跟李一商量，李说他早就想辞了，正好一起。原因很简单，就是太累了。我终于受不了厨房里的战争，也终于受不了学校老师的唠叨。因为我旷课太多，学校已经数次找我谈话，问我还想不想学了。其实是更关心我的出勤率，学习成绩是不管的。因为出勤率关系到大学考试，很多学校在留学生报考的时候要检查出勤率。衡量了一下大局，又看了看自己的银行卡之后，我最终决定辞职。

辞职那天意外搞得很隆重，这让我和李很惊讶。那天我们俩一起找到料理长，跟他说明了理由，当然没说是因为工作累，不能让人看不起。李说大学很忙想换个离学校近的工作。我说要考大学了准备在家好好学习……这理由其实听起来挺假的，不过看来料理长是真心相信了，因为他马上跑去报告了店长。结果下午我和李在后厨休息区抽烟的时候，不光店长来了，还跟来了一堆厨子。大家七嘴八舌劝我们不要走，说我和李是洗碗间的模范啊，工作认真很可惜啊，副料理长还给我和李每人点了支烟，有个做蛋糕的女厨子眼睛还红了，弄得我和李半天说不出话，尴尬

了好久。不过既然话说出去了，已经收不回来，我们说了一大堆对不起啊不好意思之类的客气话，最后还是店长做主，说辞职就辞职吧，以后到别的地方也要努力，好好学习什么的。我和李对着大家又是鞠躬又是拥抱，要不是工作时间到了，料理长喊大家回厨房，这里搞不好要变成茶话会了……

干完最后一个月，拿到工资，我和李开始计划新生活，没有打工的生活。其实很简单，就是老老实实去学校上课。李也缺了很多课，虽然他在家总是咬着圆珠笔又是选课又是看书，但实际没去过几天，毕竟是考上大学了，缺几天课不算什么。我可是为了恶补出勤率，每天拼命早起上学，下雨也不例外，虽然我是最恨下雨天出门。

就在我积极补课的某一天，我被老师叫到办公室，说有事情商量。我以为又是出勤率的谈话，这次应该是来表扬我的吧。不过进了办公室才发现不是班主任老师，而是办公室的负责老师，也就是管理所有留学生的老师。谈话目的也不是出勤率的问题，而是关于考大学的。老师问我以后有什么打算，是专门学校还是短期大学。在他们眼里，原来我就是这么个角色？我会去大学，我说，而且已经有了第一志愿。我的回答让老师很吃惊，他很怀疑地问我是哪个大学。和光大学，我说。

虽然我出勤率很差，但我早就有了自己的打算。因为就在这次谈话之前的某一天，我去池袋见了一个叫岳程的家伙。新裤子周围的朋友都知道他，是我们最早一起玩乐队的朋友。但是在新裤子初具规模后，岳程却来了日本，哪一年我忘记了，就是岩井俊二那部传世之作《燕尾蝶》刚在中国开始流行的那年。实际上大家疯看《燕尾蝶》也是因为岳程。在北京的时候，有一天他跟我们说，最近发现了一部实在是精彩极了的电影，希望每个人都看看。我还记得他那时的表情，真可以用神采奕奕来形容。岳程幼年开始学画，

一直以为他能变成个艺术家，但实际上他从来就没有一点想要变成什么狗屁艺术家的意思，倒像个精神上的冒险家。要说怎么形容他实在有点复杂，简单说有点像大江健三郎在《日常生活的冒险》中描绘的斋木犀吉。他来了日本似乎也没多大变化。

那天我们约在池袋一家还算高级的烧烤店见面，地点是岳程定的。何苦约在这么高级的地方呢，看菜单的时候我心里想，岳程倒是一副不以为然的样子。日本上班族平时都来这样的地方，他说。我信。

那天具体聊了什么我早就忘了，因为最后我喝多了。但是他透露给我一个很重要的信息，或者说是强制性地把那个信息塞给了我。在他喋喋不休地讲了一大堆日本见闻之后，突然就把话题转到大学的事情上。你一定要来我上的大学看看，那才是真正的好大学哩！他应该是这么说的。这是我第一次听到和光大学这个名字，就是那个世界闻名的日本食人魔佐川一政上过的学校，有意思。于是几天之后，我就站在了和光大学的食堂里。

我记得那是个很晴朗很晴朗的日子，从我住的地方坐总武线到新宿，再换乘小田急线到鹤川，一个几乎是乡下的地方。车站旁边是田地，种着某种农作物。从站口出来可以直接走进一条萧条的商店街。真的很萧条，如果不是看到几个大学生模样的家伙迎面走来，这街上几乎就没有人，同样也没什么正经店铺。一家拉面店紧闭着门，橱窗里落满了土。我记得还有一家裁缝店，虽然是白天就紧锁着卷帘门，不知道是倒闭了还是不想做生意。走出商店街是一条很宽，但是很浅的河，鹤川站这个名字是不是与这条河有关我不得而知。再向前走要过一座桥，然后七拐八拐会发现一条笔直的缓坡路，两边都是住宅区，一家纳豆工厂在这里显得格外引人瞩目。过了纳豆工厂又是一大片田地，貌似种的是水稻，我也不懂啦，不过总算是到了，和光大学的校区就在这片水稻田旁边的山坡上。在通向学校的最后一段大上坡路的起点有块石头，上边刻着"和光大学"四个字。后来又知道这个坡其实也有名字，美其名曰"和光坡"。

走上和光坡，是停校车的广场，两台绿色的校车停在那儿，我走过去的时候两个中年男人正靠着车门抽烟，广场旁边是教务处大楼。走过教务处大楼再上一段台阶又是另一个广场，正对面立着一个半身雕像，我想不起来是谁，广场右手边是图书馆，也就是我和岳程约定见面的地方。

我到的时候，岳程已经等在那里，穿一条可能是在北京就已经穿过的破牛仔裤和黑皮夹克，背着看起来有些大得过分的书包，风把长发糊在他脸上，透过那些乱晃的长发，他正跟我挥手，就像《成名之路》里静水乐队那个吉他手，只是没有胡子。

那天我们说了什么完全记不得，顺序大概是先去食堂吃午饭，之后在校园里转了转，抽了几根烟。转起来才发现这学校其实很大，光操场就有一大一小两个，小的是一般操场，没什么人，大的看起来是某种专用操场，地上画着各种白线，远远望去有几个人正在那儿练习棒球。另外还有体育馆。教学楼应该有四座，外加一个可以遥望两个操场的露天休息区，那里摆着很多石头桌子和长椅，休息区旁边的墙上贴满了海报和招聘信息，招聘信息里一半以上都是课外活动小组的宣传单，也就是叫作部活的那种学生组织。整个学校全转下来大概需要抽五根烟的时间，差不多二十五分钟左右。对于在中国没上过大学的我来说，可以说第一印象好极了。不过后来我回到北京，因为工作关系去了几次北大和清华后，才觉得和光大学就是个屁，当然我指的是面积。

等我们溜达得差不多了，岳程说有节课希望能和我一起去听

听，因为这节课是他很欣赏的某个老师主讲。之所以他很欣赏，是因为那个老师曾经在课上讲过西方摇滚乐发展史，据说在做老师之前还采访过David Bowie，我半信半疑。

那节课应该是在一个很大的教室上，差不多能坐下二百人的地方，我和岳程走进去的时候已经过了开课时间大约二十分钟，我们只能坐在最后面。怎么样？都坐满了吧，这人的课一直都是满的，岳程说。看来真的很受欢迎，我想，只是不知道为什么过了二十分钟老师还没出现。

"这老师还来不来了？"我问。

"应该来，没看到休课通知啊。"岳程看看周围说。

"如果不来怎么办？"

"按说老师迟到十五分钟以上的话就应该按取消处理的。"岳程继续环顾四周，已经开始有学生往外面走了。

"这么好？老师迟到就算取消？"

"对啊，老师不来还上个屁啊？学校规定的。"

"那我们怎么办？"

"嗯，看来今天是没戏啦，走吧。没听着，可惜了。"

"这学校不错，随便走还行，考这儿的话要什么材料？难考吗？"我问。

"材料？来考试就行啦，交了志愿书就行。"

"出勤率？"

"不要不要，什么都不要。"岳程站起身说。

办公室老师一脸很复杂的表情，一边看着我一边随手翻着一本很厚的资料，研究了大概七八分钟，我坐在他对面的椅子里玩手机。你再说一遍什么大学？老师问。和光大学，我说。接下来老师又翻了几页，最后停下来，把翻到的那一页给我看。原来这是本日本大学资料，上面详细记载了各大学的基础情报，老师翻的这页正是和光大学的。就是这个，我点点头说。那你应该考得上，老师说。

说完就让我离开了。

决定了大学，又不用再去补出勤率，也不用打工，我和李两个人过了一段极为舒适散漫的生活。每天睡到自然醒，而且基本都是睡到下午，起床后看看电视抽抽烟，去附近便利店买几个饭团、泡面之类的东西填肚子，然后就是喝酒打游戏时间，这样一直持续到晚上。天黑后弄个火锅炒几个菜，继续喝酒看电视。因为经常光顾，我们还和商店街一家游戏店的店主混成了朋友，经常可以免费拿回一些便宜的二手游戏玩。这段时间我基本上算是住在李的房间了，不过不全是因为玩游戏，天渐渐热起来，我的房间没有空调。

转眼间混过去一个月，七月初，李的表弟来了。留学，和我们俩一样。

李的表弟是个个子很高的家伙，大约一米八五，或者超过了一米八五，大手大脚，看上去体格很好，我记得姓黄。留着精神的短发，脸上堆满了热情的笑容，不过也许热情得有点过头，看起来神经兮兮的。一进门就点头哈腰地叫着哥，哥。笑起来看不见眼睛。

黄自然是要和李住一个房间。两个人住，尤其是两个男人住那房间显得有点小，不过这屋子里也没有第三个房间了。暂住，或者说无限期住下去，对我来说都没什么问题，黄本来就是个性格开朗的家伙，我们三个人经常聊天聊到半夜。但最终还得是我搬出去吧，我想。李已经是大学生，开始稳定的生活了，这时候不搬家恐怕是打算要在这长久住下去，而黄一定会和他一起生活，毕竟兄弟之间可以互相照顾，那就意味着在这个只有两个房间的小房子里，如果三人之中有一个要离开，那就只能是我。不过想是这么想，这

与麻木之间在沉醉

倒并不影响我和俩兄弟在一起开心地吃吃喝喝混日子。

黄刚来还没开始打工，学校也不忙，再加上作为他表哥的李又是个日语超级棒的高才生，目前的生活对于他来说毫无压力，每天在家学日语打游戏，这恐怕和他在国内的日子没什么区别。李则因为表弟来了，已经开始物色新工作，因为至少是短时间内，在黄能顺利开始工作之前，他负担的生活费要翻倍。而我也有这个打算，积蓄已经剩得不多了，虽然不再有出勤率的压力，精神上放松不少，但为了生活不得不又要去打工。不过我比李运气好一些，刚有这个想法，学校就给我介绍了第二份工作。

新工作是在大名鼎鼎的JAL航空公司做清扫工，不是办公室清扫，是在羽田机场做飞机内部清扫，这种工作很多人都没听说过，甚至想都想不到。介绍工作时，学校的老师就说，现在有一个很少见、钱又多的机会，在能选择的范围内准备推荐给日语还不错的学生。所谓选择范围是指日语还不错，同时又没有工作的人，于是我幸运中标。了解清楚后才觉得的确是像老师事先所说，这是份很少见的工作，当我把这件事说给李听的时候，他也表示很惊诧，从来都没听说过有谁能跑到机场去打工，至少是没想过机场里面会有留学生也可以干的工作。

虽然大家都想不到这是份什么样的工作，其实做起来并不难。简单地说，每当有飞机落下来，我们，一队六人的编制，会先跑到飞机下边等着，等客人下飞机。当空姐跟我们的队长确认乘客全部下去后，我们就拿着塑料袋、抹布等分组冲入机舱，每人都有事先分配好的负责区域。收起用过的耳机，摆好安全带，拿掉座位上和杂志口袋里的垃圾，擦一遍桌板，最后检查地上有没有残留物。清扫完整架飞机大概需要二十分钟左右，基本上就是这样的流程。

一开始干起来很轻松，不过总要低头弯腰，时间长了就会腰疼，但需要坚持或者说要克服的也就这一点了。偶尔会碰到客人呕吐在地板上，这也不需要我们清理，只需把带队的队长喊来。他们不是打工的，而是正牌公司职员，隶属于JAL总公司。因为牵扯到消毒，这样的特别操作必须由他们亲自来完成，对此我们十分高兴。在这样的情况下，看队长一个人蹲在那清理呕吐物，我们也会表示一下关心，比如离得很远问他，那些东西还是热的吧。这时候最常听到的回答是你要吃吗？还是热的哟。当然回答因人而异，也有的队长会说不吃就滚远点之类的话。

　　就是这样一份工作，每天下午一点开始晚上九点结束，标准八小时工作制，每星期休息几天自己定，多干多得。八月初开始做到九月初，我每星期休息一天，一个月下来拿到将近三十万日元，比之前刷碗的工作挣得多，而且轻松。另外值得夸耀的是，我还曾有幸登上过日本天皇的专机，就算是天皇的飞机也需要有人打扫嘛，不过那次工作是在数十名穿黑西服、戴黑墨镜的保镖的严密监视中完成的。理由相当充分，怕我们安放炸弹。

　　而在我每天忙于打扫飞机这期间，李也顺利找到了工作，在一个拉面店做拉面。于是在家吃饭的日子，我们又多了新菜单：拉面、煎饺子，还有日式叉烧肉。当然不是李把店里东西拿回家来做，而是他学习能力实在太强，能做出和店里水准不相上下的味道。我和黄几乎每天都要吃李炖的叉烧肉。

　　"离你大学考试还有整整两个月。"李叼着烟说，同时用手里的勺子敲着锅边。一锅新炖的叉烧肉正要出锅。

　　"是啊……"我拿着手柄，眼睛盯着电视机，随便敷衍了他一句。当时我正在体验新买的游戏机。

　　"时间过得真快，你也快摆脱语言学校那破地方了，换了签证就是大学生了啊！"

与　在
麻木　清醒
之间

"是啊……"我继续玩游戏。

"要是我弟也能早点考上就好了，就他那两句日语，我是真为他担心。"

"那你就不为我担心？"新游戏机感觉极好。

"你，我就不担心了吧，以你现在的日语程度，考和光应该没问题。"李挥着勺子转向我说。我放下手柄，点支烟，穿上拖鞋走到李身边看了看锅里的肉。

"我也觉得，哈哈哈。"我抽口烟说，"不知道为什么就是觉得一定能成。当时你考的时候紧张吗？给我来点经验。"

"没什么经验，我考的时候也不紧张。你见过我紧张吗？"

"没有。"

"所以，考大学根本就不用紧张，该是你的就是你的，又不是东大早稻田，就这些学校基本上都能过。"

"那我就放心了。不过我就报了这一个学校。"

"报三个和报一个没区别。"李关了火，"你想想，不管你报几个，都有一定心理准备吧，东大你会去考吗？考也考不上啊！那既然你报的都是你能考的，干吗报那么多？一个足矣。你命中注定上这个大学，那就一定能成功。那么多人干脆不报大学，直接选择花钱买签证的短大啊专门学校之类的，那就是他们觉得连这种一般大学都考不上！道理是一样的呗，要不，你也去短大？"

"我可不去短大，要上就上大学啊。"

"那就没问题。出锅！"

李的自信来自于他一考即中。我知道，他自己其实是报了两个学校的，只不过考中第一个以后，第二个他就懒得去了。而我的自信却不知道来自哪里，现在想起来也许真是命运，因为我只报了这一个大学，所以后面才会发生那么多事情吧。当然在准备阶段，

除了和光大学，我也去看了几个其他的，包括李的学校帝京大学在内，但就是觉得自己不属于那里。教学楼难看，车站太远，食堂的饭菜不好吃等等，总之就是第一印象不好，但和光大学是我只去一次就很满意的地方，我说不好，只是有那样的味道。仿佛冥冥之中有个声音告诉我，你就应该坐在和光大学的某一栋教学楼里的某一个教室的某一个座位上，那才是你应该在的地方，至于别的地方，对你来说就只是别的地方，你是不应该去那里的。就是这种感觉。

　　于是在这种毫无根据的自信心的促使下，那之后的一个多月里，我几乎不再去语言学校上课，除了要保证换发签证所需的最低出勤率才偶尔露个脸以外，我用大量的时间玩游戏、看书、看电影。新游戏一个一个被我攻破，读完了日语版的《挪威森林》和《奇鸟行状录》，站前DVD店里再也挑不出想看的电影，最后甚至闲极无聊地开始在家里挑战李氏叉烧肉，虽然惨败给李，但还是吃了个精光。就在我找不到更多乐趣的时候，纯子却意外来了东京。

　　某天晚上打工回来，那时已经接近夜里十一点，正拿着啤酒准备钻回屋里看书的我接到纯子打来的电话。"哈——喽！尚笑你在干吗？我来东京了。"举着电话，我下意识地看了眼李的房间，那时李和黄两个人正在看电视，我沉默着轻轻关上自己房间的门。三张榻榻米大小的房间，一盏台灯是唯一的光源，突然间我感到自己被这极小空间中的空气所压迫着，脑中一片空白。无论是大学还是李的叉烧肉，都被纯子的电话所抹消。不知道过了多久，听到李和黄在他们房间里发出一阵爆笑，才把我从纯子电话带来的恍惚中解放出来。感觉我们只是简单约定好见面的时间和地点，之后便各自放下电话，注意到的时候才发现，手里拿的啤酒已经不知不觉喝光了。

　　将近十个月里，我几乎没有一点纯子的消息，从大阪回来以

与 在
麻木 清醒
之 间

100

后，我单方面以为再也听不到她的声音，记忆中我可能发过几个不
疼不痒的短信，有时纯子回了，有时石沉大海，仅此而已。我不知
道她在忙些什么，她也不知道我已经换了工作并且申请了大学，各
自忙着自己的生活，我和纯子都极其自然地从对方世界中暂时消失
了，直到电话打来。

十三　"关于现在"

　　和纯子约定见面的那天很冷，白天一直阴沉沉的，天快黑的时候下起了雪，等我打工结束赶到池袋时，地面已经彻底被雪覆盖成白色了。入冬以来的第一场雪。我裹紧衣服迅速穿过马路，向着和纯子约定的见面地点——池袋商店街街角的咖啡馆赶去。一路上行人匆匆闪过我身边，大部分结束工作的人都回家了，这些一定都是加班到深夜的人，他们踩着白色的雪，脚下发出吱呀吱呀的声音，这声音回荡在我耳朵里，和我的脚步声混在一起。快步穿过这些默默赶末班车回家的人，我渐渐接近咖啡馆，远远看到一个穿着黑色大衣的身影站在雪地里，背后是咖啡馆橱窗，灯已经熄了。站在雪里的纯子看起来显得很小，黑色过膝大衣，蓝色毛线手套，还有职业感很强的黑色提包。这已经不是我上次见到的纯子，现在的纯子已经完全是一副标准职业女性装扮，这样的她，我还是第一次见到，我有点紧张。这是东京的纯子，那一瞬间我心想，这不是大阪的纯子，也不是北京的纯子，是已经被烙上了东京这一印象的纯子。我说不清什么是东京的印象，只是单纯这么觉得，远远看着她混在那些同样穿黑色大衣疾步而行的人影里，我隐约感到这是一个崭新的纯子。这似乎预示着某种新的……开始……可我没有时间考虑这真的预示着什么，我快步走向她。

"来得真晚啊，没想到会下雪，尚笑！"虽然鼻尖和耳朵都被冻红了，但纯子看起来心情很好，说话声音格外大。

"对不起对不起！"我说，"打工结束得很晚，我已经尽快了啊。很冷！"

纯子笑着抬头望向我，那笑容还是纯子的笑容，不是大阪，不是北京，也不是东京，跟这都没关系，那是我印象中的纯子。

"这么晚了时间没关系吗？"我有点担心。

"没事，哥哥还在加班，今天晚上可能没时间看着我了呢。"纯子说着转过身面对池袋商店街，"没想到会下雪，池袋也变了不少啊，白色的池袋很好看！"说完纯子拿出手机，开始对着商店街拍照。我笑了笑，从口袋里拿出烟点上，之后狠狠吸了一口，抬起头用力喷向飘着雪的空气中。在烟散开的地方，无尽的雪从黑暗中落下来。

纯子拍了照，用戴着手套的手小心把手机塞进包里。

"这次来了会待多久？还会再走吗？"我问。

"会很久，也许会一直在这里哦！因为纯子找到工作了！"

"那……太好了。"我说。

这时候的纯子笑得很开心，是那种掩饰不住的开心，也许她很早就想脱离家里一个人出来了吧？虽然也还是在哥哥的看护下，但我所期待的也不过如此了。回想起来，过了这么久，命运之轮最终把我从北京带到了东京，也把纯子从大阪带到了东京，不管以后会怎么样，至少此刻我们头上是同样的东京的天空。隐没在那里的，是一个发出灰暗色调的巨大金色齿轮，慢慢旋转着，落满积雪。

我伸手慢慢打掉纯子头上落的雪，纯子慢慢抱住我。

"可以在一起了？"我说。

"嗯，纯子回来了。"纯子说。

纯子回来了，就走在我身边，踩着雪，我们的脚步声吱呀吱呀地混在一起，手里拿着自动贩卖机里买来的热咖啡。这时候池袋商店街里已经没有什么人了，只有几家营业到很晚的居酒屋还亮着灯，偶尔走出喝醉的上班族。经过柏青哥店门口时能听到里面吵闹的音乐声，其他大多数店都关门了或者正在关门。我和纯子没有走进任何一家店的打算，只想在下着雪的池袋街头走来走去。那晚，我们最终也没有找到要去的地方，但是说了很多话。纯子说了来东京的经过，她找到了一份还不错的工作，在一个很有名的旅行社做导游和地陪，貌似待遇还不错。虽然远离了她的剧团，但对她来说，能开始新生活也是一种新体验。我也讲了最近报了大学，并且换了工作，精神上放松不少，也总算不用再担心钱的问题，可以给她买热咖啡喝了，虽然这还不是一份体面的工作。纯子知道我要说什么，她鼓励我尽快考上大学，以后的事情以后再想。

　　我们拉着手，中文日文混着聊天，徘徊在渐渐变得空无一人的池袋商店街。那一夜我已经不在乎为什么来日本，有纯子走在我身边，我就觉得世界很美好，单纯的美好，那时的快乐似乎可以变成永恒。在学校混日子和在机场捡垃圾的颓丧已经被一扫而光，不再担心自己会迷失。一个人在深夜散步的日子，和同学打架的日子，这些都不再担心，在这座纷乱陌生的超级城市里，我似乎终于可以放心地呼吸了。那些看不见的压迫感和对明天的恐惧被纯子的到来所化解，有几个瞬间我甚至放松到忘记了自己正走在什么地方，是北京还是东京还是什么其他遥远的地方，对我来说都不再重要。

　　当然，我不是为了纯子才来日本，但我一直都期待着纯子的归来，也许是一个人在东京的寂寞放大了这种期待，也许就算不是纯子……不，我没有怀疑，也不应该怀疑自己对纯子所怀有的爱恋，无论是在北京的日子，还是这次我们重逢在东京。只是某一天奢望

突然变成了现实，才发现现实是那么索然无味。我能自由地再次拉起属于我的纯子的手，这是来东京以后想都没想过的。但现在回忆起来，那时我心里的炙热感却在渐渐消退，我不喜欢宿命或者命运这类消极的说法，所以，也许是天冷的缘故吧。

跟纯子约会后过了几天，那是一个周末，我把她带到我和李租的房子，将纯子正式介绍给李，并向李说明纯子会不定期过来住，当然只是偶尔。李则一点也不在乎，当天晚上还特意准备了海鲜火锅，我和黄各炒了几个菜，纯子买来酒，四个人喝到半夜。而对于我能炒几个菜这事，纯子跟我唠叨了很久，才最终觉得其实也没什么大不了。终于，在我来东京第十五个月的时候，纯子正式走回了我的生活。那之前她凭空降落在我的生活中，还是我在北京做乐手的时候，我似乎无法精确计算出那是多久之前的事情了，遥远得就像是别人的故事。而即将来临的冬天则因为有了纯子，让我多了一些期待。

李也为我高兴，坚持着在不远的某一天，一定也要把她的女朋友，和纯子名字一样的那个女孩带来，大家一起搞四人约会，我和纯子自然是爽快答应下来。只有黄一个人表示我们太过分了，但我们决定忽略他的存在。

纯子回来以后，正像我和李说过的，基本上周末的时间她都会到我这里来，至于怎么和她哥哥沟通的，我不得而知，也没有问过。我们一起逛街，一起吃饭，一起裹着被子躲在房间里看电影，然后一起做爱，然后再一起看电影。李在家的时候，大家分别做饭，李继续做他拿手的叉烧肉，纯子给我们带来关西风味的日本料理。在这之前我从来不知道纯子会做饭，她就告诉我，她从小家教很严，在那个极为传统守旧的家庭里，女孩子不会做饭几乎不可想象。而说起她的家庭，我和纯子是有些要刻意忽略的默契的。对于

将来，我们还没有想得太多，而她家人在这里面会扮演什么角色，纯子没有主动跟我提起过，我有几次想问，但也都闭上了嘴。那一次过年的旅行我仍旧印象深刻，他父亲对我的冷落和母亲的不快是我没有向纯子开口的原因。而纯子哥哥相对简单，他既没有冷落也没有觉得不快，我很清楚地察觉到，他决定忽略我。这让我没办法对将来有任何设计，在克服他们之前，我只有尽量快乐地和纯子生活在一起，纯子也是这么想的，也许。

习惯了这里以后，纯子来的时间渐渐变多，在她哥哥加班或者出门的日子，一有机会她就会来找我，已经不再仅限于周末，我当然是求之不得。可惜我的房间太小，放不下双人床，不然我一定会搞张大床回来。李和黄也没有觉得有什么不方便，因为现在天气转冷，谁也不至于只穿内裤就在屋里走来走去，这样即使家里多个女孩子也没什么，何况纯子还会做好吃的关西料理。

时间一天天流逝，在我们租来的这间小房子里，我和纯子偶尔二人世界，偶尔加上李，再偶尔黄也一起，变成四人世界。自那个下雪的深夜我重新拥抱了纯子开始，转眼整个月的时间被我们玩过去了，直到有一天纯子问我，大学考试用不用陪你去？我才想到离考试已经只剩下几天时间了，我却连面试用的衣服都没有。

对此我打算求助于岳程，但是电话打过去才知道他这两天很忙，没有时间见面。

"朋友说考大学那天要穿西服啊，你有吗？"我问。那是李说的。

"不用，考和光不用，我从来都没穿过西服。正忙着，挂了啊。"岳程说。我决定听他的。

几天后，到了考大学的日子。因为前日晚上打游戏过于着迷，所以深度睡眠不足，而纯子因为加班也没有来我这里住，更不用说

与麻木在清醒之间

陪我去考试了。于是那天早上我只能一个人强打精神爬起来，迅速地洗脸、刷牙、刮胡子、喝咖啡，瞥一眼李的房间，那时李和黄还在睡觉。

拿好东西出门，天气好得让人心烦，气温升了一些，但强烈的阳光让人睁不开眼。我听岳程的话，没有去买西服，只穿了平日所穿的帽衫和迷彩裤，头上是NY棒球帽，脚下是DC新版运动鞋。就这样一边听着音乐一边骑车到了车站，中央线坐到新宿换小田急线，然后快车坐到新百合丘再换慢车到鹤川。一路下来睡着了三四次，再走完学校前面那一大段上坡路，已经是头晕目眩。到学校以后是什么流程已经记不住，只记得后来找到笔试教室进去，才发现考文学科的留学生一共只有八个人，并且除我以外的七个人都穿西服打领带，拎一个极度装腔作势的公文包。完蛋了，我想。

在考场里按号码找到位置，坐下之后，我多少恢复了一些状态，因为教室里很凉快。这是一间非常大的阶梯教室，目测能坐下至少一百人。来考试的八个人被安排成一竖列，我是最后一个，从我这里可以看到前面七个人的黑脑袋和黑肩膀，非常之赏心悦目。教室里除了我们八个人以外，还有一个戴眼镜的女监考官，正坐在最前面的讲台上看书，没有人说话。因为学校离车站很远又很偏僻，这里听不到电车的声音，现在又不是开学时间，所以只能偶尔听见外面鸟叫，教室里安静得让人耳鸣。我从窗户望出去，是一条很长的走廊，通向食堂和大操场，一个人也没有。想起前一段时间自己还和岳程在食堂门口抽烟的画面，我打了个哈欠。太安静了。

就这样无聊地坐了大概二十分钟，一个身穿深色西服的白发中年男人推开门走进考场，手里拿着一叠纸，所有人的目光都被吸引到他身上。我判断不出这人有多大年龄，看上去可能有五十岁，但头发却是雪白的。白发中年男人在讲台下面和女监考老师小声说了

几句话，就开始给我们发考卷，女监考官则站起来用粉笔开始写板书。那是考题。

　　领到的考卷是一张格子纸，类似作文纸，不过是竖版的。考题也已经写好，"关于现在"和"关于方言"两个题目二选一，一小时的时间写一篇四百还是五百字的文章，具体要求忘记了，内容倒是随意发挥。没有上课铃声，也没有特别的广播，只有白发中年人的一句话，请开始吧。于是坐在我前面的七个黑脑袋同时低下去。

　　展开考卷后，十分钟的时间迅速流逝，关于文章我一个字也没写出来，只填了姓名考号，就开始皱着眉头看窗外，记得曾看到过一个清洁工。其他人都已经开始动笔，我脑袋里却空空如也。完蛋了，我又想。昨晚要是不玩游戏就好了，也不知道纯子在干什么，李要是知道我坐在这里像傻子一样没办法动笔，一定会爆笑着从床上跳起来，早知道这样，我也应该穿西服来，不过就算穿了西服又能怎样呢，那个清洁工去哪儿了？脑子里装满这些乱七八糟的想法，唯独文章本身的线索一条也不曾闪现。

　　又过了大约十分钟，白发中年男人开始从第一个学生那里慢慢向后面走来，每走过一个学生都会低头看看考卷，最终走到我这里。看我什么都没写，又看看外面，他一定是想弄明白我究竟在看什么，是什么吸引了我，让我一个字都没写，当然他什么也没发现，外面就是外面。我有点紧张，不知道怎么应付他，于是收回视线盯着考卷，右手拇指咔嚓咔嚓不停按着签字笔开关。正在我彻底不知所措的时候，白发中年男人看了看外面，出乎意料地轻轻拍了拍我肩膀，我抬头，他向我微微一笑就走回去了。

　　我不知道他这举动是什么意思，但的确是给了我某种启示，或者压力。现在回想起来简直不可思议，突然之间我的注意力都回来了，看看表，还有三十分钟左右的时间，看看外面，和刚才一样，

与在清醒麻木之间

清洁工只出现了一次，看看教室，白发中年男人已经走回了讲台，监考女老师依旧在看书。那一瞬间我决定了题目，"关于现在"，之后便开始飞快地写起来。关于现在，哪里的现在，谁的现在，对"现在"这一词汇的深层定义等麻烦的东西都被我抛到脑后。现在就是现在，窗外刺眼的阳光，物体与物体间形成的深色影子，安静且宽敞的阶梯教室，那些空着的座位，这就是现在，单纯的现在，我只要把这些东西表现出来就好，把我能掌握的日语词汇全部倾泻出来，罗列在格子纸上，这么简单的事情为什么我一开始没想到。

我被桎梏于"我在考试"这一无聊且过于单一性的想法之中，抛开考试这个无聊的概念之后，我才终于看清了眼前的状况。拼命写，无所谓写的是什么，只要写就好，把我看到的听到的感受到的全部表现出来而已，这没什么难的。我的自信随着笔的转动重新回到我心中，偶尔听到的鸟叫声被我写进去，余光中瞥到阳光照进玻璃窗被我写进去，无论感受到什么几乎就在那一刻我都把它们写进去，没有思考没有踌躇，几乎是半闭着眼睛任凭我的感官领导着我的笔，把它带向格子纸最后的空白。结果只用了大概二十分钟，我就完成了考试，没有一处犹豫，没有一处修改。经验告诉我，事先要用铅笔打草稿，完成之后再工整地抄一遍才是写考试文章的关键。去他妈的经验，我用黑签字笔直接完成了考试，几乎是一气呵成。并且我根本就没带铅笔。

完成之后，我把自己写的文章从头到尾又浏览了一遍，认为没有什么需要修改之后才放下笔。过于集中精力让我感觉稍微有些头疼，不过现在倒是如释重负。这篇急速写成的文章将决定我能否顺利升入日本的大学，不过这已经不重要了，已经没有时间修改命题或者重来一遍。放下笔后，我抬起头，白头发中年男人正看着我，我和他对视了几秒，再次把头转向窗外，直到监考老师宣布考试结

束。这根本就是一次冒险，刺激并且愉快。

走出教室后，我一个人溜达到能看见操场的露天休息区，没有和任何人说话，点上烟，深深吸了几口，困意和饥饿感同时袭来。回想一下今天的考试流程，笔试安排在上午，已经结束，接下来是单独面试，午休后才开始，可我没带午饭。熄灭烟我走去食堂，发现放假期间食堂大门紧锁。食堂旁边本应该还有个小卖店，同样大门紧锁，还在运作的只有两台自动贩卖机，一个卖饮料一个卖烟。我走到卖饮料的机器前扫视着里面的东西，唯一接近食物的是热玉米汤，一种用玉米糊和奶油调成的东西，看来今天的午饭只有这个了，我已经没有力气再走回车站去找饭馆。于是两罐玉米汤喝下去，虽谈不上饱，至少饥饿感不再强烈了。扔掉罐子，我走回休息区，靠在椅子上继续闭上眼听音乐，等着下午的面试。

记忆中面试是下午一点半开始的，地点在另一栋教学楼里。与笔试不同，那里不是个大教室，看起来更像是一个办公室。我到的时候门还没打开，但里面亮着灯。窄小的楼道里贴墙摆着一排折叠椅，已经有几个人坐在那里。顺序和上午一样，按学号排，我又是最后一个。找了一把离门最远的椅子坐下来，我打量着前面几个学生。一个个面无表情，有的在玩手机，有的闭着眼休息，看起来都是一副筋疲力尽的样子，身上的黑西服在昏暗的楼道里显得更暗，像是穿错了地方，显得不合时宜。这几个家伙制造出的颓丧感弥漫在他们四周，我则尽量不让自己受其感染，便顺手调大了随身听音量。不过最不合时宜的恐怕还是我，拴在钱包上的金属链子每每碰到椅子金属制的边框都会发出很大的声音，在空旷的楼道里回响。

感觉坐了很久，简直已经无聊到极限的时候，终于，办公室的门从里面打开了，白发中年男人探出头来。所有人马上坐直，我也

与
在
麻木
清醒
之间

是。他手里拿着一张纸，可能是名单，看了看手里的纸，他叫出一个名字，于是就有一个人站起来跟他走进办公室。总算开始了，我想，真想快点回家去。

从第一个人开始进去面试，因为无聊，我计算着每个人所用的平均时间，大概三十分钟左右，出来后都是对我们这些还在等待的人笑笑就离开了。只有一个人二十分钟就出来了，我记得很清楚，因为他出来后疲惫地坐在我身边，气氛有些尴尬。我和他搭话，怎么样？顺利？那人沉默了一会儿后问我，老师说我来这里就是"無駄"，"無駄"是什么意思？我说我也不知道啊，之后低下头强忍住笑，再没敢看他。

轮到我的时候，楼道里已经没有别人了。我跟随老师走进办公室，面试老师和上午的监考老师一样，白发中年男人和戴眼镜的女监考官。女监考官示意我坐下后，他们先简单做了自我介绍。原来这个女的是文学科的中文老师，白发中年男人是文学科里教文学史的，我发现自己上午写的那篇考试文章就拿在他手里。

说实话，面试比我想象得简单。具体谈了什么早就记不清，只是两位老师一开始就单刀直入，为什么考文学科？我说因为喜欢文学。都看过谁的书？于是我列举了一大串作家的名字，当然有心理准备，我敢列举的作家作品自然都是看过的。那么你最喜欢的作家是谁？我回答村上春树和布尔加科夫。诸如此类的一问一答。语言学校所教的面试常识一点也没用上，自己从哪里来啊，性格啊，长处短处啊，为什么考这所大学啊之类的问题，两位老师没有给我任何机会来讲这些，问的都是关于文学科专业的问题。之后又闲聊了一些别的事情，那个中文老师还讲了自己到北京出差时的见闻，包括很喜欢在三里屯喝酒这种家常类话题。

最后，面试结束时，文学史老师对我说，我看你可以考虑准备学费了，欢迎来到和光大学文学部。我说谢谢。

所用时间大约一小时。

考试后，我第一时间通知了在北京的父母，说已经顺利升学，不要担心。父母很高兴，让我有时间的话回趟国，可以庆祝一下，我也是这么想的，一桩最大心事终于得以实现，可以回去放松放松。第二个知道的是李和黄，回家后我说可以准备学费了，和光大学已经被我攻破，李没有表现出多大惊喜，唠叨着该是你的就是你的，但一顿海鲜火锅还是必须的！黄的反应比较大，一边替我高兴一边发愁自己的将来，表哥考了大学，现在表哥的同屋也考了大学，这似乎让黄压力很大。纯子是最后知道的，打电话告诉她以后，她表示正忙着，没时间说太多话，但下班后一定会来家里共同庆祝，并说会转告麻美，麻美最近正好在东京，三人可以好好吃一顿。

至于那天晚上的庆祝会基本上就是个到处都有的庆祝会，因为是给我庆祝，所以我不用下厨，也不用掏钱，李和纯子搞定了一切。我们喝了很多酒吃了很多肉，中途李曾提议去卡拉OK唱歌，但因为黄喝多了，所以只好放弃。那之后过了一星期左右，大学寄来了录取通知书。

十四　雪

　　纯子联系过麻美后，麻美似乎比纯子还要兴奋，她表示无法想象事情的发展。在北京的时候，大家还是无忧无虑每天混迹各种地下演出的学生，现在纯子和麻美却已经大学毕业，各自进公司做起了OL，而我则莫名其妙地来到东京做起了留学生，并且分隔多年后又能和纯子走在一起，这让麻美总是感动得要哭出来。

　　三人一起吃饭祝定在某个星期五傍晚，为了配合纯子和麻美的工作时间，那天我特意没有给自己安排打工，比预定时间提早很多到了新宿。那时街上已经亮起灯，刚刚下班或是正要赶去哪里的人们从我身边穿过，上班族、夜店小姐、年轻情侣等等，不一而足，我被这些人簇拥着，在纷杂的新宿街头辗转了好几条街才找到我们约好见面的地方，一家预约制的法国餐厅，兼营正统法式面包。从橱窗向里面张望，顾客无一不是穿着讲究的绅士、淑女之类，侍者也是马甲领结，头发梳得一丝不苟，胳膊上永远搭着条整齐干净的……抹布？金属柜台辉映着色泽温柔且饱满的照明，整齐码放在里面的面包由于光线的作用呈现出简直是高档珠宝的光彩。伴着不时传出来的面包香气，整间店铺在我看来如同某种美剧布景，光鲜亮丽得好像另一个世界，自己则像镜头外用来衬托美景的装饰性杂物一般。站在门口的我穿着二手迷彩大衣和牛仔裤，头戴黑白格毛线帽子，球鞋也已经从白色变成了灰色。要不是跟着纯子，这样的地方恐怕我是一辈子也不会光顾的。

迟到了大约二十分钟，纯子和麻美总算是一边聊着天一边快步赶来。互相打过招呼我们走进店里，纯子跟一个下巴上留着有讲究的胡子的侍者说明预约后，这个胡子侍者把我们带向二楼，穿过几排放满红酒的架子，我们被安排在楼梯附近的一张桌子上。安放好我们的大衣，侍者取来酒单就离开了。纯子和麻美在年份选择上争论了一番后，各自决定点一杯我没听说过的红酒，我点了双份占边威士忌。这时候刚才的胡子侍者挎着个竹篮子来到我们桌旁，里面竟然装着一只活山鸡。就是那种鸡冠很小、尾巴五颜六色又很长的真正的山鸡。看到山鸡，三人惊讶地大笑起来，那山鸡居然很老实地趴在篮子里，胡子侍者一只手挎着篮子一只手还在轻轻抚摸那只山鸡。

"请问，你们要不要点一只山鸡试试？"胡子侍者很认真地问，三人继续大笑，纯子和麻美还拿出手机使劲拍照，结果侍者也被我们所感染微微笑起来，那种很收敛但是很真诚的微笑。但最后我们点了火腿。

因为不习惯这种高级餐厅，整顿饭中我没说什么话，一直在听纯子和麻美聊天，我的庆祝会几乎变成了她们的重逢会。自从来了东京，纯子和麻美也很久没见了，在北京的时候俩人可是形影不离。

听着俩人聊天，我心不在焉地吃着盘子里的食物，同时悠闲地打量周围。对面桌子那里，一对中年夫妇正在喝一瓶红酒，桌子上什么菜也没有，只有配红酒用的店里送的面包。我观察了一会儿，中年夫妇几乎不说话，只是很小口地用嘴唇慢慢抿红酒，偶尔四目相对互相点点头，之后再继续小口抿红酒。我问纯子和

麻美，你们觉得那是什么情况。纯子说那没什么奇怪的，在有上等红酒的地方，经常有人只为喝红酒而来，这在东京很常见。原来如此，那是一种我还无法体会的幸福。这时候我突然想起在料理店刷碗的时候，有个厨子只喝黑咖啡，我说那个不好喝，要放很多糖才好喝，他说我还小，不懂。不知道这两件事在原理上来说是否属于一致。

我对这顿饭的记忆到此为止。那家法国餐厅对我来说，过于遥远，过于光彩夺目，无论如何我都无法把自己正确地安放在那里，即使是现在拼命回忆起来，甚至再掺杂一些想象，那晚的聚会也不过是一片充满了多种绚丽色彩的虚幻影子。那对品红酒的中年夫妇虽然印象深刻，对我来说似乎也只是起到了某种店内吉祥物的作用，让我一想起餐厅也就自然而然地想起他们。当然，纯子说那种人在东京很常见极有可能是真的，但我也只是见过这一次，因为从那以后我再也没有走进过这类餐厅。倒是很担心那只山鸡。

三人聚会过了几天之后，麻美结束东京的工作返回大阪，我和纯子则继续我们简单平静的生活。她上班，我打工，偶尔出去看电影、吃饭、喝咖啡。我给她讲打工时见过的外国飞机，她抱怨工作太累天气又太冷。也经常提起北京的那段日子，提起新裤子的另外几个人。不过那样的对话总是纯子说得多，我反而没什么可讲的，毕竟我离开的时间还不长吧，那些记忆在纯子看来倒是弥足珍贵。

差不多年底的时候，有次纯子来家里跟我讲了她的过年计划，她会留在东京和我在一起，这让我很期待。搬到这里的第一个新年，我去了纯子老家，记忆犹新，不堪回首，这次换纯子留下来，让我轻松不少。不过虽说是新年，所谓庆祝也不过是在一起做点好吃的，再喝喝酒，打工还要继续，生活还要继续，只要时间不会自己停下来，我们也不会让自己的手停下来。对几乎所有的留学生来说，不是所有，是几乎所有的留学生，新年这种东西不过是某个平常日子被扣上一个特殊名字而已。

当然我也是，所以那年新年是如何过的，我一点印象都没有。不过我和纯子倒是见识了一把在日本如何过春节。

二〇〇四年一月，中国正值春节那天，我和纯子去了横滨中华街。那是个阴天，很冷，我们本来只是想买点中国年货就尽快回家跟李一起过年，结果碰巧遇到中华街有活动。在写有"中华街"三个字的那个著名牌楼下面汇集了大量中国人和日本人，所有人都在等着活动开始，中文日文混杂在一起，还有欧美的好事者也跑来举起相机拼命照相。具体什么活动，我和纯子也不知道，便走上去看热闹，原来是一个舞龙队正在准备中华街的春节大游行。十几个年轻男人穿着统一的蓝色运动服，头上裹着毛巾，手里拿着道具，龙头啊狮子头之类，几个神气十足的中年人站在他们旁边，看起来像是领队或者教练的样子，一个小型乐队跟在后面。

因为去得晚，我和纯子被死死挡在外面，我从人群夹缝中还能看到一点点现场状况，纯子则一点也看不到，我只好拿出手机拍照片给她看。我们正在研究照片的时候，音乐声突然响起来，几个舞狮子的家伙跳上准备好的木桩，后面是一条被高高举起来的中国龙。演出开始得突然，人群瞬间爆发出掌声和叫喊声，最多的喊声自然来自中国人，心情可以理解，毕竟身在海外，能看到中国式的春节，连我都有些兴奋。不过那些舞狮子和舞龙的年轻人都是日本人，这让我有点惊讶。

随着演出开始，大量爆竹也同时被点燃，音乐声叫喊声和爆竹的硫黄味混在一起，我跟纯子说在中国的城市里已经很难见到这样的场面了，这里的春节气息比北京还要浓。纯子说既然这样就多看一会儿吧，反正时间还早。于是我们干脆加入到游行队伍中，跟着

与麻木之间在清醒

舞龙队和人群互相拥挤着慢慢向前移动。

　　当队伍移动到中华街著名的关帝庙时，人群开始分流，大批欧美人举着相机开始向关帝庙汇集。整个关帝庙充斥着大团的蓝色烟雾，几百中国人，我想他们大多都是在中华街做生意的吧，一起在那里烧香拜关帝，求发财求生意兴隆的估计最多。我和纯子看累了舞龙就也跑去照相，我是不太信那种东西，不过这场面本身就足够震慑了。纯子不停问我，你是个中国人，怎么也像什么都没见过的欧美人一样啊，你是个中国人啊，你忘记了吗？我告诉她，因为这种场面在北京也少见啊！之后过了好久，她都用这事笑话我。回家后我只好向李求证，看过照片后，李也承认北京确实少有这种场面，又是舞龙又是烧香的。

　　不过后来我才知道，那时的我还没见识过北京雍和宫的厉害。

　　春节过后进入二月中旬，气温骤降。记忆中在一个阴冷的早上，我们这届从北京来的家伙们穿上还算正式的衣服，跟其他国家——其实这里除了中国人以外基本上也只有韩国人——的同学一起参加了语言学校的毕业典礼。终于熬到了这一天，在去的路上我想着，草草了结这最后一件事就可以继续回家睡觉。不过事实上那完全不是我想象的毕业典礼，正式得有点儿夸张。其实，我根本就没想过还会有什么毕业典礼。本来就是个乱糟糟的学校，教学楼也是一副看起来马上就要推倒重建的落魄样子。我以为在这里混个一年多考上大学，再去办公室领个结业证就可以回家了。毕竟连毕业考试都没有，应该是属于那种混够了日子就可以回家的地方，完全没有毕业的感觉。

　　可校方似乎不这么认为，为举行毕业式还特意准备了毕业会场，当然不是在校内，地点忘记了，应该是在池袋附近的某个高端写字楼里。一大早，当我们这堆人吵吵嚷嚷走进去的时候，会场已

Between sobriety and humbleness

117

经布置完毕。面积不清楚，反正看起来很大，一排排折叠椅整齐地码放在会场中央，面对着一个被过分装饰的木制演讲台。所谓过分装饰，其实是我记忆中在演讲台后边有一面巨大的金色扇子，大到让人有种呼吸变慢的压迫感，并且完全不清楚其功能，巨型扇子两边还摆上了小松树之类的绿色植物用来点缀。整个室内灯光被打得非常暗，只有一束白色追光直指演讲台，这让巨型扇子所散发的金色光芒显得更加唐突和耀眼。

面对金灿灿的扇子，我们按自己的学号找到座位坐下。无聊地等了一会儿，或者说是在拼命大声聊了一会儿后，某教务处老师走上演讲台，啰啰唆唆地宣布毕业典礼开始。开始以后就是流程性环节了，教师代表讲话，回忆了这一年多的各种好事，坏事则一句不提，之后我们边打着哈欠边大声鼓掌，其实是为了起哄。接着是学生代表讲话，一个长得很可爱的女生，感叹了这一年多以来学到的东西和教师对我们（可能只有她自己）的帮助和关爱，然后我们又是大声鼓掌，当然也是为了起哄。不过这次的掌声比刚才那次更大更热烈，因为鼓掌的男生都很用力。最后是发放毕业证书，每人一个墨绿色的硬纸筒，被卷得很整齐的证书就放在里面。整个仪式持续了大约三个多小时，再之后的事情就没什么记忆了。好像是我们几个北京来的为了庆祝，一起去吃了一顿烤肉。

毕业典礼就这么结束了，典礼本身其实并不代表什么，又不是日语一级考试，混来混去谁都可以熬到毕业。只是对不同的人来说，心情恐怕不太一样。有人考上大学，有人走进专门学校，有人随便找个工作去换了工作签证，以后的日子以后再说。当然也有不得不考虑回国的同学，他们的运气不好，没有找到归属。不过现在想起来，也许回国才是最好的选择也说不定。总之从这天开始，每天都混迹在学校同一楼层的这群人就要各奔东西了。没有互留电话，也没有多余的寒暄，散场后大家稀稀拉拉走出会场，各自消失在池袋迷宫般的电车站里。除了在北京就有些私人交情的，其他基本无感，无感到连声再见都懒得说。

毕业后不用再去上课，我每天只是打工看书玩游戏，日子过得不慌不忙，算是某种意义上的井井有条。纯子却越来越忙，忙到就快没时间和我说话了。而她上班的地方我听说过，是家名气很大的旅行社，在日本到处都能看见宣传广告，很多知名百货店里还设有专柜和特别服务区，在机场、火车站等重要集客地点，那些更大幅的广告则比比皆是。以前没有特别注意过，现在若是去了浅草寺、东京塔之类的旅游热点，马上就能看到很多日本导游举着印有他们公司广告语和徽章的小旗子。而纯子就是他们中的一员，每天都要领着几十个走路摇摇晃晃，看起来随时都会摔倒，稍有怠慢就大发脾气的老人们在这些旅游景点乱转，那样的工作强度和心理压力恐怕连我也受不了。并且还不止这些，有时候她还会把工作带回我家，一叠很厚的护照装在一个密封口袋里，一叠很厚的机票装在另一个密封口袋里，诸如此类。看着她在台灯底下一个人对照各种合同各种时间表，不停打电话确认诸多我不明白的杂事，我却丝毫也帮不上忙，我能做的只有出差时帮她搬搬箱子。

说起搬箱子，我回忆起一场很大的雪。

记得有一次，纯子要乘最早一班飞机从成田机场去什么地方，因为我家离一条直通成田机场的电车线很近，出差前晚她便拎着旅行箱来我家住。从到家开始，她就躲在我的房间里工作，吃过晚饭后，又躲在我的房间里继续工作，记忆中纯子连工作时穿的制服都没换，床上地下则堆满了要梳理的文件。为了不打扰她，我和李两个人饭后收拾好桌子就钻进李的房间聊天、打游戏，并保持两个房间都关着门。结果玩到接近深夜一点，黄已经在床上睡着了，纯子都没出来过，台灯也亮着。当我后来回房间拿烟时才发现，她已经趴在床上睡着了，桌子边还留了纸条，写着四点钟请叫醒我。我只好关掉台灯后轻轻退出来，又轻轻关上门返回李的房间。说明情况后，李倒是不以为然，他的建议是我们继续打游戏，四点钟不是问题，玩到四点过去叫醒她就好了。黄也说没关系，自己稍微休息一下眼睛，还可以再战，所以我只能庆幸自己有两个好同屋了。不过现在想起来，就算纯子没有过来住，我们也是极有可能打游戏打到天亮的。

　　眼睛盯着游戏，几个小时的时间瞬间流逝。四点的时候，我们收好游戏机关了电视机，又抽了根烟，李和黄脱掉衣服正式进入睡觉模式。我拿好自己的东西，帮他们关好门走去卫生间，心里想着叫醒纯子后要不要一起先去吃早饭。结果从卫生间窗户看出去，却发现不知什么时候外面下起了大雪，并且已经积得很深，映着月光，整条街道被一片凄凉暗淡的柔和白色所包围，同时无止境的大片雪花还在猛冲着落向地面。我不禁打了个哆嗦，这是入冬以来最冷的晚上了吧？我想。

　　回到自己房间，我轻轻打开台灯，纯子还保持着我几小时前拿烟时看到的姿势。我没有马上叫醒她，只是轻轻在床边坐下，开始盯着被纯子散落在地上的文件发呆。如果有人在某一房间里睡觉，那么这个房间就会被一种特别的气氛所笼罩，一种近似于死气沉沉的静谧感，仿佛睡觉的那个人在睡前用一种别人不知道的方式杀死了时间本身。虽然都是没有任何"动作"的房间，但是走进有人熟睡的房间和走进空房间是截然不同的。对我来说，空房间的"空气"过于散漫和轻浮，有人熟睡的房间的"空气"更像是被某种压力压缩过，笨拙且沉重。

　　那时候的我就是被这种笨拙且沉重的空气所包围了，所以才开

与　麻木　之间　在　清醒

始莫名其妙地发呆吧。

就这么无所作为地坐了一会儿，我才注意到脚下踩着纯子的某个文件，对她来讲那恐怕是很重要的东西，于是我小心抬起脚，又仔细确认了没被自己踩出褶皱后才轻轻放回桌子上。纯子侧着脸趴在床上，呼吸很轻，看起来睡得很深，我不确定是不是真要叫醒她。可以让她再多睡一会儿，我想，我没办法去分担她的辛苦，但可以让她再多睡一会儿，于是我决定先抽根烟，再去洗把脸让自己也清醒一下。就在我点烟的时候，纯子却睁开了眼睛，也许是打火机的声音吵醒了她。看来她没有睡得那么深，或者是一直在警觉着时间。

"四点？"纯子的声音听起来很浑浊。

"嗯，"我说，"到时间了，吵醒了？"

"没事的，不能迟到。"

纯子一边说着一边很费力地爬起来："头发很乱吗？"

"还好。"说完我把手里的烟递给纯子，纯子慢慢吸了两口又交还给我。

"去洗脸。"说完纯子从床上下来，这才终于把外衣脱掉了。

纯子走去卫生间洗脸，我一个人继续坐在床上抽烟。房间里安静得几乎能听到雪片沉重地落在地面上，有点耳鸣。

大约过了二十分钟，纯子走出卫生间，头发已经重新梳理了一遍，衣服也整理过。走回我的房间，纯子轻轻抱住我。

"纯子累了。"她说。声音依旧很浑浊。

我拍拍她放在我肩上的手："走吧，天还没亮，我送你出去。下雪了，很大，看到了？"

纯子摇摇头，转身去收拾那些到处散落的文件。

接近五点的时候，我们准备出门，穿好大衣，戴好帽子手套，我拉着纯子出差用的旅行箱，她自己拎着被文件撑得鼓起来的挎包。打开门，二〇〇四年第一场大雪还在继续，真的是那种每一片都很大的鹅毛大雪，门前已经积了厚厚一层，在昏暗的路灯灯光的照射下，看起来好像铺在蛋糕上的松软奶油。拎起箱子我先迈出一步，脚下发出嘎吱嘎吱的声音，留下一个个脚印，纯子在我后面跨出门，也留下一个脚印。不是特别冷，小岩站前住宅街的街道上除了我和纯子再没有别人，也没有其他脚步声。我们俩拎着各自的东西，谁也没有说话，就那么默默地踩着雪走，只走了几分钟，帽子上和肩膀上就已经开始渐渐变白了。我帮纯子拍拍雪，纯子也帮我拍拍。

　　从我家到纯子要去的电车站大概有几百米路程，或者更远，途中几乎都是住家，这个时间里恐怕还没有人起床吧。记忆中一路走过去几乎没看见灯光，除了路灯映着大雪，把街道照得惨白。现在回想起来，那晚的我和纯子都还不知道未来是什么，不知道各自的去向，在一条似乎远得看不见尽头的路上，我们单纯地沉默着走在雪里，我帮她分担一个箱子，她帮我分担生活的寂寞。我们都很满足于现在的生活，即使是为了工作不得不走在黎明的漫天大雪中，但只要身后的脚印还能离得很近，还能继续并列着延伸出去，那就是我们一起走过这条路的证据。虽然两个人都没有回过头去看一眼，去确认那些脚印是什么时候被雪掩盖的。

　　感觉上至少走了三十分钟，到达车站的时候，两个人已经有些累了，并且纯子小声说着很冷，很冷，是因为起床后马上就出门的缘故吧。车站里面已经亮起了灯，能看见站员坐在售票亭里准备迎接首班电车了，但周围几乎还是漆黑一片。看看表还有些时间，我问纯子这时间怎么办，纯子摇摇头，于是我走近售票亭。隔着玻璃窗上的对话孔，我问站员这附近有没有能吃早饭的地方，或者便利

与麻木之间 在清醒

店也可以。虽然这是我家附近的车站，但我平时根本不用这条线，所以这周围的情况我也说不上清楚。站员听完想了想，然后红着眼睛说，车站后面转过去有一家二十四小时营业的超市，说不定那里可以买到泡面。我说谢谢。本来期待着能有松屋或者吉野家之类的，可以进去喝碗热汤，不过能有泡面吃也不错，只要能有点热的让纯子暖和一下就好。

继续拉起箱子，我和纯子按照站员所描述的方向绕到车站后面，果然看见一家很小型的超市亮着灯，但是等我们进去才发现，说这里是超市，不如说是菜站。十几个蔬菜架子堆满了土豆、胡萝卜、茄子之类的，另外还有两个冷柜，里面是冷冻鸡肉。除了这些，只有一个架子上摆着几种调味料，泡面以及带包装的咸菜。一个大暖炉放在屋子正中央，两个年纪不小的女店员正在那聊天。客人只有我和纯子。

"您好，我们想买泡面，不知道有没有热水？"我走过去打招呼。

"有的有的，请到这里来。"短头发店员随即回应我说，接着走向收款台，我和纯子从货架上随便拿了两个泡面跟着走过去。其实，这里泡面种类并不多，记忆中只有四五种，而日本泡面的种类我觉得至少有大概四十到五十种。

付了钱，短头发店员转身从收款台后面的桌子上搬来电热水壶，并热情地说着"请随便用"，之后又回到大暖炉那里去了。我和纯子各自放好行李，给面加上热水，这时我才想起来没有桌子，甚至连空的台子都没有，两只手端着热面不知道放哪儿。纯子当然也面临同样的问题，不过她马上有了一个办法。

"去雪里吃？我们到门口去吧？"纯子说。

"就站在门口吃？"我看看手里的面和两个人的行李。

"没问题的！"纯子笑着说，之后又对店员喊道，"麻烦帮我们看一下行李，可以吗？谢谢！"

"知道啦，这里又没有别的客人。放心吧！"回话的又是那个短头发店员。

跟着纯子走到门口，俩人一边用双手捧着自己的热面，一边看着眼前静静飘落的大雪。一丝风也没有，空气被雪净化得几乎有点甜味，手里捧着面也不再感觉有那么冷。第一次在黎明看到这么大的雪，眼前的一切看起来都像是舞台布景，身后店里的照明就是镁光灯，把我和纯子的影子投在我们自己脚下。对面则一个观众也没有。

"这次出差回来，我们出去玩吧。"纯子说。她呼出的白气和热泡面的白气混在一起。

"好啊，纯子想去哪儿？"

"水族馆？有点想看海豚。"

"没问题，可是这么冷的话海豚不会出来了吧？"

"室内也有啊，笨蛋。海豚表演在室内也可以看的。没看过？"

"没看过。水族馆都没见过。"我说。

"那我带你去，东京有看海豚的好地方哦。"纯子说。

"那就拜托你啦，导游小姐！我的面可以吃了吗？"

"都可以啦。"

于是，我们两个人就站在门口的雪里把面吃了。这时街上已经开始偶尔有行人出现，巡警滑稽地骑着自行车路过，赶早班电车的人艰难地慢慢走向车站。在我们吃面的时候还来过一个老人，从自动贩卖机那儿买了一罐热咖啡又离开了。

这就是我回忆中跟搬箱子有关的那场大雪。其实讲了这么多，我印象最深的还是我和纯子走在大雪中的远远的背影。怎么会是背

与 在
麻木 清醒
之间

影呢？不得而知。也许是因为时间隔得太久，久到我已经分不清是回忆还是幻想了吧。每次想到这些，那些画面总会零零碎碎地旋转着，飘在离自己头顶很高的地方，我自己则像个急于知道真相的陌生人一样不停地用力张望，希望能把那些碎片尽可能拼凑起来，看到自己想看的。结果越是努力，那些回忆就越显得模糊和虚幻，继而变成我幻想出来的仿佛别人的人生一般。回忆这种东西真是奇妙，就像影子会脱离主人本体变成另一个人的故事那样，会不会有一天我的回忆也会弃我而去，变成另一个人的另一种人生，而他真正的主人——我——却只能任凭时间的拖拽，渐渐迷惑着沉进不停流向未来的黑色水中。

　　不过，再仔细想想……当时纯子买的泡面好像是韩国泡菜味，我买的是猪骨汤味，而就在我们吃的时候，还不时有雪花飘进面里。好吧，至少我能断定那场一直下到黎明的大雪是真实的。

十五　退烧

　　三月初，我回了一次北京。本来说好和李两个人一起走，但他最终决定利用这时间多打工赚钱，另外也是为了陪他弟弟。于是我只好自己背着几乎是空的旅行包，在成田机场给家里人随便买了点礼物，就飞回北京了。

　　记忆中那年的三月，北京很冷，比东京冷得多。在东京一件T恤外面罩一个羽绒服就够了，在北京还得在羽绒服里塞满了保暖内衣之类的才能出门，而且风很大。但这才是北京的冬天，当时我是这么想的。北京的冬天有种特殊的味道，我说不好那是什么，但只要回到北京，那味道就会明确地告诉你这是北京，而不是别的什么地方。不过只有在这里长大的人才会记得这味道，也许北京人的脑袋里都有一个北京味道识别器也说不定。

　　其实对于那次回国，我只有一些零散的记忆。比如父母没有来接我，是我让他们不用来的，我说我可以自己坐出租车回家。另外就是跟朋友吃吃喝喝上街买东西。我记得当时去了五道口的一个大棚，里面都是卖衣服的，我在那买了几个帽衫。还有就是母亲总是让我喝感冒冲剂，虽然我没有病，但母亲还是坚持让我喝，每次两袋，一天两次。她说北京正流行感冒，要多预防。虽然我很讨厌喝感冒冲剂，但母亲的命令是不喝就不能出门，为了能出去多逛逛，

我也只好听她的。

那次回国，我记得一共停留了七天左右，并且最后的两三天，几乎是在无所事事中度过的，除了吃饭和买东西，不知道还能出去干什么。好像还和新裤子的几个人去了一次卡拉OK，不过也可能没去。

第一次回国就这么结束了。来时的空旅行包装满了新买的衣服、书、CD之类没用的东西，带着这些，我又飞回了东京。说是回国，莫名其妙地我的心情更像是出国旅游。而那之后过了没几天，我就从日本电视机上看到北京爆发了那场著名的"非典"。原来这就是母亲拼命让我喝感冒冲剂的原因。现在想起来，作为一个土生土长的北京孩子，没有机会经历那个特殊时期的北京，不知是幸还是不幸。

而说到不幸，大学开学前，我重病了一场。

很小的时候因为经常发烧，我被父母带去医院割了扁桃腺，从那以后就几乎不再发烧。现在还记得，当时嘴里填满麻药的我，眼泪汪汪地被放倒在手术室那张铺着粗糙白床单的床上，几个医生拼命把钳子、剪子等一堆寒光闪闪的金属工具伸进我嘴里。虽然没有什么痛感，但术后吐的那一大口血，真是挺过瘾的。不过那时候还小，还不明白手术意味着什么，稀里糊涂就做完了。现在虽然很少发烧，只是一听到手术这个词就浑身不舒服，就会想起那一大口血，就会想起那些寒光闪闪的工具。

而这次发烧来得很突然，突然就像走在平地上却摔了个大跟头。印象中是某次打完工回家，一边抽着烟一边缩在自己房间里打游戏，当时只是有些咳嗽，所以几乎没在意。第二天早上起床的时候，我猛地坐起来，却又重重栽回到床上，脑袋沉重得像装满了整个宇宙，这才觉得自己病了。浑身发冷，又酸痛得厉害，毫无疑问是发烧了。那时候黄已经去学校上课，李去打工，我只好自己挣扎着爬起来试表，四十度。比想象的严重，大脑一片空白，眼皮沉重得要命，于是我任凭自己又睡了过去，或者说昏了过去。

等我再度醒来，已经不知道过了几个小时，李和黄都已经回来了，正站在厨房里念叨着吃什么。从他们的对话里，我知道时间已经是傍晚。

几乎用了全身的力气，我拉开房间门想跟俩人打招呼，却意外发现自己发不出声音，只是张开嘴，嗓子里干涩得要命。李问我这个时间怎么会在家躺着，黄在一边瞪大了眼睛看着我。我拼命想发出声音，最终却只是哼哼了几下，接着又倒回床上，简直一塌糊涂。结果如同我预期的一样，李和黄两个人同时大笑起来。躺下的我又努力了一下，才说出他妈的，发烧了之类的话。我记不清了。

第二天，我在自己清醒的时候给纯子发短信，告诉她自己莫名其妙地得了重病，纯子知道后马上过来看我。还好那是个周末，她是中午来的，早上我已经发过一次烧，体温和意识都稍稍恢复了一些。大概问了问情况，纯子要带我去医院，我拒绝，说吃过药就好了。纯子同意了，结果翻遍家里却没有药，也许是因为我和李平时几乎不生病，所以没有准备，那就只好听纯子的话，跟她去医院了。

我们出门时正好下起小雨，那种几乎察觉不到的小雨，而春天的小雨总是很舒服。走到外面，微凉且湿润的空气让我脑袋多少清醒了一些，深呼吸几次后甚至感觉病都要好了。因为下着雨，大街上没什么人，太阳被遮挡在云里，所有的物体都没有被投射出平日里错综复杂的影子，这让头晕的我实在感激不尽。本来就讨厌晴天，一是不喜欢被太阳晒得晃眼，二就是看到街上大大小小的物体投射出那些纷乱的影子实在是很费神。因为影子衬着明晃晃的阳

与　在
麻木　清醒
之间

光，会把眼前的事物切割成无数随机产生的不规则形体，看着那些深浅不一的色块，我总是有种说不出的心烦意乱。只有阴天的时候不会这样，影子会跟着太阳一起消失掉，眼前的一切被完全均匀的暗灰色所覆盖，那样心里就会踏实很多。比如今天，街上就是一片均匀的灰色，我几次停下来使劲闭上眼睛又睁开，并且每次都会在一阵微弱的晕眩后重新确认眼前被染成灰色的街道，确认那些不再发出明亮绿色的树叶和草丛，那些被雨打湿的接近黑色的地面和别人家的围墙，这才能再次拿出力气继续向前走。走在身边的纯子不停问我要不要休息，我没力气说话，只能摆摆手。虽然没有严重到需要坐下来，但我知道这时候我的体温可能又升到了四十度。

出门前纯子已经打电话查到家附近的医院，我只需要跟着她走就好，不需要也没精力再去转动大脑识别路线。我们没有打伞，是我要求的，我想让皮肤暴露在雾一般的小雨中，那会让身上的燥热感消退些。走了很远之后，我们的鞋也湿了，但我仍然很享受能这样走在没有人的街上。严重地发着高烧，但脑子在雨中却变得更加清醒，呼吸也变得轻松起来，其间有几次我甚至想掏出烟来抽，都被纯子严厉禁止了。我表示逗她玩的，嗓子肿到说不出话来怎么可能抽烟呢，当然纯子根本不相信我。

大概走了三十分钟左右，我们终于来到某家小诊所前面，诊所名字已经不可能记住了。总之是一间非常小的诊所，从整体上判断，也许只有中国医院的某个科室那么大，从远处看不过是一间普通、干净而整洁的民宅而已。日本的医院就是这个样子，大医院当然也有，不过只是在离家非常近或是在特殊时刻才会被用到。我可不想有那样的特殊时刻。

纯子领我走进门，对面是挂号台，后面一个护士，穿着……粉色的护士服。左右手各一间诊室，周围墙上挂着几张让人放松的、

Between sobriety and humbleness

不知道是谁画的油画，四处的角落里摆着小盆绿植。两张长沙发旁边是书架，有漫画有杂志，看来是给等待看病的人准备的。不过现在一个人也没有。柔和的白色照明，声音很小，但温暖的BGM。

纯子帮我说明来意后，护士马上把我让到其中一间诊室。道过谢后，我和纯子走进去，一个身材适中且戴眼镜的男医生斜坐在办公桌前，正在看着某种文件。见我进来立刻摆出温和但事务性的笑脸，指着自己面前的椅子，请坐吧，他说，哪里不舒服？整个看病过程中我只听懂了开始这两句，其他都是纯子在翻译……

其实，我并不觉得自己有什么过于严重的症状，只是发烧而已，但医生还是用摆在他桌子上的各种工具把我脑袋里里外外查了一遍，耳朵、眼睛、舌头、嗓子，甚至鼻子里面。等他忙完，我已经完全清醒了，毕竟是被各种小道具从各种能插的地方全部插了一遍，检查完之后，脑袋里还残留着那种冰凉的金属质感。

最后，在医生和纯子用很快的日语说了一番后，他才转向我，很慢地对我说，你发烧很严重。我说我知道。之后他又说，你要住院。住院？！我觉得他一定是有什么地方弄错了。住院？不是简单的发烧吗？我转向纯子，纯子用中文说，你血里有细菌，所以你发烧啦，要住院。就是在这里，我学会了细菌、发炎、感染这几个词的日语发音。

医生没有任何缓和的余地，在我向他说明我没时间住院，要打工，要准备开学，我也完全不想住院后，他干脆直接转向站在一边的纯子，大概是说要准备什么东西之类的，纯子马上掏出个小笔记本仔细记上。之后医生又写了封介绍信，告诉我们这里不能住院，请拿着这封信到另外一个地方，那里可以住院，这是要求我住院的证明。我问他，那里和这里有什么不一样。他说，这里只能门诊不能住院，没有病床。我不想也没力气再追问了，走出医院的门，我

与
在
麻
木
清
之
醒
间

连一片药都没拿到。

按照医生的指示，我和纯子又开始走向另一间医院。据说不远，结果还是又走了三十分钟。那时我想我理解了为什么日本人每天坐电车却还要买汽车，电车基本只是用来上班、约会之类的，不堵车，很少有意外，可以计算时间。比如需要买买菜啊住住院啊这类的事情就可以开车。在这样的小街道里转来转去实在很麻烦，因为我没有汽车。

再次一路迎着小雨，我们终于到了医生指定的那个能住院的医院，发现这里也不过就比刚才那地方大了一点点，后来才知道，这里只能住院没有门诊……何苦呢？

具体办理住院的细节，早就从记忆中消失了，如同数年前某个初冬之傍晚落在路边小野猫额头上的新雪。而我记得的，是从我上了病床那部分开始的。

穿好住院服，和中国差不多，蓝白条的，我正在收拾换下来的衣服，一个年轻女护士托着托盘走到我身边，就是那种日本动画片里的女护士，托盘里装着一些我没见过的工具。护士看了看我，转向纯子说，先要退烧。纯子翻译给我，我说好。然后她又说，要从肛门里塞颗药进去。纯子又翻译给我，我说这可不好……不过后来询问的结果是，原来的确是要先退烧才能继续治疗，而退烧的方法则有三种，我可以选。第一种最快，就是从肛门塞个药进去，第二种一般，肌肉注射，就是打针，第三种最慢，吃药。我问谁给我塞，自己？女护士说她会帮我塞，我看了看纯子，纯子故意把脸转向窗外，在那儿不停地笑。好！我选择肌肉注射！之后，我问纯子那个塞药是怎么回事？纯子一脸正经地说，不知道……

按照护士吩咐，我解开刚穿好的上衣，露出整条左胳膊。护士拿起针筒看了看，之后对准我的左臂三角肌，注射前说了句什么，

我还没弄明白情况，针尖已经插进了肌肉。瞬间，胳膊就没有知觉了……随之而来的是剧痛，一种我从来没有体会过的疼痛，我形容不好那种感觉，下意识地开始拼命用力，紧绷起肌肉。护士马上用没有拿针的手放在我的胳膊上，让我放松，我尽量不再用力，但又没办法完全做到，就这么僵持着直到注射完毕针头拔出，我的胳膊一直处于麻木状态。现在想起来，还不如塞颗药进去。

护士走了以后，我像一个生活不能自理的残疾人一样躺在病床上，左胳膊没有知觉，连盖被子都要纯子帮忙。我对纯子说，对不起。纯子只是笑笑，并且告诉我，一会儿有护士过来帮我打点滴，她要先回去帮我拿些换洗衣服，还问我有没有什么要带的。谁能想到去了趟医院就被直接扔到病房里住院了呢，完全没准备。不过从眼下的状况来看，也似乎不需要准备什么。书，我告诉纯子，有些书帮我带来，打发时间用。纯子同意，于是在我告诉她书名后，她就先回去了。

整间病房里一共八张床，我的床靠窗。有的床位拉着帘子看不到里面，没有拉帘子的床位都空着。窗外是个很大的露台，露台上晾着一排排洗好的白色床单在小雨里一动不动……看了会儿床单，我想，怎么没有人来收呢？后来就睡着了。

人生中的第一次住院生活，比想象的有意思。当然，没意思是肯定的，想开了就有意思了……苦笑。纯子按照我说的，把我要的书拿来了。我不知道要住多久，于是拜托她拿了很多书来。一套上下两册的欧文·斯通著《达尔文传》，一本关于考古的，克里斯·马顿和凯瑞·路易斯著《水晶头骨之谜》，一本台湾版村上龙的《寄物柜里的男孩》，还有一些其他的已经记不住了，都是一些很厚的家伙，一定能打发掉很多时间。

另外，纯子有时间就跑过来，陪我一起百无聊赖地聊天，一起

与 麻木 在 清醒 之 间

132

吃水果。前面说过的父亲的朋友也来探望过一次，一定是我打电话告诉父亲我住院之后，父亲通知他的。我和纯子吃的水果就是他拿来的。同时他还留下一笔钱，让我先用着，以后再说，之后坐了没一会儿就忙着跑回去忙公司的事情了。

住院这种事情没有人自愿来，不过，既来之则安之。一个人的时候我就闷头看书，因为胳膊上挂着点滴，哪里也去不了，而直到我完全退烧后才取消点滴治疗。能自由走动了，我有时候会到窗外的那个大露台去透透风。虽然这栋住院楼本身也不是很高，但周围都是由一户建构成的大片的低矮住宅区，几乎没有高楼遮挡视线，从露台看下面可以看到数量相当大的、由各种颜色构成的房顶。有的人家的房顶还种了花草，不过最多的还是晒在阳台上的被子。

每天早上八点准时起床吃早饭，流食，一小碗白粥。中午是熬得很烂的南瓜和另一小碗白粥，晚饭是另一种熬得很烂的什么东西以及一小碗白粥，想在吃上面找些乐趣，基本上是不可能了。晚九点准时关灯，看不成书，也睡不着，就只能靠听别人打呼噜和抠指甲取乐了。生活突然变得极其规律这件事对我来说倒是不坏，随着治疗日见成效，精神越来越好，偶尔会有严重的咳痰，但已经不足以影响一般生活。这时候我想自己应该是可以戒烟了，大好机会。跟纯子说过之后，纯子很高兴，还商量着去给我买戒烟口香糖之类的东西。直到有一天我偷跑到露台上抽了半根，差点晕倒在那些晾晒好的白床单上。不过在我享受那种天旋地转的快感的同时，也最终宣告戒烟失败。

白天看书，晚上瞪着眼听别人打呼噜的生活整整持续了八天。八天过后，当医生宣布我可以回家的时候，我都要哭出来了。精神是恢复了，但换衣服的时候，我发现自己瘦得如同电视机里看到的非洲难民，小腿和住院前自己的胳膊差不多粗细，胳膊的围度则和纯子差不多。没有量体重，恐怕是减得不轻。再加上每天流食和不怎么运动，穿上自己的衣服，拎着东西跟纯子走出医院时几乎不敢太快迈步，怕自己腿上没有力量支撑。直到我们慢慢拐进一处不知名的商店街，发现了一个卖烤鸡肉串的小店后，我发现自己居然可以跑起来。

最后，补充说一下我的病。简单说，就是某种病毒不知道从哪里，也不知道什么时候侵入到我身体里，甚至是血液里，才引起严重的炎症，并伴随每天三次莫名其妙的高烧，每次烧起来必过四十度。嗓子也肿到吃不下最小的药片，甚至喝水都会堵住，吐出的痰几乎是深褐色的。至于是什么病，不得而知，医院开具的各种纸张已经丢掉，也没办法查了。反正大家小心。

与
在
麻木
之
间
清醒

十六　Rugby?

红色NY字样棒球帽、深蓝色加肥加大帽衫、沙漠迷彩长裤、白色DC球鞋、好彩烟一盒、打火机一个、钥匙、入学通知书和入学证明，手机、喝掉一半的果汁含量百分之一的淡味柠檬水，这就是全部装备。

二〇〇四年四月，一个地上散落着樱花花瓣的早晨，电车慢慢在鹤川站停稳，开门，下车。和我一起下车的还有大约二十个学生模样的男男女女，有的穿便服，有的穿样式单调的黑色西服。走出站台后，我跟着这些人向左转，拐上那条已经来过几次的小商店街，大家闷头走路，没有人大笑喧哗，甚至说话的都没有。我可以断定这些人和我要去的地方一样，就在走路大约十五分钟的那个高坡上的和光大学。我并没有怀着所谓激动的心情，只是一边抽烟一边慢慢走着，一边走一边观察身边这些人。这让我想起语言学校开学那天，都是一群陌生的年轻人不约而同赶去一个相同的地方。不一样的是今天身边没有人说中文，看样子身边这些都是日本人，我想。

迄今为止，我接触到的日本年轻人不多，纯子和麻美算是我认识的普通日本年轻人，但她们又有些特殊，都是去中国留过学的，会讲中文，喜欢中国，我不知道那些单纯生活在日本的年轻人该如何接触。而且，从年纪上看，他们要比我小很多，我是已经接触过社会又返回校园的，他们在这之前不过是普通的高中生而已。我知道的大多数留学生，尤其是像我这么大的，尽管上了大学，还是每天三点一线的生活，打工、上学、回家，很少从他们那里听来关于任何日本朋友的消息，身边的好友也都是中国人，所以完全构不成参考。就这个问题我咨询过已经是大学生的李，但李的回答很简单，他说，你别在乎他们，跟着混混就完了，该干吗干吗。这也同样构不成参考。这样想着，我看着身边这些默默走路的日本年轻人，越来越没有头绪……想了一会儿想累了，我也就只顾独自走路了。

开学典礼。

开学典礼在一个能坐下几百人的大型阶梯教室里举行。基本都是例行公事，领导讲话，学生代表讲话之类的，到处都有的东西，冗长乏味。

我记得我坐在比较靠后面的位置，也许整个表现文化学部都在后面吧，属于这个学部文学科的人我一个都不认识，也许都不在一起，那时候我还分不清。在漫长的开学典礼上，我一直在东看看西看看，因为无事可做。也许是命运，在我来回乱看的时候，注意到一个家伙，他和我坐同一排，在我左边，我们中间隔着三个人。那是个很瘦的家伙，戴着灰色的类似鸭舌帽的帽子，黑色并且很时髦的呢绒大衣，扣子紧紧系到脖子下面，深绿色的裤子，鞋子看不见。其实这都不重要，重要的是，他戴了一副很大的墨镜！那墨镜大到几乎遮住了他半张略显消瘦的脸，支起墨镜的是一个看起来颇有些棱角的小鼻子以及紧闭的薄嘴唇，下巴上有点山羊胡子。

看到他之后，我又重新环顾了一下四周，重新确认了坐在场内的几乎所有人，是的，戴墨镜的只有他一个。之后我又把目光挪回到他身上，他时不时会用手扶一下那个硕大的墨镜，微抬着头，下巴咄咄逼人地翘起来，稀少的山羊胡子如同一小簇坚强生长在峭壁上的稻草，杂乱地立在那个咄咄逼人的下巴上。

何苦在室内也戴着一个那么大的墨镜呢，而且还是在开学典礼这种场合，没有穿正式点的衣服也就算了，我也没穿，不过他这身打扮总是有点太突出了吧。想着想着，一直在观察他，我几乎没在意开学典礼的流程，注意到的时候已经接近尾声，一个戴眼镜的男老师正在说明分班注意事项。唯一值得认真听的也只有这部分了。

典礼结束，休息了一会儿，我们分别去自己学科报到。文学科的教室在几号楼忘记了，但是并不难找，毕竟岳程带我走过，考试的时候也来过一次，只是等我走进去才发现，这里一共也没几个人，记忆中大概十五个左右，那个戴墨镜的家伙也在，他居然也是文学科的。大家对视了一下算打过招呼，我找地方坐下，墨镜男在我对面。现在他已经把那个硕大的墨镜摘下来了，取而代之的是一双看似极端敏锐的小眼睛。

大家互相还都不认识，就这么安静地坐着，直到负责老师来了以后才做了自我介绍。这时候我才知道整个文学科只有我一个留学生，其他都是日本人。难道考试那天的其他留学生全部被刷掉了？这可让我有点惊讶。

确认好上课时间和学分的取得方法，分学科的单独报到就算结束，剩下的就只靠自己了。拿到课表看了看，想上什么课，什么时候上课，完全自由，有些课甚至不计算出勤率，完全凭自觉和兴趣。于是我把不计算出勤率的课程和关于电影、音乐、文学、神话，总之是自己喜欢的课全部安排满了，到此为止，预感大学生活

应该还不错。和光大学算是个偏艺术类的学校，听岳程说这里出过不少漫画家和文学家，所以这里的课也偏重艺术类。甚至还有专门研究动画片的课程，深感欣慰。

选课结束后，我在食堂吃了午饭，现金交易，无饭票，谁都可以吃。之后买了咖啡，开始在校园里闲极无聊地四处溜达。偶尔能碰到高年级学生，手里拿着传单之类的东西走来走去，我找个地方坐下来慢慢抽烟、喝咖啡。看着在眼前穿梭不停的这些家伙，不知道能跟谁成为朋友呢，我想。到现在为止，还没发现任何一个中国学生，欧美留学生也没有，至于有没有韩国人就不知道了，从脸上看不出来嘛。反正，不可能整个学校里就我一个中国留学生吧？！

一个人坐了会儿，我正不知道还能干什么，这时候那个墨镜男和一个瘦高的家伙刚好从食堂出来，俩人看见我，便朝我走来，那个瘦高的家伙也是文学科的，在教室里见过。眼镜男抽着烟，瘦高的家伙手里拿着半个面包。

"尚君你好。"瘦高的家伙说，他一直笑眯眯的，眼睛眯起两条缝。

"哟。"我说，"吃饭了？"一不小心还是北京人式的打招呼。

"吃了吃了。"墨镜男说，说完俩人坐在我身边。

"叫你尚君可以吗？你的日语不错。"眼镜男又说，瘦高的家伙开始笑眯眯地吃面包。

"叫什么都行，能明白就好。我忘了你们叫什么，都是一个学科的吧。"我说。

"叫我三儿就行，他叫望月，望月什么来着……"墨镜男笑着说。

"叫我阿望好了。"瘦高的家伙说。

"好，三儿，阿望。你们认识？"

"刚认识的，以前没见过，三儿好像就住这附近，我在热海。"阿望说。

"没去过热海，不过没关系，我住千叶那边，还没搬过来，准备过两天搬得离这里近些。一会儿去干吗？在这儿坐着实在是没意思。"

"随便走走吧，去看看社团之类的，也许有什么有意思的。"三儿说。

"OK。"说着我们站起来，阿望把面包纸团成团丢进个垃圾箱，三个人开始在学校里乱转。

那天我们到底去了什么地方几乎忘记了，值得一提的是，当我们转到一个叫作JAZZ研的社团前面，也是天快黑的时候，我们被邀请进去看了场规模很小的演出。JAZZ研，顾名思义就是研究爵士乐的。整场演出由一个鼓手、一个键盘手以及一个吉他手完成，三个人技术相当出色，我都开始犹豫要不要加入这里，因为我没发现研究摇滚乐的社团。演出结束后有一个体验时间，可以随便玩乐器，我们都跑到舞台上，我自然坐进了鼓手的位置，随便打了几下。三儿和阿望都聚过来，他们没想到我会打鼓。之后三儿突然跑到台下拿起麦克风，叫我随便打个节奏，我不知道他有什么打算，就随便打了一个很稳定的节奏。接下来他突然开始跟着我的节奏玩起了Freestyle，原来这个家伙是搞Hip Hop的！阿望在边上看着笑。整个JAZZ研的人都惊呆了，我和三儿的即兴表演大概持续了三分钟左右，之后得到了相当热烈的掌声。一个看起来是负责人的家伙往我手里塞了张广告，让我一定加入他们。那时候的我对爵士乐几乎没什么认识，看到对方过分热情，只能应付着说好的好的，就和那两个家伙一起逃到外面去了。

等我们逃出来天已经完全黑下来，不知道是谁在外面生了一小堆火，我们都围过去，JAZZ研的人在给大家发饮料和啤酒。来到院子里，又碰上几个刚才一起看演出的家伙，我不知道他们是什么学部的，总之都是喜欢音乐的人。于是大家乱七八槽地打了一遍招呼，一起敬酒，并且相互挽着旁边人的肩膀围成圈，大喊着偶然！偶然！这些都是偶然！因为偶然，我们才能成为朋友。毫无节制、精力过剩的喊叫声回荡在整个操场上，并且越来越多的人开始加入我们。那晚我喝了好多啤酒，因为没吃晚饭，很快就开始醉了，不过那时候没想太多，来到东京后很久没这么高兴了，如果不是学校保安过来让我们把火灭了，也许我们会一直喊到天亮。

就这样，我交到了进大学后的第一批朋友。三儿，阿望，还有个自称"西爷"的，是个看起来很敦实的家伙，和我一样是个光头，小眼睛，扎着耳环。感觉像是个能拼命打架的家伙，那晚在JAZZ研的演出没看到他，但不知道怎么就和我们裹到一起了。后来我们这帮人的数量越变越多，以后慢慢讲。总之，跟着这帮家伙，让我看到了一个中国留学生可以过的另一种生活，就是，像一个一般的日本年轻人那样去生活。我们从来不去讨论中国和日本的那些事，我们聊得最多的是女孩、酒和音乐。我把他们当成自己人，他们也没有因为我奇怪生疏的日语就把我当成外来人。所以，以后别再问我日本人和我们有什么不同，其实没什么不同，如果你觉得很有不同，那是你想多了。

不过比起交这几个朋友来，开学典礼的几天后，我干了一件一般留学生更干不出来的事情。我加入了和光大学英式橄榄球队。

开学典礼过后，我开始物色新房子，准备搬到离学校近一些的地方，一是为了上学方便，二是不想再让纯子陪我起那么早去坐电车。她的工作时间经常变化，有时候中午去公司都可以，不过为了和我一起出门，她经常睡不了懒觉，如果住得离学校近就

与麻木之间 在清醒

不用那么早起来，我和她都能多睡会儿。要说近的话，最好就是住在学校旁边，不过打听了几天后都没有合适的。鹤川站虽是个小站，但因为离大学近，所以房租并不便宜，于是我开始琢磨搬到鹤川站旁边的车站去，不用换车，距离三站以内最为理想。后来听说除了自己到处找房产中介，学校总务科也会提供租房和打工的消息，我准备去问问。

于是某天下了课吃过午饭，我准备去总务科问房子，却在半路上被一个大个子和一个看起来很精壮的小个子拦住。两个人很有礼貌地把我拦下来，我也很有礼貌地停下来。这两个家伙看起来脏兮兮的，不是那种即时性的脏，而是穿的衣服已经再也洗不干净的那种脏。

"你好同学，你想加入英式橄榄球队吗？"高个子很和气地说，同时小个子笑眯眯地递过来一张宣传单。

"英式橄榄球？是什么？"我看了看宣传单说，印刷得不是很清楚。一张黑白照片，上面的人物模糊成一团。

"没听说过英式橄榄球？"

"不，是我不懂这个单词。我不是日本人。"

"真的吗？你的日语很好啊！"笑眯眯的小个子说。

很好的话，我会听不懂英式橄榄球吗……

"可我完全不明白啊，不了解，对不起。"说完我就想离开。不过大个子似乎不想放弃。

"没关系，就和足球差不多！"他说。

"和足球差不多？那是什么？"

"不管怎么说，有兴趣的话，来看训练吧，很快就会明白的，哈哈！"大个子笑起来很爽朗。

"好吧，谢谢啦，有时间会去看的。"说完我拿着宣传单就离

开了，剩下大个子和小个子继续在那里拉拢别的学生。

离开那两个人之后，我也再没多想这件事，就直接去总务科了。事情继续发展是在过了几天之后。

中午下了课，因为食堂人太多，我决定推迟午饭时间，后来想起开学典礼时去过的JAZZ研，便打算叫着三儿和阿望一起再去看看，可不知道他们俩在那里，也不知道来没来学校，就自己溜达过去。结果JAZZ研的门关着，并且上了锁，探访无果。这时却听见旁边操场上传来一阵一阵喊叫声，听不出喊的是什么，也或许是听不懂。我突然很好奇地想过去看看，就顺势走去操场。

来到操场，正看见十来个人在操场上训练，其中就有那个大个子和小个子。还真是一看就明白，原来那天他们说的是英式橄榄球。我第一次这么近距离看英式橄榄球，冲撞相当激烈，跟在电视机上看转播完全两个气场，而这还只是训练。极度晴朗的天空下，太阳光直射在标准橄榄球场大小的学校操场上，一群人时不时堆在一起用力地推拉和挣扎，而后突然又全部散开没命地奔跑，黄土飞扬。我完全不懂这运动的规则，倒是看得越来越血热。那些家伙在强烈碰撞的瞬间完全连眼睛都不眨，偶尔还能听到肉体和肉体撞在一起发出的闷声，仔细看的话还能看见几个人身上挂着伤，几乎都是擦伤，伤口和地上的泥巴混在一起，他们也不在乎。我完全被这些家伙震住了，别人描述的所谓运动精神之类、肉体的美感之类在这里完全不适用，我在这帮家伙身上看到的是真实的……不要命精神。比如在高速奔跑的时候从对方后面赶上去，强按住对方肩膀将那人的脸直接按进土里，或者正面冲向对方用肩膀狠命地顶对方肚子，接着对方就摇摇晃晃倒下去，居然不是犯规。有那么一瞬间我也想上去试试，不过当然是不可以了，就这么毫无准备地上场估计会当场死掉。

与麻木之间 在清醒

看到训练结束，大概过去二十分钟左右，场上那些人开始陆陆续续回到场边，我手里拿着抽完的烟头想就此离开，却没想到大个子发现了我，不好！我想。那家伙一边喊着一边向我跑来，身边还跟着一个人，是个小个子，不过不是上次那个家伙。这下是跑不了了，我只好笑着迎上去，顺便把烟头塞进裤子口袋里。

　　"来看训练了？怎么样，有意思吧。"大个子先上来说话，依旧笑得很爽朗。

　　"你好，今天没什么事情。"我说。

　　"这是我们队长。"大个子指着一起来的家伙说。

　　队长看起来倒是很稳重的感觉，印象中有点像李连杰……精神的短发，诚实可信的样子，个子不高，但身体看来很结实。

　　"以前看过英式橄榄球吗？"队长首先问我。

　　"没有，第一次。"我说。

　　"先了解了解吧，一起去社团活动室看看。"说着队长开始向操场外走去。等等，我没说要加入啊。这时大个子在身后推了我一把，说着别客气、别客气之类的话。喂喂，没有客气啊，我还没有要加入啊！不过想归想，被他们这么一招呼，我也只好跟着走了过去。

　　原来英式橄榄球的活动室就在JAZZ研隔壁，门口放了几个架子，上面堆满了不知道是谁的破球鞋，还有些洗衣粉之类的杂物。一条旧长凳上躺着两个人，看来是队员的样子，都穿着那种再也洗不干净的队服。仔细看又发现其中一个就是那天塞给我传单的小个子，见我过来他微微直起身，笑着说，哟！我点头回礼。

　　活动室比我想象的要宽大。几张桌子靠着墙，上面胡乱地堆着很多东西。一张大沙发放在门边，后面是占满整面墙的换衣柜，旁边桌子上摆着电视机，电视机下面是PS2游戏机和一堆游戏盘。我大概看了看，都是竞技体育类游戏。

"随便坐。"进来后队长笑着说，"这是活动室，没什么好东西，不过那里的鞋和衣服可以随便穿。"

我还没有决定要加入呢……

"喝水吗？"

"谢谢，不用。"我说，一边说一边看着屋子里的摆设。

"那，我们去吃饭吧。你吃饭了？"

"吃饭？大家一起吗？"不好的预感……

"不不，就这几个人，他们还在收拾东西，我们先去。"队长说话的时候一直保持着微笑状态。他所谓的"就这几个人"是指我和他，那个高个子，还有门口躺着的两个家伙。

"……好吧。"实在没什么理由不去，我便答应下来。况且我也还没吃饭。

一行人来到食堂，这时候里面的人已经少了很多，几乎没排队。我们领了餐盘各自挑选自己的午饭，之后来到结账的地方。我正要掏钱，队长突然拦住我，自己把所有人的钱都给付了。我一时没反应过来，问他为什么，他笑着说别客气。

找到桌子，等我们都坐下后我又掏出钱包，打算把钱还给他。这时候其他人都开始各自吃起来。

"不用了，招待新人的费用还是有的。"队长说，同时微笑着捣弄着自己的沙拉。

招待新人？新人？我？

我还没想好要不要加入呢，我想说。

"这运动很难吗？"结果我却这样说……完蛋了。

我问过这个问题后，包括队长在内几个人都开始跟我说话，混乱中我能听懂的只有很少一部分，只好笑着点头应付，忙着吃自己

与 在 麻木 清醒 之间

的午饭。在他们都说完后，队长总结性地说，只要体能好，技术不是问题，以后要多吃点哦！

我这就算加入了？

吃过饭他们问我要不要一起回活动室，我说有课就不去了，他们也没强留，就在食堂分手了。临走时那个笑起来很爽朗的大个子还小声跟我说，加油啊！之后就随他们走了。哎哎……

跟球队的家伙们分手后，我走出食堂，看到三儿和另一个穿衣品位跟三儿很像的家伙在食堂旁边抽烟。三儿本身个子不高，印象中大概一米七三左右吧，和他在一起的家伙看起来似乎比他还矮，微胖，歪戴棒球帽，穿着很肥的衬衫和很肥的裤子，留点小胡子。我上去打招呼。

"哟。不去上课？"

"哦，尚君！坐啊，待会再上课。"三儿说。

"嗯，刚吃完饭，先抽根烟。"说着我坐在三儿身边。

"尚君，你好。"这时候坐在三儿另一侧的家伙说。

我还是初次见到他，也不知道怎么打招呼，就随便点了点头。

"他是社长。"三儿介绍说。

"社长？"

"外号，大家都叫我社长，哈哈。"这个叫社长的家伙说，"听三儿说尚君会打鼓？喜欢听音乐吧，喜欢Hip Hop吗？"不管怎么说社长倒是个开朗的家伙。所以，我们的团体又多了一个人。

"以前打，现在不打了，Hip Hop也喜欢，基本上除了电子什么都听。"

"不错不错，有时间去看三儿的演出吧。"社长说。

"演出？"我转向三儿。

"啊，基本上每两周一次，在不同的地方，有时间过来吧。"

三儿本人倒是意外冷静，"去上课吗？我今天下午不去了。"

"我也不去，得跟他去办点事。"社长说。

"哦，好吧，我去上课。"我说。

于是我们扔了手里的烟站起来，社长跟三儿一起走去学校大门，我去另一个方向的教学楼。临走时我说，我加入大学的英式橄榄球队了。社长回过头哈哈大笑起来。三儿也看着我笑，尚君，我看你是想死了，再见，他最后说。

"我看你是想死了。"李躺在床上说，和三儿的话完全一致。

"是，是！"纯子也说，"受伤了可没人照顾你啊。"

回到家我把加入球队的事情告诉李和纯子以后，这两个家伙一直在挪揄讽刺，没一句像样的话。

"我也不是完全自愿的啊，就是不明不白地加入了，不过看训练的时候，确实有点想要上去试试的冲动，哈哈。"

"凭你那身材应该还行，不打浪费了。"李说。

"你终于说出句像样的话了啊。"

"话说你房子找得怎么样了，什么时候准备走啊？"

"大概找好了。"我说，"学校总务科推荐的地方，我去看了，还挺不错的，在玉川学园那站，房租神便宜，不过是个半地下，采光倒没问题。一个月才三万多。"

"那可够便宜的，多大？"

"差不多榻榻米七贴左右吧，就是一般房子，墙上装了隔音板，环境也够安静。不过那边都是小山包，那房子也在小山包上，要上一个巨大的坡，骑车上去都费劲。"

"锻炼身体，你不是要开始打球吗？"纯子插话说。

"得得，你说的没错，那个坡就够我练的了，要是没那个坡就好了。"

准确地说，新家那个车站的名字叫玉川学园前，站前商店街的规模比鹤川还要小，从大学出来坐车只需要一站，是一片建在无数小山包上面的住宅区。从车站出来就是一条缓坡，记忆中一个综合型超市是站前最大的建筑了。顺着超市前面的缓坡走过去，就可以看到山下的住宅区。记忆中那里傍晚的景色非常美，夕阳把金色的光均匀覆盖在山下那片住宅区的屋顶上，每次看到这地方的夕阳，我总会想起机器猫……

走过这个能看夕阳的地方就是我选的新家，在一条极为安静的住宅街上。虽然是半地下室，但采光良好，还带阳台。地上部分是一个巨大型一户建，把下面这七间或者八间半地下室整个笼罩起来，我一直觉得那其实就是房东家，但没确认过。

搬家那天，李因为要打工所以没来帮忙，黄不知道去哪儿了，只有我和纯子俩人简单收拾了东西。其实也没什么，无非还是书啊、CD之类，托朋友的关系叫了辆小货车，再装上床和电视机，就算大功告成。搬进去后，在站前商店街我又买了几把椅子、一个饭桌和一小块地毯。第一次能和纯子有自己的家了。

自从我搬家之后，纯子几乎每天都住在我这里。因为我总是早放学，所以每天都是我做饭等她回来吃，生活开始平稳下来，我们像一般的同居情侣那样不慌不忙地过日子。上班的上班，上学的上学，休息日偶尔在家睡一天，看看电视，或者坐车去新百合之丘的华纳电影院看电影。生活过得安逸，纯子微微胖起来，我却渐渐壮实起来。球队训练很艰苦，体能训练和肌肉训练是每天的必修课，再加上吃得很多，身上的肌肉比以前变得更结实，烟也抽得少了。

不过训练期间也受了三次比较大的伤。一次手腕严重扭伤，用冰块敷着还肿得像大臂那么粗，当天晚上疼得完全睡不着，还要纯子时不时起床帮我换冰块。另一次是轻微脑震荡，昏倒在球场上，虽然没多久就自己清醒过来，不过还是很担心留下后遗症。最严重的一次是肋骨裂了一个很小的缝，撞伤，到医院拍过片子，拿了外敷药，整整一个星期不能大笑、不能咳嗽、不能打喷嚏，连上楼梯都要慢慢走，怕震到伤处。除去这些，其他就没什么更深的记忆了。要全部回想起来是不可能的，因为时间过于久远，点点滴滴的琐事如同被深埋在南极大陆冰川下的碎石子，我知道它一定是存在的，但已经深到无法再去碰触和确认了。

从四月开学，到加入球队，搬家，再到之后每日平稳而规律的生活，转眼间，数月时间不留痕迹地悄然流逝，二〇〇四年夏日将至。

十七　花火大会

也许是因为每天打球训练的缘故，记忆中那年夏天总是很热，又满是汗水和旷课的片段。头上系着白毛巾，在操场上没命地跑，之后躲进活动室或者没人的教室里吹空调，要不就是和三儿他们一起在学校里抽烟聊天，没什么正事，但也没怎么上课。

和纯子去迪士尼应该也是那个夏天的事情。我们还在迪士尼边上的酒店住了一晚，应该是一个周五的晚上。白天如何玩的，印象已经不深，晚上倒是在酒店顶层酒吧里看了场颇为壮观的迪士尼花火表演。有印象是因为那天酒吧里只有我和纯子两个人，我要了双份的占边威士忌，纯子要了马天尼。因为桌子靠窗户，下面的花火看得一清二楚，不过吧台里面的家伙总是百无聊赖的样子，也许是看多了。另外就是第二天从迪士尼出来后，纯子一直在说我穿衣服的问题，说我是"星期天的爸爸"，我说怎么会看起来那么显大呢？早知道不穿那么正经，换个跨栏背心来变成"星期天的黑社会"好了。

暑假时换了工作，因为机场的工作和上课时间冲突。新工作是在本厚木那边的一个蔬菜配送站里做蔬菜分拣。几条流水线上站的几乎都是中国留学生，甚至还有新疆人，我问他叫什么，他说自己叫买买提，我信了。这里的工作虽然单调但是轻松，只要把流水线上不符合配送标准的蔬菜挑出即可，比如腐烂的或者大小相差太多的。基本上属于边聊天边工作，每天干几个小时聊几个小时，抽抽烟喝喝咖啡，时间就过去了。

在这里还碰到一个爱玩游戏的家伙，长得清秀，瘦高，不抽烟，标准老实孩子，姓陈。因为都爱玩游戏，又都是北京人，于是每到休息时间，我就跟他凑在一起聊游戏的事情，这样时间过得快。

暑假快要过完的时候，几场雨下来，天气不见凉爽，反而更加湿热。某天训练结束后，队长问有谁想去看花火大会，结果居然没人响应。队长家住在一个叫鸭居的地方，离我家很近，但更靠近横滨，因为我还没看过花火大会就一口答应下来。顺便问能不能带女朋友，队长说那当然没问题，于是我马上给纯子打电话，纯子听后非常高兴，甚至说要跑回家去拿浴衣。于是我们约定，纯子拿了浴衣后回家和我见面，晚上再和队长在花火大会现场见面。

当天下午我没上课，在食堂吃过午饭后回家等纯子。纯子中午找借口溜出来取了浴衣，下午很早就到我家了。我不知道看花火大会还需要准备什么，以为带着钱包去看就可以了，结果这让纯子很生气，说我不浪漫，我则是一头雾水。后来纯子让我陪她去超市，一边对我进行花火大会知识普及，一边买了做三明治用的面包火腿，还有大大小小的饮料，然后又去便利店买了一块野餐用的防水布。那防水布真是个好东西，铺在地上，四角各有一个小洞，配插环，把插环从小洞插进去就可以固定在地面上，我真没想到这么简单的一个设计就可以解决很多问题，被人踩歪啊被风吹起来啊之类，我一直在赞赏那块防水布，纯子说这是常识啊，笨蛋。

好吧。

出发时间也是纯子决定的，她说在花火大会开始前，如果有时间可以去夜市转转，我一切听她的。坐上电车到町田换横滨线，

具体到哪站下的忘记了，好像是新横滨。这时候纯子已经换好浴衣，手里拿着一个很小的布包和扇子，脚上穿着木屐。从出门我就一直盯着纯子看，我觉得浴衣那东西比和服好看，和服给人感觉太厚重，有让人无法过于亲近的庄重感。但是浴衣很轻巧，我觉得年轻女孩穿上浴衣后都能变得像飞来飞去的漂亮小鸟一样可爱，粉色的浴衣就是粉色的小鸟，白色的浴衣就是白色的小鸟，印象中纯子穿的是蓝白相间的浴衣，就是蓝白相间的小鸟。我跟她这么说，她说是因为穿得好才会显得可爱，浴衣也很有讲究的。比如不能露出太多脖子之类的，我没记住那么多，总之纯子很清楚。毕竟是成长于很重视家教和规矩的大家族中，对这类事情相当注意，但对我来说只要好看就行了。不过男人穿浴衣这种事，我总是有些抵触，虽然新的男式浴衣为迎合潮流已经在设计上经过了很多改良和翻新，我还是看不惯，不知是从哪里得来的印象，我觉得再帅的年轻男穿上浴衣都会变得像块漂在水面上的木头，给人一种无聊至极的滑稽感。而当我把这想法说给纯子听，纯子选择无视我。

　　下车后走出车站，几乎不用去看地图找花火大会的地点，街上已经挤满了穿浴衣的"可爱小鸟"和"滑稽木头"，只要跟着他们走就一定没问题。记忆中那次花火大会是在海边，离海很近的地方有片树林构成的公园，夜市就摆在那里。因为天还亮着，明显没到时间，虽然着手比较早的店铺已经开始做生意，但几乎有接近一半的店铺仍旧在准备中。我和纯子从公园入口一路走过去，看见卖炒面的就闻闻，看见卖西瓜的照个照片，看见卖汽水的，我喝了一瓶纯子没喝，还有很多卖杂七杂八小玩意儿的，我甚至找到一个捞金鱼的铺子，可惜还没开始营业。

　　在市场里转了一圈，我找个树荫抽了会儿烟，纯子催我去占地方，于是我们快步走向指定的观赏区。还是纯子有经验，我们到的时候沙滩上已经挤满了人，尽量向前，发现很多视野较好的地方已经有人了，只好又退到后面，找了个还算满意的地方摆起野餐用防水布，吃的都装在书包里没有马上取出来，用一种不会太快化掉的冰袋保持新鲜。坐下之后才喘了口气，接到队长电话，说下午突然有节课不去不行，会晚些到，我说了解，我女朋友陪着我，到了联系就好。

挂掉电话，我看看纯子，她很享受地闭着眼睛，看看天，晴朗得一塌糊涂，我很怀疑那到底是不是天，蓝得让人产生要被吸进去的幻觉，太阳简直不能看，视线刚要接近太阳光晕的范围就会被强烈的光线挡回来。就算已经记不清了，但我敢肯定那天的气温一定有四十度。我问纯子，你们穿浴衣，把全身都包起来不会热吗？其实我一直好奇这个问题，夏天当然是穿得越少越好啦，我现在都想把上衣脱掉。纯子一边扇扇子一边说，浴衣很宽松的，里面会透风，又能遮挡阳光，其实不热的。还算合理，不过我还是半信半疑。

因为太热，人太多，又很吵，等待的时间变得越来越难熬，好几次我借口去抽烟跑到便利店吹空调，直到纯子用饮料瓶给我做了烟灰缸，我便失去了逃跑的理由。终于等到太阳快要落下去，夕阳开始把整个沙滩和沙滩上挤满的人照耀成一片金色。我看着那些金色的人和他们洒下的影子，如同置身于一场华丽的木偶剧中，在从侧面照过来的金色光芒中，他们的动作都开始变得迟钝和优雅，尽管看上去有些微妙的不自然，但还是很美。同样我和纯子也在这金色光芒的包围中，纯子看上去好像七十年代某部科幻电影的女主角。

离开始时间越来越近，人也越来越多。很多家庭已经开始把自己占据的地方分享给其他人，他们互相不认识，但仍然在高兴地互

相交谈，分享彼此带来的水和食物，帮忙照看对方的小孩子。我和纯子这边也渐渐开始显得拥挤，不过我们买的那块防水布超级大，后边的人又不会贸然踩上来，于是我们也对他们说可以过来坐啊之类的话，这才有几个人很客气地说着谢谢，稍微坐在我们边上。

天快要黑下来的时候，队长还是没消息，我不确定什么情况，想给他打电话，但因为聚集的人实在太多，恐怕信号早已不受控制，一直拨不出去，暂时性失联这种事可是完全没预料到的。这样的话，即使来了也找不到吧？或者他其实已经来了也说不定。和纯子商量后，我决定自己先去周围看看，不过走了几步，因为过于拥挤，只好放弃。这样的人数就算去找，也一定是徒劳。

然后花火大会突然开始了！砰砰砰！

其实花火大会这种东西呢，更像是一个巨大的精神狂欢节，人多的时候一起看，喝啤酒吃零食，难得放松。听别人欢呼的时候，自然会被那种气氛所包围，由不得自己不欢呼。家族有家族的乐趣，情侣有情侣的态度，夫妇有夫妇的追求，每个人想要在其中寻找的联结点恐怕是不尽相同的。在巨大花火爆炸的一刹那，我们都不知道下一秒看到的是什么，那时候我们和身边的人会紧紧联系在一起，去体验那种未知的乐趣，在那之后还可以继续分享那一刹那的感动，至于是什么样的感动则因人而异，这也和去看花火大会所持的目的有关。想想如果是一个人看的话，恐怕只会默默流泪吧。我可能注定是一个孤独的人……

从另一个角度说，看花火大会最好的态度也许是，把自己想象成一个单纯的傻子，那样才真会被那些瞬间消逝的艺术所感动吧。比如孩子，比如纯子。整个花火大会期间，有一半时间纯子都在自言自语，似乎别人的欢呼和吵闹都没有影响她。有时她会紧紧抓住我的胳膊，在巨大花火爆炸的时候，我能看到纯子单纯的笑脸和由映在她眼睛里那些耀眼色彩组成的漩涡。被纯子所感动，于我来说是没有丝毫防御力的，基本上我是个不太会被感动的人，但纯子所有如同条件反射般的快乐和兴奋，在我看来完全是真实和不加修饰的，面对无可分拆和瓦解的真实，心理防御几乎不起作用。虽然我完全不记得那是一个多么精彩的过程，但我依然在未来很长时间内都对花火大会抱有相当的好感，因为那一晚带给我快乐的，除了花火本身，还有来自纯子的那些真实的感动。对一个在葬礼上都想要发笑，想要拼命掩饰自己感情的人来说，纯子眼中的花火才是打开我心灵防御的关键，那些爆炸声遥远得就像我和她共同的心跳声。回忆中的花火是没有爆炸声的，那阵存在于另一个时空的心跳已经随着时间消失了，于是那些金色的人群，刺眼的阳光，慢慢升空随即爆炸的花火，以及纯子快乐的脸，才会渐渐变得清晰，变得炙热。也许我应该贴张照片，可是没有。

顺便说一句，有个日本老人告诉我，如果看的时候你正好在水边，请连同水中花火的倒影一起欣赏，那才是看花火最正确的方法。我不知道怎么验证其正确性，你可以自己试试。

果然，直到花火大会结束，队长也没有出现。纯子一边兴奋地谈论着整场花火表演一边起身收拾东西。我试着又给队长打了几次电话，可惜都未能接通。我对纯子说，现在人太多，就算没见到也通知一下吧，要不我们等会儿再走，等人少些了可以再联系试试，反正现在这么多人都涌向车站也不会有电车坐的。纯子觉得在理，所以只收拾了身边的杂物和垃圾，留着防水布，我们继续坐在那儿。

一根烟之后，队长自己打来电话。我问他在哪儿，果然他已经来了，因为联络不上我们，又挤不进来，只好在外面很远的地方一个人看到结束。不过既然来了，还是要见一面，于是我和纯子收拾

好东西，走去和队长约好见面的地方。见面寒暄了几句，队长说可以把我和纯子送回家，原来他是开车来的，那自然感激不尽。这个时间去坐电车的话，一定会被挤下站台。

坐上车，我们一路从新横滨往回开，渐渐地路上人已经不多了。因为很少在东京坐私家车走一般公路，我也不知道那一路是怎么回去的，反正都是不认识的地方。纯子高兴地和队长聊天，我看着车窗外空荡荡的街道发呆。

暑假结束，恢复正常上课，我只偶尔出席了几个自认为有趣的课程。比如课上能看动画片的，能看电影的，其他时间我依然在和三儿他们抽烟聊天，尽情享受校园里的阳光和可以随便挥霍的时间。球队的训练每天参加，但连续几次受伤让我有了退出的想法。其他家伙当然也有受伤，但他们有家人照顾，我回家则是一个人，纯子在的时候只能麻烦她来帮我做这做那。于是有一天，我去找队长谈话。

"所以，想退出了，对不起。"我说，下午食堂里一个人也没有，多少正经些的家伙这时间是应该坐在教室里的。

"这个理由，我无法反驳。"队长说，他一边说一边搓手，看起来很局促的样子。

"我也想继续，只是有些为难，对我来说。"

"明白，队里缺人也是没办法，难得找到你这样条件合适的，可惜了。这下比赛时又要跟别的社团借人了。"队长说完苦笑了一下。

"对不起。"我无话可说。

这次谈话后过了几周，我不知道队长有没有把我的话传递给其他队员，因为从训练时的情况来看，他们好像并没注意到什么。

某天下午，我一个人来到活动室站了会儿，静静收拾好自己的东西就离开了。给队长发了个短信，说我离开了，长久以来受大家的照顾，很不好意思。队长没有回复我。

我又变成一个普通的留学生了。

十八　手相

　　大学一年级的后半学期没什么值得说的，或者说已经想不起发生过什么。时间久了，过去的事情在时间中变得混乱。本来我和纯子还去看了一场Eminem在幕张的演唱会，现在想起来，却是我上大学之前的事情了。看了那么多电影，音乐剧《芝加哥》最为记忆犹新，看完电影后，我和纯子走在夜路上，下着雨，伞也不打，一直聊着电影走了很远。现在想起来，那也是上大学之前的事情了。因为喜欢，电影本身留下的印象现在也依旧鲜明，那场雨中散步也如同电影画面般时不时突然闪现，像记忆的平静湖面上突然跃起的不知名的鱼。如果有时间穿梭机这种东西，我真想回过头去仔细检验一下过去那些事情，一件一件仔细记录下来，把自己的过去按年代区分，做成超长篇PPT，没事做的时候，翻阅一下应该挺有意思。可惜我既没有写日记的习惯，也没有留下什么照片，现在回想起来，过去的事情，虚幻得如同一场令人窒息的白日梦。

　　秋天的时候，我第一次去了纯子在东京的家，或者说纯子和他哥哥的家。

　　纯子和他哥哥那时住在五反田，车站两边都很繁华，印象最深的是有家中国人经营的麻婆豆腐定食屋。印象中店面很小，也就能坐下十个人左右，这点有待考证，不过味道真是不一般。夸张点

说，中华街那里的中国料理是改良过的中国料理，为迎合日本人口味改良的，但这的麻婆豆腐是属于那种不考虑日本人饮食习惯的、真正的中国味。

我和纯子也去吃了一次，还是纯子推荐的，天气虽已经渐渐变凉，但还是被辣出一身汗。吃过饭后，纯子第一次把我领去她在东京的家。从车站走路大概不到十分钟的路程，在一栋很高的住宅楼里，几层忘记了。一开始，我没上去，纯子说自己先看哥哥是否在家，然后叫我，我同意了。其实我并非害怕见他哥哥，只是那次在纯子老家见面后，他哥哥表现出的冷淡，我还记忆犹新，对于那时的我来说，能不见面最好。

为什么一切已经忘记？好像只是为了取个东西。纯子上去后，我在楼下抽了根烟，之后接到纯子电话，说哥哥不在家，上来坐坐吧，我才坐电梯上去。很简单的一个两居室，家具不多，纯子房间和她哥哥房间中间隔着厨房。纯子房间则更简单，比她在大阪的家还简单，一个类似双层床的架子上堆着行李，架子下面摆着电视机，中间一张带暖炉的桌子，这就是全部了。地上铺着很厚的地毯。我问纯子你睡哪儿，她说就睡在地上。

纯子拿了东西，我们并没有着急走，看了部纯子推荐的某个舞台剧录像。没有椅子，我和纯子就坐在地毯上抽烟吃橘子。天色渐黑的时候，纯子说哥哥快要回来了，如果不想见面的话，最好出发回我家，我同意。于是二人拿好东西下楼，之后走进一家拉面店吃拉面，算是解决了晚饭。饭后我们手拉手慢慢走向车站。

快走到车站时，忽然从铁道桥下面传来一阵萨克斯的声音。我和纯子好奇地看过去，音乐声来自一个站在桥下面、穿深色风衣的黑人，戴顶毛线帽子，旁边是盏路灯。也许他是为了故意躲避光线，只是站在阴影里，一个人默默地吹着手中的中音萨克斯。我问

与
麻
木
之
间
在
清醒

纯子想不想过去看看，纯子说好。穿过马路走到他面前，黑人看了看我和纯子，微微点头示意，我也和他点点头，不像很多在街上卖艺的家伙，他面前没有摆着自己的CD或收钱的东西，什么都没有，只有他自己和那只中音萨克斯。吹的什么曲子不得而知，单从技巧上来说似乎无可挑剔，一首很慢的曲子，呼应着铁道桥上不时轰鸣而过的电车声，那情景也是让人醉了。

一曲吹完，我点上根烟交给他，他说句谢谢，没有任何踌躇地拿过去开始抽起来，我也给自己点上一根。我用很蹩脚的英文问他，你来自哪里？他说美国。我问他会说日语吗？他笑着摇摇头，用手指了指自己的中音萨克斯。偶尔有人从我们身边走过，没人停下来。

烟抽了半根，他问我想听什么，算是谢谢我给他烟抽，我说随便。只是偶尔听爵士乐的我，突然被问到想听什么这种问题还挺难回答，并且我几乎只听爵士钢琴。于是他想了想，说，为了你和你的女朋友，就开始吹起来，同样是一首很慢的曲子。我和纯子一动不动地站着，混杂着电车声，黑人吹得很认真，曲子不长，但感觉上过了很久。这期间昏暗的地下道里只有我们三人，让我觉得有点不可思议。黑人演奏完，向我和纯子行了个脱帽礼，我和纯子为他鼓掌，黑人笑得很腼腆。之后互相道过晚安，我和纯子继续手拉手慢慢走向车站，谁也没有想起来问曲名。现在已经不可能知道了。

虽然已经去过一次纯子家，但我在很长一段时间里都避免再去，一是为了回避纯子哥哥，就算纯子说今天哥哥不在可以过去，我也尽量把她叫来自己家里。二是每次想到那个对我来说十分陌生的房子，我都会不由自主地想到我和纯子的未来。在东京这个超级城市里，我和纯子过着半自由的同居生活，因为有时候纯子是不能

Between sobriety and numbness

过来我这里的。她哥哥虽然不可能把她每天的活动都报告给远在关西的父母，但隔段时间纯子也需要在家住上几天，以避免不必要的麻烦。而我总是想着，不知何时才能跟纯子拥有完全属于我们俩自己的生活。在五反田那栋房子里，我感觉不到这是我们俩的生活，某种强烈的气场告诉我，我不属于那里。这也无可厚非，毕竟对于他哥哥来说，虽然见过一面，我却无异于一个完全的陌生人。只有在自己租来的那个狭小的半地下室，我才能暂时地完全拥有纯子。尽管连我自己都不知道，这样安逸的生活还能持续多久。

去过纯子家后很长一段时间，生活都再无惊喜。虽然课上的颠三倒四，学分堪忧，打工倒是无任何意外地顺利，只是日复一日的单调作业让我整个人都陷入一种类似百无聊赖的倦怠感当中。上课与不上课，这是个问题，现在开始拼命上课，学分也不够了，不上课又无事可做。打工与不打工，也是个问题，想要拼命打工，时间却是规定好的，有时上午有时下午，让我无法再分身去找另一份工作。不想拼命打工，便又绕回了上课与不上课的命题里。有时候闲极无聊坐在教室外的长凳上，既不想上课又不在工作时间，我便只好戴着耳机听音乐看天。等晚上纯子回家后，我才有精神和她一起做做饭、看看电视，纯子不来的时候，我甚至整天都懒得说一句话。这样半死不活地过了一段时间后，我实在是厌倦了生活的无趣，便问纯子要不要去趟新宿，偶尔出去看看电影、吃个饭，约会一次吧？那时候纯子正忙于周旋在各个老年旅游团的烦琐小事中，是不是头等舱啊，在国外晚饭吃什么啊，要不要带些速溶味噌汤啊之类的事情，每天焦头烂额，无精打采。我这样的提议对她来说实在是求之不得，虽然身体很累，但能放松一下精神，则再好不过了。

于是在某天纯子下班前，我跟她约好自己会先到新宿等她，逛

逛唱片店，找地方喝杯咖啡，在路边看看卖艺的，打发时间，待她下班后直接过来就好。纯子无意见，或者说没时间考虑要不要发表意见，便这么决定了。

阴沉沉的天空，我最喜欢的天气。站在新宿车站东南口，阳光很弱，微风，秋天的味道，人很多，世界却很安静。我看着来来往往的人群，手伸进兜里把随身听的音量调大。《The Lady In My Life》，Michael Jackson的声音有种说不出的性感，编曲无懈可击，某些关键点上的细节处理更是精致得让人感动……不好不好，不过是靠兴趣做过几年音乐而已，又开始注意这些无聊的事情，还是专心听音乐，音乐本身带来的感动要远远大于那些能让人无限斤斤计较下去的技术性处理吧。

听着音乐抽了两根烟，我又回到车站里面，走进一家Tower Records，新人宣传海报和新品CD的宣传看板摆满了几乎所有角落，没有摆东西的地方则站满了人。我记得那年正流行The Killers，店里那时也在放他们的歌，不过我对这些家伙倒是没什么感觉。随便转了转，没什么值得入手，便又回到车站外。站在一处很高的台阶顶端，环顾四周。一家咖啡店，看招牌上写的菜单微贵。一家花店，无意义。两间乌冬店，晚饭要跟纯子吃。除这些以外，剩下都是些莫名其妙的店铺。

找到一处人相对少的地方，我靠着马路上的护栏坐下来，把音乐换成Jeff Lynne。天比刚才更阴沉了，不知道会不会下雨。也许是快到下班时间了，街上的人渐渐多起来，今天不是周末，这些人都赶着回家吧？看着这些面无表情的家伙，我想自己是不是某天也会变得像他们一样，赶电车出门，打发工作，再赶电车回家。不过要是就这么留在日本也不是什么坏事，虽然一定很无趣。到现在为止，我也没做过什么正经工作，从来没有真正体会过像机器人一

样，年复一年日复一日去搞那些似乎并不需要必须由我来完成的所谓工作。但如果这样，至少能留在纯子身边做个一般人，和纯子过普通人的生活，那样的话也能满足了，嗯，做一个面无表情但是满足的人。可仔细一想，面无表情和满足，简直就是一组反义词。

当然了，如果你是个城府很深的家伙或者拥有超人的淡定，那就另当别论。至少这些从我眼前匆匆走过的人，我看不出他们的满足，能看到的只有一张张无表情的脸，那上面刻满了无奈和木讷，还有一点点悲凉。若是作为为了留在纯子身边而必须付出的某种代价，倒也未尝不可，不过，我还是很讨厌这些人的表情。我把音乐换成George Winston的《Autumn》。正值初秋，符合时宜的东西总是错不了的。

纯子下班后给我打了电话，差不多六点半左右。

"下班！尚笑想吃什么？"

"随便哦，最好是不经常吃的。"明明是我要出来吃饭的，结果自己却不知道要吃什么——现在的我也是如此。

"好，在东南口等我，十分钟。"

"就在这里，一个台阶上，能看到Tower Records的牌子。"

"好。"

纯子来的时候开始刮起不大的风，并不感觉冷，云却飘得更快了。我走下台阶迎向纯子。纯子穿着上班时的黑色职业装，外面罩了一件深蓝长外衣。她拉起我的手，说时间还早，可以先转转，这会儿并没有什么好看的电影，要打发时间也只有散散步了。我说没问题。于是我们离开新宿车站东南口，朝着歌舞伎町的方向走。一路上纯子一直在说工作的事，我随声附和，偶尔跟她一起发发牢骚，不让她说完这些，恐怕是没办法继续别的话题。不过没关系，今天出来就是为了散心，如果发发牢骚能排解

她的压力和烦躁，那就随她说。我不是经常会把同样话题摆在嘴边的人，却自认为是个好的倾听者，特别是纯子的事情。她总有各种各样好的坏的无聊的或者有意思的事情告诉我，大多数时间我都是听来取笑她，或者和她一起笑，也或者和她一起生闷气。但总之，她是倾诉方，我是接收方，发起话题是她的职责，做出反应是我的职责，如同风吹过树叶，树叶总会随着风的方向动一动。若不动，风就将吹向别的地方。

走在路上，边听纯子讲工作的事情，我不时提醒她系好扣子，拿好书包，不要踩到地上的水。偶尔路过大玻璃橱窗，我会看看那里面映射出来的我和纯子。阴沉的天，我们的脸上却洒满阳光。也许是路灯光。

过了新宿站东口，我和纯子走进纪伊国屋书店，没有买书的打算，只想随便看看。新发卖的小说，我喜欢的漫画，纯子偶尔会翻一翻的时尚杂志，走马观花。纯子向我推荐了几本她喜欢的书和一些作家，名字都听说过，只是拿起来翻阅，却看不太明白。等我大学毕业吧，我说，现在看不懂啊。记住就好，纯子表示。可我没记住……出了书店我们来到歌舞伎町附近，这时候天已经完全黑下来。在名叫堂吉诃德的大杂货店里，我和纯子摆弄着各种莫名其妙的小玩意儿。纯子找出些奇怪的香水，我想给家里添一块小地毯。时间的流逝在这里开始变得缓慢，我们享受着似乎超过了百分之百的二人世界，那些挤过身边的人幻影般消失在每一个转角里，他们的声音被淹没在我和纯子的笑声中，灯光泛出的光晕又把这些影子折射得模模糊糊，仿佛只有我和纯子是这里最真实的存在一般，好久都没有这么放松过了。我从纯子的眼睛里可以看到，其实她不停摆弄的那些小玩意儿并没有那么有趣，是变慢的时间让我们有些恍惚了，眼前的一切都看起来比平时显得颜色更加鲜艳些，我们只是沉浸在一片被施加了魔法的、轻飘飘的世界里而已。不停向前翻滚的日常生活在某一个节点总会停滞下来，摇摆不定，这就是我们能享受它的时候。

从堂吉诃德出来后，我们拐进歌舞伎町。夜晚的歌舞伎町就像一场盛大的庙会，只是这场庙会每天都会上演，不分时节，也不分天气。游客在这里迷失方向，生活在这里的日本人则迷失在自己的肾上腺素中。庞大的人群从路中间分成两道人流互相簇拥着前进，有人中途离开，有人自动补充进来。数以百计的霓虹灯看板悬在头上方，让这里几乎不需要路灯，颜色的漩涡蒸发着欲望的味道，让那些没有表情的脸开始融化并带上光泽。被酒精味、廉价香水味、外国人的体臭味引导着，我和纯子穿行在这里，互相拉着手，怕一不小心就会被冲散到别的地方去。好久没来这里了，或者说好久都没来市中心了，恐怕整个玉川学园的住人加起来也不足以填满这一条街吧。

按照纯子的想法，穿过这里有个电影院，新宿东急文化会馆，我没去过，不过听说用学生证买电影票会很便宜，我们现在正走去那里。我希望能尽快摆脱这里的人流，不过纯子看起来倒是不以为然，每路过一个店铺都要张望一下，考虑着晚饭怎么选择。我说拉面怎么样，她说太凑合，好不容易出来一次。我说烤肉怎么样，她说太花时间，看完电影再吃就要饿死了。我说实在不行松屋牛肉饭也行啊，结果纯子就要生气了，我只好笑笑任她选择。她说寿司，我说不爱吃有醋味的米饭。她说有好吃的乌冬面，我说那还不如吃拉面。如此数十个回合后，等我们穿过混乱的街道，来到东急文化会馆这里也没有想出要吃什么。既然这样，吃饭的事情先放在一边，我已经忘记了当年那里正上什么片子，总之可选择的电影大概有二十多个，我和纯子站在售电影票的窗口前犹豫着。而在挑选电

与 麻木 之间 在 清醒

影的时间里我们注意到一个问题，文化馆墙上巨大的红色霓虹灯打在电影预告板上，所有电影海报都感觉有些做作的不真实。纯子不爱看动作片和科幻片，我便随着她的兴趣去挑选文艺片或者爱情片，但在这个环境里，那些电影海报都看起来显得十分浮夸。除去对主角演员的好恶以外，大概经过了二十多分钟，我和纯子各抽掉了两根烟，也没有决定要看什么。

最终在我已经对看电影这件事完全失去兴趣的时候，我提出先吃晚饭的想法，大不了吃完饭再回来看个夜场。纯子说那样就赶不上电车了，我说那就打车回家，纯子无视了我，我只好到旁边的护栏上靠着，把决定权完全交给纯子。靠在护栏上，我抬头仰望那些巨大的电影海报，何苦要把海报做得如此之大呢，我想，看久了一般人都会脖子疼吧。比如现在。我低下头点起烟。

一个人在护栏上靠了会儿，纯子终于表情严肃地向我走过来。

"决定了？"我问，纯子摇摇头。

"那我们怎么办呢？"

"去吃印度料理吧，尚笑？！你没吃过吧！？"突然间纯子又开心起来。

"哈哈哈哈！好，就去印度料理吧，我没吃过啊！"

纯子的好就在这里，她的不快感永远不会持续很久。现在我才体会到。

离开东急文化会馆，我和纯子几乎是原路返回，再次手拉手穿过汹涌的人流，回到歌舞伎町入口那里。纯子回忆着以前去过的印度料理店，稍微犹豫了一下，领我走回新宿站东口，接着又拐进一条并不繁华的街道，最后在某间几乎看不到招牌的店前面停下来。店外墙上没有玻璃窗，仅有的一个大橱窗里摆着几个装满了香辛料的麻袋和几个印度神像，我以为是个杂货店。纯子推开看起来很重的木制店门，一边打招呼一边拉我走进去。昏暗温暖的灯光和浓郁的咖喱味，店内深处有个穿白制服的印度人正在不停向房顶抛着面团。

应该是日本人的女招待向我和纯子迎过来，选了一处能环视整间店铺的座位给我们，之后端来两杯白水并放下菜单就离开了。客人不多，混着咖喱味能听到音量很小的印度传统音乐。

在这之前，我从没吃过印度料理，在北京连见都没见过，到日本以后虽然也尝试过越南料理、意大利料理之类，关于印度料理是怎么回事，倒一次也没有考虑过。看过菜单后，我完全不知道该从什么地方下手，不说咖喱种类，只说咖喱的颜色就已经让我不知所措了。到目前为止，我对咖喱的印象只有日式咖喱，并且是松屋那种便宜货，所以我从来没想过咖喱居然会有这么多种颜色，至于味道的区别就更不得而知了。于是我把菜单推给纯子，交给你了，我说，完全不明白啊。纯子笑着接过菜单，开始打量起来，带着一种类似于大学教授在给小学生作文挑错字的表情。

"那些绿色的是什么？"我点起烟，抽了一口后，问纯子。

"蔬菜咖喱哦。"纯子看着菜单小声说。

"哦，那红色的呢？"

"很辣的鸡肉咖喱。"

"嗯，那些黄色的呢？"

"不辣的鸡肉咖喱……"

"哦，那个黄色的饭看着挺恶心。"

"你可以吃馕……"纯子抬起眼睛越过菜单望向我，好像我就是那种黄色的饭。

"好吧，我吃馕，总算决定了一个。剩下的都交给纯子啦！"我很认真地说。

与麻木在清醒之间

看了一会儿，纯子叫来服务员，说了一堆我没听过的日语抑或日语发音的印度语，服务员很快速地记录着，纯子说得也很快，我只是看着服务员不停微笑。

　　从开始上菜到最后追加甜点，整顿饭的时间在我记忆中并没有超过三十分钟。我记得我们每种咖喱都点了小份，为了能多尝一些，另外还有两种加了不同香辛料的沙拉，以及一份辣鸡肉，当然还有我要的馕。纯子吃了很多沙拉和一点鸡肉，我则把桌上还剩下的东西几乎全部吃光了。配上烤成金黄色的馕，虽然是第一次吃，但我立刻爱上了印度料理，而日本咖喱对我来说太甜了，总是加苹果和蜂蜜，不知道是谁想出来的。快吃完的时候，纯子又告诉我一种好喝的饮料，我忘了那东西日语怎么说，其实就是芒果酸奶，比在中国喝到的那种更柔滑，也更稠。至于为什么要喝酸奶，纯子的解释是因为大部分印度料理很辣，这东西能解辣，看我自己满头大汗，我质问纯子为什么不早点说还有这种好东西，纯子则反驳说没想到我是个中国人却这么不能吃辣……我又不是四川人。

　　喝完了各自的芒果酸奶，纯子要了块小蛋糕，我要了白水，因为我已经无法再往肚子里装任何别的东西了。饭后我们各自点起烟，开始漫无目的地聊天。聊那些不想看的电影，聊那些小玩意儿，聊歌舞伎町的夜晚、人群、工作和学业，互相吐槽她的老板和我的导师，也聊东京和大阪，日本和中国，纯子的哥哥，我的父母，新裤子乐队，纯子在时的北京，她的大学，我的大学，聊我们的过去以及现在。

　　伴着奇妙的印度音乐和弥漫的咖喱香，那晚我们似乎想起了很多事情，也确实聊了很多事情，终于不用再顾忌我和她之间那些不需要对方提醒就会刻意保持的默契。现在想起来，那份默契里实在包含了很多很多。在我们又一次成为恋人之前，我们各自回避着过去的时光，甚至不敢提到过去的朋友，总是不断互相试探着眼前之人的内心是否还有所憧憬，都没有鲁莽地想要硬闯进另一个人的内心世界。而习惯成自然，在我们又一次成为恋人后，那些话题也被莫名其妙地忽略了。也许是日子过得太过平凡，也许是我们还没来得及坐下来慢慢回忆过去，就各自忙于生计和学业去了。离开大阪来到东京的纯子和离开北京来到东京的我，某种意义上说，能依靠的只有对方，当然不是在经济上，而是在精神上。纯子带给我的快乐是不容置疑的，而纯子是不是为我来的东京，我则没有和她证实过，但我可以肯定地说，她愿意和我在一起，愿意继续我们曾经中断的这份感情，对我来说这就是一切了。

纯子于我，是排解孤独的唯一存在，我于纯子，是对过去那段毫无顾忌的美好时光的延续和寄托。我们在付出的同时，也从对方那里各取所需，在情感上保持着完美的平衡，彼此需要。这段完全没有经过深思熟虑的感情的延续是我和她的另一种默契。我们在东京的雪夜里迎来又一次重逢，互相确认对方的存在，注视着对方眼中自己的倒影，之后一路慢慢走到现在，直至走进新宿这家不太知名的印度料理店。一边提醒着对方抽烟太多，一边自己还在摸索桌子上的打火机，拿起对方吃剩的东西放进自己嘴里说不要浪费。一个看起来尽在掌握，似乎相当完美的约会的晚上，我和纯子不自觉地沉浸在新的时光中，畅所欲言着我们都会怀念的过去和再也无所畏惧的现在。那个晚上我们实在是说了很多话，多到烟灰缸里装满了我们掐灭的烟头，把同样的笑话讲了很多遍都依然觉得可笑。

唯独没有说出口的是我们的未来。因为关于未来能说些什么，我们都把握不好，纯子在耐心等我大学毕业，可我又没办法给纯子任何虚幻的保证，那些夸夸其谈、信誓旦旦的东西，连我

自己都说不出口。我们都清楚最好的状态就是珍惜现在的生活，以后的事情交给命运去安排好了。既然命运可以让我们重新开始，也可以让我们再一起走下去，我们都这么认为。纯子能回到我身边就已经是一个奇迹了，我愿意相信更多的奇迹，我跟她这么说过，所以纯子也相信。

身边的客人一桌一桌散去，店里还在说话的渐渐只剩下我和纯子。我们只顾着聊天，当店长过来礼貌地询问我们料理是否合口味时才注意到，虽然不是很急，但已经接近末班电车时间了。跟店长道过谢，并表示还会再来之后，我们结过账回到街上。这时候这条不太有人气的街里已经没什么人，甚至有些店铺已经开始做关门准备。我和纯子原路返回走向车站。

走出这条街，人开始多起来，大多是走向车站要去坐末班电车的。我和纯子走在他们中间，一路无话，也许是刚才说得太多了。气温有些下降，微微刮着风。周围还有不少仍在营业的店铺，数不清颜色的霓虹灯照耀着和我们一样晚归的人，新宿车站东口堆积的杂乱人群像一锅刚出炉即被打翻在地的爆米花。

人实在太多了，回东南口吧，纯子提议。我听她的。于是我们绕过东口，沿着傍晚我和纯子来时走过的路返回东南口。这条路上没什么人，还在营业的只有几家安静的酒吧和咖啡厅。我有点困，纯子倒是看起来很精神。

快到东南口的时候，在一栋已经放下安全门的办公楼门前，在墙与门的阴影里，我们发现一个浑身被黑色衣服严密包裹起来的老太太。她完全没有丝毫动作地坐在那里，身前有张很小的桌子，上面放一盏用纸糊成的精巧台灯，映着内侧微弱的光，可以看到纸上写着"手相"两个字。

走到那张小桌子前面，纯子有要停下来的意思，我跟着放慢脚步。这时老太太抬起头直直看着我们俩，同时慢慢伸出右手，像是要招呼我们过去的意思。纯子看看我，我撇撇嘴。这样的占卜摊位在东京有时候可以见到，大多是夜里，总是某个人独自坐在那儿，气氛搞得神神秘秘，比如放个小灯笼之类，我是不相信，当然我也没去看过，具体怎么回事是完全不清楚啦。不过纯子看起来倒是很有兴趣。

"要看？"我问纯子。

"可以看看嘛？纯子没看过，正好和尚笑一起看吧。"纯子拉着我的手说。

"好好，反正有些时间，中国也有看手相的。"

"知道，看看日本的准不准吧。"纯子一边说一边拉我走过去。

只有一个很小的凳子可以坐，于是我让纯子坐下，自己站在她身边。这时候才发现桌子上放着几张塑封好的图片，上面印着左手右手的图形，在手线的地方标注着事业线、爱情线、生命线，等等，还有各种说明，看起来和中国的一样。

等纯子坐好了，老太太很慢地问，你要看什么。纯子说没什么时间了，只看恋爱运就可以。哼，恋爱运，我想。于是老太太拿起纯子的手，开始一边看一边嘟囔着什么，我点起烟，说的什么完全听不懂，声音又很小。差不多烟抽完，换我。我问是左手还是右手？老太太说都要看，先看左手，我伸出左手。接着又是嘟嘟囔囔了一阵，换右手。期间我看看纯子，纯子只是听着。轮到自己看了就感觉时间过得很快，不一会儿，两只手全部看完。老太太问，你们俩是恋人？我说是。老太太想了想又说，如果你们不分手的话，未来会很艰难。我又看看纯子。老太太继续说，如果你们有信心的

与
麻木
之间
在
清醒

话，可以坚持下去试试，不过会付出很多，会失去很多。我问她，如果我们结婚呢，老太太看看我，又看看纯子，纯子正在掏钱包准备付钱。

"恐怕会失去更多吧，你们的命运好像不在同一个方向。"老太太说。

十九　牛排与荞麦面

　　入冬后的某一天，因为有个重要的阶段测验，为了确认考试教室和具体时间，我一早坐电车到鹤川，在车站买了面包当早饭，一边啃着一边慢慢走去学校。

　　到学校确认后才发现考试是下午，便去食堂边二楼的露台找三儿和阿望他们。上午来学校听课的人不多，我到的时候又是休息时间，所以大多数人都闲着。这个二楼露台，暂且成为露台，其实更像个迷你型小广场，放着烟灰缸和几台大型自动售货机，咖啡、可乐、各种果汁，不一而足。这是我们经常聚在一起的地方，有时候连课都不上，就在这里一直聊到放学。

　　今天阿望没出现，不知道是不是懒得来了，三儿和另外几个不认识的家伙在一起，他们坐在长椅上抽着烟，书包扔在桌子上，看起来都是一副闲极无聊的样子。另一群人在摆弄着几张不知道从哪儿搬来的长桌子，那是教室里才有的东西。

　　"哈喽，就你一个？"我过去和三儿打招呼。

　　"哦！尚君！这是尚君，文学科的留学生。"三儿半躺在长椅上，依然戴着巨大的墨镜，那墨镜已经变成了三儿的一部分。看我来了，他半抬起身跟我打招呼，把我介绍给其他人。我跟他们点点头。

"阿望和社长他们没来？"我问三儿。

"没看见，就在这儿待着吧，一会儿有演出。"

"演出？是那几个在搬桌子的？"

"嗯，学校里的几个DJ准备在这儿弄点音乐出来。阿望可能下午来，社长刚才还在呢，这种事怎么能少了社长呢。"三儿说完，另外几个家伙跟着笑起来。

我把烟掐在烟灰缸里，转身坐在三儿旁边的桌子上。那群搬桌子的家伙已经基本布置完场地，其实也就是把三张桌子拼在一起而已，现在正把DJ台安置在上面，还有几个人在准备一堆乱糟糟的接线。

上午来学校的时候天气还很晴，中午却开始阴下来。据说演出一点钟开始，露台上已经聚了一些人，相比演出，我们更担心会不会下雨。午饭的时候，我们都没去食堂，我和三儿买了几个面包和贩卖机的果汁凑合了。在露台上无所事事，三儿大声笑着和那几个我不认识的家伙聊天，我一个人靠在露台的栏杆上抽着烟看操场。

阴霾的天空下，棒球部的人在很远的地方练习棒球，其中一个我还认识，去年帮英式橄榄球队打过比赛。操场边上是一排高得离谱的树，树后面是小田急线无限延伸出去的铁轨。时不时传来球棒击打球的声音，清脆的撞击声转瞬即逝，似乎是在经由操场传到我这里的途中不小心掉到下面去了。

演出开始的时候，阿望和西爷来了，阿望总是笑眯眯的，西爷还是一副什么都不放在眼里的表情。互相打过招呼，大家各自找地方坐下。我第一次看只有DJ的表演，其实他们那些技巧，我一点也不懂，现在也不懂，有个词是专门说这种技巧的，我也忘记了。总之一共两台DJ机，大家凭兴趣上去放音乐，谁都可以去试试。看的人大多数也都心不在焉，吃东西、聊天、泡妞或者发呆，也有认认真真一边脚下打着拍子一边写作业的。偶尔有老师从边上路过，也停下来看看跟着鼓掌。不过大多数时间里都是他们自己的熟人在跟着起哄，不断爆发出大笑和骂街的声音。我和三儿这群人算是相对认真的，三儿嘴里一直嘟囔着什么，他在练习即兴说唱，阿望有时候偷偷跟我说，这家伙手艺不行啊之类的话，我就和他小声在那儿笑。西爷好像不太感兴趣，只是偶尔和我们一起聊两句。还有几个在边上跟着音乐跳街舞的，后来其中的一个家伙也成为我们这帮人的一员了。

演出时间不长，也许是怕下雨吧，几个人上去弄了一会儿，就草草结束了。最后一曲放完，我看看时间，把抽了一半的烟掐掉，跟他们说有个考试，一会儿回来，就跑去教室了。三儿他们还留在那儿。

考试内容印象不深了，好像是一个关于电影评论的，要在课上看一部电影之后当场写出几百字的评论。写这东西本身并不难，我最担心的是电影不好看。走进巨大的阶梯教室，发现已经几乎坐满了，我正搜寻着有什么比较好的位置，突然发现社长在很靠后面的地方向我挥手，我径直走过去。

"尚君尚君，你也选这门课了？"说着话社长给我腾出一个位子。

"嗯，因为不要出勤率啊，看个电影就算OK了吧？"

"好像是哦。这么多人，大家都是这么想的吧？"

我们说话的时候主讲老师带着助理进来了，先讲了考试要求，接着由助理开始给所有人发放统一的论文纸，教室里响起很多人哗啦哗啦同时翻纸的声音。确保每个人都拿到后，从讲台上方缓缓落下一幅巨大的投影屏幕。助理设置好投影设备，关灯，全场瞬间变得漆黑一片，投影屏幕上开始放电影。依稀记得那是一部黑白电

影，很早期的日本国产片。主人公带着浓重的口音，说着极快的日语，因为这口音我完全没看懂。电影放过一半，主讲老师把灯打开，让我们开始写评论，只写关于看过的部分就可以，下次考试看后一半。因为几乎没听懂对话，我只好凭猜测和想象乱写。中途询问过社长某人物与某人物的关系，社长也是一知半解，说电影开始后很快就睡着了。完蛋。

和社长两个人胡乱写完评论，我说三儿他们一直在露台那边，社长说这就去找他们。交了评论，走出教室，我们各自点上烟，聊着天走向露台。从这栋教学楼到露台要经过一条笔直并且很长的走廊，我看向露台那边，七八个人围成一圈不知道在干什么，其中有阿望和三儿，还有几个人不认识。

等我和社长走到那里才发现气氛有点异常。一个家伙脸色发白地坐在长椅上，三儿和阿望他们围着西爷，西爷一脸无奈地站在这帮人中间，手里拿着一条拴钱包的铁链子。

"怎么了？"我凑过去问三儿。

"不知道，谁也没注意就打起来了。"三儿抽着烟说。

"先劝开吧，好可怕。"阿望也过来说，还是笑眯眯的。

我们几个没什么主意地站在那儿抽烟，脸色发白的家伙站起来，看似要走又不走的样子，嘴里念叨着什么。西爷一直盯着他，手里的铁链子还是没放下。社长一边翻着手机，一边跟另外几个家伙聊得有说有笑。

僵持了一会儿，直到脸色发白的家伙独自走了，我们几个人才彻底放松下来。问其原因，貌似是那家伙说西爷的关西话听起来很傻，西爷就急了。不过我印象中西爷是横滨出身，怎么又冒出关西话来了？完全不明白。

小风波过去后，我们在露台上又混了会儿，最终因为实在是无

Between sobriety and numbness

所事事，决定各自回家。在学校和大家分手后，我给纯子打电话，确认了纯子回家的时间。回到玉川学园，我先去超市转了转，纯子在电话里说想吃肉，除了肉丸子以外的任何肉都可以，我知道她不吃外边卖的半成品肉丸子，可能是不放心肉丸子里面的东西吧。我一直都觉得这很有意思，日本超市出售的大多数东西，我都觉得完全信得过。不过回想起来，在日本那会儿自己也确实越来越挑剔了，冷冻时间太长的东西都不吃，宁可稍微多花些钱去买新鲜的。不过倒也不至于挑剔到纯子那种程度。

最终我买了点便宜牛排和其他配菜，突然想吃荞麦面，于是又买了煮荞麦面汤用的汁。走回家的路上，天开始下雨。

到家后打开电脑放音乐，Brian Setzer，想一个人热闹的时候这个最合适，吉他难得一塌糊涂，反正听不懂，有大乐队在后面撑着，怎么都不会让气氛冷下来。洗洗手开始准备晚饭。土豆削皮，切小块，胡萝卜也同样处理，扁豆洗干净码在盘子里，牛排是鲜的，不用解冻，撒点盐腌起来，又煮了锅开水，等纯子回来再下面。牛排配关西风味的荞麦面，纯子又要发牢骚了，不管她，所谓好吃的东西，就是想吃就能吃到的东西。晚饭准备就绪，我抽着烟到阳台上看下雨。说是雨，不如说是颗粒很大的浓雾，稍微刮起一阵风都可以看出无数纷乱的雨的颗粒随着风的方向乱飞，我在阳台上不过几分钟脸就湿成一片，手里的烟也湿了。不过空气异常地好，除了雨的味道，还有阳台外边野草的味道、丛林的味道。当然是我想象的，我没去过任何丛林。听着Brian Setzer，想象自己置身于丛林，还真是一种奇妙的体验。

天快要彻底黑下来的时候，纯子回来了，回家后她没有抱怨吃的东西，倒是抱怨了一会儿雨，本来带伞了，可雨下成这样，带伞也没用，都钻到伞里面来了。我说你先洗澡吧，别感冒。那之后，

与
在
麻
木
之
清
间
醒

176

纯子脱下大衣放下背包才开始抱怨食物。

"牛排和荞麦面？这怎么一起吃啊！"

"纯子吃牛排，尚笑吃荞麦面，哈哈哈。"

"笨蛋！"

纯子去洗澡时，我煎了牛排，弄熟了用锡纸包住保温，纯子洗过澡出来，煮了关西风味的荞麦面。两个人把晚饭端上桌，想吃肉的纯子这时候已经不抱怨了，因为我保证那块牛排只由纯子一个人享用。晚饭的时候我们在网上看了会儿电影，不是特别好看，已经忘了是什么。纯子吃我弄的牛排，我吃纯子煮的面，亿万个狭小公寓内大众同居生活的复制版，现在想起来如同某种广告画面。配一曲Louis Armstrong的《What a Wonderful World》，最后画面应该定格在某调味品的标签上，一个声音柔和又不失庄重的男声则娓娓道来："无论是牛排还是荞麦面，有了它，才会变得完美。"

晚饭后我在网上无聊地看网页，听音乐，纯子去搞自己的工作。外面的雨还没停。我看到某个工作网站上有招聘中文教师的打工广告，便抽着烟研究起来，结果发现工作地点是外地，而不是东京。又看到年末DC鞋的打折广告，记在脑子里，我有每年年末买新鞋的习惯，这样就可以在新年里穿新鞋了，其实也没什么意义，只是自己觉得有意义，可有什么意义我又说不清。后来还想看会儿大河剧，正在想看什么的时候，纯子拍拍我。

"要不要去见哥哥？"

"怎么突然想起这个？"我扭过头看着纯子，她坐在桌子另一边，手撑下巴，表情相当认真。

"今天跟哥哥打电话，说了考虑结婚的事情哦。"纯子把话说得很慢很清楚。

"纯子怎么会想起提出结婚的事情？当然我不是说不结婚，但是就这样跟家里人说的话，有点突然吧？先汇报哥哥？父母那边怎么样呢？"

"先过哥哥这关吧。"

"好……"我有不好的预感，"那既然说了，什么时候去？"

"这周六吧，哥哥只中午有时间，一杯咖啡的时间哦，然后要去弄茶道。"

"茶道？纯子，你觉得哥哥会是什么反应？"

"不知道，哥哥似乎不太关心。如果他觉得，你们随便吧！那是最好的结果。"

"那简直是超出我想象的好结果啊。"我说。若真是那样，的确会是超出我想象的好结果，但我觉得不可能那么顺利。我想起在纯子家别墅度过的那个不堪的新年，当时她哥哥的确是一副不太关心的样子，甚至是故意要忽视我的存在一般，我想我们之间都没给对方留下什么好印象，所以我对这次突如其来的见面完全没有好的预感，甚至可以说是不抱丝毫希望的。我还没有做好要和纯子家人再一次见面的准备，纯子应该知道，但她这么唐突地做出决定，想必是有原因的。而我觉得我现在没办法逼她说出那个原因，如果可以的话，她一定会先告诉我事情的某些经过，不会生硬地把要见面这种让我无法准确回应的结果直接抛过来。我那时候还不知道发生了什么。

"所以尚笑要好好准备哦。"最后，纯子用总结性的语气说。

准备什么呢？我连纯子哥哥的样子都记不起来了。现在回想起来，当时的纯子是在尝试反抗她的家庭，她一个人，只是我没意识到，我没有从纯子的表情中读出她极力隐藏的那些东西。可能她自己也不知道事情会往什么方向发展。

第二天，我一直睡到中午，却依然觉得困倦，虽然我并没有用整晚的时间去考虑和纯子家人见面的事情，但恐怕多少有些影响吧。起床后发现桌上有纯子留下的纸条，上面写着：想想明天穿什么。原来明天就是周六！需要穿西服吗？我想，可我只有一身面试用的廉价西服。于是我给纯子发短信：明天需要穿西服吗？之后洗脸出门去大学。

到学校的时候，午休还没结束，我直接拐进食堂，随便点了些吃的拿着托盘去找座位。正好看见阿望一个人在吃饭，便直接走过去。

"哟，尚君。上午上课了？"他笑眯眯地说，面前摆着吃了一半的咖喱和沙拉。

"哟。"我无力地跟阿望打过招呼，在他对面坐下，"没上课，中午才起床，来吃饭。"

"学分没问题吧？我有点要不行了，快到年底了，要抓紧拿学分啊。"

"过年以后再说吧，考试去了就行吧。比起学分，明天要去见女朋友的哥哥，说结婚的事情。"

"结婚？尚君？"阿望从笑眯眯变成张开嘴巴大笑起来。

"嗯……"我拿叉子在自己盘子里随便搅和着，突然很想抽烟。

"不过尚君结婚的话，我们都要去！"

"没那么简单……不想吃了。你吃完了？"

"差不多了。"阿望说着又往嘴里送了两大口咖喱。

"走吧，出去抽烟，请你喝咖啡。"

"好！"

我和阿望站起身，把托盘和剩下的食物交到餐具返还窗口，走出食堂。和往常一样我们来到露台上，没什么人。从自动贩卖机里

买了两罐咖啡，我们站在露台边看着下面的操场。

"阿望有女朋友？"我点起烟。两只鸟突然从我们眼前高速飞过去。

"有啊，最近刚有的，会一点点日语。"

"外国人？在哪儿认识的？"

"嗯，秘鲁人，在电车上认识的，哈哈。"

"电车？"

"嗯，每天来这里上学，我经常在同样时间电车的同样车厢里看到她，每天和我坐一辆电车，于是有一天我上去跟她说话，你好啊。就这样。"说着阿望面对操场挥挥手。

"然后就在一起了？"

"是啊，我正在抓紧学英语，她日语很一般，但是可以用英语交流。"

"命运……"我看着操场，想象着阿望和电车中的秘鲁女孩挥手的样子。想象中的电车仿佛是行驶在遥远海平面上虚幻的影子，隔着车窗阿望和秘鲁女孩模糊的影子在不停摇晃。你好啊！阿望说，女孩的声音却被淹没在无从谈起的海浪声中。

"尚君的女朋友在哪儿认识的？留学生？"现实中的阿望说。

"在北京认识的，日本人，关西出身。认识的时候，她是留学生，正在北京留学。"

"那是很多年前了吧？"

"是啊，很多年前了。"我说。到底多少年了，我竟然想不出已经过了多少年。问题的答案确实在脑袋里某一个地方存在着，却一时想不起来。这之间实在是发生了好多事情，我想。

"简单说，那之后我们分开了一阵子，不过又在东京见面了。"我接着说。

"嚯，听起来有故事啊。"阿望一口喝光手里的咖啡。

"没有没有，就算有，也是那种到处都有的普通故事而已。"

"感兴趣！"

"那你替我去见她哥哥吧。"我苦笑着说。

"喂喂！尚君！我可不去。"阿望用胳膊撑着露台的矮墙，做出要跳下去的样子。

"阿望觉得，比如我要和她结婚，但是她家里人不同意，怎么办？"

"那就一起跑吧，带女朋友回中国，那样就没人能找到尚君了吧？"

"这倒是很现实的办法。"确实，我不能说自己完全没有过这样的想法，在与纯子的交往中，在考虑到我和纯子未来的可能性中，我一直都刻意忽略他家人还存在于我们之间的事实。偶尔我也幻想过自己带纯子离开日本跑回北京的样子，甚至真的和纯子说过。但那都只是一瞬间的胡思乱想而已，我无法准确描绘出那种场面。

"不过，女朋友会不会一起跑就不知道了啊，哈哈。"阿望笑着说。

我看了看他，没说话，这也是我想知道的答案。

"不过真那样做的话，没人知道以后会怎么样吧？"阿望很认真地说，"谁能保证一切顺利呢？"

"当然，如果以后出现什么问题，我们都没有后悔的机会了。"我也很认真地说。之后我慢慢抽了一会儿烟，阿望摆弄了一会儿手机。

"不过，不管怎么说，明天加油啊，尚君！我得走了，尚君去上课吗？"过了一会儿，阿望说。

"我下节课才去，再待会。"

"OK。我要去考试，一会儿见吧。"说完，他把咖啡罐用力扔进垃圾桶中。

"好，我不知道去不去上课，不去的话就会在这儿。"

"明白了，那我走啦。"阿望说完转身离开。看着阿望离开的背影，我又想了想在电车中和一个女孩子挥挥手的感觉，那到底是种什么样的感觉呢？那一定是个很温暖的瞬间，车厢里的扶手会不会变成嫩绿的橄榄枝干慢慢伸展开？广告牌会不会像彩虹颜色的小鸟般飞起来？晨光也会从车窗中照进来，把梦幻般的影子投在阿望和秘鲁女孩身上吧？

我一个人留在露台上，看着空旷的天空，几朵很小的云远远停留在很高的地方。抛开无谓的幻想，我又点起根烟，困倦。

"一起逃走吗？逃到中国去。"我想起有一次和纯子在家里，俩人早上醒来，一边半躺在床上喝很浓的菠萝汁，我一边对纯子说。

"那就逃走吧。"纯子把头枕在我胳膊上轻轻说，眼睛不知道望向哪里。

"再也不回日本了，去别的地方，去北京。"

"可以啊，那是尚笑的家啊。"

"嗯，去北京，纯子可以教中国人日语，我去教日本人中文。"

"那就这样吧，再也不回来了。"纯子说，说完闭上眼睛，慢慢用手环抱住我，似乎打算继续睡一会儿。

那是什么时候的事情，一个月前？两个月前？我确定那是我搬到现在这个家以后的事情，但想不起具体时间。记得那天很暖和，早上醒来的时候，阳光透过窗帘的缝隙照进屋里，打在墙上，桌子上，在黑暗的地方勾勒出无数影子。我打开台灯，伸手从桌子上拿

与 麻木 之间 在 清醒

过烟，点火的时候问纯子，要吗？纯子枕在我胳膊上摇摇头。我独自深吸了一口，把烟吹进布满晨光的房间，愣愣看着烟的团块汹涌翻滚着从房间这边涌向另一边。时间还早，偶尔从楼道里传来其他房间关门的声音，便再无其他动静。我抽着烟，看着睡在自己胳膊上的纯子。要逃走吗，纯子？我们可以逃走吗？能放弃这里还算安稳的生活出去冒险吗？就算这里没有我们的未来，但至少这里是你的家，我们能走多远呢？我没有信心啊纯子，我在心里想着。纯子只是平稳呼吸着，手搭在我的腹部，我想伸个懒腰又怕吵醒她，只好一动不动继续半躺着。不知不觉烟在手中烧没了一半。

回想起那天早上的情景，我不禁深深叹了口气，我们能逃到哪里去呢？我不知道，没人知道。露台上的人渐渐多起来，我把烟头掐灭在咖啡罐里扔进垃圾桶。这时我已经完全失去了上课的兴趣，只想回家去睡一觉。

坐电车回到玉川学园，一路往回走，我心里依然想着明天见面的事情。脑袋里关于纯子哥哥的印象已经微乎其微，个子好像不是很高，看上去只是一个普通的年轻上班族，除了能记起这两点以外，其他的实在无能为力。走在街上，我尽量搜寻着和记忆中纯子哥哥感觉相近的人，想从这些人身上好歹探求出些什么。举手投足的样子、表情、散发出的气息，等等，哪怕能捕捉到一点点相似感，我也好想办法找出些他们的共同点，在脑袋里模拟一下见面的情景，做些心理准备来应对明天的见面。不过最终我也没能找出任何线索，那些走在街上的人过于普通，加上我对纯子哥哥的印象又极为模糊，完全上不来实感，反倒是因为想多了，开始有点头疼。似乎随便扯过一个个子不高的上班族，都可以和我对纯子哥哥的记忆融为一体，这使我对他的印象反而越来越模糊了。

回到家，我没脱衣服就直接躺倒在床上，闭起眼睛，马上一阵晕眩，手脚无力，我以为自己病了，但又觉得不太可能。无论如何也许睡一觉会好些，我想。现在差不多下午三点，纯子下班前可以醒来。入睡前我掏出手机，看到纯子回复了短信：不用啊，笨蛋。纯子说。

第二天按照约定好的时间，我和纯子去见了纯子哥哥，地点在五反田站附近一个咖啡馆里，所用时间大约十分钟，一杯咖啡都没喝完。

中午我和纯子在街上随便吃了点东西之后来到约好的咖啡馆，没什么人，我放心不少，毕竟是要和女朋友的哥哥见面，周围人越少越不至于尴尬，也好开诚布公地说话。咖啡馆不大，记忆中不过六七张桌子，门口摆了几张，坐着寥寥数人，最里面的三张，则一个人也没有，我和纯子直接走向最里面。从见面地点的选择上来说，没什么问题，到处都有的普通小咖啡店，既没有过分的夸张装饰，又不会看起来很无聊，并且人少，背景音乐的音量恰到好处，光线照明不奢侈，但足够讲究，是个可以慢慢说话的地方。坐好后我们叫来服务员，各点了一杯普通的美式咖啡。因为被纯子说了笨蛋，我没穿西服，一般的帆布裤子搭配球鞋，长袖衬衫配羽绒服，棒球帽进店就摘了，显得稍微正式点。

等咖啡的时间里，我和纯子没怎么说话，也并不太紧张，是因为从开始就没抱什么希望吧？纯子也是很随意的样子。等了没一会儿，纯子说哥哥来短信了，马上就到，我说好，之后便不知道该说什么，两个人继续无言地坐着。纯子心里究竟在想些什么呢？她会事先跟哥哥有过沟通吗？会不会这里边唯一没有心理准备的就是我？虽然完全没有期待，但当然我还是希望纯子哥哥能同意我们在一起，纯子一定也这么想。可我到现在还没有大学毕业，一开口就说要结婚也许还是太唐突了。他的哥哥一定会想，这家伙如何能保

与
麻木
之间
在
清醒

证妹妹幸福呢？一个留学生要拿什么来和我谈呢？毕竟第一次见面的时候，我连日语说得都不是很流畅。而就算顺利过了哥哥这关，又如何跟她的家人交流呢？在来之前纯子已经交代过，这次必须由我自己来说，我也做好了准备，大致该说些什么不是没有想过，不过说到底，这次我面对的不是一个中国女孩的哥哥，他是一个纯粹的日本人，我不太懂那套礼节或者说法，只能凭想象做我自己的努力，至于是不是能起作用则完全没把握。然后又觉得自己有点愚蠢，好像在错误的时间出现在了错误的地点，也许不见更好，也许该等时机更成熟一些。有时候要推动事情进展需要某种看不见的外力，是不是命运我说不好，总之是会得到某种信号，或者是预感，或者是自信心？

"尚笑，哥哥来了。"

"什么？"我正胡思乱想着，纯子突然说。

"哥哥进来了。"

我抬头向门口的方向看过去，一个个子不高、短头发的男人向我们走过来。纯子挥挥手，那男人点点头。

"他为什么穿了和服？"我小声对纯子说，接着马上站起来跟她哥哥打招呼。

"不知道，你看他长得像不像哈利·波特？"

"哈……？"

我和纯子小声嘀咕着，穿和服的纯子哥哥已经来到我们面前，点头问好，落座，菜单都没看，便叫了和我们一样的普通美式咖啡。说实话，我完全没想到纯子哥哥会穿一身很正式的和服过来，真的很意外，也很震撼，突然就很想笑，准备好的说辞瞬间消失殆尽。我要是穿西服来就好了，当时我只有这一个想法。

"我来晚了，一会儿要去做茶道，所以穿得很正式。"纯子哥哥说。没有寒暄，没有客套，也没有说天气，关于和服，与其说是在解释，更像是一个人的自言自语。

打过招呼后，纯子和哥哥简单聊了一会儿，聊的什么早就不记得，不是什么重要事情，所以很快就结束了话题。之后她哥哥望向我，我尽量平和且委婉地也和他随便聊了几句。之后试探性地问了问，纯子是不是已经说过今天见面的主题呢？这时候服务员把咖啡端来，三个人都没说话，我看看纯子，纯子在摆弄手机，哥哥还是望着我这边，我和他短暂对视了一下，迅速把目光转向门口。因为哥哥到了以后，我突然开始紧张起来，自己说过什么完全没印象了。

一塌糊涂。

不过这尴尬的局面很快就被打破了，这还要感谢纯子哥哥。在没有纯子帮忙的情况下，我尽力用简单的日语重复了一遍今天见面的目的，之后他稍微沉默了一下，用一句话就把所有希望都终结了。

"你作为第一个被我妹妹带来见家人的所谓男朋友，我只能说，现在还没有办法同意。"

"呃……因为是第一个？"我问。

纯子哥哥没再说话，脸上带着一点点看起来像是笑容般的表情，但又不好说那到底是不是笑容，我仔细盯着他的脸看了一会儿，那表情告诉我，似乎已经没有能再继续对话的可能了。我看看纯子，纯子也没说什么。

"好吧，那，非常感谢你能过来。"我说。

"没关系。"纯子哥哥说，"我还要去忙，暂时就这样了。"说完就起身离开了，他自己的咖啡则一口也没有喝。我看着他走出门，背影有一瞬间挡住了门口的光，之后便迅速消失在门外。

与
麻木
在
之
清醒
间

"和想象的差不多。"纯子小声说。

纯子哥哥离开后，我盯着眼前的咖啡杯，慢慢掏出烟，BGM传出Frank Sinatra的《The Best Is Yet To Come》。舒服地靠在沙发椅背上，听着音乐，我默默抽完一整根烟，又觉得很想笑，其实整个见面过程中，我都很想笑，但又不能真的笑出来，缺少发笑的理由，脸部肌肉也似乎不受大脑控制。我似乎看到远处天上有只巨大的金色齿轮独自慢慢旋转着，发出耀眼的光，真的是很慢，慢到几乎看不出是在旋转。之后的记忆则像融化在咖啡里的砂糖般消失不见了，我只记得这么多。现在我依然无法准确回忆出纯子哥哥的样子，只能偶尔回忆起当他起身离开走到门口时，的确是用背影挡住了一片光。

哥哥事件过后，我和纯子暂时忘记此事，像平时一样过日子。快到年底了，有的科目开始考试，我也开始更频繁地跑去学校。不过主要还是和三儿他们聊天抽烟，考试随便马虎过去，觉得已经没有希望的课程就直接放弃了。纯子低落了一段时间，但没过多久便不再纠结此事，不过我知道她其实真的很在意，所以尽量不在她面前提她哥哥的事。

一天比一天冷，下了几场很小的雪以后，学校放假，临近新年。

二十　反抗

　　这一年的新年，纯子要回老家和父母一起过，我没有阻止她的理由，毕竟对日本人来说，这是要和家人团聚的重要日子。不过我想，纯子回去后恐怕还有别的事情要发生，上次的哥哥事件后，他父母不可能一点反应也没有。后来事实证明我是对的。

　　新年前一天早上，我还躺在床上，纯子已经收拾好行李准备出门。

　　"什么时候回来？"我把脸埋在枕头里问。

　　"三天左右吧，不想回去。"纯子穿好大衣又爬回床上，趴在我旁边说。

　　"好，弄点海鲜回来，跟村里的老人随便要点哦。不用很多。"

　　"笨蛋。"

　　纯子离开后，我继续躺了一会儿，直到再无睡意才慢慢起来，一瞬间感觉很冷，结果开了空调暖风又躺回床上。抽着烟打开电视机，几乎都是跟新年相关的节目，这应该是日本各路艺人们最忙的时候吧，接连不断的大型综艺节目，搞笑吐槽居多，转台看新闻，也都是日本各地准备迎接新年的准备事项等等，繁忙并且绚丽多彩的另一个世界。抽了几根烟以后，厌倦了电视机，我起床洗脸，坐在电脑前吃了半个面包，无聊地听了会儿音乐。

与麻木之间　在清醒

乐曲与乐曲之间间隔的数秒，房间里的空气有时会突然停止流动，微微有些不明白自己从何而来的失落感，以及寂寥并且空洞的现实世界。有那么一会儿，我觉得纯子可能不会再回来了，当然这是不可能的，从实际情况来看，她在东京还有工作要做，可我还是给她发了短信:到哪儿了? 吃早饭了? 时间不长，纯子回复短信:已经坐上新干线了，喝了酸奶。尚笑起床了? 我看着短信不知道为什么差点哭出来，纯子还在的世界。

　　新年那天，彻底地无所事事，我又不想独自在家看着墙壁发呆，新年毕竟是新年，无论如何，也总会多多少少感受到一些零星的过年气氛。于是我穿好衣服带上随身听，出门坐上小田急线，虽然没有想去的地方，但就这么一直坐下去终点是新宿，不管怎么样先过去看看再说。电车里空荡荡的几乎没人，大多数人已经在回家过年的路上，可以从最后一节车厢直接看到第一节车厢也只有这种时候了。我坐到靠座椅一端的地方，听着音乐，头靠门边的挡板，呆望着窗外慢慢移动的街道。本来在新百合之丘可以换快车，但我懒得下去，时间有的是，任其流逝好了。接近一个多小时的电车旅行中，我听2Pac絮絮叨叨讲了会儿他自己的事，听不懂。接着是Robbie Williams的爵士翻唱专辑，此人搞笑能力不是一般地好。

　　后来听了会儿Ramones，想起新裤子刚成立时，在自己家排练的情景，但我已经不属于那里，此时此刻我哪里都不属于，只存在于这辆开往新宿的电车。突然伤感起来，又无处宣泄，便换成当时最喜欢的Limp Bizkit，莫名其妙一路咬着牙睡到新宿。

　　接着我漫无目的从新宿换车到池袋，习惯性地走出池袋东口。语言学校那会儿每天都从这里出来，那时候身边挤满了中国留学生，现在一个也没有。街上阳光很足，照得我有点不知所措，与寥寥无几的行人擦肩而过，那些板着脸的家伙看起来像会走路的新年橱窗人偶。出了车站突然想起，这是来日本后第一次与纯子见面的地方，那是一个阴天，看见纯子一边笑着一边从麻美子背后钻出来的瞬间，简直如同上星期的事情。时间以年为单位有条不紊地持续前行，顺其流势我不自觉地再次站在这里，脑袋有点混乱。

信号灯变成绿色，过马路，走向池袋商店街，拐进一家语言学校时代经常光顾的二手唱片店。一楼是特卖品和廉价唱片，还有很多不明所以的新年特价，二楼是比较新的二手货，我直接上二楼，客人只我一个。略过黑胶唱片，略过成套出售的纪念版，按字母顺序我随手翻着数目庞大的二手CD，用了大概一小时的时间，只挑了张D.A.D的老专辑，我记得是那会儿买的，CD盒上还留着当时唱片店的标签，不过已经不知道扔到哪里去了。到一楼结完账，大衣兜里装着新买的CD，我又回到街上，继续往商店街的方向走。

接近商店街入口的时候，人开始多起来，女仆装的姑娘和年轻的西服男给路人发放带广告的免费纸巾，情侣们利用今年最后的下午抓紧时间约会，再过一会儿就要各回各家过年了。穿过这些人，我走进商店街入口旁的咖啡厅，找个靠窗的座位坐下，点了杯卡布奇诺。等咖啡的时间里打开CD封套看着里面的乐队照片，这世上能称得上好的乐队照片恐怕少之又少，而这张明显不在其内。咖啡端上来，我问服务员这里会不会比平时早关门，答案是不会。其实我也没想坐多久，只怕万一坐久了，别被客气地轰出去就好。

出来得匆忙，身边没有书可以打发时间，从咖啡馆的杂志架子那里取了几本杂志，但很快就读完了，因为没内容。竞选如何如何，某艺人如何如何，某款新车如何如何，全部与我无关。把杂志放回架子，手捂咖啡杯，我盯着窗外。仔细看的话还有些新年气

氛，不少店门口都挂了打折广告，装饰用的霓虹灯数量也比平时多了好几倍。我不能说所有人脸上都洋溢着过年的笑容，流浪汉还是有的，匆匆赶路的上班族也是有的，像我这样孑然一身跑出来混时间的也是有的，不过大多数人看起来还算快乐，我觉得。差不多放下手里的事赶回家团聚，跟恋人一起手拉手走进商店街挑几个礼物，在酒场里彻底喝到不省人事做做新年的美梦，每个人都忙着属于自己的新年，我身边却谁也没有。

语言学校的同学分开太久几乎不再联系，纯子被叫回了关西，大学同学也都各自回家，之后想起北京的朋友，但记忆已经淡薄，也不知道他们都在干些什么。拿起手机翻了翻存起来的电话，要不然给父母打一个好了，可犹豫了一会儿，最终放弃。不知道说什么。说我一个人坐在咖啡馆里等新年？这种事干不出来。说我正和朋友一起高兴得一塌糊涂？这种事同样干不出来。想着想着，发现自己不知道从什么时候开始正用力攥着杯子，咖啡已经凉了。极度想抽烟。

走出咖啡馆，我点上烟，深深吸了一口，头有点晕。天色渐暗，路灯已经亮起来，我抬头看看天，已经能看到月亮了。那个下雪的晚上我就是在这里和纯子见面的，就是自己现在站的地方，在刚出来的这家咖啡馆前面。那之后过去多久了，带着纯子和李一起住，病倒进医院，考大学，搬家，直到最近和纯子哥哥失败的见面，都是什么时候发生的。自从纯子回到身边后，我好像就不太在乎时间了，每天只想着如何才能和纯子快乐地生活，其他事情几乎不放在心上。现在纯子不过偶尔离开几天，我的记忆也随之变得支离破碎。我究竟是害怕失去纯子，还是害怕寂寞呢。拼命回忆却毫无头绪，完全抓不到重点。

这样下去只会徒增寂寞，我对自己说，一个人过新年而已，又

不是什么了不得的事情，不如暂时回家。天晚了，温度也开始降下来，自己回家喝点酒看个电影过年好了。的确如此，何苦呢？莫名其妙跑来池袋，又莫名其妙站在这里发呆，脑袋多少正常些的话也不至于这么麻烦自己。于是我慢步返回车站，一路听着音乐返回玉川学园。虽然已经不再去想纯子的事情，但心里确实有某种不安，只是那不安还没有完全展露出其性质，我判断不好。

　　走出车站，在松屋吃了牛肉饭后，我直接回到家里，洗过澡后给自己开了瓶红酒，在网上搜了一部电影看，看的什么已经不记得，只记得那一年的新年我就是这么过的。好像又回到纯子出现之前的生活，一个人听音乐、一个人逛街、一个人喝酒、一个人看根本记不住内容的电影，继而我迎来二〇〇五年的第一天。人不再寂寞，就会渐渐丧失打发时间的能力，这是那一天我学到的。

　　有了第一天的教训，之后三天我都没出门，一直在家看电影、喝酒、听音乐。清炖了一锅排骨，饿了就用排骨汤煮方便面，每天两包，另外还抽了半条烟、喝了一瓶红酒、若干啤酒，食欲逐渐消退。不过相比那三天，一个星期不出门的日子也是有的。想起曾经和李一起住的时候，有段时间手里没钱，李出去旅游，剩下我自己在家只靠半袋米和一个洋白菜过了一星期，每天两顿洋白菜炒饭，当然也可以吃白米饭和炒洋白菜，不过那样比较浪费。这次有排骨有酒，并且不过三天而已，但纯子回来那天，我还是拉着她去车站前面的牛角店吃了一次烤肉。

　　纯子回到我这里的时候已经接近傍晚，记忆中她中午回到东京，先回哥哥家放下行李，又整理了一番才出发来到我这里。那天下着小雨，我打伞到车站去接她。见面后纯子不是很精神的样子，我问她是否累了，纯子说没有。我又说快到吃饭时间了，今天在外边吃吧，纯子只是点点头。我不知道发生了什么事，不过毕竟车站

与
在
麻木
清醒
之间

不是说话的地方，我把纯子领到烤肉店。对于吃烤肉这件事，纯子依然没发表意见。

吃饭的时候，我并没有过多地盘问纯子这次回家怎么样，只是聊了些无关痛痒的话题，纯子有时候也会笑笑，讲讲邻居的事情，不过大多数时间还是我在说话。平静地吃完饭，等甜品的时候，我抽了几根烟，没再多说什么。气氛开始变得有些尴尬之前，纯子讲起回老家过年的事情。抛开不重要的部分，与我和她有关的只有一件事。

"父母让我去相亲，说要我结婚。"纯子慢慢地说，"我说我有男朋友，他们也见过你，但是他们不承认。"

我没有马上回答，不知道怎么回答。这时候店员端来冰淇淋，我沉默着把手中的烟掐灭在烟灰缸里。

"尚笑，我们怎么办？"过了一会儿，纯子接着说。语气不像是在询问我，更像是说出了一个没有结果的结果。我又想起对纯子说一起离开日本的那个早晨。

"理由？"我看着纯子说，纯子一直盯着桌子。

"还没说什么理由，毕竟回去的时间不长，只是每天都说要我去相亲，我不同意，就一直僵持着。"

我看看窗外，雨越下越大，街上已经没什么人了，雨点打在地面上，映着路灯光如同溅起千万枚粉碎的玻璃。

"哥哥说什么了？"过了一会儿，我说。

"他没说什么，但他一定把见面的事告诉了父母，所以才会着急让我去相亲吧？"

"跟哥哥见面是纯子自己决定的吧？"

"嗯，那之前他们就提过去相亲的事情，不过是在电话里。"

"所以纯子想先跟哥哥见面，看看有什么结果？"

"是的。"纯子终于抬起头来看着我说，我也看着纯子。

毫无疑问，纯子是在试图一个人反抗她的家人。她一直没有跟我提过相亲的事情，再回想起来，有时候她的确会在接完家人的电话后突然消沉下去，不过很快就会恢复，当时的我没有留意到，但我的预感却全部应验了。纯子突然决定去和哥哥见面，新年她一个人回老家后我的不安，看来这些都不是没有理由的，现在都明白了。可即使明白了，却无能为力，这才是我和纯子所面对的最大问题，也是纯子最大的压力。

"纯子打算怎么办？"

"不知道，纯子很累了。"她看着我说，我担心她会马上哭出来。

"先回家吧。"最后我做出决定，纯子点点头。

回到家我们各自洗澡，没开电视机也没放音乐，更没人说话。洗过澡我躺在床上，浴室里传来纯子洗澡的声音，让我想起一个人跑去大阪见她的那次短暂旅行，那时候我们也不知道说什么，但心里都知道另一个人在想什么，现在却不知道了。纯子一个人究竟做出了什么样的尝试和努力呢？我觉得还有事情她没告诉我，尤其是我很想知道他父母不同意的理由，我可以选择放弃，让纯子从这压力中解脱出来，但我需要知道理由。我不能在一无所知的情况下退出来，但在她父母的压力下，我们能坚持到什么时候，我说不好。

新年假期结束后，我准备应付开学后的一系列考试，纯子也回到自己的工作中，没人再提起那些不愉快的事情。暂时不提而已，我们都清楚地知道，我们又开始默契地回避一些事情，不管怎么样，眼前的生活还要继续，还要快乐地继续。只要纯子还在东京，我们就还能在一起，这一点应该没有问题。只是压力积累到一定程度后，谁也不知道会发生什么。比如，偶尔我会发现纯子一个

与木在之清间醒

人在哭，在家工作的时候，或者我们在外边约会的时候，很不容易察觉，但是又很明显的，我知道纯子在哭。每到这种时候我都不去特意问她怎么了，我想我心里很清楚知道怎么了，只是没有解决办法，只能在她偷偷哭过之后，尽量想些有意思的话题去吸引她的注意力，不让她一个人继续伤心。

就这样继续着我们的同居生活，在眼泪和开始渐渐变得频繁的沉默中，我们迎来了新一年的春天。期间我曾和纯子谈过一次，认真地谈过一次，虽然我已经想不起当时说过什么，但是在半理智半冲动的情绪下，我和纯子说明了想带她离开日本的想法，我让她知道我没有在开玩笑。既然我没办法分担她的压力，那留给我的只有两个选择，离开她，或者带走她。不过前面已经说过了，在我不知道理由的情况下，我还不想就这么退出，于是我准备选择带走她。我告诉她，让大学见鬼去吧，第二年的学费还没交，也没有什么损失，如果纯子可以和我离开，我直接办退学手续好了。我不能再让纯子一个人跟她的家人战斗下去，我也不想再看到每天偷着流眼泪的纯子。我想让那个每天自己说出想吃什么，每天能跟我一起躺在床上抽烟，每天一起大笑的纯子回来，无论什么代价。

经过那么多年之后，纯子终于又回到我身边，我有太多东西愿意为她放弃。但如果纯子跟我走，她只能选择抛弃她的家庭，从她那里听来的各种信息都表示，她的家人宁可不顾及她自己的想法和她是否会变得幸福，都要把纯子从我身边带走。而且我还和纯子谈到再一次去见她父母的可能，我也许可以去说服他们，谁知道呢。我现在的日语已经比第一次见到他们时强太多了，我可以和他的父亲坐下来慢慢谈，直到有一个大家都满意的结果为止，但纯子阻止了我，说这几乎不可能，她的家人不会出来见我。于是那我只好选择带纯子离开了？目前看来只剩这一个选择，纯子当然无法马上做出决定，这也是她感受到的压力最为集中的部分吧。选择家庭还是选择我？我没办法保证她一定能幸福，这一点我已经和她说过了，她理解我说的话，也理解我可以为她放弃什么。但是要抛弃自己家庭这种事，毕竟不是轻易就能做到的。纯子来自一个极为传统并且富有的家庭，她从小接受的教育都是要服从家里的安排，做一个有钱人家的公主。

她不像一般家庭的孩子可以随便做出自己的选择，这是我慢慢了解到的，于是抛弃家庭这种事对她来说比别人更难，我可以体会这一点。但无论用什么办法，我都不想让纯子继续一个人面对这种局面，我想逼迫她做出选择，和我分手也没关系，只要是她按照自己的意愿说出来的，如果她说，尚笑我已经不能再坚持了，我们需要分开，我不会犹豫。但我不能允许别人强插在我和纯子之间，对我们的事情指手画脚，包括我自己的家人，当然也包括纯子的家人。渐渐地，我已经清楚知道这是一场必输的较量，至于输到什么程度，我需要自己来掌握，也就是说我会努力达到自己力所能及的地方，至于那些我无法碰触的领域交付给命运和时间就可以了。但我想和纯子明确一点，我不会任人摆布，如果纯子愿意和我站在一起，我愿意去承担所有后果。

可是最终，纯子给我的回答却只有更多的眼泪和不安，她像个丢了玩具的小女孩那样站在我面前，我只有一再地安慰她。同时，我想象着所有这一切都会在这个春天结束了。

二月底的某一天，我在学校接到纯子的电话，问我晚上有没有安排，麻美和她老公来东京了，想去一起吃饭。我说当然可以，就算打工请假也要去。麻美，实在是好久没有见到她了，上次见她还是……为庆祝我考上大学，我们三人一起去新宿的法国餐厅吃饭。转眼一年多的时间已经从我们身边流逝，而且麻美有了老公这事我

从没听纯子提起过。

因为我时间最为自由，于是我第一个到达约好见面的地方——新宿东口。印象中那天不是周末，车站附近人不是很多。纯子公司离这里较近，所以在我之后第二个到的是她。我们在车站周围找了一个地方坐下，离约定的时间还早，但又没多到可以去哪里转转的程度。纯子的情绪依旧时好时坏，能见到麻美也许她会开心些，我也觉得麻美出现得正是时候。现在想起来，也许麻美是纯子叫来的也说不定，麻美陪她在中国留学，又是关系最好的朋友，这种时候约她见面再好不过。

按照约定的时间，麻美和她老公准时出现，我不清楚纯子跟麻美讲了多少我们的事，所以判断不好该怎么和麻美打招呼，只是保持了一般性的礼仪。她老公第一次见，名字忘记了，毕竟到现在为止也只见过一次，但一定是个不错的家伙。个子很高，憨厚的笑容，有一份还不错的工作，并且正计划在东京买房子。虽然是第一次见面，但我觉得他会让麻美幸福。

那天见面后我们四处转了转，买了点东西。大多数都是麻美和她老公在买，我和纯子只是陪着。之后坐车去另外一个地方，忘记是哪里了，那有一间做鸡肉料理很出名的店，我们决定在那儿吃晚饭。我第一次吃到生鸡肉刺身就是在那里。因为实在想不起地点，也无法推荐了。

吃饭的时候喝了不少酒。开始还是很高兴的气氛，纯子和麻美很久没见了，我和麻美老公又是第一次见面，有说有笑。料理也很棒，新鲜的生鸡肉很甜，印象深刻。之后慢慢地，话题转移到我和纯子身上来，纯子一定和麻美讲过一些事情了，因为麻美比我预想的要更清楚我们的现状。虽然她也不能给出更好的建议，但从说话中能听出来，她是果断站在纯子这边的，我很感谢她。她老公也尽可能地想帮助我们，但大约能想到的办法我们都想过了。比如去见纯子父母，又比如带纯子离开。问题越说越具体的时候，麻美有点激动，甚至哭了出来，纯子还在一边安慰麻美，我不知道怎么应付这种局面，只能喝更多的酒。纯子也很难过，但这次出来见面一定会谈到这件事，回避不了的。

当麻美老公问我，如果事情继续恶化下去要怎么办的时候，我很认真地说，如果有谁还要继续伤害纯子，继续给纯子压力的话，最差的结果是我去杀了他们，之后的事情暂时不考虑。说的时候我非常认真，连我自己都吓了一跳，可能是因为喝了很多酒的缘故吧。那之后很久，纯子都一直在桌子下面死死攥着我的手，我偶尔扭过头去看她，看到的是强忍着才没有哭出来的纯子。也许我有点失控了，但我已经不知道该如何表达那时候的心情，放弃大学实在是再简单不过的事情，只要纯子还能继续坚持下去，我们也许会找出一些办法，什么办法不知道，但如果纯子已经到了忍耐的临界点，说实话，我也不知道自己会做出什么事情来。那晚我们一直在讨论这些事情，麻美老公说我像日本古时候的武士，武士……我当玩笑听了，心里想的却是，如果真能一刀解决所有问题，我早就这么干了。不过他可能也有别的意思，我没解读出来。

饭后，在料理店附近一个很小的公园里，吹着有些冷的夜风，我一个人坐在秋千上沉默了好久。抽了几根烟，酒精的力量逐渐散去，但有些东西在我体内留了下来，就是无论如何也要坚持到最后的信念，除非纯子放弃，否则不惜代价。事情这样持续下去，不管怎么说，短时间内平静的生活已经不可能了，解决它，或者抹杀它，留给我的选择不多。那时候我的确是这么想的，现在想起来有点不可思议，不过谁又能知道行走在命运这条黑暗的河流里会踩到什么呢，也许下一个瞬间我们就会跌落进某口看不见的黝黑深井

与
麻
木
在
清
醒
之
间

中，再无法重见光明，不过那也只是下一个瞬间。

在这个瞬间，在我还可以抬起头看到深邃的天空中布满无数闪亮星星的时候，只能祈祷我们能被引向正确的方向，远离眼泪、争吵以及尴尬的沉默。

二十一　江之岛

　　春天放假前，领到成绩表，我才知道自己的学分一塌糊涂。前半年一直在打橄榄球，几乎没怎么认真上课，后半年我的生活始终以纯子为中心，尤其是接近考试这段时间，脑袋里已经装不进那些乏味的大学课程。离最低标准虽然差得不是很多，但在班里接近最低了。而纯子的工作也不顺利，她心里总是想着父母和我的事情，没办法专心工作下去，甚至有几次不得不请假在家调整状态，我当然也会在家陪她，大学课程的进度也逐渐丢掉了。不过没关系，忍过这段时期就好了，我想。距离和麻美他们见面后，在将近一个月的时间里，我和纯子已经冷静下来，虽然麻烦并没有减少，但至少我们已经可以做到客观地看问题。

　　既然暂时无计可施，先拖着好了，尽量想办法回到以前的生活去，这是我们商量的结果。于是某一天中午，在我们睡到很晚才起床之后，纯子问我想不想午饭后去下北泽看看，那里有很多独立小剧场和相当精致的小店，可以散散心。说起来纯子已经很少再提起话剧的事情了，也许是放弃了，大学时代曾经那么热心于话剧，但工作之后已经再无暇顾及了吧。我想都没想就答应了，并且我也还没去过，经常听别人提到的名字。而且，也很久没和纯子约会过了。

午饭时间比预料中晚了很多，我们磨磨蹭蹭从小田急线下北泽站出来的时候已经是傍晚。第一次来下北泽，比我想象的要有意思，纯子很久以前来过一次，按照她的记忆，我只是跟在她后面走来走去。

从站前剧场开始，一路穿过南口商店街，再拐到本多剧场。我和纯子偶尔在某个小店停下来看看手工制作的小玩意儿，偶尔跟别人家的狗聊几句，还发现一家蒙古人经营的真正的蒙古餐厅，这倒是不多见。跻身在情侣和穿着时髦的年轻人群中，也许是他们的无忧无虑感染了纯子，我看到纯子逐渐恢复了往日的笑容，我也开始感到放松，而且我们又开始手拉手了。在某个地方，好像是别的车站前面，我已经记不清楚是哪里了，我们看到一个流浪汉，手里捧着圣斗士星矢的漫画，很早以前的版本，用朗诵的腔调认真念着漫画里的台词，包括"砰""咚""嘎"那样表现声音的东西。很多人围在那里看，不时爆发出笑声，站在他们中间，我从后面搂着纯子，跟他们一起笑，一起大声喊，仿佛所有的麻烦都已经解决，我们又回到刚开始约会的状态。

天快要完全变黑的时候，我们走在一条不知道名字的街里，花时间慢慢走，走在霓虹灯的影子里，走在明亮橱窗的光照下，纯子已经不再偷偷哭了，她的心情渐渐好起来。

晚饭时我们走进一家据说很有名的拉面店，俩人都要了最大碗，在没有我帮忙的情况下，纯子自己吃完了一整碗。看来我们的决定是正确的，解决不了的问题先拖着好了，就当什么也没发生，我们应该像以前一样生活。

去过下北泽之后再没发生让人觉得意外的事情，打工，回家，做饭，等纯子下班，之后一起吃饭，看电视，听音乐聊天，按时睡

觉。说实话我很满足这种看似无聊的生活，在某种情况下来说，比如我和纯子这种情况，无聊的生活也许就是最好的生活，那时候的我们能奢望的并不多。如果，如果我和纯子是一般情侣的话，也许会对这种日复一日的单调生活感到厌倦，可我们不是，没有人打扰的平静生活不知道从什么时候开始变得珍贵起来。

有了下北泽的经验，当天气变得足够暖和，纯子又计划了另一次出行——片濑江之岛。从距离上来说，去江之岛已经算是远游了，也许是这个原因促使纯子准备得很充分。前一天开始便又是购物又是进厨房，因为她坚持自己带便当，说那样才有远游的感觉。这是她第一次如此认真地为一次出行做准备。而我对她的决定则是百分之百无条件接受，完全跟着做就好了。

那天上午我们算好时间，按照既不用着急也不会很晚才到的计划坐上小田急线，两站后在相模大野换上快速急行，接着一路直达终点站片濑江之岛，走出车站的时候接近中午十一点。天气没有预计的好，出门时阳光还很足，在我们出了车站往海边走的时候，却看见海面正被黑色的云所覆盖，而且已经很近了。

因为不是周末，过了弁天桥后只能看见很少的游客，大家要去的基本都是同一个方向，海就在右边不远的地方。我和纯子一路走得很慢，细细感受着春天的海风和大海的味道，不时停下来拍照，但不是两个人的照片，是风景。开口说的话也很少，最多不过"你看那边""哦"之类简短的对话而已。开阔的海面让我和纯子彻底放松下来，频繁的对话交流似乎变得很多余，我们从对方的表情就能看出来。虽然我一直都不太相信电影或小说中描写的那种有烦恼的时候去看海，想静一静的时候去看海之类装腔作势的东西，但置身于海边确实有种说不出的安心感，沉重的安心感，我能感觉到自己的渺小，也就不再有与之对抗的意愿，这样反而能更轻松，或者

与 在
麻木 清醒
之 间

更绝望。这其中的区别又有多大呢？

脱下鞋和袜子，我拉着纯子的手站在绵软的沙子上，任凭海水冲击淹没我们的小腿，看不知名的海鸟从近处的海面上掠过，看玩帆船的人在远处一会儿浮上来一会儿沉下去，旁边已经开始有下水游泳的人。

在水里站了会儿，我们回到岸上，穿好鞋继续朝岛的方向走，偶尔我会和纯子互相看对方一眼，给对方一个微笑，但依旧很少说话，只是一味向前走。路上纯子一直看着大海，我不知道她在想什么，我脑袋里却不停闪现着第一次和纯子见面的场景。

那是一个夏天的傍晚，新裤子刚结束第一张专辑宣传的图片拍摄，超级市场乐队的王涌说他在和两个日本妞吃饭，问我们要不要过去。当时我们正不知道该去哪儿打发时间，于是连妆都没卸，还穿着拍照时的衣服就跑到当时牡丹园十字路口的大排档，那时候天已经黑了，而王涌果然带了两个女孩来。一个是麻美，一个是纯子。我忘记了麻美当时的样子，只记得纯子梳着两条翘起来的小辫子。那天晚上我们好像坐了很久，很久很久，久到银河在我们头上破碎，时间凝固成黏稠的黑色液体流淌在脚下，宇宙一次又一次地重生和破灭，无数新的生命绽放出新的花朵又化为骸骨。我对纯子说，你的眼睛好漂亮，纯子说，谢谢你啊。

从那个夏天的晚上，在那张堆满了啤酒瓶、小龙虾壳、羊肉串签子和大大小小不知道多少肮脏盘子的桌子边，这个故事跨越了五年时间，最终来到江之岛的沙滩上。这里面有太多的巧合，太多的不可思议，我和纯子被分别推向巨大迷宫外两个不同的入口，又同时一无所知地走进去，稍有差错便再也不可能相遇，可最终，在一个下雪的夜晚，我们奇迹般地出现在迷宫正中间，我拍拍纯子头上的雪，纯子抱紧我，我以为这就是故事的结局了。这时我看着走在

旁边的纯子，希望这个春天结束后，无论如何命运不要再把我们分
开，就算我们被再一次扯向相反的方向，我也能记得她的样子。

"尚笑，在想什么？"

"没什么，今天可能会下雨吧？"

"运气不好。你饿吗？"

"是啊，有点饿了，我们吃饭吧。"

"嗯，我们吃饭吧。"

走到一个没有人的海边亭子里，我和纯子把带来的便当打开。
我记得纯子做了青椒包肉、炸小香肠和鸡蛋卷，还有饭团。

"Tell him to find me an acre of land。"

"……Parsley， sage， rosemary？……"

纯子举着饭团对我笑了笑。

"Between the salt water and the sea strand。"

"Then Junko'll be a true love of mine？"

我也笑了笑。纯子再次把目光移向大海。

安静地吃完午饭，我们在亭子里抽了会儿烟，海面的颜色变得
深邃且凝重，像孕育了巨大阴谋的深色屏障，连接着头顶上黑色的
云。没想到天气变化这么快，我和纯子完全没有做下雨的准备。

"好像要下雨了啊，纯子？"

"嗯，继续走吧，下雨前可以去岛上。"

我们收拾好东西，继续向岛的方向走。云的颜色越来越深，天
色也越来越暗，走下那条很长的桥，到达江之岛小市场的时候，商
铺已经点起灯。一起在市场随便转了转，纯子看上去有点累，我问
她要不要休息，她摇摇头。离那座著名的灯塔还有一段距离，我们
怕走过去会下雨，就在市场中某家酒吧外面的棚子下找了个座位，
纯子只要了杯热水，我要了啤酒。

与
在
麻木
之
间

平日里的江之岛市场显得有些寂寥，游客三三两两，哪个都是没精打采，可能和他们想象中的江之岛该有的气氛不一样吧？当然也可能是天气的缘故。这家酒吧的店主同样是一副很闲的样子，看我和纯子沉默着坐在那里，好几次想过来搭话，不过最后都放弃了。

　　"纯子，没事吗？"越来越沉默的纯子让我有些担心，我本来以为这应该是一次更快乐的旅行。

　　"没事哦，纯子很好。"

　　"嗯，那就没问题了。"我点起烟，"这样的天气我们也许会被困在这里哦，我去问问能不能买到伞。"说着我站起来去找店主。运气不错，店主客气地拿出一把旧塑料伞，说拿去用吧，反正也是别人忘在这里很久的东西。我对店主表达了十二分的感谢，把伞拿回去给纯子看。

　　"纯子，有伞了，要不要去灯塔？"我把伞夹在两腿中间，拿起啤酒喝了一口。

　　"不要，有点累了。"纯子看了看我，把头转向空荡荡的街道。

　　"既然这样，再坐一会儿，我们回去吧，也许可以回到城里再吃晚饭。"

　　"嗯，纯子怎么都可以。尚笑，我们还能继续下去吗？"

　　"什么？"一瞬间我完全没明白状况，"出什么事情了，纯子？"

　　"家里人让我回老家去，辞掉工作回老家去。"

　　"什么时候？"

　　"越快越好，就算不去相亲，他们也不想让我继续留在东京。他们，命令我回到他们身边。"纯子紧盯着我说，她开始要哭出来了。

"命令，要纯子回老家去……"我一时不知道该怎么办，这完全是我没有设想过的，"那么，如果纯子不回去呢？"

纯子没有说话。

他们，他们……我盯着黑色的海与黑色天空交汇的地方，脑袋里一片空白。原来一路上纯子都很沉默是有原因的，对于她的沉默，我以为这次旅行正是她想要的那种可以完全无忧无虑享受大自然的机会，所以才沉浸在自己的世界里，我以为纯子跟我一样，只是单纯地感动于这次旅行带来的平和与放松，我以为我知道她在想什么。他们……突然间我感到巨大的愤怒在我胸中膨胀起来。他们，又是他们。我想尽量使自己平静下来，但下一瞬间，我觉得自己已经他妈的受够了。这一天终于还是来了，在我以为至少一段时间内不会再有变故的时候，在我以为终于可以平静地和纯子继续生活的时候。

"纯子，他们想什么根本就没意义，你愿意跟我回中国吗？"我努力克制着自己慢慢对纯子说。

"纯子也不知道。"纯子哭着说，"我们怎么办？"

"不要哭了，纯子可以跟我回北京，他们不能这么控制你。"

"那尚笑怎么办？"

"我没事，我退学好了，只要他们找不到我们就行。"

纯子哭着不停摇头，她努力强迫自己不哭出声来，我很担心纯子在这里崩溃掉。

"我们离开吧，先回家，好不好？"

纯子点点头。我回店里付了酒钱，老板迷惑地看着我，我想对他笑笑，却根本笑不出来。

走出酒吧，我收拾好我们的东西，拿着老板给的雨伞和纯子往回走向车站。可我们离开酒吧没一会儿，大雨开始从天上落下来。

与
麻木
之间
在
清醒

雨来得很突然，我急忙打开伞，和纯子尽量躲在下面，但还是把一半身体都淋湿了，鞋也在很短时间内就灌满了水。

我一只手打着伞，一只手使劲把纯子搂向自己这边，纯子还在不停地哭，透过雨声能隐约听见她哭的声音，身体也不停地发抖，尽管我一直在安慰她。我只想尽快走回车站，我想回到家里，坐下来和纯子慢慢商量这件事，虽然我不知道怎么商量，不过总会有办法，我想，只要纯子能镇静下来。

"纯子，纯子。"我大声对纯子说，"没事的，会有办法的。"

纯子一边哭着一边使劲摇头，她头发上沾满了水，我把伞偏向她那边，但仍无法阻止大雨弄湿纯子。这把伞太小了，我想，这样下去我们都会生病的。我正想着，纯子停下脚步使劲抱住我，深深把头埋在我完全湿透的胸前，纯子终于无法再压抑自己，她用很大的声音哭起来，手紧紧抓住我的胳膊，我坚持打着伞，同时也把纯子紧紧抱在怀里，我无法想象纯子巨大的痛苦，只能这么紧紧抱着她。他们，纯子所说的他们像洒下冰冷雨水的黑云一样压在我们上面，压在纯子和我心里，即将压垮我们的世界，就要成功了。好极了，正是因为他们，这一刻我感受到自己心中所有对纯子的爱，对失去纯子的恐惧、愤怒，以及对"他们"深深的恨意，对命运的恨意，对世界的恨意，这些爱，这些恐惧、愤怒和恨意第一次在我心中混杂起来，狂乱却目的明确地要将我击倒。我从未体验过这样剧烈的感情冲突，抱着激烈颤抖的纯子，我完全傻掉了，很短的时间，虽然只是很短的时间，我分不清是纯子依靠着我还是我依靠着纯子，我失去了力量。

我只是一个来留学的一无是处的混子，在我最寂寞的时候，命运把纯子推到我面前，我以为一切都应该看起来很美好，也许我们真能像电影里那样，从此快乐地生活在一起，接受这份礼物，直

到生命的终点。但毫无疑问，我是个笨蛋，是一个被命运所左右的无能的笨蛋，我没办法把纯子留在身边，是我的无能让纯子痛苦，我保护不了她，我谁也保护不了。在江之岛漆黑的夜里，在无人的沙滩上，我只能和纯子一起躲在这把不够大的伞下面，任凭大雨打湿我们的身体，浇灭我们心里的希望和爱情，我连让纯子镇静下来都做不到。我不停用手重重抚摸着纯子的后背，不停在她耳边用我能想到的所有足够温柔的词汇安慰着她，我知道她一个字也没有听进去，但还是不停对她耳语着，我自己都不清楚当时我说了什么，我只能不停地说。同时身体开始渐渐被一股莫名的热意所包围，我以为那是来自纯子的体温，但那股热意逐渐燃烧到我体内，让我的呼吸变得笨重，那是我心中不断蹿升的绝望和愤怒，我不能抛弃纯子，但我又想远离这一切，我想把自己撕碎，我想躲起来，我想大声咒骂雨，咒骂我自己，还有"他们"。而在我自己还来不及反应的下一个瞬间，我真的这么做了。

我推开紧紧抓着我的纯子，拖着伞跑进海里，我忘记那时海水淹到什么地方，只是我还能挥舞自己的胳膊，我把伞用尽全身的力量抛进黑色的海水中，对着同样是黑色的天空大声吼叫着，我不知道自己吼了些什么，只是竭尽全力大声吼着，也许只过了几秒钟或者十几秒而已，但我已经失去了对时间的判断，终于爆发的我也哭了起来，我胡乱吼叫着，我的眼泪和雨水混在一起，我拼命拍打着海水，不知道自己要干什么，脑袋里没有任何图像、想法，甚至意识，直到听见纯子在后面用撕扯的声音绝望地叫我的名字。我不知道她叫了多久，等我回过头看她的时候，她害怕地站在离我很远的地方，已经停止了哭泣，瞪大眼睛看着我。我意识到自己失去了理性，我吓坏了她。

我止住眼泪，费力地走出海水，走近纯子，再次用胳膊慢慢搂

与 在
麻木 清醒
之 间

着她。纯子虽然不再哭了，但颤抖得比刚才更厉害，我也一样，我们站在雨里，纯子手臂落在身体两侧，止不住地颤抖。我不断地对她说对不起，对不起，纯子，对不起。这时雨有些变小，我紧紧抱着纯子，希望能让她暖和起来，我不知道这么做是否有用，但没有别的办法。在纯子紧紧抓住我，紧紧依靠我的时候，在她最需要我的时候，我推开她，让她害怕，让她为我伤心，让她绝望地呼喊我的名字，我却像个蠢货一样闯进海里发泄冲昏了自己头脑的愤怒，我把她一个人扔在雨中的沙滩上。终究，是我自己搞砸了一切，我现在明确地了解到，一切已经无法挽回了，在纯子需要我来支撑一切的时候，是我丢失的理智让"他们"赢了。

等纯子终于停止颤抖，我也用尽了能对她倾诉的言语，这时候雨也停了。纯子的身体不再僵硬，开始用手轻轻搂着我。很冷，纯子小声自言自语着，很冷。我抱着她，环顾四周，大雨让街上所有的人都消失了，甚至公路边上的很多店铺已经提早关门。我努力搜索着除了路灯以外的亮光，终于在稍远的地方发现一家还亮着灯的咖啡厅。慢慢将纯子从我怀里拉出来，我对她说那边有个咖啡厅，也许是咖啡厅，可以进去弄点热的咖啡喝，纯子把头靠在我肩上无力地点了点头。我们依旧拉着手，纯子手的温度让我心疼，我再也不会因为自己的愚蠢而放开她，我也很感谢纯子没有放任和抛下失去理智的我。

离开沙滩回到公路上，我们慢慢走向那家咖啡厅。从外面看里面很黑，只能看见微弱的烛光。推开门，我愣了几秒钟才终于在吧台后面发现一个年纪看起来似乎接近六十岁的男人，他穿着整齐的浅色马甲和浅色衬衫，深色的领结，白头发在脑后梳成至少一掌长的辫子。我犹豫着跟他打招呼，那时他正在用一块抹布仔细地擦着柜台。可以吗？还营业？老人看了看我和纯子，示意我们进去，并

把我们领到窗边的座位上。从这里可以看见我和纯子刚刚离开的那片沙滩。客人只有我们两个人。

在老人去拿菜单的时间，我默默看着纯子，纯子也看着我。我脸上满是歉意，但纯子看起来却很温和。老人回来后给我和纯子每人一份菜单，并放下烟灰缸，我问他这里卖不卖烟，他点点头，指指菜单，种类不多。我先要了软包的红色万宝路，之后纯子点了热牛奶，我点了热巧克力和一壶热柠檬水，除此之外还被送了两条热毛巾。

之后的记忆如同无声电影般闪烁和跳跃，我很难连贯性地完整还原。纯子手捧着热牛奶，静静望着窗外黑色的海，或者说是一片黑色的虚无。我不停抽烟，也不知道该说什么。凝重的空气，温暖的咖啡厅，我和纯子好似两个凑巧坐在一张桌子上的陌生人，各自喝着自己的热牛奶和热巧克力，视线逐渐模糊，眼底再次泛起眼泪，谁也没发出声音。店主人站在柜台后面继续擦拭杯子、盘子、勺子、酒瓶、收银台、椅子和其他几乎所有的东西。我希望他能走过来擦去我和纯子今晚的记忆。

与在清醒
麻木
之间

二十二　一千个破碎的白日梦

　　夜晚的江之岛车站看起来很诡异，红色的中国式建筑，在周围的光照下显得有些阴森，站员沉默着在检票口冷冷目送浑身水迹的我们走进车站。最后一节车厢里，我和纯子随便找个座位坐下，纯子疲倦地把头靠在我肩上闭起眼休息，我拉起她的一只手，就那么轻轻攥着。离我们很远的地方，几乎是在车厢的另一边，坐着另一对情侣，两个人低声说着什么，除他们以外再无其他乘客。我看了一会儿那对情侣，把头转向窗外，冷清的车站只有站员在走来走去，白色的日光灯把车站照耀成一片凄凉的灰色。

　　闭上眼，疲惫却全无睡意，轻微有些头疼。纯子的呼吸很匀称，看来是睡着了，她头发上还留着淡淡的雨水的味道。我闻着那味道，想起黑色的大海，想起纯子呼喊我名字时撕裂的尖叫声。坐在空荡荡的车厢里，我简直不敢相信几个小时前发生的那些事，似乎我们刚刚结束了一场电影，但身上冰冷的雨水却提醒我那的确是发生在自己身上的事。我睁开眼，想摆脱这些胡思乱想，却忽然感到困意袭来，挣扎了一会儿，最后还是不自觉地闭上了眼睛。

　　第二天中午，我睁眼从床上醒来时身上有些酸痛，却并没有感冒的症状，实在是幸运。纯子躺在我侧面看着我。

"早上好。"纯子说。

"纯子醒了？没问题吗？"

"纯子没事哦。"

"那就好，肚子饿了。"

"那我们起床吃东西吧，刚刚下了很大的雨哦。"

"雨？"

"嗯，下了好长时间，很大，我被吵醒了。"

我看看表，居然已经快下午两点了。

起床后，我和纯子吃了些面包当午饭，又煮了两大杯咖啡。吃完饭两个人隔着桌子发呆，不知道干什么。安静地坐了一会儿，纯子走上阳台，我在房间里看着站在外面的纯子，想过去跟她站在一起，却没有勇气。正在犹豫的时候，纯子转过身对我说，外面天气很好，尚笑要不要出去走走？我对她点点头。

走出楼道登上台阶，外面果然天气很好，正如纯子说的，好像是下过一场很大的雨，所有地方都湿漉漉的，地上还有被打落的树枝，简直可以认为是台风过后的景象。太阳很足，有点过度耀眼，气温也很高，已经不是初春的感觉了。

我问纯子想去哪里，纯子说随便走走就好，想晒晒太阳。于是我们沿着楼门前的缓坡走过去，用很慢的散步的速度，路上我和纯子谁也没提昨晚的事。强烈的阳光把眼前景物的颜色渲染得过分鲜艳，刺激而又模糊，我感到自己依然很疲倦。走了一会儿，来到一处下坡的台阶前，这不是大路上的台阶，不知道通向哪里，看样子可以下山，也许能通到山下的住宅区，但两边却用铁网拦着，又似乎是一条没人走的死路。纯子说想在台阶上坐坐，可以看看山下的景色。我求之不得。

我们穿过铁网，不顾台阶上的水就直接坐在上面。其实从这里

在清醒与麻木之间

并看不到下面的街景，很多树挡在我们面前，只能看见树和天空以及咄咄逼人的巨大太阳。我掏出烟，点上火递给纯子，接着也给自己点上一根。

"尚笑，他们不想让我和你在一起的原因，你想知道吗？"纯子静静地说。

"嗯。"

"因为尚笑是外国人。"纯子看着我说。

我没说话，等她继续。

"哥哥把我们想结婚的事情告诉他们，他们很传统，不同意我和外国人结婚的。"

"这时代已经……"

"纯子知道，但是，那是没办法的事情。"

我停顿了一会儿没说话，本来想继续反驳，但始终没有合适的词汇，我感到有只手放在我背上，轻轻地放在那里，没有任何动作，却无比沉重。我看着纯子的眼睛，那里面什么也没有，一片荒芜。

"纯子也不会和我回中国，对吗？"

纯子摇摇头，不再说话。

她做出了选择，该我了。

后来，我们一直在那台阶上坐了很久，也说了很多话，直至太阳落山，只是再没有谈这件事。那天纯子没有住在我家，傍晚时离开了，也没什么特别理由，不然我一定会记得，好像是很久没回去住了，偶尔也要跟哥哥打个招呼之类的。纯子走了以后，我自己煮方便面做晚饭，吃完就开始抽着烟漫无目的地上网，偶尔回过头环视只有我一个人的房间，轻飘飘的陌生感。我站起来走了走，走去卫生间，走去厨房，又回到房间里，在床上坐了一会儿，接着走去阳台，想起白天的时候纯子还曾站在这里，回过头跟我说，尚笑，要不要出去走走？现在外面却只有昏暗的路灯光勾勒出一片寂寥。回到屋里，关好阳台门拉上窗帘，我做了几次深呼吸，打开床边的台灯。台灯光和电脑屏幕的光把我包围在有限的光照范围内，某种安全感，只存在于这片光照范围内的安全感。再度环视房间内黑暗的地方，已经再也感觉不到哪怕一点点纯子的气息，取而代之的是某种违和感，在黑暗中咄咄逼人的违和感，究竟是什么样的违和感？我能感觉到但无法明确认识到。最近一段时间发生的事情太多，突然静下来脑袋变得有些迟钝。

抽了不知道多少烟，也不知道自己在电脑前昏昏沉沉坐了多久，有些困的时候，我决定洗澡睡觉，纯子今天不在这里，对我来说也许是种解脱也说不定，我需要一个人静一静。去卫生间洗过澡，找出干净内衣换上，收拾掉碗筷，清理烟灰缸，关电脑，最后取了本书躺到床上，不过读了数页而已，困意渐渐变得浓重，我把书放在床头，关掉台灯。我闭起眼睛，意识渐渐恍惚，恍惚中我突然意识到那违和感是什么。纯子的东西都消失了，卫生间的毛巾、牙刷，衣柜里的衣服，厨房里纯子的筷子，床边的拖鞋，桌上的小玩意儿，书架上的书。纯子是什么时候收拾掉这些东西的？肯定不是今天，难道是去江之岛之前？我越是急于寻找答案，意识越是模糊，继而一个人沉入黑暗。

江之岛旅行之后的很多天，我和纯子都没有特别频繁的联系，偶尔一个短信，偶尔一个电话，也并没有什么实质性的内容。打工并不忙，一个人的时间多起来却不知道如何利用，没什么想去的地方，也没有想看的书，到新百合之丘的华纳电影院看过几场索然无味的电影，生活并没有因此而变得有趣。发呆的时间多过行动起来的时间。有几次在电话里问纯子要不要出去走走，纯子说很忙，我

与麻木之间

在清醒

也没再强求，也许她需要时间……需要时间做什么呢？不知道，但我已经准备好接受任何结果，这已经不是我仅凭一己之力就能怎么样的事情了。

终于在完全没有见面的两星期之后，一个周末，纯子来了消息，问我要不要去五反田的哥哥家见一面。我说好，不用想也知道，这是我们俩的见面，她哥哥肯定不在。

从五反田车站出来，我抽着烟慢慢走向纯子哥哥家。天有点热，周围很静，格外静。一边走我一边巡视四周，街上的人并没有比平时减少许多，他们穿着应季的春装，男人换上质地很薄的西服，女人换上鲜艳漂亮的裙子，空气中流淌着某种暗示他们心情很好的味道。看着这些人轻巧地从身边走过，我一路猛吸着手里的烟，走完最后一道坡路来到公寓楼前面。我把烟头掐在路边花坛里，抬头仰望纯子哥哥家所在的楼层，深灰色的外层涂装，让整栋楼在晴朗的天空下显得坚硬且棱角分明。

自动门发出低沉的嗡嗡声向左右闪开，进入公寓，它们又再度发出同样的嗡嗡声工整地合在一起。我的脚步声回响在楼道里，走进停在一层的电梯，关上门，数字指示灯机械地跳跃出不同组合，把我带向纯子那里。在电梯轻微的噪音干扰下，我有点魂不守舍，心里有种说不清的紊乱，不知道什么时候开始心脏跳得很快，闭上眼，我深呼吸了几次想让自己平静下来，却不太成功。走出电梯，来到纯子哥哥家门前，我把手轻轻贴在冰凉的材质不明的公寓门上犹豫了几秒，最后做了一次深呼吸，按响门铃。过了一会儿门从里面打开，纯子穿着睡衣出现在门后。

"不问问是谁就开门吗，纯子？"

"知道是尚笑，纯子知道的。"眼前的她看起来很疲倦。

把我让进房间内，纯子在我身后轻轻锁上门。屋里很黑，没

有开灯，少量的自然光从厨房的窗外投射进来，只照亮了很小一块地方。我在门口换上拖鞋，跟随纯子走进卧室，不知道什么时候这里多了张床，铺着看起来似乎很柔软的褥子和毛巾材质的薄被。纯子把我引向床边，自己爬回床上，半坐在一片静谧的灰暗光线中，沉默地看着我。我看了看纯子，面对她坐在床边，当我把手伸向纯子时，她主动伸出手跟我握在一起，熟悉的触感在我手里扩散开。忘了有多久，我们谁也没说话。我握着纯子的手沉默着，低头看着地面，纯子同样一言不发地看着我，我知道她在看着我，我能感受到她的视线停在我脸上，房间里安静得让人昏昏欲睡，没有一点儿声音，她的视线仿佛一条绷紧的细线悬在我和她之间。这让我又回忆起身处纯子大阪家里的那个晚上，那天我们也是在黑暗中各自沉默着，之后……我摇摇头摆脱脑海里那些遥远又模糊的画面。

"纯子最近好吗？"

"嗯，纯子很好哦，但是有点失眠，昨天晚上也没睡好。"

"是吗……"

我很想和纯子说对不起，关于那天在海边我所有的失控情绪，但僵持了很久都没有说出口，不是没有勇气，更近似一种绝望感，而房间里的灰暗更加深了这种绝望感。我紧闭嘴唇，只是继续握着纯子的手，嘴里干涩得要命，想试着咳嗽一下，但又担心多余的声音会打破我和纯子间暂时保持的某种精确而又脆弱的平衡感，似乎这种说不清的平衡感只要稍加干扰，就会连同整个世界一起分崩离析。

"尚笑，我们分手吧。"纯子声音很小地说，我不知道她当时的表情。

我继续低头看着地面，没有回答，那之后的一段时间里纯子并

没有催促我，我们依旧手握着手一动不动坐在那里。该说什么？不知道，我心里清楚，除了同意，我没有第二个选项，无论我怎么去努力说服纯子，这是在我们达成共识之前就已经形成的既定事实，任何人都无法轻易撼动的事实。我努力思考这件事，全无头绪，是谁把这种东西塞进我脑袋里的？不明白，太多的不明白充斥着我的大脑。因为我是外国人，那天纯子对我说，但我不太能接受。如果我能去见她的父母……他们不会见你的，另一次纯子也这样说过，是的，好像是说过。思绪带我回到那个在江之岛的夜晚，这个既成事实就是那片黑色的海，我想，任凭我再怎么用力去拍打去破坏，都无法撼动其在我理解范围之外的莫大的存在感。

在自己终于精疲力竭之后，只感到无限的挫折与无奈，还掺杂着一些空虚，虽然我还不想承认自己的失败。不过这已经没什么意义了，从一开始，我就没有赢的可能，所有具备的条件都指向失败这个结果，于是我失败了。这样胡思乱想着，不知道过去了多久，等我好歹想起要抬起头看一眼纯子，才发现眼睛已经渐渐适应房间里的灰暗，而这时候我似乎能看见纯子在哭，但是并不确定。我不由自主地轻轻叹了口气，对着她点点头。纯子开始用力握我的手，我没有回应她，我想马上离开，这气氛让我有不断下坠的感觉，我想逃走。周围的空气有些稀薄，至少我这么认为，手也慢慢失去力量，要不是纯子仍然握着它可能早就滑向床边了，胃也绞在一起，恶心得想吐。这时，纯子的声音仿佛从很远的地方传过来，尚笑？没问题吗，尚笑？我努力集中所有的意识去感知那声音，确认那是纯子发出的声音后，再度点点头。

"对不起，纯子。"我小心翼翼地用类似自言自语的声调说，没想到将情绪转化成语言会让我如此疲惫不堪。

"不是尚笑的错哦。纯子知道的。"一旦能开口讲话，意识全

部恢复，这次我清楚听到了纯子的声音。

"那就按纯子说的，我们分手。"我说。承认这个既定事实后，轻松了很多，空气不再稀薄，力量重新回到身上，胃里的痉挛也马上舒展开，我甚至还勉强笑了笑。

"谢谢。"我对纯子说。

纯子摇摇头："要做爱吗尚笑，最后一次？"

这次轮到我对纯子摇摇头，我感觉不到任何欲望，甚至是拥抱纯子的欲望，哪怕是最后一次。突然间我决定放弃了，放弃所有能感知到的所谓感情，思路变得清晰起来，不再留恋不再犹豫，只想尽快摆脱这里，一个人回到街上去。我放开自己握住纯子的那只手，站起身，跨步离开纯子的房间，走到外面，确定纯子没有跟出来，我替她关上走廊的门，所有动作极具连贯性地一气呵成，没有丝毫拖泥带水。之后我站在无人的楼道里长长出了口气，慢慢点起烟，深吸一口，说不出的满足感。平静地看着楼道窗外初春的阳光，我关上了另一扇门，心里的门。

回到街上，我去最近的自动贩卖机买了罐装咖啡，身体靠在贩卖机旁边的马路护栏上，几乎是一口气喝了下去，之后慢慢调整呼吸，让自己的情绪稳定下来。从一开始的紧张到沮丧再到最后的冲动，和纯子见面不过二十分钟，感觉上却是已经过去数小时般漫长，时间感过于模糊，几种情绪被压缩在极短的时间内释放出来，让我有点招架不住。喝完咖啡，我又慢慢抽了根烟，才往车站方向走去。回去的路上我放空了脑袋，没有想任何事情，只是任凭自己机械地走在路上，坐在电车里，回到家便栽到床上睡到天黑。一个人醒来后，才确实地感到纯子已经离开自己了，轻飘飘的孤独感飘荡在四周，挥之不去，如同不小心撞到了飞扬在空气中的那些透明蛛网，缠在手上，缠在脸上，缠在无所适从的低迷情绪里。

"尚笑，在日本用日本的电话跟你说话真想不到啊！"纯子说。

"我也是，你还在大阪？"我说。

一千个破碎的白日梦。

二十三　町田

　　第二个樱花花瓣铺满和光坡的季节，二年级开学第一天，我两手空空走在去大学教务处的路上，只在兜里装了一根黑签字笔。我剃了头发，换上干净衣服，脚下一双新买的DC新款球鞋。身边走过在学校经常见面的家伙，我就打个招呼，不过大多数都是没见过的一年级新生，我也变成了那种被称作先辈的角色，有点得意。和纯子分开后，我以为自己会消沉一段时间，结果我很快就重新打起了精神，并在开学前一个人搬了家，搬到生活更方便、街道更繁华、直到离开日本我都一直住在那里（中间离开一次又返回）的町田，一个东京最西边、紧邻神奈川县、充满活力而又乱糟糟的小地方。

　　直到现在，我仍然喜欢称町田才是我的第二故乡，而不是笼统的所谓的东京，因为这实在是个有意思的地方。这里名人出过不少，包括像远藤周作这样的大作家，还有Puffy的大贯亚美那样的知名音乐人，足以载入日本摇滚乐史的大师级乐队Luna Sea也是出身自这里。另外，足球选手据说也有很多，不过我不喜欢足球，基本上叫不出名字。瑛太和松田龙平主演的《真幌站前番外地》也是在这里取的景。后来听工作关系上的朋友说町田是治安很差的地方，并曾有"西部歌舞伎町"之称号，不过那都是以前的事情，至少我搬到这里的时候已经没什么感觉了，但其繁华程度的确不一般。小

田急线和横滨线都是赫赫有名的电车热线，小田急直通新宿和江之岛，横滨线则顾名思义直通横滨，另一端则是重镇八王子。因为附近大学很多，围绕町田车站，大大小小不下十余条大型商店街挤满了附近的年轻人，风俗店、柏青哥店、拉面店、女仆咖啡厅遍布其内，站在著名的109商场门前完全分不清自己究竟是在町田还是在涩谷，一家HMV、一家Tower Recorder、一家超大的Bookoff是我最常光顾的地方，再往深处走的话，还会遇到黑人兄弟上来拉住你，拼命推销那些贵得要死的Hip Hop服饰。其实我老觉得，在日本，黑人兄弟的出现是一个地区繁华的标志，普通的住宅区和商业区不会看到他们，他们只会去年轻人聚集的地方，而年轻人喜欢聚集的地方则大多是发展相当出色的地方。

总之，从我走出町田站的瞬间就已经喜欢上了这里。说到喜欢这里，还有另外一个更大的原因，就是如果住在这里，便不用再跑去新宿涩谷等地方了，该有的这里几乎都有，对我来说，"进城"坐很久的电车跑去市区实在是件很麻烦的事情。

新家的位置在走出横滨线町田站南口后，沿境川再向西走约十五分钟，一个叫作鹈野森的地方。那里基本上就是一片安静的住宅区，除了两间寺庙、两间神社以外，再无其他值得瞩目的建筑，记忆中的鹈野森白天几乎没什么人，几间便利店出入的客人也只有很少的高中生和家庭主妇。我住的房子就在某家便利店旁边，标准单身公寓，木质结构的廉价出租屋，房间面积约榻榻米六贴，过道里一个厨房、一个能洗澡的卫生间，屋里一个中等大小的收纳，外面一个几乎可以算是不存在的微型阳台，这就是全部了，并且终日不见阳光，白天都要开灯。不过房租也相对便宜，好像是三万日元一个月，以这个位置来说，也许不会有更便宜的物件了。

准备搬家的时候，我雇了一个日本老头儿经营的搬家公司，

实际上整个公司只有他一个人。我在网上查便宜搬家公司的时候，他的信息被登录在一个类似中国赶集网那样的地方，没有图片，没有留言，连住址都没有，只留了一个手机号码。我打电话过去，那边不客气地问了一些简单的情况，诸如我这边几个人住，有多少箱子和大件行李之类，之后谈好价钱，最后问我能不能帮忙一起搬。我说当然可以，可我听说的日本搬家公司都是有相当数量的工作人员一起来，声势浩大地帮客人给行李打包，甚至打扫，更甚至扔垃圾，我在一边玩电脑、抽烟、看书即可，没想到会被问能不能帮忙搬。不过我也没多问，毕竟第一次雇搬家公司。

搬家当日，在差不多约好的时间里，我给搬家老头儿打了个电话，问他还有多久，他说马上到，让我去门口迎他一下，怕找不到。我挂了电话走到外面，刚出来就看见一辆白色的轻型卡车慢慢开过来，最后犹豫着停在离我不远的地方。那天天气很好，太阳很足，有春天的味道。我站在太阳下面点起烟抽了一口，眯着眼看着这辆车，简直像乡下拉蔬菜的，应该不是搬家公司，我想。正想着手机响起，我接起来说话，你好你好，同时看到白色轻型卡车上走下一个老头儿，也在打电话。我听筒里传来"哦哦哦"的声音。我试探性地向他挥挥手，他也向我挥挥手，就是他了。老头儿看上去估计有六十岁，头发稀稀拉拉地白了将近一半，身高不到一米七的样子，穿什么衣服已经忘记了，印象中是那种很不起眼的角色。等他走过来，我问他是否某某搬家公司的，他说是，我问他是否一个人，他说是。我很怀疑他能不能帮我搬家。

确认好相关事宜后，他让我等一下，要把车开近点，我说好的好的，于是进屋去等。因为前晚我已经把东西大致收拾好了，现在房间里只有几件不起眼的家具和三五个塞满的纸箱子。老头儿走进来看了看，钻进浴室，又出来看看厨房，最后站在房间里一脸嫌

与 麻木 在 清醒 之间

麻烦的表情。我一边抽烟一边看着他，这家伙看起来完全没有干劲嘛。等我抽完烟把烟头掐灭在烟灰缸里，他终于开始有所行动，而第一件事就是命令我跟他一起搬床，我说好，于是我们把床搬了出去，之后返回。他又命令我一起搬冰箱，我说好，于是我们把冰箱搬了出去，之后返回。他又命令我一起搬电脑桌，我说好，于是我们把电脑桌搬了出去，之后返回。他又命令我一起搬洗衣机，我说好，于是我们把洗衣机搬了出去，之后返回。最后我们每人搬了几个纸箱子，就算彻底搬完。期间还摔坏了一个闹钟，因为是我自己掉在地上的，老头儿一句话也没说，头也不回地自顾自忙着，我也只好自己捡起来。

　　都装上车后，我坐进副驾驶，车里有一股被太阳烤过的陈旧的铁味。拿出新家地址给老头儿看，老头儿从上衣兜掏出眼镜戴上，对着我抄在纸上的地址琢磨了一会儿，很近啊，他自言自语说。是啊，我也好像自言自语地说。摇下窗户，我和老头儿各自点上烟，发动，挂挡，出发。

　　一路上经过了什么地方我完全不认识。东京这地方平时不开车的话很少会用到公路，只要知道各个电车站的位置便几乎可以去任何地方了，所以，我虽然心里知道很近，却完全不知道老头儿走的什么路，并且一路上的景色也都差不多，分不清自己在哪儿。七拐八拐地慢慢跑了大约十五分钟后，老头儿在一个路口停下来，跟我说需要再看一下地址，我拿给他，他又一次戴上眼镜，用好像在确认面包上是否沾了脏东西般的表情看了一会儿，接着抬头看看四周。嗯嗯，他自己嘟囔着，接着把纸含在嘴里，向左转方向盘，拐过弯走了不到二十米，我发现居然到了新家入口，原来第一次看房时我是从对面过来的，这个方向完全不认识。

　　确认了地址，我先去打开房门，然后在老头儿的命令下又把不

Between sobriety and numbness

久之前刚刚装上的东西一一搬下来，俩人再合力抬到屋里去。这次老头儿表现出了一点点职业精神，每样东西都问我放这里好不好，放那里可以不可以，我给他发出指示，不过还是得我和他一起动手。所有东西都摆放到我希望的位置后，老头儿回车上拿了张票据过来，让我确认后签字，类似合同的东西，我马马虎虎签上名字后付了钱，老头儿说了句不加敬语的"谢谢"就转身走了。从头至尾他没有过任何可称作表情的表情，也没有流一滴汗。

听着外面轻型卡车离开的声音，我坐在床上开始重新审视这个房间。房间里没开灯，冰箱、桌子、电脑、洗衣机、纸箱子分别缩在各自的阴影里，来自不同方向的微弱反光在一片昏暗中显得了无生气，外面却明明是春日里晴朗舒适的午后时光。哎，我叹了口气，冷静地坐下来以后才觉得，这里简直比那个半地下室还要让人沮丧。这些屋里的摆设，包括榻榻米、地板、材质不明的墙面和木质房顶看起来那么不友善，仿佛是我在错误的时间和"他们"一起出现在了错误的地点，虽然都是一直在用的东西，却散发出强烈的陌生感。也许是心情的缘故吧，我想。看房时还挺满意的，很快便决定下来，现在又如何觉得这会是一个错误选择呢？我站起身找出烟灰缸，给烟点上火，默默抽了搬来这里的第一根烟，之后才感觉好了一些，暂时，不管以后怎么样，我暂时属于这里，我对自己说。这里也暂时属于我一个人。

突然想起来，搬到这里的第一天还发生了一件……可以用不舒服来形容的事情。在我收拾好所有杂物后，我先洗了个澡，之后躺在床上听音乐休息，想就这么睡一觉，天黑了再起床吃东西。躺在床上再一次环视房间，突然注意到收纳上边还有两扇小门，是一个顶柜，到刚才为止一直没注意到。既然有顶柜，就可以再空出些收纳的空间了，应该把暂时不用的东西全部堆到里边去。说干就干。

与
麻木
之间

在
清醒

我搬出凳子踩在上面，打开顶柜后伸手进去摸，原本只是打算确认一下是否干净，实在懒得再擦一遍，结果居然摸出一本某某高中的毕业纪念相册，很厚实，墨绿色的装订，盖着一层很薄的灰尘。跳下凳子，站在顶柜下面我开始好奇地把相册打开，里面的相片按班级和年级清楚地区分开，每个学生都有独立的照片，并且标注着名字，还有各种合影。在翻到某一页的时候，发现有个女生的脸被粗签字笔涂黑了，名字也是黑的。又翻了几页，在一张合影里也有一个女生的脸被涂黑了，同一个人，再翻几页，另一张合影，又是这个女生的脸被涂黑了。

　　一张张黑白照片里，统一的黑白校服，女生黑色的脸，映衬着其他学生木讷僵硬的表情，照片里所有人都无精打采地半睁着眼睛面向镜头，看得时间久了会觉得所有人都长着同样的脸，外加一张被涂黑了的脸。我突然想起那个叫作"妹妹日记"的恐怖故事。翻到最后一页的时候，这个脸被涂黑的女生会不会就已经出现在屋子里了？想到这儿顿时后背一片发麻，我拿着相册不知道是该继续看下去还是立即合上。那时屋子里只有我一个人，白色的日光灯把屋子照得雪亮，丝毫没有任何情调的白骨的颜色，外面则一点声音都没有。如果我没有翻出这本被搁置在隐蔽角落里的相册，就这么住下去……打消了睡觉的念头，我迅速穿上衣服，拿起相册跑到街对面的垃圾站，用力将其塞到一堆垃圾的最深处，接着走去町田商店街，找了间拉面店，痛痛快快吃了碗放满厚实大肉的骨汤拉面，才算摆脱了那本奇怪相册的阴影。回家的时候又顺便在便利店买了黄色灯泡，天黑后把室内灯光换成了多少温暖些的黄色。

　　总之，真遇到事情了才发现，原来我还挺迷信。

　　搬家和相册事件其实都挺无聊，不过既然已经讲了，干脆再讲点好了。说说拉面。我本身并不是特别懂拉面，只是爱吃而已，而爱吃拉面的人有很多，比我懂的人一定也有很多。就像电车迷会到处坐电车拍电车研究电车一样，作为一个不太够格的拉面迷，我虽然没去研究过，但每次搬到新家都会先把附近的拉面店转一遍，看看装修，看看菜单，就大概能明白是不是符合自己口味了。当然，这是到日本后才渐渐养成的习惯，刚来日本的时候的确没这么做过。

　　住进第一个家的时候，也就是住在成增的时候，我完全没有对拉面产生过任何兴趣，更没有主动去找过什么拉面店，只是单纯地当饭吃而已，赶上肚子饿的时候，如果眼前正好有家拉面店就进去吃一碗，不过如此。印象比较深的是有次出去玩回来，已经差不多夜里十二点了，几乎是末班车回来的，下车后想着要不要吃点东西，正好看见成增站前有个老头儿推着车卖拉面。这种场景以前只在日剧里看过，《悠长假期》？还是《恋爱世纪》？总之是木村拓哉坐在那种拉面小车前吃拉面的样子给我留下了很深的印象，不是木村留下了很深的印象，是那个拉面小车。坐在木头凳子上，躲在小布帘后面，只给路人露出个后背和屁股，一个人喝着啤酒、吃碗拉面，说不出的幸福感，简单的幸福感，没有杂念的幸福感，拉面是不是好吃根本不重要，关键是气氛，当然真好吃的话就更完美了。现在我早已忘了那家拉面的味道，那时候的自己也不知道拉面还要分骨汤啊、味噌啊、酱油啊、盐啊之类的，拉面就是拉面，正饿得发慌的时候能填饱肚子，这就是一切了。现在想起来，那不过是一碗普通的酱油拉面而已。

　　第二个印象比较深的是和李住在小岩时吃的那家大肉面。冬天的时候几乎每天晚上打工回来都去吃一碗，那是第一次吃到真正的猪骨拉面。关于那家店前面已经说过了，就不在这儿多说了，虽然口味单一，但我认为那家店也算是把猪骨拉面做到……极致谈不

与麻木之间在清醒

上，不过其水准也足以征服普通食客了。

而搬到町田来以后，对我来说简直就是走进了拉面天堂。因为町田的繁华地段比较集中，所以拉面店的分布也比较集中，十几条大大小小的商店街里几乎都有拉面店。我用最开始的两天时间疯狂试吃了大约六七家店，包括相册事件那天吃的，最后选出了一家我认为可以经常光顾的，也算了了一桩心愿。但我仍旧不知道哪家比较出名，也许都不出名，选择那家店只是觉得适合自己，也许真正好吃的，我根本就没发现。不过没关系，我只满足于想吃什么就能够马上吃到的快感，仅此而已。因为我很怕麻烦，就像前面说过的，住在町田就可以不进城了，同理，我也不想为了吃什么东西还要坐电车或者走很远的路，在有限的选择范围内选出一个适合自己的，我很享受这种不起眼的满足感。

举例说，远处有一个公认的好的面馆，近在咫尺有一个很一般的面馆，我会毫不犹豫选那个很一般的面馆，任凭别人再怎么给我推荐，出于礼貌或者面子，我也会去一次那个所谓好的面馆。不过，剩下我一个人的时候，好的标准只有一个，不麻烦就是好，唾手可得的魅力，远大于要通过某种努力才能最终得偿所望的成就感。另外，我从来不去门口排大队的店。日本有很多那样的店，明明店里只能坐下十来个人，门口却排着几十个人，吃一碗拉面，从放蒜泥开始（不给客人准备蒜泥的拉面店可以放火烧掉了），到喝完最后一口汤（这是个礼貌问题，当然真吃不下的话也不必强求）不过十几分钟的事情，却要花掉数倍的时间去排队，我真的想不通，终归最后会变成大便而已，何必呢？是的，比起有多么多么好吃，町田这些拉面店的好处更在于，走过去只需要一根烟的时间，并且从来不排队。

不过说到底，我对吃这种事，基本上一直以来都不抱有太强烈的欲望。标榜自己爱吃拉面，最后也只停留在爱吃的阶段。与其花掉大量的时间成本去搞吃的，不如去搞点更有意思的事情。比如？

比如去Bookoff淘旧书。二手书在全日本都很流行，品相没得说，种类也是齐全得一塌糊涂，并且便宜。在中国的时候就很喜欢日本作家的小说，尤其是村上春树和五木宽之，不过只读了中文版，来日本后开始重读日文版，或者比较着看，琢磨琢磨翻译的不同之类的问题，这种时候就用到Bookoff了。这应该是全日本最大规模的二手书店了吧？当然也有唱片和电影。写毕业论文那会儿用到的参考书几乎都是在这里买的，另外还有一套日语版《挪威的森林》的精装书也是在这儿买的，二百日元……

又比如，去HMV或者Tower Recorder或者Disk Union淘唱片。最早知道HMV是新裤子去香港演出的时候，记忆中买了一张Luna Sea的精装版演唱会，很贵，没舍得买更多。不过来日本后真是花了不少钱在这上面，因为实在是太方便了，只要走进去基本没有空手出来的时候。在可以找到全世界最新唱片的地方，看见什么都想来一张，当信息量大到一定程度后，我的选择恐惧症就自动消失了，就变成了冲动购物症。不过也正因为如此，渐渐接触到很多以前完全不会去听的音乐，甚至有一次买了张德国民歌专辑，并且真的听了很久，简直不可思议。关于Disk Union在这里多说两句，可能知道的人不多。与HMV和Tower Recorder不同，除了新品，这里还有大量的二手唱片，并且值得瞩目的是这家连锁店在音乐风格上划分得更具专业性，也就代表了淘货时会更方便。町田这家店记忆中是以金属乐、爵士乐和DJ素材唱片为主的，店里有大量黑胶唱片。新宿本店则更是细化为摇滚乐与金属乐专营、布鲁斯专营、爵士乐专营、古典乐专营，等等。个人认为非常值得推荐给想去日本淘唱片的家伙。

与 麻木 在 清醒 之间

综上所述，吃拉面、买旧书和淘唱片，基本上就是我在町田开始的全部新生活了。既然回到家也是一个人，不如到街上去打发时间、排解孤独。每天除了打工，我就在这十几条商店里听着音乐散步。买了几件春天的衣服，给家里新添了一个二手书柜，同时书和新唱片的存货也随着我不断散步渐渐多了起来。而没有了纯子的独身生活能够顺利展开，也多亏了町田的热闹繁华，唯一遗憾的是没在这里认识什么新朋友。散步固然有趣，但终究还是一个人，一个人吃饭，一个人购物，一个人坐在街上发呆，一个人自言自语，直到大学开学我一个人空着双手去学校报到。进入四月，气温逐渐升高，樱花花瓣再次把大学通学路的地面染成粉色。

对于新学期的开始，我相当期待，当然不是喜欢上课，是因为上课可以填补我多到忍无可忍的空闲时间。毕竟每天出去散步，再大的地方也都转遍了，在散步开始变得无聊之前，总算有新的事情可以忙碌了。并且一年级的时候没怎么正经上课，学分少得可怜，从二年级开始，我给自己安排的时间很满，想把学分一口气追回来，后来我也真做到了，二年级结束时所得的学分是一年级的两倍。

上课的日子没什么好说的，准备直接跳过，实在是没什么重点。于我来说，上课和不上课唯一的区别就是，上课时出于礼貌必须老实坐着，不能随便走动，会妨碍到别人。不上课的时候，想干吗干吗，没什么其他的事情，反正上课时想的也都是和上课本身完全无关的事情。

不过说实话，也有些小收获，除去利用上课时间看完好几本小说以外，我还知道了森山大道这个人，一个看起来只是拿着卡片相机随处乱走乱按、干净整洁、面无表情的安静的日本大叔。但我在他的照片里发现了某种能令人瞬间闭嘴的力量，仿佛照片

在对我说，喂，你给我安静点。尤其是他拍的动物，比如那条著名的低着头的黑狗，我能一直盯着那狗眼看好几个小时，说不出理由。让我这样的摄影外行去评论他的作品显然做不到，并且不敢，要说个人感受，朦朦胧胧，我会觉得某些时候我自己脸上也会浮现出那条狗的表情。

其他的就谈不上是收获了，都是些无用的东西，有的是自己观察来的，有的是听别人说的，只是课间打发时间聊天的话题而已。比如有个女老师很喜欢《指环王》里面那个精灵弓箭手，每次上课她都要唠叨几句，说自己去看了好几遍《指环王》的电影，就为了等精灵弓箭手出场等等，理解理解，那家伙确实一出场就迷倒了一片少女少妇。我也喜欢《指环王》，同样看了好几遍，但喜欢的是电影本身，而相比精灵弓箭手，我更喜欢那个老矮人战士。另外，还有一个教神话学的老师，一个安静的老头儿，平时总是一个人低着头在校园里走来走去，跟他打招呼的话会得到一个友好的微笑作为回报。说是神话学，他是主要研究《西游记》的，而说起研究《西游记》，他并不太关心那四个主角，却专门研究《西游记》里面的怪物。我没上过他的课，不知道他会讲些什么，也许日本人喜欢吧，我个人则更喜欢《西游记》的变种版，也就是鸟山明的《七龙珠》。说起来我们这一代人也挺有意思，不知道从什么时候开始，就变成是"看着日本动画和漫画长大的"一代人了，这在中国可能没什么，但在日本跟朋友说起这种事，多半他们都会是一脸的惊讶。中国的电视台居然放过《圣斗士星矢》？他们会这么说。当然了，除了动画，我还曾经拥有一套《圣斗士星矢》的正版漫画呢，我会这么回答。

说起来，二年级开始后还见了几次岳程，他很久没登场了，就是劝我考和光大学的那个家伙。其实我们在一起也没干什么正经

事，有时候是一起出去喝酒，有时候是和他漫无目的地到处溜达。现在想起来，整个大学一年级，纯子就是我生活的绝对中心，除了她，我似乎很少见别人，这状况直到二年级开始后才开始转变。

当时还有个女孩子叫张雪，在北京的时候也是一直跟新裤子一起玩的好朋友，她也来了日本，并且也来了和光大学，可是跟她见面的时候不多，我不知道她每天都在忙些什么，记忆中好像根本就没在学校里见过。但是有一次，我忘记是谁的主意了，他们组织了一次相当热闹的聚会，是个可以在现场临时组成乐队演出的大聚会。因为我会打鼓，跟他们又是老朋友，自然进入了被邀请名单。

关于那次盛大聚会的细节已经记不清了。有点印象的是聚会之前我们先去了一个酒吧，在那儿我见到了其他被邀请的人。一个是岳程的朋友，感觉上很奇妙的吉他手，据说是一个建筑工人，很高很瘦，戴着一副相当复古的眼镜，话不多，很能喝。另外还有几个张雪叫来的女孩子，都是和光大学的，因为是高年级学生，所以在学校里没注意过她们，三个人都很可爱，求之不得，遗憾的是我忘了她们的名字，也许再也不会见到了吧。

聚会开始后，我们放着音乐喝喝酒聊聊天，这是热身时间，人基本到齐之后，便开始带着乐器上台去胡搞。别人都有模有样地拿着吉他、贝斯键盘，插线、调音忙成一团，我只在兜里插了两根鼓槌走上台去，因为地方不大，所以鼓这边没放麦克风，所以完全无所事事，不用调音的我只是坐在鼓后面继续跟台下的人聊天。记忆中开场演出的第一组，是我和那个奇妙的吉他手，以及另一个不认识的弹贝斯的家伙所组成的三人组。因为是临时乐队，既没有排练，更谈不上什么固定曲子，弹贝斯的家伙随便弹了几个调子来回重复，剩下就是我和那个吉他手随便发挥了。一塌糊涂。不过能看

出来，另外两个人绝对不是新手，虽然曲子本身一塌糊涂，但完成度还算可以，途中没人掉链子，即兴发挥得恰到好处，并且一开始就胡乱演了将近三十分钟，后来实在坚持不下去了，我才招呼另外两个人停下来，胳膊都麻了。不过掌声很热烈，那是因为大部分人都喝多了，我觉得。在我们后面上台的是一个四年级的眼镜男，他拿着吉他上来表演了几首他自己写的歌，我帮他打了两首，但不太喜欢那种黏糊糊的J-Pop，后来就换别人打鼓了。一直到聚会结束，我都在外面和女孩子们聊天。

那个自己写歌的眼镜男，聚会后过了很久，我在学校里又看见他一次，头发长了很多，满脸倦容，被一片灰蒙蒙的光所笼罩着，我看见他时，他正无精打采地坐在一处台阶上独自啃面包。主动过去打招呼，他愣了几秒才认出我来，我说你怎么变得这么颓丧？出什么事了？他说没什么，只是一直在家写毕业论文，基本上是自我封闭状态，现在脑子有点混乱而已。

这是我对毕业论文这种东西的第一印象。

与 在
麻木 清醒
之
间

二十四 Lineage II

　　重拾记忆，有时候很简单，有时候很难。好吧，这基本上是句废话，而且用简单和难来形容，恐怕不太合适。那么，重拾记忆，可以这样说，就像当时那些事情发生的时候一样。发生之前谁也没办法去预知未来，大概的一般性的计划当然会有，但不会涉及那些细枝末节，那是无法判断的，只能交给命运，并且很多时候命运会带来惊喜，无论是好的惊喜还是坏的惊喜，个人计划在命运面前也总是很容易全盘崩溃。比如，计划应该是从A至E的顺序，结果走到D的时候，发现自己即将面对的不是E，而是H突然跳出来挥挥手。这是叫作命运的家伙经常耍的手腕，生活因此而变得更有趣，或是更凄惨，谁会知道呢？现在回忆起来也同样如此，只能大概计划下一章要写什么，却无法预料在写的过程中又会突然想起什么来。那些临时想起来的事情总会打乱我的计划，和那些随机发生的会打乱我生活的突发事件一样。比如我写纯子的时候（此为A），会突然想起大学生活里某个有意思的片段，因为暂时没办法插入故事，只好姑且记下来，留着以后写（此为E）。但当故事的流程发展到那个阶段以后（此为D），却莫名其妙地拐向了另一个方向，那个有意思的片段不再合适了，但我已经确实把"它"列入了计划，这样，我就不得不面对一个新的开局（此为H）。

束手无策。

当然，按照计划硬写下去也不是不行，把与计划无关的事情全部踢飞即可。但这牵扯到我对我自己是否抱有一定程度上的忠诚度的问题。如果是"胡编乱造"的纯小说（或是由别人来写我），自然可以按照计划一步步慢慢写下去，就算有时候可能会偏离初衷，但毕竟是虚构之世界（即别人的人生），那么稍稍加以修正即可。但我不能对自己说谎，我无法修正已经发生过的真实事件，也无法修正自己对那些过往之事所抱有的真实情感。在记忆的深色河流里，我能选择的落脚点实属有限，无法阻止其按照其本身的流势将我一路带向现在。一旦深陷其中，与其说是我在写，不如说是记忆这一虚幻的活物，通过我手指敲击键盘的运动不断还原它自己，不断延伸，不断生长，甚至是有点野蛮地生长，除非我自己将其扼杀。可毕竟已经意淫了接近十四万字，十四万字哦，傻瓜才会停下来。

从现在开始，说一说小陈，并讲一个跟小陈有关的段子。其实小陈在前面已经有过一次短暂登场，短暂到只登场了八十三个字。就是那个喜欢玩游戏的，跟我一起在蔬菜配送站里做蔬菜分拣的小陈。

刚认识小陈的时候，我和纯子还住在玉川学园，那时候他就已经住在町田了。我去他家玩过几次，确切地说不超过两次，一次是自己去的，一次是和纯子去的。每次去他都在玩游戏，基本上所有的休息日他都在玩游戏，对于我来说，小陈等于游戏这个说法几乎是成立的。但我没有请他去过我家，第一，我家很小，还是两个人一起住。第二，也没什么可玩的。不过自从我搬到町田之后，情况有了改善，房子面积虽然没什么变化，但只有我一个人了。另外，因为和小陈的关系越来越好，我也开始试着玩他所玩的游戏。

《LineageII》，中国翻译叫《天堂II》，韩国出的，几乎是当年最有人气的一款游戏。不过游戏的事情稍后再说。

我搬到町田以后，因为离得近，有时候他会主动过来坐坐或者我们一起出去吃饭。这家伙几乎不喝酒，并且不抽烟。玩游戏的时候，唯一能帮助他消耗时间、分散压力的就是嗑瓜子，他在我家倒是没嗑过瓜子，因为我只有一台电脑，没办法两个人一起玩，而且我家也没有瓜子。

来往的日子长了，他来得也越来越频繁，后来我们开始商量搬到一起住，这样就可以一起玩游戏了，目的相当单纯。那是二〇〇六年年初的事情。

先回到二〇〇五年年底，记忆中应该是新年之前，有一次小陈来找我玩游戏，不知不觉玩到天黑，我们准备出去吃饭。那天很冷，下午开始飘起雪花，渐渐越下越大，天黑以后虽然停了，但地上已经积起很厚的雪。穿好大衣，我和小陈走出门，目标是车站前的家庭餐厅。出来后走了不到十米远，也就是刚走出楼道，踏上雪地的时候，我突然发现脚下踩了一个东西，埋在雪里的硬邦邦的东西，不过又不像石头或者木头那样有着决定性的硬度。我一脚把那个东西从雪里踢出来，居然是个钱包。钱包！我和小陈对视了一下，兴奋地把钱包捡起来，打掉雪，翻开，却发现里面没有钱。准确地说只有几个硬币，没有大面额钞票。无聊，没劲，扔了吧，我们都是这么想的。不过，除了几个硬币以外，里面还有各种卡片和一堆打折券，随便翻了翻，我记得翻出一张健身卡或者借书卡之类的东西，是什么忘记了，不过那上边有失主的照片和电话。是个妞，长得还不错。

如果可以的话，我想把这称之为命运。

怎么办？我问小陈，小陈看看我，默默地掏出手机交给我，你

的日语比我好，他说。说得很自然，不带一丝邪念。我明白了。接过手机，我准备拨号码，拨之前又和小陈对视了一下表示确认，小陈点点头，之后我们站在雪地里哈哈大笑起来。确定打吗？我说。必须打！小陈说。打！于是我拨通电话，等了大概五秒钟，不过这五秒钟长得像五分钟。说不定是机会啊！两条单身狗这么琢磨着，而且还是个日本妞，简直就是拙劣日剧的情节，太喜剧了，太容易了，太奇迹了！

电话接通，我一时语塞……紧张，一片空白，不管怎么说，先从"你好"开始。你好！我说。对方也这么回答我，接着马上问我是谁，很谨慎的感觉。当然了，一个莫名其妙的男人打来电话，年轻女孩子总会很小心的吧？不过对话开始后，我有点放松下来。你是不是丢了钱包？我捡到了，需要的话还给你？在我说话的时候，小陈一直瞪起眼睛望着我，看起来比我还紧张，我想是因为他听不见对方的声音，只是一味听我说着"好，好，没问题"之类的话，状况不明。快约啊，约啊！他一定想这么说，我从他的表情就能看出来。那么，两个小时后在站前的家庭餐厅见，打扰了！最后一句话说完，我挂掉电话，把手机还给小陈。约了？小陈问。嗯嗯，快去家庭餐厅！我说。牛×！

龌龊，无聊，莫名其妙，欢乐。

从时间上来说完全不用着急，我跟丢钱包的女孩约的是两个小时之后，从我家走到家庭餐厅不过五分钟路程，但我和小陈还是兴冲冲地马上出发。我们计划的是要挑一个地形有利的座位，比如离入口稍远，却可以一眼看到入口的座位就是最佳选择，这样在跟本人打招呼之前可以先确认一下情况。完全是刚流行QQ的时候，出门见网友的心态。的确，万一是个恐龙怎么办？不过我们已经看了照片，应该是个不错的妞。但证件照谁信得过呢？

万一和照片完全不一样怎么办？难道钱包就不还了？要知道这样的话，用你的电话打了，冷静下来后小陈对我说，来的时候她会给我打电话吧？那边记得是我的电话吧？我说是的。失败啊失败啊，小陈唠叨了一路。

　　走进家庭餐厅，服务员迎上来递过菜单，招呼我们进去，结果我们路上琢磨的那种有利的座位居然全部有人，两个人又不好意思在门口叽叽歪歪，只好任由服务员把我们领向最不利的座位。在一个拐角里，完全看不到正面入口，并且离入口很近，这样的话，等到约定时间，失主推门进来，我们根本来不及反应，她就会"砰"地出现在我们面前，怎么办？事已至此，已经没有办法了。不过，还是有所期待吧？毕竟那照片看着还不错。后来的一段时间里，我和小陈一直重复着这个话题，明显是自我安慰！现在我能看出来他有点后悔了，不如干脆扔了，小陈说。其实我也这么想。

　　既来之则安之，我们随便点了咖啡和零食，看看时间，还有一个半小时以上，两个大男人坐在家庭餐厅里喝着咖啡，无聊地嚼着各种豆子和蛋卷，面面相觑。聊了一会儿即将到来的妞，渐渐话题没有了，开始环顾四周。客人不多，有情侣一起吃饭的，有高中生聚在一起写作业的，还有小声说话谈生意的，一言不发、默默喝咖啡的，只有我和小陈。

　　那么，既然时间还有很多，讲讲家庭餐厅好了。这种地方，中文翻译过来，名字虽然是家庭餐厅，不过这是一个日式英语，也就是日本人发明的英语，把Family和Restaurant合并起来，顾名思义，也就是可以一家人去的餐厅，随便吃点什么，或者只是喝杯咖啡，总之，既是餐厅，也可以作为消耗时间的地方。不过，我在那里面基本上看不到所谓家族一起来吃饭的，所以我一直不明白为什么叫家庭餐厅。一般来说，这样的餐厅基本上都是二十四小时营业，咖啡可以免费续杯，就像美剧里的那种街边餐厅一样，想坐到什么时间都行，只要不给别人添麻烦，在里面睡觉也可以，当然前提是得消费。随便要点什么，那张桌子就归你了，不会被轰走，也不会被催着买单，每次去都会产生一种赖着不走也没问题的奇怪心理。于是，很多高中生混进来写作业，或者逃课没地方去，就在这里坐到下课时间后回家，不过这是我猜的。亲身经历的话，是我和小陈一起住之后，有一次我忘记带钥匙，进不去家，就只好跑到这里面喝咖啡等小陈下课。这种时候，这地方就很好用，一杯咖啡一本书，只要房子不倒，理论上可以坐到下一次地震来袭或者爆发核战争，让全世界连同全世界的家庭餐厅一起同归于尽，廉价的自由自在。但话说回来，我还是不明白跟家庭有什么关系，这是我在日本留下的数个无法回答的疑问之一。

时间差不多了，关于家庭餐厅的事情本来就没什么可讲的，到此为止。我看看表，又看看小陈，小陈看看我，又看看自己手机，一副该来的总会来的表情，我们俩像法庭上等着被宣判的倒霉鬼一样，只等电话打来，一切谜底都将被解开。后来，电话就毫无预兆地打来了。

一阵震动，小陈迅速抓起手机看看号码，就把手机推给我，一边自己咬着下嘴唇点点头。我接起电话。

"你好，对对，我们到了。就在里面靠拐角的地方，能看到？"我一边说着话一边对小陈使眼色，我们同时扭过头望向门口，虽然还是看不到。小陈使劲抻长脖子，脸上混杂着完全无所谓和急不可待两种相当复杂的表情。等我挂掉电话，也几乎是挂掉电话的同时，一个女孩和一个与她年纪差不多的男孩手拉手拐过来，出现在我和小陈面前。完全没想到，居然是两个人……我们低估对手了！

与麻木在清醒之间

"你好！这是你的钱包吧？"我相当客气地说，其实已经想笑得快要爆炸了。

"是的，谢谢。"女孩犹豫着接过钱包。

"确认一下里面的东西吧。"我继续装作很自然地说。

"不用了，没关系的，谢谢。"

女孩说得很着急，并且说完掉头就走，男孩微微弯了弯身子表示客气，一言不发地也跟着女孩走了。剩下我和小陈面对面坐着，仿佛什么都没有发生过，背景音乐照样黏黏糊糊地流淌着，空气都没有丝毫的紊乱，旁边的客人继续自己的营生，服务员拿着咖啡壶走来走去帮别人倒咖啡。两个小时的青春就这么戏剧性地被我们挥霍掉了，并且连晚饭都还没有吃。完全可以边吃边等啊，这是我们事后才想到的。

至此，住在鹈野森的故事就结束了，几乎没什么可值得回忆的，完完全全就是一个人的孤独生活而已，能记住的也只有和小陈一起捡了钱包这件事，其他的则实在是太过于无谓和渺小，早已漏过记忆的滤网不知道流向何处了。

过了年，就像刚才说过的，二〇〇六年年初，我和小陈搬到了一起，这是我在日本的第三个同性同屋。房子价钱不贵，至于为什么不贵就不知道了，记忆中不过五万日元，并且很大，是个标准的两居室，尤其是客厅，面积比我在玉川学园和鹈野森的整个家都要大，洗澡、厕所分开，算是比较高级的。但我和小陈几乎没什么行李，两个人的卧室里只有一张床和一个电脑桌，再无他物。客厅几乎就是空的，能躺下至少十个人同时睡觉。这样当然很浪费，于是我们去二手家具店买了个铁架子作电视柜，又买了几张椅子和一个饭桌。其中还包括一张破旧摇椅，摆在电视机前面看起来挺威风，但坐起来却不是很舒服。后来，我在那张摇椅上攻克了《最终幻想

十二》和好几部《三国无双》。

　　不过，房子大小、家具多少、房租贵贱这都不是我所关心的，这都是身外之物，甚至女朋友、学校课程、日本、中国、地球、宇宙、亿万年时间的流逝、三维空间、四维空间、五维空间乃至十八维空间，这都已经不是我需要关心的，和小陈搬到一起后，我们关心的只有如何玩游戏。现实世界终于被我完全抛在身后，新的开局是《天堂II》的世界。虽然搬到鹈野森以后，我就已经开始断断续续地升级，花时间熟悉这片叫作亚丁大陆的地方，但现在我的灵魂已经从一扇门彻底跨进另一扇门里。在日服《天堂II》的广告语"本物の人生始まる"（开始真正的人生）的引领下，作为被席琳女神流放在世间的黑暗精灵舞者，我脱掉帽衫、迷彩裤、DC球鞋，甚至袜子，重新拾起被我遗忘在前世的双刀、盔甲、小药瓶，以及逃命用的回城卷轴，跟着仍保有人类之躯却突然变成妹子的奶妈小陈（这里我隐去我们在游戏里的名字，因为实在是太有名了），一头钻进奇岩城的市场里，开始了真正的人生。

　　在奇岩城，现在回想起来那真是个美妙的地方，不同种族的冒险者在里面东晃西晃、升级装备、聊天、组队狩猎。也是在这里，我们遇到了血盟TOMATO的老大，并以高等冒险者的身份加入其麾下。经过无数地下城的洗礼和无止境痛苦的升级后，我们终于高举TOMATO的旗帜，开始奔赴一场场旷日持久的攻城战，攻下数座其他血盟垂涎欲滴的城堡，击退几千甚至几万名想要在我背后刺上一刀的敌人，并且在早期就砍倒了地龙安塔拉斯，登上傲慢之塔的巅峰直面巴温。随着名气越来越大，加入的冒险者也越来越多。在击溃了我们的假想敌血盟阿莱斯之后，也终于称得上是在广阔的亚丁大陆驰骋过、战斗过，并占据过一片天下的几大势力之一了。那段日子现在回忆起来完全就是另一个世界的记忆，眼前只有电脑

屏幕和那些跑来跑去的小人，现实世界则只是在我有生理需要时的装饰品而已。

不过，假想世界终归还是假想世界，虽然我们取得了大多数中小血盟所力不能及的成就，就在某一天，我突然厌倦了，再也感觉不到乐趣了。前一天还在彻夜升级，仅仅一夜之后，对那个世界的需求突然间被剥离得四分五裂，尽显苍白的无力灵魂开始徘徊在现实世界与假想世界之间，而那种莫名其妙的失落感完全是无预兆的。小陈有些察觉到我的变化，开始还跟我说这是常有的事，休息休息就好了，我也听了他的话，甚至他还陪我玩了一阵子《暗黑破坏神II》，不过这也没能让我再次打起精神。终于，在我摆脱了电脑，抓起手柄在电视机上狂刷了一遍《最终幻想十二》之后，彻底变成了AFK玩家，而这一转变，花掉了我大半年时间。到我完全不再登录游戏的时候，二〇〇六年的夏天随着气温不断升高悄然而至。时间已经接近大学三年级上半学期的尾巴，我这才发现整个半年内我竟然一无所获。除了那些经验值和一无是处的装备以及大把的虚拟金币，我只是任凭自己的青春白白流失了而已。

不再沉迷游戏之后，我开始用别的方式消磨时间，也是在那时候第一次认真看了看《海贼王》。其实，小陈很早以前就跟我推荐过，但因为不太认可海贼王的画风，数次挑战都在刚开始的阶段便早早放弃。这次却意外地迅速着迷，每天守在电脑前追动画版，只要人在家里，电脑里永远都在滚动播放《海贼王》。小陈觉得奇怪，怎么就突然迷上《海贼王》了呢？我也说不清，只是一时兴起而已，结果一直兴起到现在。

正在无所事事的阶段，也是机缘巧合，经朋友介绍，我去干了一份短工，两个星期左右，报酬不错，关键是工作内容很吸引我。

那时候我已经换了工作，又回到羽田机场，这次是隶属于

ANA，同样是打扫飞机，跟在JAL的时候基本无差别，不过时间颠倒了而已，JAL时代是白天干活，到了ANA变成晚上干活，因为夜间的工作钱多。跟JAL不同的是，这里有很多中国人，后来越来越多，有留学生，也有永住。另外还有很多巴西籍日本人，不明白这些人是怎样一种状态，我也没问过。

就是在这里，我从一个中国留学生那里接受了那份短工，因为他要回国探亲，所以想找人临时顶替一下。平日里我们关系不错，于是他找上我，工作内容是清扫办公楼里的办公室，普通的办公室。不过时间是早上六点到九点，好像是这个时间，总之就是很早，要在公司的人上班之前把办公室打扫干净。在时间安排上，机场的工作可以在凌晨五点结束，结束后正好来得及赶过去。

第一天我是跟那个家伙一起去的，由他告诉我跟谁交接，在哪里取钥匙，都要去哪些办公室，并把清扫的要点一一交代给我。工作本身相当简单，回收垃圾桶内的垃圾，用吸尘器吸干净地面，最后把垃圾带出去扔掉。一间办公室十五分钟左右就可以收拾完，接着只要锁好门，转去临近的下一间即可。在记忆中，一个早上要清扫五间或六间，最后还有时间在某条河边喝咖啡、吃早饭。

而这份工作有意思的地方在于，可以随意进入一间无人的办公室，并且那里还残留着前一天的所有痕迹，甚至气味。而这些痕迹和气味，就是这间办公室所拥有的前一天的记忆。比如，看到桌子上的啤酒罐和便当盒，就可以推断这个家伙昨天加班了，忙到没时间回家吃饭。看到椅子背上的脏衣服，就可以推断这家伙也许下班后换好干净衣服，直接去参加某某聚会了。有时候，还能看到垃圾桶里吃剩的蛋糕和燃过的蜡烛，这百分之百是昨天有人过生日了，再翻翻其他垃圾桶，也许还能找到礼物包装纸或者包礼品用的丝带，那基本上就能断定这个垃圾桶的主人就是过生日的家伙。而我

与 麻木 在 清醒 之间

的工作，就是伴着朝日的金色光辉，来将它们统统抹除掉。

于是，我每天都怀着某种无聊的使命感，或者说仪式感去清扫这些办公室。甚至想象自己已经受雇于某家私人侦探社，需要潜入某商会去寻找一些莫须有的蛛丝马迹来推断某起案件。带着这种心情，虽然机场下班后已经困得要死，但走进那些办公室的瞬间几乎马上就能变得清醒。如果有一天我真的发现了一具尸体，是不是就要报案，那么警察就会出动，我就变成了第一个出现在凶案现场的见证者，还要被带回局里问话！结果却被认定是凶手，再以证据不足被释放！那简直就是天大的乐趣！不过这种事当然是没有发生的。别说尸体，我连职场一夜情后留下的避孕套都没发现过，不过也许人家根本就没用过什么避孕套。其实话说回来，只要自己够无聊，这工作也就够欢乐。

越无聊越欢乐。

那期间还碰到过一家公司的社长，是在这工作还剩最后两天的第一天早上。我发现他的时候，那家伙正在社长办公室里跟着收音机做早操。他是个很胖的中年人，一头卷发，戴眼镜，做操的时候会把西服上衣、领带、皮带都挂在真皮沙发的背上，皮鞋也整齐地摆在旁边，不是社长本人的话恐怕没有这种胆量。当时我手里拿着喝了一半的罐装咖啡，开了门打算直奔社长办公室，因为要从最里面开始打扫。听到收音机的声音后，我马上愣了一下，这个时间办公室会有人这种局面我可从来没想象过。新剧情！于是我慢慢走近，慢慢推开门，小心地朝里面看了看。那家伙发现我后，一边上上下下抬着胳膊，一边笑眯眯地跟我说，早上好啊，清扫君。我下意识地立刻把手里的咖啡藏在身后，也跟他说早上好，看来他知道我是来打扫的。那天他的办公室很干净，垃圾桶已经倒过了，地上连张碎纸屑都没有，甚至桌子都擦了，还留着水印。我问他这间屋子是否不用打扫了。他说是，自己已经打扫过了。我说谢谢，他说要减肥。

第二天我去的时候，也就是我这份短工的最后一天，胖社长依然比我先到了，还问我喝不喝咖啡，自己刚煮的，需要的话请随便用。我很客气地说不用不用，并解释说自己已经喝过自动贩卖机里的罐装咖啡了。之后我问他，以前怎么没看到社长这么早来？他说从昨天开始制订了减肥计划，要早睡早起，这么早家里人还在睡觉，只好跑到办公室来做早操。我说您真了不起，他说要帮我减少工作量。嗯，胖人都有一副好心肠。

最后一天的工作结束后，朋友也已经从国内回来了，我找他结清了工资，这件事算告一段落，夜里机场的工作则继续进行，了无生气。不过说回大学那边，在三年级上半学期快要结束的时候，我在学校里又多了几个新朋友。

与 在 麻木 清醒 之间

二十五　深夜的便利店

　　在介绍新朋友之前，我写到这里突然觉得，虽然身边没了女人，生活却变得异常丰富起来，这难道是我的错觉？……不过这个话题还是止住吧，请大家自行思考，独立思考。

　　第一个新朋友，我都忘了是怎么认识的，好像是在上课的阶梯教室里，他坐在我前面，听到我跟别人讲中文就凑过来聊天。他叫一郎，姓什么不知道，大家都叫他一郎。一郎身高貌似超过两米，微胖，所以看起来很威猛，并且作为一个纯种日本人，却能讲一口东北口音的流利中文，这实在是太有意思了。每当我嘲笑他的口音，他就会说，整死你！不过，他当然并没有想要整死我，而且每次见到我都羡慕我是北京人，缠着我说要去北京要去北京，我说我也没办法带你去啊，不过谢谢你喜欢北京。喜欢北京的家伙总是能变成好朋友的。

　　第二个新朋友，大家都叫他田中，也是个微胖的家伙，喜欢喝酒，去北京留过学，后来还在北京认识了一个韩国女孩，两人就顺其自然结婚了。他不会讲韩语，他韩国老婆又不会讲日语，但绝妙的是两个人都会讲中文，所以中文就变成了他家的通用语，你能想象吗？我问他，你和你老婆吵架时用什么语？他说我们不吵架，因为我们的中文水平还不足以支撑两个人认真吵架。我也是服了。

第三个新朋友，也是一起混得最久的朋友，是个标准的北京人，打扮上与日本小混子别无二致。不，不能说是小混子，应该说是没穿西服的黑社会，每次大家出去喝酒却只有他在边上喝牛奶的黑社会。说一口流利的标准日本语，喜欢听死亡金属，爱看恐怖片，钻进鬼屋能和鬼一起照相最后笑着出来那种，胆大心细，眼神犀利，但可能是因为眼睛小吧。眼睛小的人总是看起来眼神犀利，他是个典型。

　　我也是……

　　能认识他是因为他主动和我说话，不然我还以为他是日本人。后来他也说，要不是听见我说中文，以为我也是日本人。我们认识那天，我正和三儿还有阿望，好像还有社长等一大帮人坐在学校广场那里聊天。到了上课时间，大家一哄而散奔去各自的教室，只剩我一个人在犹豫着去还是不去，不管怎么样，先抽根烟再决定。刚点上烟，我就看到他戴着耳机晃过来，路过我这里时跟我点个头，我也跟他点个头，看着眼熟，但没说过话。后来想起来，似乎和一郎一起上课时见过他，而且不止一次。互相点头打过招呼，他摘下耳机过来坐在我身边。

　　"你好啊，你是中国人吧？那天听见你和一郎说中文来着，北京的吧？"

　　"哦哦，你好你好，你也是北京的吧？"

　　"对对，我叫马宇飞，应该比你低一年级。天天看你跟一大帮日本人在一块儿，都没敢过来打招呼。"

　　"得得，我也一直以为你是日本人呢，我叫尚笑。你听什么呢？"

　　明确了身份之后，我们就变成了好朋友。现在想起来，大学里交朋友真的很简单，点个头就是朋友了，一起抽抽烟喝喝酒，单纯

而美好，大家的眼神都同样清澈，并且心无杂念。理由？不需要理由，因为是同学，算是个理由吗？只要你愿意走进那个人的世界，之后的事情就看缘分了。跟我点过头、说过话，甚至吃过饭的同学不知道有多少，有很多我连名字都不知道，大多数都没有走到现在。没有什么特别的理由，人生拐点不一样，自然而然我们就各自默默地拐向了其他地方，去遇见下一个能跟自己点头相交的家伙，不过那就是别的故事了。比如我在学校里遇见过一个很可爱的越南女孩，她给我做过越南春卷，我们在无人的教室里一起吃，我都没想起来问她名字，觉得没那个必要。还有一个是三儿的朋友，光头，个子不高，话也不多，喜欢听Hip Hop。某个天气很好的下午，我和他一起在学校操场边上拍着桌子打节奏，听三儿自言自语地玩Freestyle，这就是我和他最深的一次接触了。他说自己的父亲是个和尚，经营的寺庙就在町田，于是他毕业后不会找工作，直接继承他父亲的寺庙即可。我说，那你毕业后就直接做和尚了？他说是的。好吧，我承认那是我不了解的世界。

还有很多这样的家伙出现在我大学四年的生活里，一一列举的话，过于冗长乏味，况且我对他们的印象也实在是太过模糊了。但我不能无视他们的存在，跟一个人说一句话就有可能改变自己一生，我不清楚他们是否在我不知道的情况下已经悄悄改变了我，我也不能说自己没有改变过他们。但我可以肯定的是，这些家伙的面孔在我记忆中点点滴滴汇聚起来，才构成了我大学生活的完整记忆，虽然他们不会出现在这里。

唯一越走越近的，几乎天天泡在一起的还是马宇飞。因为那时候我和三儿这些人最要好，每天混在一起的只有这几个固定的家伙，而后来马宇飞顺利加入我们中间，也成了每天见面就必须坐下来待会儿的固定成员。因为这些人实在是太能聊了，以至于这个没

有固定名字的闲人团伙，已经快变成学校里的一道亮丽风景，只要见面就一定会坐在一起絮絮叨叨、絮絮叨叨没完没了，既不上课也不吃饭，单纯地聚集在各种地方抽烟、聊天、听音乐。甚至不光是我们自己聊，也经常会吸引来很多别的家伙，但最终互相不离不弃的还是这几个人。也是在那时候，三儿给马宇飞起了个外号，叫番长，意思是黑社会里的小头目，打架时第一个冲在前面的不怕死的家伙，强势且勇猛。马宇飞本人甚是满意，结果后来加入的成员只知道他叫番长，倒是没人在意他的真名了。

不过番长这个名字也不是随便起的，虽然强势我没看出来，基本上他属于很好说话的类型，待人接物总能表现得有里有面、恰到好处。但说起他的勇猛，则有事实为证。有两件事让我觉得他的确勇猛。第一件，舞台是学校大巴，某次他一个人坐大巴来上课，在车里戴着耳机听他最钟爱的死亡金属，舞台另一侧，也就是大巴另一侧站着一个装腔作势的日本学生，带着一个日本妞。那家伙也许是想显示一下自己的男子汉精神，或者单纯就是个傻瓜，总之，号称番长耳机里的声音太大，影响到他了，于是跳过"片头"直接把番长的耳机给扯了下来，扬言道，你给我小点儿声，不然就如何如何。一般来说这种事总要有个过程，拍拍肩膀告知即可，总不至于直接把耳机扯下来，我们称之为有话好好说。然而这次，他找错对手了，番长很快就让他知道了扯别人耳机的严重性，一个大嘴巴上去，那家伙迅速就萎了。到学校以后，番长先下车，在车下边等他，那家伙却磨磨蹭蹭不肯下，算是丢尽了脸，要不是番长放过他，估计会给他的大学生活带来很多持续的阴影吧。后来番长还给我指认过他。那天我们也是在学校里的某个地方聊天，番长突然说，你看你看，就那个，让我抽了的那个，我……

另一件让我佩服其勇猛的，是番长文身的由来。番长跑去文

身完全是因为我，因为有一次他看了我的文身，表示很羡慕，而那时候我只有两处文身，并且其中一处只文了一行字而已，算不上什么文身。但番长还是很羡慕，说自己也要文，我说好啊，支持！这件事就算过去了。之后过了没几天，又在学校见到番长，他挽起袖子亮出自己的大臂让我看，一个崭新的黑得发亮的文身摆在上边，面积比我两个文身加起来还要大。我说你第一次居然搞了个这么大的，在哪儿弄的？他很自豪，说自己找了一个横滨的文身师，叫梵天三代目，慕名冲过去直接搞了个大的回来。而这还不是结束，又过了几天，他又亮出另一条胳膊的大臂让我看，又是一处黑得发亮的新文身，我真是服了。你是上瘾了吧？我说，他笑嘻嘻地点点头。不过这依然不是结束，后来，当他终于用文身涂满了自己整个后背的时候，我完全折服了。他就是这么个家伙，悠闲的时候比谁都悠闲，发力的时候则比谁都狠，三儿给他起的外号真是名副其实。

于是，综上所述，我们这个小集团的成员也随着这些家伙的加入而逐渐壮大。聚在一起聊天的闲人越来越多，课上得就越来越少，到最后除了考试，很多人都放弃上课了。在学校见面后，吃过午饭，这帮人就开始商量下午去哪儿消磨时间，完全没有要去教室的意思。看着那些忙忙碌碌的优等生，我们欢乐得就像一大把撒在地上不停跳跃的豆子。

但这快乐的日子并没有持续多久，梅雨的结束预示着夏天的开始，学校放暑假，大家各自回家，暂时单独行动。不用上课，我又恢复了宅男生活，每天傍晚出去打工，第二天一早回家就窝在房间里看动画，或者对着电视机打游戏。小陈也终于渐渐对《天堂II》失去了兴趣，不过他却依然在坚持，只是下线的时间越来越多。有时候他会和我一起在电视机上打游戏，有时候也自己看动画。那时

Between sobriety and numbness

候家里的气氛，说是家里，更接近于网吧。两个人，两台电脑，很少对话，就算说些什么，内容也都是关于动画和游戏的。不同的是，小陈手边永远堆满了嗑掉的瓜子皮，我手边永远堆满了没有倒掉的烟头。整个暑假就是一部日复一日不断重复的宅男生活情景剧，演员是我和小陈，场景是我们家，唯独缺少观众。关于那个夏天的记忆不过如此。

再有值得一提的，就是小陈回了一次国，剩下我独自在家无所事事。既不想玩游戏，也没有新动画可看的时候，便躺在床上透过窗帘看天，从中午看到下午，吃过晚饭继续透过窗帘看星星，直到自己不知不觉睡过去，第二天自言自语着爬起来出门打工。不看书，不看电影，不看动画，也不听音乐，几天下来，脑袋彻底放空，既排不出任何想法，也无法吸收更多信息，生理上的行尸走肉，眼前的世界一片混沌。好歹等到小陈回来，得知他带回了两大箱零食，我则有幸被赠予好几袋薯片，吃过小陈从国内带回来的薯片，我才得以重返现实世界，这之间虽然不存在特别的必然联系，但我的确是被薯片所拯救过，所以直到现在，我都视薯片为极其神圣的食物。

两个月的暑假生活结束了，九月姗姗而来。兜里装上黑签字笔，刮了胡子剃了头，我得以神采奕奕地重返校园，又回到每天聚众聊天的生活。不过相比前半学期，我更努力或者说强迫自己尽量多去上课。虽然二年级取得了还不错的学分，但总不能让这种情况持续到三年级结束。大多数人已经在三年级就把该拿的总学分全部拿完，升入四年级就可以专心写论文、找工作，而到目前为止我只拿了一半多点，这样下去后果会变得有些微妙和严重。

另外，开学没过多久，我又交了个女朋友。来得很突然，可去得也快，快到我还没来得及把她介绍给三儿这帮人，便已经分

与麻木之间在清醒

手了。不过没关系，其实我要写的并不是关于这女孩的故事，只是与其有关。不过既然有关，我反复想了想，还是介绍一下故事背景为好。

那个女孩，简单地说是和我一起打工的中国留学生，不过我们其实很早就认识，可以追溯到上大学之前的语言学校时代。我和她在一个班上过课，不过那时什么都没发生，甚至都没怎么说过话，毕业后也并没有特别留意过对方，属于彼此都认为此生再不会相见的情况。没想到随着时间推移，命运再次对我的人生做出让我哭笑不得的微小调整。有一天我正常去打工，签到时事务所的人说有新人来了，因为我是老员工，让我照顾一下，我随便敷衍着答应了。看过签到簿，我就觉得这名字十分眼熟，不过怎么也想不到真的是同一个人，也算缘分。于是工作休息时，我们很自然地经常坐在一起吃饭，久而久之，就开始互相交换各自带来的便当，并开始偶尔出去很纯洁地约会，又过了更久一点，我们便互相拥抱着躺在歌舞伎町某间情人旅馆的床上了。不是特意去的，是因为我和她分别有各自的同屋，不方便带回家而已。不过事实上小陈倒是见过她，因为我把她带回家过几次，小陈也没有对此发表过任何意见。

跟她交往到秋天，我们决定一起住。她的大学在千叶，我的大学在鹤川，地理位置上几乎完全相反，为了能方便点儿，我们决定搬到离各自大学都相对近的地方，也就是比较靠中间的地方，我们选择了市川。离我以前住过的小岩很近，比那里更加繁华一点。

搬走那天，小陈祝我一切都好，不过我在他的笑容里，很明显地发现了一些值得怀疑的地方，虽然他没有完全说出来，我也没有仔细询问。现在想起来，我觉得他想说，我不看好你们哦，嘿嘿嘿！不过我还是搬走了。

搬家的过程一带而过，直接继续讲。这次的新家很小，只有我和小陈住的房子一半大。不过因为我们都做夜工，与其说需要一个家，不如说只是需要一个可以洗澡睡觉的地方，这样的话也就足够了。并且，她比我还多打一份工，一两天不见面的时候也是有的。她睡觉，我去上班，等我早上回来，她已经出门了。换过来说也一样，彼此彼此。

秋天换上厚夹克，冬天再加一件棉衣，平淡日子过习惯了，新年也不过是在家自己动手做点好吃的敷衍了事。日复一日的无味的生活伴着偶尔的争吵和细小琐事。

二〇〇七年初春，我升入大学四年级。

那时候因为实在厌烦了机场的工作，再加上开学后课程也忙，无法再继续干到早上十点，我就和事务所的人商量，说想休息一段时间，什么时候回来不知道，但暂时先不来了。因为是老员工，事务所也网开一面，表示辞职没问题，想回来的时候回来就好，我便怀着一颗感恩的心回了。当然不工作是不行的，那期间我找过一家寿司店，专做外卖的寿司店，正经学习了一段时间做寿司，不过没什么意思，还落得每天满手鱼腥味。让我抡起铁锅炒菜有兴趣，每天闻那些生鱼实在是受不了，吃倒是受得了……

我表示还想找新工作的时候，她提议可以介绍我去她另一个打工的地方，大名鼎鼎的便利店罗森。现在上海有很多，北京也有一些，就是那个便利店。同样是夜工，现在正在招人。印象中是晚上十一点开始到第二天早上八点结束，也可能是晚上十点开始到第二天早上七点结束，忘记了，没差别。但比机场的工作轻松，从时间上来讲，下班后又不耽误去学校上课，我觉得这主意挺好。虽然没做过便利店的工作，但毕竟几乎每天都会用到便利店，耳闻目睹，不算陌生，便爽快地答应下来。

面试那天很顺利，毕竟是她介绍去的，老板也放心。而我觉得

老板放心还有另一个原因，就是这店里的员工全部是中国人，老板可能已经习惯了。随便问了几个不疼不痒的问题，就扔给我一身店里的制服，说随时可以上班。

而我想写的故事，就从这里开始。

首先，主人公有两个，就是在这里值班的我和另外一个家伙。那家伙是朝鲜族，姓金，年龄和我差不多，能说中日韩三国语言，以前做过海员。他已经在这里做了好久，基本上相当于店长了，我刚去的时候是他教给我如何清洗冰淇淋机，如何炸鸡块做汉堡，以及如何整理货架，什么时候补货，什么时候清理过期便当，等等。要学的东西很多，不过一两个星期内基本上可以掌握，倒不是多高深的工作，习惯了以后就变得轻松起来。除了需要按时操作的工作，比如夜间洗冰淇淋机、凌晨补货等，大多数时间我们都在柜台里聊天，或者跑去休息室看漫画，有客人来才出去看着。记忆中休息室还放了一根棒球棍子，说是为了防止抢劫，但老板明确讲过，遇到抢劫犯或小偷绝对不要出手，事后报警即可。我非常同意。

而其他登场人物则形形色色，从坐台小姐到迷路的外国人，或者离家出走的学生，来借厕所的流浪汉，甚至晚上不睡觉跑到便利店吹空调的老太太。深夜的便利店就是一座实况小剧场，每天都在上演多少有些相同却又不尽相同的故事，关键是，这些故事都是真的。那些深夜走进来的人，大多数只是为了解决一次性需要，买瓶酒，买个三明治，或者只想看看漫画，之后便了无踪影，再不会相见，如同陌生的鸟儿落在窗台上，对视一下，便从记忆中飞走了。他们带着不同的表情以及不同的目的来到这里，短暂停留，继而离开，虽然这些人中也不乏有意思的家伙，他们愿意跟你聊天，哪怕只有这一次。比如我碰到过一个体操裁判，某天凌晨两点多来买牛奶，看我是中国人，就跟我讲了他去中国参加某场比赛的故事，他觉得中国是个了不起的国家，有很多厉害的选手，并且也是因为那次去中国比赛，他才有幸认识了现在的中国太太。又比如还碰到过一个红头发的欢乐老外，一进门就用音调相当奇怪的中文跟我说，感冒药，感冒药，也许是刚学来的。我拿给他感冒药后好奇地问，你怎么知道我是中国人？他理所当然地反问我，难道亚洲人不是都会讲中文吗？我无力反驳，只好装作镇静地摸着下巴点点头。

对于另外一些人，也是极少数人，这家便利店则具有更深刻的存在感。这些人大多住在附近，或者每天都一定要路过这里，而他们的那些固定需求，则赋予我们使命感，他们的脸甚至声音，至今还留在我的记忆里。

其中有一个夜总会舞女，在我跟她聊了几次之后，她告诉我自己是舞女，几乎每天凌晨两点左右的时候，都会来买四只炸鸡腿。开始我以为只是普通顾客，便给她拿已经炸好的，换个角度说，就是已经放了数个小时的、即将作废的鸡腿。但她很客气地问我，能不能炸四只新的，我说当然可以，但需要时间，她说知道的，没关系。在我去炸鸡腿的时候，她就安静地站在柜台那里，看看手机，或者漫不经心地盯着新品上市的广告宣传单。等我把鸡腿拿给她，问她要不要再挑点儿喝的东西，她微笑着摇摇头，说这样就够了，明天见。我说你每天都来吗？她说差不多，只是前几天出去旅游，没想到回来后碰到我这个新来的，以后还要我多照顾她。我说没问题，尽管来好了。但第二天她没有出现，隔了一天才又过来，时间差不多，同样是买四只新炸的鸡腿。这次我没怎么顾得上和她说话，因为正好有别的客人。之后也正如她所说，一个星期里她一般都会来三天或者四天，每次都点四只新炸的鸡腿，再不买其他东西，就这样过了差不多一个月。

有一次，晚上我值班又碰到她，因为是熟客，不用她开口，我指指厨房，她微笑着点点头。鸡腿炸好后，交给她的时候我问她，其实早就想问了，为什么你每次只买四只新炸的鸡腿？她很爽快地说，是给孩子们当午饭吃的，因为自己没时间做复杂的东西，实在是很对不起他们。我说你有四个孩子吗？她说只有两个女儿。又过了一个月，渐渐地，在我炸鸡腿的时候，她开始走到厨房这边来，当然是站在外边，有一搭没一搭地和我聊天。夸我日语说得不错，问我中国是个什么样的地方，留学累不累，等等。本来夜工就很无聊，我当然很乐意跟她说话。聊得多了，我面对她也就不再显得拘谨，开始随口说些只有朋友才会说的话，包括一些我觉得没什么关系的私人问题。

　　于是有一次，我一边炸鸡腿一边随口说，你要是晚上工作，这种事情交给孩子爸爸做不就好了，日本男人是不是都不会做饭？她没有马上回答，只是摇摇头。我看着她，她也看着我，过了一会儿才慢慢说，这两个孩子没有父亲，她是个单亲妈妈。很多年前她开始做舞女，还不在这附近，是在其他地方，那时候有个熟客她很喜欢，私下里经常约他去喝咖啡或者吃饭，时间长了便爱上了对方。但那个人已经结了婚有了家庭，所以他们想上床便只能跑去情人旅馆或是去她租的房子里，在一起的时间也不能保证，但她还是很爱那个男人，无论如何不想离开。但有一次她发现自己怀孕了，跟那个男人说明之后，男人说这种事情很复杂，需要冷静一下想想办法，结果就再未出现过。不再来看她跳舞，电话号码也换了，从此人间蒸发，而她又不知道那男人的住处，只好一个人忍下来。很多次她都想把孩子打掉，但又不舍得，犹豫着拖了很久，最终还是决定生下来，一个人带大，没想到还是双胞胎。现在她很喜欢她们，说这是上天赐给她的礼物，虽然辛苦，但这两个孩子也带给她很多快乐，所以她也不再去记恨那个消失掉的男人。只是不知道以后怎么办，总不能一直给她们吃炸鸡腿对吗？她笑着对我说完。我听了她这个简短说明后，一时间不知道怎么回应，临时想到说，那你今天再买两盒蔬菜沙拉回去吧？说完我和她都笑了。不过，当然她没有买蔬菜沙拉，后来也没有，依然坚持每周来三次或者四次，凌晨两点买新炸的鸡腿回去。直到我辞职。

她的故事对我或者说对你来说，也许都更像是某个通俗电视剧里的固有桥段。不过当我身在一个便利店的窄小厨房里，一边炸速冻鸡腿一边听她笑着说完，这故事则真实到让人完全无法产生丝毫的怀疑。甚至我都能想象她凌晨回家，轻手轻脚把鸡腿放进冰箱的样子。但我终究无法揣测出，她拿着四个刚炸好的鸡腿走出便利店，在寂静的夜里一个人赶回家的心情。

另外一个经常在凌晨光顾这里的是个男人，看上去四十多岁，微胖。每次都穿着同样皱巴巴的西服，拎着已经磨得很旧的皮公文包，稀少的卷发老实地趴在头上，那里面还夹杂着很多头皮屑。他光顾的时间一般在凌晨一点左右，进门直奔便当柜，每次都会犹豫很久，但每次都会挑个最便宜的，外加一盒小包装牛奶。

等他终于挑好便当来到柜台，总会问我能不能刷卡，在我已经无数次告诉他可以之后，他还是会问。毕竟是客人，我也只好无数次耐心地去回答他相同的问题。结账后，他每次都会客气地说，请帮我加热，谢谢。我说没关系。因为他经常来，后来不等他说完，我就会直接把便当拿去加热，这时候他就会对我投来赞许的目光。便当热好后，他会把牛奶放在便当盒上，端到进门有桌子的地方一个人慢慢吃。没事干的时候我会在柜台里远远观察他，他总是吃得很快，几下就能把便当吃光，小包装牛奶对他来说也只是两三口的事，整顿饭吃下来不过五分钟。吃完他并不着

与 在
麻 清
木 醒
之
间

急离开，会一个人歇会儿，两手握拳撑住下巴，眼睛直勾勾地透过玻璃看外边，不知道在想什么。

跟熟悉的客人聊天是经常有的事，对于他也不例外。每次热便当大概需要三分钟左右，在那三分钟里有时我会和他说说天气，或者给他推荐店里上的新东西，他总表现出感兴趣的样子，但一次都没有买过。有一次我很客气地对他说，您下班总是很晚嘛，太辛苦啦。本来只是客气客气而已，他却苦笑着回答说，没办法，因为工作总是做不完啊，因为我太笨了。这真的让我没办法回答，总不能说是啊是啊，蒙混过去。我只好继续客气地说，没有那回事，大家都很辛苦，都不容易。听我说完，他感激得不停点头，眼神像偶尔才会被路人摸摸头或挠挠下巴的野猫。接下来我就不知道还能再说什么了。

像他这样总是加班到凌晨，一个人跑到便利店来吃便当的公司职员想必有很多，表面上看起来西服领带，但也许他的同事和家人都不知道他下班后的生活。如果作为擦肩而过的路人，我还会羡慕他，已经大学四年级的我马上就要面临找工作这种事，最普通的想法就是像他一样找一家公司，挣一份工资，过上普通生活。可当我遇到他以后，我看到了所谓公司职员这种令我羡慕的存在的另一面。他的辛苦我想我能体会，对于他吃完便当一个人坐在桌子边上发呆，那时候的他究竟在想什么这种事，我却没有勇气去琢磨。就算毕业后我能顺利找到工作，会不会变得像他一样，谁也不能保证。话虽这么说，但我当然没有站在"高处"去评论他的资格，我也不会那么做。也许只是他运气不好入错了行，虽然我没问过他是做什么的，又或者只是他最近各种事情都不太顺利，再忍一忍就好了也说不定。

可事实上直到我辞职，他仍旧经常在凌晨出现，一个人默默吃便当，一个人默默在桌子边上发呆。有几次我还想过能不能多给他一些吃的。因为半夜的时候，我们会把即将过期的便当收起来，等着早上处理掉，早一点收和晚一点收对我们来说并无大碍，早点收的话，他吃的那些便当完全可以不要钱，也就是可以在我们的操作下合理地变成"过期食品"。当然我们不能这么干，但给他一些小小的恩惠总还是可以的。不过犹豫了几次，我都没有这么做，我不能对一个还在努力的可怜人做出类似施舍的举动，哪怕是出于好心，也不能擅自去碰触他最后的底线，而那条底线就是他的自尊。

我和另外一个家伙每天要接触的人林林总总，像那个舞女和这个中年公司职员一样，能讲出故事的还有很多，因为最容易说明白，所以我也只选了这两个人的故事。当过海员的金那里还有多少故事我不知道，他在这里干的时间比我要长很多，想必也一定碰到过更多带着故事跨进店门的人，他自己又有多少故事我就更不清楚了。有一次，几个老太太拿着便当盒在接近凌晨三点的时候闯进来，也不买东西，只问我金在不在。我说他今天休息，您有什么事情可以告诉我。结果她们只想送给金一盒自己做的咖喱饭，说是总受他照顾，怕他夜里值班没得吃。我代替金谢过她们，又吵吵闹闹啰唆了好一会儿才把她们送走。后来当我把咖喱饭交给金以后，问他是怎么回事时，他也只说不过是几个熟客，没什么，就这么轻描淡写地搪塞过去了。另一次是一个穿着得体的中年男人，进店后巡视了一圈，挑了盒酸奶后来到柜台。我第一次见他，只当是一般客人那样事务性地收了钱，最后再加一句谢谢光临。但男人并没有马上离开，笑眯眯地问了一句，金不在吗？我说今天不在。接着男人说，好吧，那也没办法，这个你吃吧。说着从随身带的包里掏出一盒看起来很贵的鸡蛋糕，并说，这可是长崎特产哦。我说我知道

的，但是不能收。他却没有要拿回去的意思，说这是客户送的，听说金很爱吃，就想拿过来送给他，不过既然他不在就送给你吧。就这样，再见，加油啊。说完就走了。既然能送吃的给我们，想必也是熟客，不过那次之后我倒是再也没有见过他。

讲到这儿，还是那句话，深夜中的便利店就是一个实况小剧场，在那里工作了几个月，我唯一的收获就是这些故事，如果不是在深夜，恐怕我也就讲不出这么多故事了。昼与夜的便利店是两个世界，白昼之下忙忙碌碌的人们闯进店里，或者板着脸或者一副着急的样子，很快买完东西很快离开，留下的只有随着自动门一开一闭、叮叮咚咚两次干涩的电子音。到了深夜人们才会摘下面具，没了掩饰自己的力气，也就不再急于离开，慢慢挑选商品，慢慢结账，这样才能偶尔慢慢讲故事。有的故事充满了世间温情，有的故事波澜壮阔，有的故事听完后只落得悲伤寂寞，有的故事则彻底就是一出没头没脑的滑稽剧，不过更多的还是极为稀松平常的市井短篇集。通过语言，这些故事得以隔着大理石柜台和收银机，同时掺杂着店里吵闹的广告音乐在我与他们之间重现。无比多的讲述者和同一个倾听者，而有幸成为那个倾听者的我，也不想辜负那些故事和讲故事的人。无论故事的本质是什么，我都暂且将其全盘吸收，再加以筛选，最后，将它们变成自己的人生经验或类似某种过时的哲学观加以妥善保存。他们的过去或现在也许就是我的未来，谁知道呢。总之，几个月便利店夜工的经历，不能说足以改变我的人生，倒也让我免费并极其有效率地见识了许多别的人。最差，至少这些故事还能成为我与他人聊天时的谈资，在一遍一遍重复别人故事的同时，在别人嘴里，这也就变成了相对于他人而言的我的故事。只要有闲工夫，人人都爱听故事，又不是什么坏事，我觉得挺好。

到此为止，深夜中便利店的故事就讲完了，当然不是全部，在这里想讲完全部也实属不可能，除非我单起一篇文章再弄个几万字出来。要是谁有兴趣听，以后我也可以找个机会慢慢讲，这次先到此为止，因为还有别的故事要讲。比如我从便利店辞职后，草草结束了和这个中国女孩的爱情，又徒劳地搬回町田的故事，以及此后那一年中，我和大学里那些家伙之间发生的永远都会珍藏在我们心里的种种"无聊传说"。

在清醒

与

麻木

之间

二十六　三十岁

决定搬回町田后，我先在大学里把这个消息告诉了三儿和番长他们，不用说，他们表示绝对的以及强烈的欢迎。因为到现在为止我还没有说明的是，基本上大家都住在町田附近，尤其三儿和番长，这下大家又能聚在一起了，对我与女孩分手这件事他们倒没什么兴趣。后来我又告诉他们，我准备自己雇车搬家，因为距离比较远，自己雇车的话也许会比搬家公司便宜，希望能让他们帮忙。番长当即表示随时可以去，看我的时间。但我和番长当时并没有取得在日本的驾照，所以还需要别人开车，我这么一说，三儿和望月也表示愿意加入，当时的气氛就像有人组织了一次内部郊游。

首先，阿望做了一张十分奇特的地图。他把七八张打印出来的黑白地图连在一起，用透明胶带固定住，并从第一张到最后一张，用粉红色的油笔在上面画了条蜿蜒曲折又很漫长的线，贯穿始终，还标注着加油站、某大型商场、某铁道路口等地标，看起来很像二战时期的作战地图。当他把这玩意儿展现在我面前时，我简直惊呆了，问他这是什么，他说这是路线图，是从市川到町田的最近行车路线，因为无法打印出足够看清的整张地图，便只好把放大的部分分段拼接起来。然后三儿说他开惯了小车，大型厢货车没开过，越是临近出发就越是紧张，希望能先练习一下。我可没有更多的钱去

租车回来给他练习，最多是答应他当日尽量早点出发，反正大家都没事不用着急，在路上慢慢习惯就是了。而番长听说路上时间要很长，则提前好几天就开始想在路上玩点什么。先想到的是扑克牌，但因为三儿开车时阿望要在副驾驶做人肉导航，所以，实际上待在后面车厢里的只有我和番长两个人，实在是玩不起来。后来又说猜谜语，我不置可否，结果最终也没想出什么好玩的事情来。

搬家的日子定在一个周末。那天我们大约是早上八点或者九点，就集合在一起早早去了租车公司。事先已经在网上看好了车型，一辆……牌子忘了，类似金杯那样的箱型货车，于是几乎没花什么时间就把车顺利搞定。租车公司的人把车认真洗刷、检测、调试了一遍之后，三儿开车，阿望导航，我和番长坐在货仓里一边讲笑话一边吃早饭，这组临时拼凑起来的搬家队伍便以每小时四十公里的时速出发了。虽然三儿还在适应这种大型车，不过在阿望手工制作的地图的帮助下，其实全程并没有花很长时间，一路上吵吵嚷嚷，不到中午我们就抵达了市川。

搬家本身没什么好讲的，无非是几个人上上下下把我那堆不值钱的破烂塞进车里而已，跳过，真正有意思的部分是在返程的路上。三儿在副驾驶的位置上不知什么时候睡着了，导致阿望彻底失去了方向。本来我以为他记得路，他自己也说不用导航完全可以回去，结果我们在阿望自信心的带领下，一会儿出现在新宿，一会儿出现在涩谷，一会儿又回到新宿，等我和番长把能讲的笑话都讲完了，终于我们也睡了过去。

不知道睡了多久，到我醒来的时候，天已经完全黑下来，而我们却还在路上。透过车窗玻璃我迷迷糊糊地起身看了看外边大灯全开的车流，灯火通明的商业街和乱糟糟的行人，问阿望这是哪儿，他也支支吾吾说不出来，便干脆又躺回去，枕着胳膊对着外边发

呆。番长似乎是在我之前醒过来的，随口和阿望聊着天，偶尔把窗户打开，我们一起抽烟。我现在还记得烟从打开的车窗"忽"地飞出去的画面，有点像电影里的那种慢镜头，外面的街景在我睡眼蒙眬的视线里不确定地摇动，各种颜色的光线在星空的映衬下混成一片。这个记忆被留在脑海里，也许是因为我第一次能悠闲地坐在车里在这个城市兜风吧。现在想起来，那天我并不着急赶着回去布置新家，甚至有点希望阿望能一直迷路下去，希望这样的时间能更长一些。东京的夜晚我并不陌生，但这样的体验还是初次，完全满不在乎，没有任何心事，也没有任何压力，随意挥霍着夜晚的时间，车窗外的景色也随着我的心情变得微妙起来。仿佛这已经不是生活节奏快得让人喘不过气，需要顶着学业、工作以及经济上的压力好不容易才能拼命生活下去的东京，而是一个完全陌生、鲜活并且充满了各种细小乐趣的我未曾来过的城市。

　　霓虹灯让眼前的一切看起来都充满了华丽的神秘感，互不相识的路人之间每一次举手投足都散发着欲望和快乐的味道，原来这才是真正属于东京的夜晚，这是我不曾想象也从未经历过的。这个超级城市所散发出的咄咄逼人的诱惑力，也只有在彻底心无忌惮的时候才能充分感受到。那是一种赤裸裸的炫耀，在这种令人被动愉悦的压力下，我能清晰地辨别出自己因为兴奋而加快的心跳声，也知道那一夜我所看到的景象必定会深深留在记忆当中。虽然已经在这里生活了五年，但我却从未真正了解过这座喧嚣的城市，对我来说，它的存在显得过于庞大，也过于纷繁复杂，如同一只不断变化、不断膨胀的巨大怪物，不断吞噬着那些敢于走近它的冒险者的理智与精力，使人在认清其真面目之前就先迷失掉了。甚至直至今日，我都无法还原出所谓的东京到底是个怎样的地方，也许是我在那里生活的时间还不够长，也许是我早就已经失去了应该有的判断力，就算再怎么努力，都只能在自己贫瘠的想象中徒劳地徘徊不前。

彻底摆脱掉迷宫一样的市区，等我们重新找到方向感，回到町田的时候，已经接近夜里十点。在新家门口我们尽可能安静地卸了车，又尽可能安静地把东西搬进屋子，这趟搬家之旅才终于宣告结束。后来的事情记得不是那么清楚了，好像是番长先回了家，三儿和阿望负责去还车。谢过他们并在他们离开之后，我在屋子正中间腾出一块儿地方，铺开褥子就睡了过去。直到第二天早上阳光照进没挂窗帘的新家，我才昏沉沉地爬起来，一边抽烟一边计划如何能让自己在这里舒舒服服地住下去。

因为和分手的女孩有过协议，我把冰箱和另外一些能用的东西都留在那边了，只带了自己的音响、电脑、书、CD、衣服以及其他的破烂玩意儿过来，要想过得舒服还需要再重新置办点东西。不过凭我对町田的了解，这倒不是什么难事，我知道离家走路大约二十分钟的地方有个二手货商店，在那里我能找到自己需要的一切。于是，我起床、刷牙、洗脸，在车站附近的松屋吃过早午饭，便一个人溜达着先去了那里。在二手货商店我订了一张很大的电脑桌，两个超薄电脑显示器，又订了一个冰箱和一个洗衣机，还有一块单人床大小的木板子。说实话，我也不清楚那木板子原本是用来干吗的，不过我买它是为了当床用。全部搞定后，我多付了一点钱请店里的人尽量当天送货，他们也答应了。于是，两个小时后，一辆卡车就把所有东西都拉了过来，店员还帮我在屋子里摆放好，之后我自己再装上电脑、音响之类的东西，布置新家的工作算是基本完成了。

搬家之后，我辞去便利店的工作又返回羽田机场，继续干机场夜工。没什么特别理由，比起便利店，从町田这里去羽田机场更方便，仅此而已。时间接近大学四年级暑假。

放假前的某一天，在食堂吃过午饭，虽然已经过了下午第一节

课的时间，我还是默默走进一间巨大的阶梯教室，默默找个地方坐下，默默看着眼前并不太明白的景象。宽大的讲台上站着一个穿西装的男人，手里拿着一根凯蒂猫图案或者说造型的自动铅笔，我进去的时候，他正尽量生动有趣地用相当夸张的表情和肢体动作，在讲解这根自动铅笔的使用方法，这让我想起那些在电视机里看到的说单口相声的搞笑艺人。我皱皱眉，看了看坐在四周的其他学生，当然没有人笑，又把目光转回他那边。他想要说明什么？这不是说明怎么找工作的课吗？是啊，这当然是说明怎么找工作的课，至少课表上是这么写的，说实话我也是为了这个才来的。虽然没报这门课，可我还是想看看找工作到底是怎么一回事，毕竟四年级了，而且上半学期临近结束，看着周围的同学一个个渐渐紧张起来，我也被无辜地影响到了。不过听了半天也不觉得和找工作有什么必然联系，这个穿西装的男人如果不是在说相声，就一定是来推销凯蒂猫自动铅笔的。在我越来越糊涂完全搞不清在干什么的时候，突然发现他根本就不是这个学校的老师，他是凯蒂猫公司的人！这就说得通了，这也不是上课，这基本上就是个现场招聘会，他就是来推销凯蒂猫自动铅笔的，严谨一点说是来推销凯蒂猫公司的。真他妈的浪费时间，我想。

周围的家伙不是在准备论文，就是突然穿着西服、手里夹着公文包出现在课堂上，总之都在为了毕业早早做准备。像我和三儿，还有阿望这样毫无紧迫感的家伙也到了不得不担心自己前途的时候，虽然我们依然没什么具体行动，只是口头上担心罢了。凑在一起聊天时偶尔会说起毕业后的事情，不过基本上都是以某个无聊玩笑收场，要不就是完全脱离现实的胡思乱想。但我好不容易认真一次，也可以说是心血来潮，不过真不明白自己和凯蒂猫自动铅笔有什么关系。明白这一点后，我悄悄站起来，溜着教室边走回入口，

低声跟站在门口的老师要了这节课，不，这场招聘会的简介后就出去了。一边走一边看手里的简介，除了凯蒂猫，今天来的还有一间广告代理公司，似乎也和我的专业没什么关系，便揉成一团扔进了楼道里的垃圾箱。

这是我在大学期间第一次也是最后一次关心过找工作，从那之后则再也没有想过这件事。

记忆中大学的最后一个暑假，我除了打工基本上都待在家里，感觉上实在是有点多余的暑假。百无聊赖，昏昏欲睡，无所事事，闲极无聊。从床上爬起来，坐进电脑前的椅子，一直坐到晚上，随便吃个饭，再滚回床上。几乎每天只干这三件事，活动范围不超过五平方米，其他地方则觉得没有去的必要，去了也不知道一个人能干些什么。有一次因为实在太无聊，就自己出去买了份生煎包回来，上海人做的，真的是上海人在町田商店街里做的，每天都有人排队。我要不是因为有大把的时间没事做也不会去排队，不过偶尔也想尝一下，可拿回家就悲剧了。我坐在床垫子上，用膝盖顶着生煎包的饭盒，打算一边看电视一边吃。电视机开了，咖啡泡好了，我端正地小心坐好后大口咬下去，没想到生煎包的汤汁从另一侧喷涌而出，一条油亮的发光的细小汤柱直接喷射到电视机上，还在床上留下一条笔直的油印连接着我和电视机架子，我都震惊了！然后，就没有然后了。这就是没事乱出门的下场。虽然这是我自己的责任，当然是我自己的责任了。不过，后来我再也没去过那家生煎包店，我觉得这是命运。

这期间，除了一个人在家修仙，三儿和番长、阿望他们偶尔也会过来串个门，我们一起出去买酒喝，一起在家做饭吃，或者一起在町田商店街里无聊地转圈。去CD店，去看新上架的衣服，去能抽烟的咖啡厅喝咖啡。有意思的是，每次去喝咖啡都不说喝咖啡，都说，我们要不要去喝个下午茶？感觉很上流啊，但也只是坐在一起说些没用的笑话、段子而已。

他们不在的时候，我就一个人在家吹空调、玩游戏，还把电脑升级了一次，当然是为了玩更好更大型的游戏。去车站前的电器行，我买了新主板、新CPU，还有新显卡，又从机场打工的同事里叫了个日本哥们儿过来帮我安装。两个人满头大汗鼓捣了一下午才最终升级成功，我还请他吃了顿饭。他觉得被我请吃饭有点不好意思，几天后居然送了我一辆旧自行车，说是自己不骑了，看我家离车站挺远就送给我了。不过虽然收了，但我也一直没骑，就那么扔在门口。之后的某一天，那车莫名其妙地就消失了，仿佛从来没存在过，我也没在意。

莫名其妙就消失掉的东西实在是好多啊，可我都没在意。

先说正经的吧。暑假结束后，我也不得不进入了论文期。当时我给自己定的主题是关于托尔金的《指环王》，因为那一段时期看得最多的就是《指环王》，对于所谓的正经小说早就没了兴趣。再怎么写还不就是生活中的那些破事，比如我写的这个，奇幻小说才是那个时期我的最爱。结果导师不同意，理由是这课只研究纯文学，《指环王》不算纯文学。我问什么叫纯文学？他说，比如福克纳啊、海明威啊，那才叫纯文学。我想那就算了，纯文学……不行换个导师。于是我又跑去问一年级时曾经上过课的主讲古典戏剧的老师，结果这条路也没走通。原因是那个老师只研究莎士比亚，对托尔金并不了解，也不在她关注的范围内，如果是戏剧就可以。我又被打回到现任导师这里。后悔啊，当初选日本文学就好了，可惜因为想挑战一下自我选了英语文学，这回自己把自己套住了。争论是没用的，只能是我换主题。

纯文学，我想了想，正经读过的所谓纯文学有米兰·昆德拉？算吧，基本上都看了，但是太政治，我写不好。卡夫卡？十七八岁那会儿迷过卡夫卡，好像上个世纪的事，啊不，就是上个世纪的事，印象太淡薄写不了。布尔加科夫？那是俄语文学。塞林格？这家伙就正经写了《麦田里的守望者》这一本书，其他短篇我也没看过，以我的本事要评论这个实在是凑不够字数，而且那书也并不好看，不知道为什么那么多人喜欢。还有谁？杰克·凯鲁亚克的《在路上》？其实他的自传要比小说好看，不过其实也差不多。后来我突然想到，最喜欢的日本作家是村上春树，村上春树最喜欢——可能最喜欢的英语小说家是菲茨杰拉德，此人的书正好我也看过两本。一本是大名鼎鼎的《了不起的盖茨比》，还有一本我觉得比那个更好看的《夜色温柔》，另外还看过一本某出版社出的《了不起的菲茨杰拉德》，类似自传的东西，也不知道真的假的。不过这就行了，关于这两个人的事情应该能写不少字。是的，我当时根本就没想到要把论文写多好，只想着能凑够字数就不错了，大多数人都这么想吧？肯定。另外，文学科的要求是两万字以上，日语哦，头疼。

不管怎么说，这回主题倒是通过了。名字定为《村上春树与菲茨杰拉德研究》，就是这玩意儿，已经销毁，你别想看到。然后就开始跑图书馆和书店，重新看了日语版的作品，当然是村上春树翻译的《了不起的盖茨比》和森慎一郎翻译、村上春树写了后记的日语版《夜色温柔》，还有村上春树翻译的《菲茨杰拉德之书》，国内不知道有没有。我又从图书馆找来一本中条省平翻译的书，翻译成中文的话，书名应该叫作《菲茨杰拉德的凌晨三点钟》。总之，虽然只想凑够字数，但真准备起来还是下了功夫的，至少在准备上。

随着我搬回来的时间越来越长，我和番长他们在家的聚会也越来越多，在一起喝酒聊天渐渐成了每天的例行公事，我提供场地，他们提供酒和食物，基本上属于小范围联欢的性质。来的最多的当

在 清醒

与 麻木 之 间

然是番长、三儿、阿望，还有社长这几个人，不过也有新朋友，戴着黑框眼镜属于闷骚型的凯宾先生和跳街舞的友広也是常客，我们的队伍在一天天壮大。

而经过番长他们的不断宣传和怂恿，家里来的人也越来越多，小范围联欢开始慢慢升级为持续到午夜的狂欢，甚至很多不是特别熟的家伙都来了。不过既然都在一个大学，欢迎就是了。结果我自己都不知道为什么，生活开始变成一个聚会连着另一个聚会，白天去学校互相交换醉酒心得，晚上再继续喝，同时我和番长也是厨艺大长，我炒得一手好菜，他炖得一锅好肉。而在这个榻榻米七贴大小的房子里，最多的时候居然装下过十几个人，不是空屋子，是在我完全没收拾的情况下，所有人都坐在地上吃。回想起来，那次聚会完全乱成一团，我只能看到很多人的影子在屋里晃来晃去，已经分不清谁是谁。比如我刚要跟某人说话，张开嘴却发现眼前站着另外一个家伙。数不清的啤酒罐散落在地上、桌子上，装满了许多不同牌子的烟头。红酒、清酒、烧酒的瓶子自由地在地上滚来滚去，幸亏没有碎掉的。那时我的笑容已经僵在脸上，除此之外做不出别的表情了，而这是屋里的情况。厨房则是番长的天下，他一边擦汗一边切菜煮肉，脸红得像一大盘麻婆豆腐，并且每出一道菜都会引起一阵欢呼，还时不时会有人去探班，给他开罐啤酒或者把抽了一半的烟塞进他嘴里。而我在照顾所有人的同时，还要注意烟头有没有烧掉什么，音乐声会不会太吵，并始终都在大声说话、哈哈笑个不停。在狂欢和理智之间随意切换真是件很难的事情，不过还好没出什么意外。

那段日子的记忆完全就是由各种料理材料、各种酒瓶子以及玄关那里一大堆分不清谁的鞋所构筑的。每天放学后朋友们蜂拥着带来吃的和礼物，狂欢到午夜，再带着被酒精浸透的身体离开。午夜

里，当我把所有人都送出门，看着他们脚步沉重地走在昏暗、闷热的街道上，好像一片一片模糊的黑色剪影，筋疲力尽。结果换来的是我论文一个字也没写，打工也断断续续，白天在大学里带着糟糕的失重感混沌度过，晚上再迎来一塌糊涂的聚会。本来还算有规律的日子被突然加温，每个人，包括我自己，脸上从早到晚都挂着神经质的微笑，却找不到微笑的理由。这样的生活持续到九月。

直到某天早上我睁眼醒来，还来不及问自己昨天发生过什么，就先被剧烈的头痛击倒在卫生间，干呕了一会儿，只有口水，不过好歹清醒过来了。之后我在厨房冲了咖啡，端着慢慢走回房间，坐进电脑前的椅子。滚烫的咖啡喝下去，脑子逐渐变得清晰，闭上眼睛深呼吸几次，又抽了根烟，我突然想起那天竟然是自己三十岁生日。

三十岁？我肿着眼睛坐在椅子里愣了一会儿，一阵窒息。想打开窗户换空气，拉开窗帘，刺眼的阳光却让我险些昏过去。三十岁？……

没有意义，我拒绝接受三十岁被赋予的任何所谓的意义，拒绝！那不过是一个通常的两位数字而已，就是个数字，三十还是四十还是五十还是多少又能怎么样！？不过这数字从"那些人"嘴里念出来却他妈像个诅咒。三十！三十！三十！反应过来的时候脑子里全是那些声音。我猛地站起来重新拉紧窗帘，像受了惊吓的猫那样迅速爬回床上，把脸埋进枕头，手死死攥住被子蒙住头，在无尽的黑暗中躲了起来。因为那里没有三十岁，我不需要三十岁！

那里也确实没有三十岁，没有任何人的三十岁，也没有我的。那里什么都没有，甚至一连串聚会的吵闹回响也在那片黑暗里戛然而止。

生日后的几天我都是一个人过的，婉拒了所有聚会，偶尔去学校，但既不上课也没见任何人，只是在学校里漫无目的地转转就回家了，也不知道去学校干什么。后来的某个周五，我在学校里迎来三十岁后的第一场雨，那天同样谁也没见，一直坐在食堂旁边的露台上看雨。

戴着耳机重复听了不知道多少遍《教父》的电影原声，不知道抽了多少根烟，也不知道时间过去了多久，直到不知不觉雨停下来，在露台下面空荡荡的操场上留下了几个大水坑，温吞吞的风吹过，所有水坑都跟着一起颤抖。听着音乐，久久看着那些水坑，整个人越来越恍惚，恍惚中思绪慢慢飘向过去，想起以前的日子，还在北京的日子。那时候精力足够旺盛，有的是激情，有的是酒精，不停抽烟，不停花钱，大把浪费时间，生活就是一个聚会加上另一个聚会再加上另外无数次聚会，就像现在。不过那时候靠点小聪明就能赚来不少钱，也就能再用这钱去换来更多次聚会，换来各种能喝的、能玩的、能毁的、能燥的、能抽的，换来那些明知道失去了就再也别想收回来，可还是把它们随便就给扔了的各种……东西。

现在倒是不一样了，三十岁，冷静下来想，我可能真的没有时间可以浪费了，并且身无分文。国内的朋友好多都结婚了，曾经的女孩子们也生下自己的孩子当妈妈了，好多人都开公司了，开跑车了，别人的三十岁都在努力耕耘着自己的人生，我的三十岁却是独自坐在学校露台上对着雨后的水坑发愣。要打起精神来，我对自己说。四年的大学生活就快结束了，不能再继续这种无所作为的日子了。首先我要解决自己的论文，拿到毕业证，再去搞一份正经工作，不管是什么工作，只要能在日本站住脚，以后的事情自然会慢慢看清楚，先把眼下的事情办好。于是我开始一个人闷在家里看书。

二十七　虹

　　然后，纯子要结婚了。

　　有一天我正在家里看书，纯子打来电话，说有人向她求婚，她也同意了。我在电话这边沉默了一会儿之后……忘了说过什么，印象中弄得很不愉快。也许是她想得到我的祝福，但我却没有说出口，然后就那么很不愉快地结束了。我没什么特别的感觉，放下电话后，一个人愣了会儿就继续看书去了。等我把注意力重新集中到书上的时候，有那么几个瞬间，余光中的整个房间都变成了黑白颜色。

　　至此，我再也没有听过她的声音，也再没见过她。随着时间流逝，甚至连照片都尽失了，有时候忽然想起她却又无从查证，如同雨后的彩虹。也许她的存在，同样也只是我内心中偶然才折射出的美好幻影吧。

　　纯子的故事，完结。

与在清醒麻木之间

二十八　短途旅行

　　十月的后半月，渐渐变冷，无论是大学还是打工依旧是彻底地无聊。曾经在学校里看见过一次铃木杏，就是那个很有名的女演员，是在食堂外面的台阶上看到的。我们几个聚在食堂门口一起小声吵吵着，叫啊叫啊，叫她名字试试，难道她在这儿上学？怎么可能啊之类的话。结果谁也没叫，因为大家都是害羞的人吧，呵呵呵呵……除此之外，再无惊喜。

　　那时候，我也开始在家着手准备起论文来了。参考书都认真看过了，相关资料也查了好几遍，但没什么进展。随便在网上找了些片段搭了个架子，但无论如何也深入不下去，有时候光盯着电脑屏幕就能看一下午，却一个字也不出来，文章十分难产。我平时只看小说和人物传记，换个说法，只看有故事有情节的东西。评论、论述这种东西几乎从来没有正经看过，导致我完全不知道怎么下笔，全无头绪。我觉得这些东西都是废话，评来评去，也不过是根据现有资料显示的东西，再掺杂些个人情绪和判断罢了，没什么价值，给老师拿过去混个毕业足矣。不过，也可能就是因为我抱着这种心态，所以才迟迟写不出来吧？从小养成的脾气就是，想干的事再怎么困难都要尽力搞好，自己觉得无聊的东西则怎么也搞不出来，因为根本不想搞。但毕业论文搞不出来就没有毕业证，还真是麻烦。

仔细想想，大学四年级的后半学期我都干了些什么？学分还差一点点儿，可我却选了几门非常难搞的课，日语古文什么的，真是莫名其妙。中国古文我都没学好，"白日依山尽"是谁写的我都想不出来，却选了日本古文，只能暗暗祈祷老师能放我一马，凑合给我这个留学生一个合格就好了。不过除了这点以外，其他的就想不起来了，几乎是空白。太专心于论文了？不是。那还有什么？打工？不不，打工的事情懒得往这里写，因为那工作无趣极了，现在想起来简直要对着电脑屏幕呕吐。不过倒是认识了一些比较有趣的家伙，但也没那么有趣啦，相对而言。相比那段在记忆中几乎是空白的日子来说还算有趣。

　　在ANA这边打工没有当年在JAL那里有意思，这边的领导，或者说工头，都是些老气横秋的家伙。有几个年轻的关系倒是不错，但跟JAL那边还是没法比的。我们曾经在跑道边上开车追飞机，或者把车开到海边隔着海看迪士尼岛的焰火，还有个领导曾经立下过规矩，谁欺负中国留学生立刻滚出现场之类，与其说是领导，我更想叫他老大。但在ANA这边只是平淡地工作、工作、工作而已，没什么乐趣可言。直到我把番长也介绍过去才多少变得有点意思了。因为他那段时间没有好工作，我就介绍他也去扫飞机，他完全没想过还有这种工作，便满口答应下来，也顺利入职。于是只要他在，我们就天天腻在一起。

　　还有就是，我见了番长当时的女朋友，日本人，一个很可爱的日本女孩。长头发、大眼睛，个子也不矮，中文倒是一句不会。我们一起在町田吃了顿饭，中国菜，看起来那女孩还挺喜欢中国菜。既然第一次见了，以后还会常见，自然变成朋友，我是这么想的。

　　其他的都是些琐碎事情，把时间快进到十一月好了。十一月的

某个周末我看了场三儿的演出，Land Techniks，这组人的名字，在东京地下Hip Hop圈里还算有名，标准的2MC1DJ配置。而那次好像是我第一次看他们演出，实在是无法准确想起来了，就当作是第一次吧。地点在我也不知道什么地方的一个地下俱乐部里，我到的时候，阿望、西爷、社长他们都到了，三儿的搭档，一个叫阿清的家伙，还有当时他们的DJ也都已经就位。除了那个DJ我不认识以外，其他的都是熟人。他的搭档也是我们大学的，见过几次，也知道是三儿的搭档，只是那家伙话不多，貌似也不经常上课，不然应该更了解些。在我眼里他是个谜一样的人物，在台上和在台下简直是两个人。台上的时候自然不必说，全力演出，丝毫不掉链子，在台下则老是一个人待着，我们聚在一起聊天，他也只是跟着听听而已，总之是个低调的家伙。

演出本身无可挑剔，在我看来他们已经相当成熟了，完全可以去更大的舞台。三儿和阿清的配合也很明显是多年搭档的感觉，那种联动感和默契可不是临时凑起来的家伙所能代替的。更棒的是，当我们一大堆人在舞台下面一边叫喊一边拼命折腾的时候，三儿在台上开了瓶龙舌兰，自己灌了几口之后就交给台下的人，最先拿到的家伙也跟着灌了几口，之后再传给其他人。这瓶酒就这么在场子里传来传去，基本上每个人都喝过，很快就没了，但不知道谁又开了一瓶，继续传继续喝。跟着舞台上三儿这帮人简单粗暴的音乐，有几个明显激动过头的家伙很快就喝多了，人群开始冲撞起来。我们也在里边毫不客气地拼命燥，最后没人知道一共喝了几瓶，演出结束后，一半人都跑到外面醒酒去了。

我们这几个暂时没事的都跟着三儿去了后台，那个DJ貌似有事先行离开，结果后台里都是自己人。我们乱七八糟坐在地上椅子上抽烟、喝啤酒，外面的DJ放起《Jump Around》。另外，这里还有一个女孩，是我们进来一会儿以后才进来的，她就一个人。演出的时候没看到她，既然来了后台，应该也是三儿的朋友才对。她个子不高，感觉上胖乎乎的，当然不是胖子，只是第一印象有些丰满的那种，面貌却看得不是很清楚，后台相当昏暗。女孩进来的时候见没有座位，就直接蹲在地上，我们分了烟给她，她就蹲在那儿抽。三儿把我介绍给她，说是大学同学，一个中国来的留学生，介绍的理由是我有文身，那女孩也有，貌似我们有共同语言了。我跟她打过招呼后，两个人就直接聊起关于文身的话题，一直说了好久，旁边的人也没注意到我们，都是各聊各的。后来我去卫生间，出来后在吧台看见她，我说你想喝什么，请你一个。但那女孩拒绝了，说马上离开。我说好，下次有机会再见吧。她说一定还会再见的，那么，晚安。于是我们互相点点头就分开了，她自己走出门，我回到后台继续跟三儿他们喝酒聊天。

那是我第一次见夕美，不过名字是后来才知道的，那天我忘了问。

同样是十一月，我和三儿还做了一次短途旅行。那是一个周末，我在家吃完晚饭正闲得无聊，写了几笔论文，实在没什么主意就放在那儿，一直看Limp Bizkit演唱会来着。正看着三儿打来电话，问我在干吗，不打扰的话想过来找我，我说你随时来吧，正好无聊，三儿说这就到。过了一会儿，他在外面哐哐敲门，我放他进来，他一边脱鞋一边说打扰你啦，同时扔给我一罐咖啡。其实自从我搬来之后，三儿经常过来，当然那些聚会他也在，我不再搞聚会的时候他就自己来，因为住得太近了，走路就能到。每次来他都给我一罐咖啡。我俩在一起也没什么可做的，无非就是听听音乐、抽抽烟，偶尔喝点啤酒，他给我介绍日本的好乐队，我告诉他中国已经有大型音乐节了。他还知道黑豹和崔健，说崔健特别好。记得他说完我还和他握手来着，我说你还真懂中国音乐，他说不客气。聊音乐、聊酒、聊中国、聊日本，奇怪的是，记忆中我们很少聊女人，也许是他觉得那样比较缺心眼儿吧！

那天，我们也是一起接着看Limp Bizkit演唱会，没有什么特别项目。直到看得有点烦，三儿说这么坐下去也太没意思了，我说那去干吗？三儿想了想说，咱们开车出去溜达溜达。我眨眨眼，现在？好啊，说走就走！三儿一口干了咖啡，说你先等会儿，我得先把车开来，我走路来的。

三儿来了以后，我从家里装了一兜子CD，随便套件外衣就出门了。坐上车，我问他去哪儿，他说他也不知道，先开出町田再说。我说行，随你。车发动，我打开了音乐。因为在家那会儿演唱会看了一半，便索性继续放Limp Bizkit，三儿没意见，边开车边跟着小声哼哼。我打开窗户，看着外边抽烟。

这种临时性的突发开夜车，对于我和三儿来说也不是第一次了，不能说经常，但时不时就会走上一次。完全无目地消耗汽油、污染环境而已。他专心开车，我专心抽烟。偶尔听音乐，偶尔就那么只是安静地开，不停地开，他不说话，我也不说话。安静地兜过新宿，兜过郊区，兜过太多不知道地名的地方，我们像在寻找某种不存在的答案一般，只是靠直觉把车开向某处，然后不做任何停留，再完全没理由地开向另一处。没有渴求着什么，也没有追寻着什么，三儿总是面无表情地握住方向盘，我永远都是一脸忧郁地直直盯着外边。那些不断被我们抛向身后的风景，如同被我们撕碎的一张张巨大风景图片。我们高速地不顾后果地一直向前冲，把那些风景远远甩掉，撕烂在车轮暴起的烟尘里，没有丝毫留恋。我和他都明白这不是什么观光、游车河之类，但别的就不明白了，只是想行动起来。不管怎么说先行动起来，在行动中自然会有答案，所

Between sobriety
and numbness

277

以，我们一次次奔向未知的地方。尽管我和三儿的需求也许不尽相同，但至少我们在方法上保持了一致。

这次也一样，我们先在町田转了转，之后三儿把车开上一条很宽的公路，我不知道通向哪里，也没问通向哪里，只是一如既往地坐在副驾驶里看外边。听了会儿Limp Bizkit，我说要不要换一个？三儿说随便，于是我放起……好像是Pearl Jam。这时候我突然有个想法，就对三儿说，你有没有过不借助药物和酒精，只靠音乐把自己听飞了的经历？三儿没有马上回答，过了会儿才慢慢说，可能有。我说要不要试试，三儿笑了笑，说交给你了。我默认，开始挑随身带来的CD，只选曲风沉重、凄凉、绝望、迷茫或者说让人意志消沉的那种。

一直听音乐抽烟，三儿继续沉默着开车，我时而把脸贴在车窗上，时而把头靠在椅背上，听了什么已经不记得，也不可能记得，那天晚上听了多少曲子早就没数了，有些还是循环播放的。开了几个小时后，时间接近午夜，我早就搞不清自己在什么地方，记得看见过一次横滨那个著名的摩天轮，不过也许不是，三儿可能也不知道，不过这都不重要。只是我们几乎都不再说话了，一句话不说，慢慢开，不超车也不加速，完全随机地拐上不知道什么路。经过一些高速路，几座高架桥，一会儿在市区，一会儿在大片的住宅区或者海岸公路。大致上是先去了横滨，后来又跑去藤泽，再后来我就完全迷失了。经过海的时候我问过一次三儿这是哪儿，三儿轻轻摇了摇头没说话，甚至头都没歪一下，我也把嘴闭上了。

路上的风景在我现在的记忆中模糊成一片，我觉得我们甚至有可能已经跑遍了全日本也说不定，那些我从没去过的地方对我来说根本没有差别，我们就像随风乱飞的树叶，没有预兆地莽撞地奔向未知。看着远处和近处的街灯连起来，形成两条似乎就要

与 在
麻木 清醒
之 间

聚拢在一起但又永远分开的光带，光带下面偶尔能发现一个营业到很晚的店铺，其他则一片漆黑。我看着那两条延绵的光带，似乎伸手就能攥住，攥住以后呢，能把我带向哪里？我都不知道自己在哪里。从北京跑到东京，又从东京跑到这些叫不出名字的地方，我究竟穿越了多远才来到这里啊？而且是完全没有目的地出现在这里。三儿的车简直是一部能穿透时间和空间的机器，抛开现实和假想的时间空间论，我们应该是正在穿越自己的命运吧？自由自在地把下一秒的生命下一秒的青春留在这些地方，不断向前，不断在陌生环境中确认自己的存在感。这就是所谓的自由吗？无视地理和时间的约束，任凭身体随意奔向任何方向，在这样的时刻，城市的概念已经没有意义，我们并不存在于某个被赋予了特定名字的地方，一条街道就代表了整个世界，它可以是任何地方，反正我们也不知道自己在哪儿。

听着音乐，视野逐渐变得狭窄，思绪则飘忽不定，高速旋转的车轮承载着我们的身体，移动在陌生的无人公路上，听不到引擎声，音乐麻痹了大脑和四肢，体力渐渐流失，有一阵子我甚至感觉不到自己的腿，注意力完全涣散。途中三儿好像还闯了几个红灯，都是闯过去以后才反应过来，不过也没有什么特别的表示，只是自言自语着，啊，红灯。没有丝毫犹豫和踌躇，红灯过去后他也没有减速。我也并不在意他闯没闯红灯，因为直到他自己说出来，我才反应过来其实我们刚刚经过了一个路口。因为开着车，三儿应该还保持着最低限度的集中力，我则完全傻掉了，脑子里没想任何事，也没有力气想，只是任凭眼前的事物把大脑临时性塞满，再迅速更新，再塞满，直到我们误闯进某个码头。

不知道为什么码头入口没人看守，三儿随便拐了个弯，以为那也是个路口就开进去了，然后才发现一片巨大的开阔地在眼前突然

展开。远处是黑色的海，稍近的地方零散地放着一些巨型集装箱，这地方恐怕有两个足球场那么大，我随便说的。谁知道有多大，总之我们开进去后一直在转圈，三儿还是没有要停下来的意思，我觉得他是故意的，这对他来讲更像是一场游戏吧？仿佛我们打开了某个隐藏关卡，走进了别人不知道的额外奖励地图，虽然有几次差点开到海里去。地上不再有行车线，三儿开着车完全是随意的游走状态。环境的变化让我多少有了些精神，打开车窗，新鲜的带着海味的冷空气瞬间涌进来，我探出头使劲呼吸着，肺要被撑炸了那样呼吸着，同时随手关了音乐，有点恶心。看着深邃的远处，失掉了方向感，突然经过的集装箱像山一样横在眼前，我觉得自己就要被压扁了，便急忙把头收回车里。想起有一次岳程跟我说，他曾经一个人躲在宿舍里飞叶子，那时候正好有美军战斗机飞过，巨大的轰鸣声让他觉得那飞机就要掉到他屋里来了，于是赶紧滚到床上躲进被子里。我有点理解他说的是什么感觉了，虽然那会儿我没飞叶子，连酒都没喝。

在巨大码头区转了将近半个小时，三儿说找不到入口了，我打了几个哈欠。等到终于又路过进来的地方，三儿果断开出去，同样没人看守，这是哪里的码头区也根本搞不清。等我回过头想要至少确认一下环境的时候，却只看到身后的一片黑暗，连个码头影子都没有。难道我疯了？

继续跑了一会儿，远远看见一个便利店，三儿说要休息，我点头，无论是精神还是身体，我们都的确有必要放松一下。把车停在便利店门口，打开车门，在寒冷的空气里坐了几分钟后，我们才有力气从车里钻出来，那时候大概是凌晨三点左右。走进便利店，眼睛被白炽灯晃得有点疼，我看看三儿，他眼神直愣愣的，眼睛里充斥着血丝，恐怕我也一样。我们在冷柜里挑了几罐咖啡，拿回车里

与
在
麻木
清醒
之间

也不再听音乐，就那么安静地喝咖啡。不太妙啊，三儿说。我问他能回去吗？他说没问题，要歇会儿。我们坐在车里，目视前方，慢慢喝着各自的咖啡，味觉可能也消失了，嘴里除了冰凉的口感只有一些淡淡的奶味。喝完咖啡又抽了会儿烟，偶尔隔着玻璃窗瞟一眼空荡荡的便利店，店员正懒散地靠在柜台上，胡乱按着收款机不知在忙什么。等三儿休息够了，他不慌不忙地发动引擎，我跟着摇上车窗。车灯射出的黄色亮光只照亮了不远的前方，然后就被朦胧的黑暗吞没了。开出便利店停车场，三儿看了看路牌，拐了个弯后对我说，我们在东京的另一边。另一边？出发是町田，我知道的是有可能路过了横滨，另一边？难道是八王子？或者埼玉？三儿没有进一步说明，仍然匀速前进，我也不再关心地理位置的问题，躺回座椅里看着前面发愣。

　　从那之后过了多久我早就没有概念，只记得后来我们开上一条笔直的马路，那条路长得似乎没有尽头。两边都是民房，数不清的一户建整齐地罗列在路两边，周围一辆车也没有，所有房子都黑着灯，只有街边的路灯像无数个黄色句号整齐地连在一起。我们安静地行驶在这些房子中间，看着眼前笔直的马路渐渐形成相当缓的上坡，向上延伸，没进黑暗，也许能这么一直开到天上去。一户建群如同被人遗忘的电影布景般完全看不到生活感，按照同样的频率，这些同样的建筑接连向后退去，看得久了分不清是我们在动还是房子在动，一成不变的景色，匀速的移动，仿佛置身在时间和命运的无限循环里久久无法脱身。大约在这条路上跑了三十分钟，我们到达缓坡顶点，眼前是一条向下的缓坡，其他景色完全一致，我觉得有点不自然，某种暗示，也不知道哪儿来的暗示告诉我，我将迷失在此处。所幸三儿没有选择继续前进，而是拐进了一条小路，并提醒说我们就快回来啦。我欠起身子寻找路牌，只是看了半天也没搞清楚是哪儿，后来三儿说快到新百合丘了，我才觉得有些眼熟。穿过某条铁路线又开了一会儿，我看到新百合丘车站，同样是小田急线，离町田只有电车四站的路程，这才松了口气，我们真的回来了。

接近车站，三儿问我困不困，我说还好，那时候已经快天亮了。既然还好，我们歇会儿再回去，反正不远了，三儿说。我说没问题。车站前有座综合商场，我不知道那商场的名字，好像是华堂？只知道里面有华纳电影院，边上是一栋大型立体停车场。三儿绕了几圈找到入口，把车开到停车场最顶层。一辆车也没有，当然了，这时间如果不是像我们这样发疯的话谁会到这儿来？把车随便塞进一个车位，我和三儿筋疲力尽地靠在座椅里，长长出了口气，摇下车窗点上烟。今天真是过瘾啊，我说。是啊，三儿点点头说。凝视着眼前空旷的停车场和渐渐泛红的天空，我轻微地感觉身体在抖，拿着烟的手也在抖，但脑子已经清醒不少，隔着车窗抬头望向被渲染成一点点金红色的天空，感觉自己正漂浮在宇宙里……能看日出了吧？我自言自语。那就看日出吧，我还有一个东西。三儿说着从后座一个书包里掏出一瓶已经打开的红酒，拔出塞子喝了几口，之后交给我。

"居然还藏着这种东西？不愧是三儿！"

"就为这种时候准备的。"三儿还是一贯的淡定。

我接过瓶子猛灌了几口，红酒流进胃里，差点引起一阵痉挛。这时候我们已经不再听那些让人不舒服的音乐，换成了日本本土的Hip Hop，为了能纠正一下混乱的思维。周围灰蒙蒙的，太阳还没升起来，只是比夜晚亮了一点点而已，即将天亮的味道。天快亮时空气会变得无比新鲜，但持续不了多久，随着太阳升起鲜度会被抹杀掉，说不清那味道，但我总觉得有。两人无言地听着音乐抽了

与麻木之间在清醒

几根烟，红酒下去一半多。过了一会儿三儿推开车门，说是要去小便，结果下车刚伸个懒腰，就突然躬下身子拼命吐起来，我想是因为他空腹开了一夜车，又突然喝酒的缘故。我在车里喊着，没问题吗？没有回应。等他吐完，独自站了会儿，他回头看看我，我在车里干了剩下的酒，也推门出去。

空旷的停车场让我想起那个隐没在黑暗中的无名码头。绕过车身向前走了几米，一阵冷风吹过头顶，莫名的怒气在胸中膨胀，理由却不得而知，也许只是头脑混乱造成的单纯兴奋也说不定。停下脚步，有那么几秒钟我想象着远处大楼缓慢倒塌的景象，之后猛地抬起手，把红酒瓶子尽可能远地扔向停车场另一侧。蓝灰色的空气里瓶子划过停车场护栏和电影院的巨大看板，在视线中渐渐变得模糊，最终在远处看不清的虚无中发出清脆的玻璃碎裂声。我深呼吸了几次，冷得要命，那股莫名的怒气也随之消失。转过身发现三儿已经钻回车里，我使劲儿眨眨眼，视线已经开始变得不再清晰，就也跟着钻了回去。关上车门，把椅背放倒，双手垫在脑袋下面伸了个懒腰，我最后的力气也流走了，只好缩在座位里裹紧大衣。热风虽然开着，但还是有点冷，也许是身体过分被消耗的缘故。在这里睡觉会不会被冻死？我闭上眼问三儿。半天无人响应，转过头去看他，才发现三儿已经独自睡着了。

短暂的睡眠。意识中远处的大楼缓慢倒塌，之后又在意识中缓慢重建。循环往复。

不知道过了多久，勉强睁开黏糊糊的眼睛，我发现自己正被某种巨大的强光所包围，无尽的白色和金色混合在一起，那瞬间让我以为自己瞎了。使劲皱起眉头，渐渐恢复知觉后才感觉身上很暖和，巨大的太阳浮在不远的对面，却完全看不清其轮廓，只有一片耀眼的虚幻。我慢慢直起僵硬的身体，歪过头看到三儿

还在睡，也没去叫醒他，独自轻轻打开车门。白昼的停车场停满了车，气温则比想象的高些，今天似乎很暖和。摇晃着穿过停车场，我走进商场，一路漫长而崎岖，其实不过是二十多米远的水泥地面。进了卫生间，我拧开水龙头用力洗脸，冰凉的自来水拍在脸上如同打开了另一个世界的大门。清醒过来后看着镜子中的自己，如同面目狰狞的流浪汉一般，水顺着脖子流进衣服里，我连抬手擦的力气都没有。

在卫生间里休息了一会儿，回到停车场，我先去自动贩卖机买了两罐咖啡，之后才返回车里。这时候三儿也醒过来了，我把咖啡递给他。早上好，我说。三儿接过咖啡，连眼睛都没有完全睁开，摸索着打开易拉罐几乎是一口气喝了下去，又猛摇了几下头才算勉强醒过来。几点？他问。不知道，我说。之后俩人无力地看着眼前停满车的停车场，一夜奔袭的劳累加上强烈的饥饿感，换来两副麻木的身体和两坨麻木的大脑，这场闹剧算是接近尾声。还能开车？我问三儿。三儿摇摇头说，车放在这里好了，坐电车回去。我点点头。

又歇了一会儿，我们走下停车场慢慢移去车站，正午的新百合丘车站熙熙攘攘，行人穿梭而过，一片繁忙，在我眼里好像游荡在浅海中数目庞大的鱼群，无力分辨。进站后我们下到站台，找到长椅坐下来，三儿两手掩面等着慢慢恢复状态，我在旁边裹紧了大衣不断活动双腿，一筹莫展。几分钟过去后有辆电车缓缓进站，我用手捅了捅三儿，三儿没动，于是我也没动，只能茫然地看着电车装载好新的乘客又开出去。同样的情景持续了数次，接连几辆电车都被我们错过后，三儿慢慢抬起头，手插进兜里说，我觉得也许能把车开回去。我问他，你确定吗？他说没问题。我说好，听你的。于是我们站起来走出车站，又慢慢返回停车场，再次穿过数目庞大的

与 麻木 之间 在 清醒

鱼群。也许是当时大脑已经塞不进任何信息的缘故，后来是怎么回家的，我现在完全没有印象。

现在想起来，那时候的我们在毫无意义的事情上努力着，努力着，不断努力着，也许那就是所谓的青春吧？！

二十九　寿喜烧

　　走出某座车站，可能是日本桥站，也可能是新桥站，不过那不重要，天已经完全黑下来，时间没什么概念，只能笼统地说是黑天。我和纯子手拉手来到车站外，天气闷热得让人喘不过气，身上湿漉漉的全是汗水。为什么跑到这儿来我也说不清，只记得跟纯子拉着手走下车站，边走边用另一只手不停擦汗。出了车站后，眼前是一座未完工的立交桥，漆黑一片，这个时间已经不再施工，工人都回家了。不过这到底是日本桥站还是新桥站？哪儿来的立交桥？莫名其妙。纯子一言不发地领着我继续向前走，走进那片无人的立交桥工地，脚下踩着沙子和石粒，发出嚓嚓嚓的声音。我很想问纯子这是哪儿，但当时的我被眼前的黑暗迷惑得说不出话来，可能是纯子想告诉我什么，想带我去什么地方，给我个惊喜之类。虽然她一直不说话，看上去心情却很好，于是我终究什么也没说，任凭她带路穿过工地。

　　拐过一个桥墩，并随着一片光亮出现在前方我们才停下来。仔细看过去，那片光亮的来源是一家餐厅。餐厅？餐厅会开在工地里？又看了一会儿，我确定那是一家越南料理店，简陋的装修，或者说根本没有装修，四面白墙一个屋顶，店内被发出幽幽蓝色的日光灯照亮。这家餐厅很好吃！纯子说。是吗？没听纯子说过啊，我

与　在
麻　清
木　醒
之
间

286

说，话说这到底是哪儿？我们进去吧，说完纯子拉着我向前走。我说我不爱吃越南菜，受不了那些酸味和甜味，都是奇怪的调味料。纯子看看我又看看那家店，然后笑着说，那好吧，我自己去吃。说完便松开我的手自己跑了过去。哎！我叫了她一声，她却头也不回钻进店里。

　　这算什么？带我来吃饭的话也不事先说一下，现在自己跑进去，把我扔在工地里。我硬着头皮向店的方向走了几步，可最后还是停下脚步，既然这样，等她出来好了，不爱吃就是不爱吃。于是我找了块儿石头坐下抽烟，但天气太热，一根烟没抽完就扔了，嘴里干涩得要命。可我刚把烟扔了，纯子就出来了。这么快？我站起来迎向她，本来想问问为什么这么快就出来了，什么都没吃吗，难道？结果发现站在眼前的不是纯子，而是那个在大学空无一人的教室里给我做过越南春卷的越南女孩。脚下的沙子发出嚓嚓嚓的声音。

　　是梦。毫无预兆，毫无意义。

　　下午三点多睁眼醒来，二〇〇七年最后一天。我摇晃着身子爬起来，一本书从被子上滑落到脚下，我低头看，是村上春树的《拧发条鸟年代记》，也许是昨天看书看到半夜就那么睡过去了吧？起床后我弄了杯咖啡，坐进电脑前的椅子里，对着电脑屏幕发呆，昨夜睡前忘了关Word文档，那里还留着只写了寥寥数行的论文。论文……打了个哈欠，我把文档关了。屋里很安静，电脑机箱发出嗡嗡声，其余再无任何声响。屋外已是阳光普照，偶尔有人唰唰唰地骑自行车过去。想了想醒来前的那个梦，纯子的脸、越南女孩的脸已经完全分不清楚，甚至也许她俩都没出现过，那完全是另一个人也说不定，唯一留下印象的是那个立交桥工地现场。夜晚黑紫色的天空映衬着搭建了一半的桥身，如同被砍了头的龙，只有脖子的部

分还悬在半空，巨大的黑色剪影。

电话打来。我拿起手机，看到来电显示是三儿。

"喂喂，下午好。"我说。

"喂喂，尚君，刚起？还没起？"

"起了起了，正在喝咖啡。"

"哦。今天过年啊，你去哪儿？"

"这么说起来，完全没安排，番长好像和女朋友玩去了，我一个人在家吧应该。"

"好吧。晚上去找你，陪你喝酒。"

"实在是感激不尽，那我下午出去买菜，晚上做点好吃的吧？"

"不用不用，我从家里带吃的过去好了，寿喜烧怎么样？过年的时候我家里都吃这个，一家人一起吃，总是弄得太多吃不完，给你带去吧，陪你过年。在家吃过团圆饭，我也就没事干了。"

"太感动了！等你来。"

"不过要很晚哦，可能要夜里十二点以后吧。"

"没问题，来吧。"说完我挂掉电话。

把手机扔在桌子上，我继续坐了会儿，嘴上叼着烟却没点火，懒得点。又想了想那个梦，一片空白，这次连立交桥工地现场也从意识里消失不见了，我甚至怀疑起自己到底有没有做过梦。

在电脑前坐得累了，我看看表，五点，不知不觉消耗了两个小时。一口气喝掉杯子里的咖啡，我又爬回床上，心里想着再休息一会儿，然后出去吃个牛肉饭回来继续写论文，慢慢等到晚上跟三儿喝酒。这样计划着，结果却不知不觉睡了过去，再次睁眼醒来时已经接近晚上九点。

第二次醒来后头昏脑涨，完全睡多了，整整一天的时间一事无成。我再次从床上爬起来，精神恍惚地到卫生间洗了把脸，匆匆穿

上衣服走去附近的便利店，既然晚上三儿要来总该准备准备。随着
"叮咚"的电子声响，自动门在眼前闪开，便利店明晃晃的白色日
光灯让我有点头疼。我去红酒架子随手抄了两瓶红酒，又买了点零
食，薯片、巧克力、奶酪之类，之后结账往回走。路上经过一家松
屋，从外面向里边张望，我心想要不要先吃点东西，毕竟一天没吃
饭，店内的光景却让我打消了这个念头。服务员无所事事地在柜台
里面闲着，只有一个中年男在喝着啤酒看报纸，距离新年到来还有
两个多小时的现在，这景象也太过寂寥了。以前听纯子说过，新年
夜一个人跑出来吃牛肉饭的都是奇怪的家伙，不是没有朋友就是没
有家人，别人都举家团聚的夜晚在这种地方打发时间一定不正常。
想起纯子的话，我便没有停下脚步，路过松屋继续往回走。不过那
时候我并没有觉得那个看报纸、喝啤酒的中年男不正常，反倒觉得
他很可怜。

　　无论如何，他在大年夜选择一个人坐在那里，听着蹩脚的背
景音乐看报纸一定是有原因的，为什么没有朋友呢？为什么没有
家人呢？想到这儿，我突然联想到自己，如果三儿没有给我打电
话，我现在一定就坐在那个中年男附近，正小心翼翼地往牛肉饭
里打生鸡蛋吧？拎着刚买来的红酒和零食，心情有点低落，我停
下脚步回头看着那间只有一个客人的松屋。干脆一头冲进松屋吃
碗牛肉饭，再给三儿打电话把喝酒的事情推掉算了，一个人过年
也没什么大不了，过年什么的真够麻烦的。不过我很快就放弃了
这念头，这只是在跟自己赌气而已，既然有朋友来，不是应该好
好招待吗？新年前夜又何必跟自己过不去呢？这么长时间都是一
个人生活过来的，新年之类的也不算什么特别日子，这点承受能
力都没有，将来怎么在日本混下去？该高兴的时候就彻底高兴起
来才对。正想着，我看到那个中年男收起报纸，离开座位后慢慢

Between sobriety
and humbleness

289

走出松屋，消失在一条昏暗街道的入口里。这时候，店里可是一个客人都没有了，远远看着服务员在那儿懒散地收拾桌子，我也失去了一个人走进店里的勇气。

回到家，我就着红酒啃了几小块奶酪，吃了包薯片，权且当作晚饭。然后想了想要不要继续写论文，时间接近十一点半。这会儿开始写也没办法集中精神吧？再过一会儿三儿就来了，写也写不了几个字，于是作罢，开始玩《三国志》打发时间。

三儿是差不多凌晨一点左右来的，我打开门后看他拎着不少东西，赶忙伸手过去接。他在玄关一边脱鞋一边举起大半瓶清酒向我炫耀着，说这也是家里剩的，全拿来了。我忘了酒的名字，总之是瓶很贵的清酒。

把所有菜都摆上桌子，包括一大锅寿喜烧，七八种凉菜以及我买的零食，酒都快没地方放了。三儿举着那瓶清酒，我举着买来的红酒，杯子不需要，两个人互相道过新年好，直接对着瓶子喝起来。西爷说过一句名言：没有比对着瓶子喝廉价红酒更过瘾的事情了。我深度赞成。

吃饭其实没花什么时间，三儿本来就不饿，只是为了陪我喝酒而已，几乎没吃什么。我一天没吃饭，所以一锅寿喜烧很快就被我吞下去一半。急急忙忙吃饱了，剩下的肉和菜就那么放在桌子上谁也没收拾，我和三儿继续喝酒、听音乐。在我几乎喝掉一整瓶红酒的时候，三儿的清酒还剩下将近三分之一，那实在是很大一瓶，三儿一个人绝对喝不完，能喝到这种程度我已经挺佩服他了，并且三儿已经开始有点喝多了。

"尚君，其实，我对日本和中国打仗这事，还是想对你说一句，对不起！"我拿着红酒瓶子正要往嘴里倒，三儿的一句话差点让我喷出来。

"怎么突然说起这个？反正打也打了，以后不打就好了吧！"一边说着，我给三儿点了根烟。他接过去狠狠抽了几口就掐灭在饭碗里。

"不过，打仗肯定不是好事啊，像我这样的，背着装备跑到半路就累死了吧？不过尚君一定可以的，毕竟是打过橄榄球的！"

"我可不打仗，这个那个的太麻烦了。"

"嗯。不打仗……不过，还是对不起。"

"算了吧，只要你不跟我打，你就没有生命危险，喝酒吧！"

"哈哈哈哈哈，我不会跟你这样的打，你看起来就是个中国来的黑社会啊！"

"嗯，不要和我打就好，哈哈哈哈哈！"

我打开第二瓶红酒的时候，三儿整个人几乎已经趴在桌子上了。

"其实我挺想找个妞。"明显喝多了的三儿很认真地说。

"干吗用？"

"不是拿来用！我想跟她谈一谈人生。"

"……谈人生？那我也想找个妞谈一谈人生。"那时候我也喝多了，"我们都失去目标了，感觉没什么可为之努力的了。我们就要毕业了，还不知道毕业以后会变成什么样。"

"尚君有那个……纯子？"

"纯子已经结婚啦。"

"哦，对。如果眼前没有什么可为之努力的，那……就为了那些我们再也找不回来的，为了那些……所有活在过去里的影子们……干杯！"

"哦！说得好，为了那些活在过去里的影子们，干杯！"说完，我和三儿一起举起手里的瓶子，使劲碰在一起后喝了很大一

口。喝的时候眼泪突然涌上来，我强忍了回去。

　　那天我和三儿的确是喝多了，从一点左右开始喝到将近凌晨三点，三儿喝完那瓶清酒，我喝掉差不多两瓶红酒，能记住的对话也就这么多了。

　　注意到的时候，三儿已经躺在我的床上睡了过去。我把音乐关掉，又把日光灯换成台灯，房间里安静下来，台灯柔和的暗黄色灯光让我心里踏实很多。打开窗户换空气的同时，我去卫生间洗了脸，之后收拾掉桌子上的东西，一切归回原位，装好垃圾放在门口，最后回到房间，坐进电脑椅子里就再也不想动了。慢慢抽着烟，我感觉三儿不会很快醒来，他歪倒在床上沉重地呼吸着，口水流到我被子上，不过无所谓，那种东西洗洗就好，但我是没办法睡觉了。抽完烟我准备继续玩《三国志》，也许能一直玩到三儿醒过来。这么打算着，游戏也打开了，可我却没有继续玩的兴致，手里拿着鼠标胡乱点了点屏幕，心里却装着别的事情。说不好什么事情，即将毕业的事情，找工作的事情，一个人生活的事情，关于三十岁的事情，未来的事情，太多的想法和信息混合着酒精在脑袋里飞快旋转着，我一条也抓不住。最后，我终于也趴在电脑前睡了过去，二〇〇八年静静降临在我和三儿身边。

　　新年第二天，我是和三儿还有阿望一起度过的。白天的时候阿望来町田，说他女朋友暂时回国，自己闲着没事想过来喝咖啡，于是三儿带我们去了一个他很熟悉的咖啡厅，在町田车站附近。那真是我去过的最奇妙的咖啡厅，如果不是真有侍者在里边走来走去，我会以为那是个博物馆。一进门就被一副真正的欧洲骑士的盔甲挡住去路，盔甲四周堆满了不知名的高大绿植，房顶上还挂着几个巨大鸟笼，里面有真的鹦鹉和其他鸟类标本，也就是说真鸟和假鸟混

与麻木之间　在清醒

在一起，我以为自己闯进了某个莫名其妙的热带丛林。寻着绿植之间狭窄的小路走向店内，拐了数个弯后才找到一处沙发和桌子。刚要坐下，一个上了年纪的老侍者安静地出现在我们身边，也不知道是从哪儿冒出来的，花白的头发仔细地梳向脑后，留着精致的山羊胡子，脖子上系着领结，身穿黑色马甲配白色衬衫，下面是笔挺的裤子和十分讲究的皮鞋。作为咖啡厅侍者，这样的打扮并不多见，仿佛是从哪里穿越过来的。我们坐下后，老侍者放下菜单，转身又消失在密不透风的绿植之间。

"这样的咖啡厅真是少见……"我环顾四周自言自语。

"相当有趣。"三儿笑着翻开菜单说，"这里的饮料也相当有意思，你可以在这里找到昭和时期流行过的东西。"我当然没经历过昭和时期的日本，所以也不太清楚什么是昭和时期流行过的东西，就把点菜的事情完全托付给三儿和阿望。结果我的饮料是一款墨绿色的苏打苹果汽水，喝下一口，气泡之丰富简直快要在嘴里爆炸，一股化学添加剂味。另外，那些餐具和杯子也好像是几个世纪之前的古董品。

在咖啡厅大概混了四五个小时后，我们三个人已经聊到再没什么话说，都快睡着了，肚子也饿了，于是结账离开。之后阿望提议吃烤肉，我们就去吃烤肉。随便找了家店，一般的烤肉，不难吃，但也不会让人记住味道的烤肉，没什么值得说的。吃过饭三人又逛了逛古着店，最后回我家喝酒、听音乐。

不知不觉到了夜里，我还在网上上找新歌的时候，阿望突然说，没有电车了！看看表，已经接近凌晨一点，我们都忘了时间，这下阿望回不去家了。怎么办？我提议阿望住在我这儿，但这提议十分勉强，我的单人床实在是睡不下两个大男人。三儿想了想，问我要不要再来次深夜旅行。我说如果是上次那样的旅行完全没问

题，甚至是有点期待。那就这么定了，三儿说，而这次的主题就是深夜送阿望回家！目标，热海！我和阿望激动地不停点头。三儿说你们别着急，我回家去开车。

三儿在驾驶席，阿望坐在副驾驶，我一个人半躺在后排座位，三个人踏上了深夜热海之旅。不过开出町田没多会儿，我就睡着了。等我醒来的时候，车还在不知道什么地方飞奔着，三儿和阿望坐在前面悠闲地聊天，音乐是Tha Blue Herb的某张专辑。我问他们到哪儿了，阿望回头说已经接近小田原，正要去某个旅游景点。旅游景点？我挣扎着坐起来，跟三儿要了罐咖啡，几口喝下一大半，剩下一点儿留在罐里准备当烟灰缸用。抽起烟，我透过车窗看着外面，印象中经过一条林荫路，不过因为是深夜，只能看到最近的一排树，其他地方完全漆黑一片。又过了一会儿，三儿把车停在一处开阔的停车场，说要下车撒尿。我们也跟着下来，抬头一看，眼前居然是雄伟的小田原城！

"阿望，这是你说的旅游景点？"我吃惊地说。

"对对，来，让我们一起在小田原城下尽情地撒尿吧！"阿望笑着点点头说。能在深夜的小田原城下撒尿，这样的机会恐怕是不多的。

尽情撒完尿之后，我在周围转了转，可惜所有的大门都关着，想要进城里是不可能了，只好又返回车上，我们继续出发。一路上说过什么早就不记得了，也就证明我们其实并没有说过什么重要的事情。

到达热海附近的某个地方，我是完全不认识，阿望指路说快到家了，于是我们按照他指示的方向开，最后在一个路口停下来。在这里阿望下车，说等一会儿，家就在附近，他也要把车开出来。既然来了，不如干脆逛逛好了，可以看看深夜的热海海景。之后就不

与麻木在清醒之间

知道走去哪里。阿望下车后，我坐进副驾驶，跟三儿一起抽烟，我问三儿精神如何？他说放心吧，能开到天亮。

　　阿望回来的时候开着一辆蓝色的不知道牌子的车，不是车的问题，是我对车这种东西的知识接近于零，所以才不知道牌子。他让我们跟着他开，可以带我们到海边。于是三儿发动引擎，一路跟在阿望车后面向前行驶。我无法描述那天的地理位置，首先我只知道自己在热海，但完全不知道具体在哪儿，另外又是深夜，我到夜里便分不出方向，路痴的典型症状，最后，在未来的日子里我也只跟着他们去过两次，对那边完全不熟悉。现在我记得当时走过一条盘山路，那么，如何将热海这个地名与盘山路联系起来，让现在的我很困惑，但我真记得走过盘山路，而后来是如何下到海边的就让我更加困惑了。简单说，根本没印象。

　　到了海边，我们把车停在某个停车场，三人下车沿着海走了一会儿，毕竟还是冬天，海风吹过来冻得头皮发麻，我忘了戴帽子。但除了温度的影响，这里夜景还是很棒的。望向海对面，一片金色的亮光点缀着……两三座很矮的山，那是海对面无数高档酒店发出的灯光。夜空如同一块巨大的幕布衬在山与海之上，星星数量则多得可怕，配合着海浪拍在防潮堤上发出的似乎很遥远的浪涛声，眼前的景象看起来有些不真实。这时候阿望跟我介绍说，热海被他们称为小迈阿密，风景很好，有棕榈树，有温泉，有好吃的鱼，有可以冲浪的海岸，不过其他的就没什么了。我看着大海十分感慨地说，其他也不需要什么了，虽然我不会冲浪，但我很爱吃鱼。阿望笑了，说我很适合做海男，很适合住在海边。我也这么想，能在海边开个小卖铺的话，一切就完美了，每天写写文章，卖几瓶啤酒、香烟挣点生活费，其他时间就看大海好了。不夸张地说，开小卖铺真是我人生的终极梦想，有客人招呼一下，没客人自己看看书、听听音乐。但这么多年过去了，这个终极梦想都没有实现，却花了不少时间去上班，不知道是开小卖铺太难，还是我自己太笨。

随着远处天空渐渐变白，我们在热海海边迎来了黎明。被海风吹得很冷，又加上一夜没吃东西，三个人都觉得体力有点跟不上，这样下去的话也许会感冒。阿望提议说，如果运气好可以找到开门很早的鱼店，也许能弄顿早饭吃。三儿表示同意，我用双手捂着脑袋点点头。还是由阿望带路，两辆车开出停车场，沿着海岸公路跑起来。这时候周围已经不算黑了，零星几个行人出现在公路边上，有些店铺里边已经亮起灯，但还没开张营业，整条街道处在一片灰蒙蒙的晨光中。跟着阿望跑了大约十分钟，我们找到一家鱼店，开到店前面正好看见穿白围裙的厨师搬着几把椅子从里面出来，像是要准备开店了。把车停好，我们三个走进店里，随便找张桌子坐下，阿望招呼老板拿菜单。其实老板就是刚才那个厨师，看我们进店，他空手走过来，表示现在还没准备好，要吃饭的话，只有白米饭和刚熬好的鱼肉味噌汤，咸菜倒是随便吃，如果这样也可以的话，马上端来。我们都说没问题。

鱼肉味噌汤还是第一次吃，可能是因为我们来得够早，那些鱼肉相当鲜，据说是刚从市场拉回来的。而真正的鲜汤不仅仅是美味，还有让人昏厥的功能，几口喝下去感觉自己就要笑眯眯地趴在桌子上睡过去了。那种流遍全身的幸福感，那种升腾的温暖，夹杂着对无垠大海的憧憬和《中华小当家》的即视感。再配上热腾腾的香甜米饭和凉丝丝的腌菜，不到五分钟，我们就狼吞虎咽地把饭和汤一扫而光，之后又要了热茶。喝着茶抽着烟，在汤和米饭在胃里慢慢消化、慢慢转化成热量的时间里，三个人已经瘫在座位上一动也不能动了。热海真是个好地方，我对阿望说。阿望眯着眼睛点点头，那尚君也来热海生活吧？有机会一定会来，我说。

与 在
麻 清
木 醒
之 间

热海突发旅行后，我开始在家认真准备论文，真来不及了。那段时间除了偶尔和番长在家做做饭以外，基本上再没有和谁出去玩过。不过当我已经绞尽脑汁终于凑了两万多字的论文出来，交上去之后，导师的回复却是，尚君，你还想毕业吗？我说当然要毕业了，有什么问题吗？……重新写，你这论文是网上抄的吧？这还不是最终稿，再给你一次修改的机会。这是导师原话。我只好说，对不起，马上重写！魔法失效了，还是导师更高明，一眼就看出我是抄的，厉害！

于是我开始认真写起来，或者说，继续抄起来……只是不再明目张胆地抄，而是这里拣两句，那里拣两句，再加上书名号，美其名曰：引用。最后倒是勉强通过了，但导师在评语里写着：引用过多。没办法。不过，这种小聪明论文大家不要模仿，碰到导师心情不好，一定完蛋。而毕业典礼那天导师看见我的第一句话就是，尚君能毕业真是奇迹啊。

三十　毕业

插播，毕业典礼。

如果我没记错的话，毕业典礼那天应该是二〇〇八年三月十九日，日历上显示是星期三，一个阴着天的星期三。早上换好毕业典礼用的西服，也是我唯一的一身西服，十分不习惯地坐电车赶到学校，因为前一天晚上玩游戏玩得太晚，眼睛还肿着，根本没睡醒。那时候学校图书馆前的广场上已经挤满了来参加毕业典礼的学生。男生基本上都是深色西服，还有几个穿和服的。女生就好看多了，颜色鲜艳的高档和服配上精致的浓妆，远远看去如同一大片五光十色的马赛克，看着她们每一个人脸上都挂着微笑，我也跟着有点精神了，只是完全分不清谁是谁。被过于鲜艳的大团色块所包围，我的脸盲症瞬间爆发，于是迅速穿过这些马赛克和西服男构成的奇妙人群，直奔文学科毕业典礼教室。

走进教室我马上发现了阿望，他和我一起毕业。同样是穿着深色西服，这时候已经找到座位，正一个人无聊地玩手机，我走过去轻声和他打过招呼后坐在他身边。看样子他心情不错，当然我的心情也很好，因为我们都属于勉强能毕业的那种比较危险的家伙。坐了一会儿，我们随便聊着天，文学科的几位导师和领导到场。我和阿望是同一个导师，走过我们身边时，那个导师看着我俩笑了笑

说，尚君能毕业真是奇迹啊。我不停点头说着"谢谢导师，谢谢导师"。阿望在一边大声笑。导师看了他一眼说，你也是个奇迹。于是就轮到阿望不停点头说"谢谢"了。

整个典礼过程就不说了，领导讲话，导师讲话，好像还有学生代表讲话，不过印象不深，这种典礼是最无聊的。接着就是每个人上台，由学科长亲自颁发毕业证书。接过证书后，我也学别人向学科长鞠躬行礼，之后回到自己座位上。阿望在下面用相机拍了照，说过两天弄出来给我，也算能留个纪念。等所有人都拿完证书，毕业典礼就结束了。现在想起来那实在是个相当简朴的仪式，没有夸张的煽情和做作的仪式感，只有最重要的几个部分，不过正合我意。后来听我以前那个同屋李说，他们毕业的时候，学校租了巨大的会场，所有人都要起立高唱校歌之类，我脑补了一下画面，给动物园里一千只猴子穿上德国纳粹党制服，整齐地排成队向游人作揖要吃的，就是那种感觉吧？

典礼结束后，校方在体育馆里准备了自助冷餐会，费用全部由校方承担，所有人都可以进去白吃一顿，并且有免费啤酒喝。另外还请了一个搞笑男艺人来表演，我忘了名字，当年相当火相当有人气，是个只穿游泳裤衩在台上搞来搞去的家伙。那家伙出场之前，事务所的人说了很多次严禁拍照，不过艺人登台瞬间，所有被高高举起的手机全部噼噼啪啪响起来，根本就没人能阻止。我们几个人倒是没去看表演，还是小团体聚起来大声地聊天、喝啤酒，跟关系好的哥们儿姐们儿照合影。我和阿望还特意跟导师照了几张。现在有时候翻出那些照片来看依旧很怀念，怀念那个阴天的星期三，怀念广场上的马赛克，怀念穿深色西服一起毕业的我们，怀念我自己。那时候的我还很瘦……

简单的毕业典礼结束后，因为大家都有各自要忙的事情，甚至很多人的父母都来了，所以也没有一起聚，我便独自回家了。把毕业证扔在桌子上，我脱下紧绷绷的西服，倒进床里想睡一会儿。昨天睡得太晚，早上起得又太早，再加上乱哄哄的毕业典礼，这会儿困得要命。可闭上眼睛却无论如何也睡不着，不断有莫名其妙的画面闪过眼前的黑暗，就像在高速行驶的地铁车厢里看隧道中铺设的广告，信息量过大，毫无重点，头晕目眩。就这么跟床僵持了半小时左右，我放弃了睡觉的打算，却又懒得起，便在床上躺着看电视。打开电视机，眼睛盯着屏幕脑袋里则一片空白，没接受到任何信息，画面在动，可我的眼球却没有跟着一起动，仿佛除了屏幕里的世界，真实世界的时间被停止了，脑袋僵住，也不能顺利地变换姿势，腰靠在背后枕头上疼得发硬。靠了一会儿，眼皮渐渐变得沉重，我努力抬手关了电视机，最终还是把眼睛闭上了。

这次虽然也没有完全睡着，但至少镇静下来，脑袋里的信息闪过的速度明显放慢，我开始在黑暗中耐心地逐条确认。纷杂的毕业典礼，之后是入学考试，接着是跟三儿他们坐在露台上聊天，球队训练，在机场打工，新宿站内的电车在眼前飞驰而过。夜晚的天空，我一个人在电车里睡得不省人事，跟纯子手拉手走上某条繁华街道，便利店内被白日光灯照亮的整齐货架，町田商店街，巨大的波音客机从空中缓慢降落，晨光中的海浪涌上沙滩，野猫安静地穿过夜色中的停车场，时间如同华丽炫目的光带飞跃整个东京上空，发出微弱的嗡嗡声，那是时间流逝的声音。伴着微弱的嗡嗡声，我睡着了，而且睡得很沉。

睁眼醒来，四年的大学时光已经流失殆尽，直至今夜夜幕降临。想象中未来的日子在脑海中化作一片虚无，慢慢滋生成一阵龌龊十足的困意与漫无边际的无力感。

三十一 夕美

　　森君，姑且称他为森君。因为我们在日本那会儿就这么叫他，虽然他是个标准的北京孩子。说起来算是我的远房亲戚，不过算是哪门子亲戚，我也说不上来，用森君自己的话说，至少是算在九族之内的。最开始听到他的事情，是父亲来的电话，说家里有亲戚要来日本，可以的话让我照顾一下，我说没问题。于是我去和森君见面。森君个子很高，也很瘦，一脸灿烂又年轻的笑容，与我和番长形成鲜明的对比。他是来东京工作的，IT行业，具体是什么我也说不清，因为完全不懂，更没兴趣，所以就没有深问。父亲说的所谓照顾一下，在我看来其实并没有必要，既然能被派到东京来工作肯定不是废物类型的，但我还是帮他在町田找了一个房子住下。后来我知道，他除了日语没有我好以外，其他都比我要优秀得多。

　　于是，我和番长身边又多了一个北京哥们儿。我从没有把森君当亲戚看。

　　森君来了以后，每到周末我和番长就约他一起吃饭。先是三人出去买菜，转转菜市场，顺便补充家里的酒，然后到我家做饭吃，并且每吃一顿饭都要看一部电影，看完电影就散伙，下周末继续。其实说到底，我并没有给予过森君任何值得一说的所谓帮助，找了房子后带他在町田转了转，告诉他这里是百元店，可以买到所有生活必需品，那里是二手家具店，先去买个冰箱吧，或者吃拉面一定要来这家，别的不用去。诸如此类，与其说是照顾，也就是在一起玩而已。

熟悉了町田的生活，我也就不需要总是陪在森君身边，偶尔他也会去见自己的朋友，或者一个人在家看他最喜欢的篮球。我和番长也经常去他家坐坐，但并没有最开始那样频繁。番长忙着上学，我辞了机场的打工，忙着在网上找正式工作。直到梅雨季节来临，生活就暂时这样持续着。

不用上学了，没事的时候，我就在家门口看下雨，大雨、小雨、像雾一样的雨，总之一开始下雨，我就站在家门口抽着烟，边听身后房间里传来的音乐边看雨。并不是因为雨很好看，梅雨季节也实在是很让人厌烦，但我很喜欢雨的味道，另外也实在是无事可做。因为下雨天不爱出门，所以那一个月左右的时间里我没给自己安排任何工作面试，只是在家洗洗衣服、拖拖地、看看雨、玩着游戏，等梅雨季节过去。只有一次冒雨出门，是想回到学校看看，刚刚毕业的我居然多愁善感地怀念起大学生活来。那天我打着伞，中午在车站附近吃了麦当劳，之后坐电车到鹤川，沿着小商店街往学校方向走。走到鹤川旁边的桥上我停下来，看着河水穿过小田急线的轨道桥流向鹤川街道方向，黑绿色的鲤鱼在河里成群游走，不知名的鸟飞来觅食，然后又不知道飞去哪里，茂盛的水草在石头中间顺着水势老实趴在河底，发出大理石光泽的河水和灰色天空之间布满延绵的小雨，街上空无一人。看着雨我抽了几根烟，那时候自己想了些什么已经不记得，现在只记得那天我站在雨里静静地看河水，听着雨声和水声混杂在一起，仿佛着迷一般就是无法离开。一直看河水看了很久，久到忘记了时间。本想去学校看看的，结果那天我只是看完河水就坐电车回家了。至于我何苦冒雨坐电车出去看

河水，不得而知。

　　梅雨季节过去后，我又交了个女朋友，进展之迅速，连我自己都觉得不可思议。我们一起去了乡下的温泉，一起搬进更宽敞的房子，当然还是町田，又一起在家吃着西瓜看了中国奥运会转播。不过好景不长，阿望见过她一次，番长和森君也见过，其他人还没来得及见，我们又匆匆分手了，只是在一起度过了一个夏天而已。但我真的很喜欢她，本来打算结婚的，没有缘分吧。而且那时候我穷得一塌糊涂，被人甩了也在情理之中，完全没有争辩的余地。之后则剩下我一人住在大房子里，每天对着电脑像喝水一样喝红酒，直到嘴唇发紫，连大便都是紫色的。

　　对于那个夏天的记忆，除了分手的女朋友，就是穿上西服系起领带，拎着黑色公文包，到处去面试工作的日子。先在町田一家照相馆十分正经地拍了证件照，结果照片出来后，怎么看都是中国黑社会，也许我这样的光头本来就不适合穿西服，我可是认真刮了胡子的。而面试本身也完全失败，大大小小二三十家公司面试后都再无音信，每次面试回家，当我把沁满汗水的西服扔在床上后，第一件事就是继续上网找下一个工作。短短几个月的时间，在不断的奔走与不断的失望中无谓地度过，最终一无所获。有时候静下来，我会搬把椅子坐到窗前，两腿搭在窗台上喝着红酒看云。没有想象中那么文艺和浪漫，只是我不知道该干什么而已。工作没有着落，签证也没有着落，女朋友也离开了，其他人都在忙各自的事情，我也只好在家看云打发时间。那时候我总是想，我到底跑来日本干吗了？日本的云和中国的云其实也没什么差别嘛，如果云能掉下来变成钱就好了！

　　闲了几天后，为了应付生活，我开始打短工。最短的只干一天，最长也不过一个星期，都是随叫随到的，属于重体力劳动，日语叫"解体屋"，其实就是在建筑工地上干活。所谓解体，就是拆，拆学校、拆饭馆、拆别人房子、拆自己人生。手握撬棍，头上系条白毛巾，能拆的全拆，石头归石头，铁归铁，木头归木头，弄好后，会有收集材料的卡车将其分类运走，我们再跑去拆下一家。这工作虽然辛苦，挣得却要比一般工作多一些，一天下来，不论时间长短，当时能拿到一万八千日元。跟工头混好了还能捞到更赚钱的工作。记得有一次我只干了五个小时就拿到这么多钱，不过那次也确实够辛苦。

接到工作电话是在某天下午，我正在家睡午觉，叫前田的工头打来电话说，有个工作从明天凌晨四点开始，到早上九点，问我干不干。工钱不变，时间短，人手也多，属于要速度不要质量的那种。我问拆什么，前田说要去拆一家居酒屋，因为那家居酒屋开在一栋商业楼里，为了不影响其他居酒屋做生意，所以要凌晨四点开始，也就是要等大多数店铺都没有客人以后再开始，九点结束则是因为别的商户要上班了，所以必须停工。我跟他确认五个小时一万八，他说没问题。于是我答应下来。

凌晨四点，那时候没有电车可坐，等有电车了却又来不及了。唯一的选择就是提前出发，随便找个地方睡觉，四点再去现场。时间定下来，我开始查地址，记得是在八王子车站附近。八王子，我在町田，横滨线直达，便利。

吃过晚饭我收拾了一下装备，其实也不过是随身带条毛巾，穿上结实的靴子和厚裤子，再加上一副特殊处理过的厚帆布手套而已。之后我走出家门，出发去横滨线车站，路上又在便利店买了两瓶运动饮料。那是晚上十一点左右。

进了电车我没有坐在座位上。因为上次工作后裤子没洗，裤腿上还沾着泥巴，为了不给别人找麻烦，便独自蹲在车厢一角，后来

蹲累了，干脆直接坐在车厢地板上。喝了几口随身带的运动饮料，听着音乐我低下头闭起眼睛，凌晨四点开始干活前无论如何也要多积攒些体力。电车开出站，我听着音乐闭目养神，一直到八王子站几乎没动过。下了车，我先到工地现场的大楼前确认过地址，之后在附近转了转，最后走进一间网吧要了单间。日本网吧最好的地方就是不但能坐还能躺，来过的都知道，如果要和式单间的话，地板是榻榻米的，刚好能躺下睡一觉，我要的就是和式单间。插上单间门，我把饮料放在桌子上，同时打开电脑，随便找部电影、戴上耳机就躺下了。毛巾垫在头下面当枕头，手机上好闹钟，还能睡三个小时。虽然后来我没怎么睡着，但尽量让自己保持一个最放松的姿势不动，直到闹钟响。这是以前干活时一个日本人告诉我的经验，如果精神暂时得不到休息，那就让肉体彻底休息，放松肌肉，也尽量不让任何一根骨头受力，放空脑袋放松身体，这样的话，即使不睡觉也至少能撑两天。我就是这么做的。不过后来也可能是硬撑着时间长了，有段时间脚趾头会感到微微发麻，甚至没有知觉，不过认真睡一觉后总会恢复，我也就没在意。

凌晨四点准时在工地现场集合，我们每人领一根撬棍，跟前辈打过招呼后各自被分配了工作。有人拆厨房，有人拆房顶，有人专门凿墙，我的工作是跟一个前辈一起拆房顶。难度比其他的工作稍微大些，因为房顶上布满电线，虽然不至于有触电的危险，但操作起来却很麻烦。灯可以随便砸，但不能破坏线路，总是抬着头工作，又要提防不能让奇怪的东西混进眼睛里，所以进度很慢。一夜没睡的我到最后几乎连抬手臂的力气都没有了，脚下踩着被翻开的地板和其他垃圾，连个适当的落脚点都没有，又要赶时间。其间也有人过来帮忙，可直到拆厨房的一个家伙手臂受伤就再也腾不出人手了。据说那家伙在用撬棍撬洗碗池的时候，突然松动的洗碗池从墙上掉下来撞到了他的前臂，不知道有没有骨折，总之是中途离场。对于解体屋这行当来说，受伤总是免不了，只能自己小心，一旦受伤，不是签约社员是没人管的。有一次，我被从房顶上拆下来的承重木头撞了小腿骨，因为想要钱，也只好忍着继续工作，后来虽然没什么大碍，但现在那里依然留着疤，权当纪念好了。

　　工作结束后，虽然现场还没清理干净，但工头说这伙人的工作就到这里，会有别的组来料理后事。他们要赶去另一个现场，不过没我的份，那里不用这么多人手，于是工作一结束，我就被打发走了。回家的路上我去松屋吃了碗牛肉饭，然后坐电车回町田，一个前辈正好跟我同路，坐上车我们一直在聊天。他是签约社员，专门干工地，因为有老婆、孩子要养，所以几乎不休息，每天都要到处出现场。我一路上都在求他多给我介绍些工作，他人很好，但毕竟不是老板，只能在缺人的时候推荐我，却不能做主让我跟他一起干，把话说到这种程度，我也只能谢谢他，除此之外再没有办法。下了车我一个人走回家，那时大约上午十点多，因为不是周末，所以路上人不多，偶尔能看见巡警骑着自行车慢慢溜过去，或者是老人悠闲地散着步，可能是要到哪里去喂野猫吧。路过这些人的时候，他们都会很迅速地看我一眼，然后再假装没看见。那时我身上全是土，裤子上的泥巴又多了些，毛巾还围在头上，已经被汗水浸透了。走在街上我一直想，这些路人谁又能认出我是个外国人呢？从外表看，我和一个普通的日本建筑工人没什么区别，从我自身来说也在某种程度上认定了自己这种身份。做一个游走在下层社会的工人也没什么不好，只要工作够多，至少还算自由自在，收入也不错。如果这种工作也能换来签证的话，一辈子干这个我都愿意。不过那是不可能的。

　　就这么干了一阵子工地，在我正担心签证怎么办的时候，转机

来自于一个神秘的朋友。说是神秘的朋友，是因为我一直都不确定他是干什么的，据别人说，他开过饭馆，也开过别的买卖，但却没有一个确实的证据，他自己也不轻易说出来。直到听见我说发愁没工作的时候，他表示可以帮我介绍。反正是文科的工作就可以，他有些关系。于是有一天我跟他跑到横滨中华街，他领我坐进一家饭馆，那天我俩说过什么倒是不记得了，只是等了很久。其间我喝了两扎啤酒，他说胃不好，所以只喝了几杯开水，直到一个个子不高的家伙进来跟我们打招呼。这人我不认识，看起来神经兮兮的，可说话却又相当有条理。坐下寒暄几句后，我的神秘朋友把我介绍给这个家伙。他问了我毕业的学校，现在的情况，以后打算干什么之类，谈话中我渐渐觉得这也许是某种意义上的面试，真不应该喝那两扎啤酒。不过事已至此，我也就把自己的情况直言不讳地全部告诉他了。听我说完，他连想都没想，就告诉我可以进一家小型翻译公司上班，文科类的签证也不是问题，只是给的钱不多。我除了感谢还是感谢，那种场合又不好意思问工资是多少，应该不会很多，但足可以维持生活吧。于是就这么愉快地决定了。走的时候账都没结，也许那饭馆就是他开的，只是他没告诉我。

签证下来后，我本以为新生活终于可以堂堂正正开始了，结果后来才知道，我那位神秘朋友完全只是为了解决我的签证问题才把我介绍过去的，工作本身几乎相当于没有，公司那边本来只想找兼职，因为他的面子才给我弄了个正式社员。前几日还能翻译一些小册子、说明书之类，后来就完全没工作了，自然也就没钱了，我只好继续自谋生路，不过总算是混到了三年的工作签证。

有了签证就代表有了时间，继续找工作即可，不管什么工作，只要能给钱就行，总有一天能碰到合适的，我当时这么想。那时候已经临近秋天，八月的最后一场大雨如同冰雹般倾泻，近处的雷声和数吨位的水同时砸向地面的声音淹没了一切，我趴在窗台上看着外面，以为世界会就此变得千疮百孔，再也看不到明天的太阳。身后桌子上，是十几个喝空的红酒瓶和盖上新签证的护照。

关于红酒，我想说，第一，完全不懂，只是因为喝得多了才自认为智利的好喝，而为什么智利的好喝，我又说不出个道理。第二，别人说红酒要醒一下才好喝，醒什么？醒了以后它会给我讲个笑话吗？第三，尽可能不用杯子喝，直接对着瓶子咕咚咕咚喝才过瘾，在一个杯子里转来转去地喝，像我这种手笨的人恐怕会全部洒出来。所以，我的杯子基本上是用来喝咖啡和低浓度果汁的，红酒不可以拥有杯子，这样喝光的红酒瓶才会像啤酒瓶那样摆满我桌子的一角。在家的时候，我也总会不由自主地盯着那一堆瓶子看，真好看，漂亮的瓶子们如同一只只缺心眼儿的猫鼬聚在那里看着我。而平均每过两天，我都会再给它们增加一个新伙伴。也有的时候，一天就能增加两个新伙伴。

进入九月后，由于解体屋的工作急剧减少，而新工作又没有确定，于是我开始频繁出入三儿的各种演出。闷热的夜晚，一个人在家，我总是控制不住自己，要不就是喝多，要不就是莫名其妙地想哭出来。因为那间大房子在我清醒的时候会变得越来越大，想哭可能是因为忍受不了那种莫名其妙的空旷吧，直到我又喝多了才能看起来正常些，所以我又总是喝多。但是出去玩的话，这些症状则会统统消失，跟三儿在路上开车兜风的时候，我总是显得精力充沛，虽然还是话不多，但我感觉自己只用眼神就可以把挡风玻璃瞪碎，就是那么精力充沛。

三儿的演出场所一般不固定，经常去的有一个建在地下的场子，进场要下一段很长的楼梯，站在地面上几乎听不到声音，里面却是十足的火药味浓重，我在那里还看过几次Freestyle比赛。而去

与
在
麻木
清醒
之间

那里演出的也大多是地下Hip Hop队伍，表演虽然夸张，却总能嗅出暴力的味道，所以看起来很过瘾。

唯一能算是固定的演出场所在新大久保，一间韩国人经营的地下酒吧。那里白天是餐厅，供应正宗的韩国料理，晚上是酒吧，周末则有各种形式的演出，DJ表演、Hip Hop演出、K-pop主题聚会等等，内容不一而足。夕美是那里的DJ。还记得她吗？就是有一次三儿的演出结束后，在后台跟我聊文身的那个女孩。再一次见到夕美，我几乎认不出她来。

十月的某个周末，三儿来电话说今天有演出，去的话搭车过去吧，我完全没有犹豫就答应了。我们把车开到新大久保车站附近的一条小街里，等三儿停好车，我跟着他一起走去那间酒吧。推门进去的时候，里面已经站满了人，音乐声音很大，要听清别人说话真要把脸贴在一起才可以，所以没待多久，我们一帮人就跑到外面去抽烟了，直到三儿的演出开始才返回。演出本身无可挑剔，在前面某章讲过了，所以不再重复。演出结束后观众逐渐散去，我要搭三儿的车回家，所以一直等在那里，看他们收拾场子里的垃圾，摆好桌子，再擦干净洒在柜台上的啤酒。那天留下的人不少，都是和演出相关的工作人员，外人好像只有我一个。等他们把一切都搞好后，大家涌出酒吧，有人提议去吃早饭，那时候大约早上六点多，也可能是七点多。作为外人我不站在能提意见的立场，跟着三儿走就好，而三儿也同意去吃早饭。

他们选的地方是离酒吧不远的一处快餐厅，我们去的时候人不多，只有寥寥几桌学生在默默吃早餐，这一堆人吵吵嚷嚷走进去跟当时的气场基本上格格不入。坐好后大家各自选了吃的喝的，等的时间里都在聊演出的事情，我却困得不行。好歹等到吃的端上来，我只是应付着吃了几口便没了食欲，红酒倒是喝了不少。看着其他人有说有笑地吃完早饭又开始点酒，感觉上是不会很快离开了，我开始考虑要不要独自先睡一会儿。因为困倦和酒的缘故，眼前的饭桌和围坐在这里的人都像被镀了一层软绵绵的光膜，看起来含糊不清。夕美就是这时候进来的。

我看着她走到桌子这里，跟所有人打过招呼后，坐在最外面，一个人点起烟。她穿着白色的裙子和一件类似某种华丽演出服般的白色外衣，手里拿着白色雨伞，被我眼里那层软绵绵的光膜所笼罩着，好像从阴霾天空中缓缓落下的白色天使。她跟我说话的时候，我一直看着她的眼睛，眼睛周围那层浅浅的烟熏妆衬托着她的白上衣和白裙子，白得发亮，而那些白色的亮光又辉映着她的眼睛。看了好久，我终于认出眼前这个带有白色光晕的女孩就是夕美，而我完全没注意到她跟我说了什么。上次的短暂见面还是在昏暗的演出后台，我几乎没看清她长什么样子，只记得她拒绝我请她喝酒后独自离开的背影。而这次，在一片恍惚中，我眨了眨眼睛就爱上她了。

夕美来了以后，不知道又过了多久，这伙人才决定离开。那期间我偶尔低下头独自抽烟，偶尔抬起头仿佛从很远的地方望着夕美。我困极了，但还是努力应付着眼前的场面，如果不是夕美在，恐怕我早就睡过去了。我和她之间基本上没有过什么正经对话，名字都是当时身边的某个人告诉我的，因为夕美跟我打招呼的时候，我完全没听到她说了什么，眼睛里只有一片朦胧的白色亮光。

终于忍受到结过账，我们走出快餐厅，这才发现在我们吃早饭的时候外面居然下起了雨。雨不大，但若是在雨里走一会儿的话，一会儿是多久我说不好，比如五分钟左右，一定会被淋透，就是那种规模的雨。大家都在商量如何回去，夕美在我身边打起伞，居然主动问我是不是跟她顺路，如果是山手线的话可以送我到车站。我

几乎傻掉了，想不出应该如何回答她，却不由自主地钻到了伞下面。那时候三儿在干什么我已经不可能记住了，我的注意力完全不在那里。当夕美看到我愿意跟她一起走，便开始愉快地和别人道别，等我反应过来已经和夕美两个人打着伞向车站方向移动了。尚君！尚君！这边！这是三儿在叫我。听到三儿的喊声，我回过头，他在离我大概……五十米远的地方不停向我挥着手，原来我和夕美已经走出这么远了。尚君，我带你回去！别坐电车了！脑子乱成一片，我看了看三儿，停下脚步。

"原来尚君是和三儿一起来的？"夕美打着伞问我。从身高上来说，记忆中她的头顶应该是在我脖子的位置。

"啊，是，的确是和三儿一起来的。"

"那还是和三儿一起回去好些吧？"夕美说。

"也是啊，那，谢谢啦，我去那边。"

"好的，下次见。"夕美笑着跟我道别。

我愚蠢地点点头，便快步跑去和三儿他们会合。不过几分钟的事情，对于当时的我来说，却好像经历了整个青春。

三十二　暗黑城

　　一场规模浩大的世界经济危机就在身边悄无声息地展开，我却丝毫也不知情。几乎不看电视的我那时候除了去看三儿演出，就是一个人在家玩游戏。直到有一天躺在床上懒得起床打开电视机，才知道原来全世界都变得兵荒马乱，一片繁忙。美国这罪魁祸首就不说了，日本新闻几乎全是失业啊、公司破产啊、应届大学生拿了公司内定又被取消啊，这样不景气的内容。怪不得我找不到工作，原来日本人都找不到工作了，哈哈！我这样安慰着自己，又喝掉放在床头的半瓶红酒，另外还吃了包玉米片。

　　十月中旬，我又面试了几家公司，但依然不尽人意。某家漫画杂志社只给我面试了不到十分钟就让我回家等消息，当时我就觉得不可能了。还有一家游戏公司，是和台湾合作的，去那里的话也许用得上中文，我这么想。结果负责面试的三个人中就有两个台湾人，并且全程日语，根本就没人提中文这事，最后同样不了了之。那之后我就再也没有耐心了。不过生活却又一次有了转机，虽说不上是理想工作，倒是个可以长期干活的地方。我面试了一家专做家庭服务和房屋清扫的公司，并且一次成功，工作内容是打扫空房子和清洗空调、抽油烟机之类，地点在品川附近。刚开始感觉很轻松，可真干起来还挺辛苦。每天要奔赴不同的现场，拖地、擦窗户、清洗马桶，想减肥可以来干这个，一星期下来腰不疼了、脖子也不疼了，就是腿上肌肉疼得不行，对体力的要求还是挺苛刻的。

最辛苦的一次是三个人早上六点开车从东京出发到小田原，打扫了一座巨大且陈旧的一户建，一直干到夜里两点，接近二十个小时的体力劳动，之后又开车回东京。那晚我是在公司沙发上睡的，因为第二天一早要开例会，这时再返回家里只会浪费时间。但是躺下后，在极度的疲劳中我根本全无睡意，一天超负荷的工作加上之前积累的疲劳，我感觉自己浑身都在不停颤抖，很微弱，但又是快速地颤抖，同时心跳也跟着加快，我以为自己会暴死在这里。不过这状况只持续了几分钟，我就在某个突如其来的时间节点上瞬间失去了知觉，宇宙崩坏，海枯石烂，众神在自家花园里割腕自杀死于失血过量，格德米斯舰队在火山爆发的熊熊烈焰中化为尘埃。月亮之上巨大的金色齿轮独自慢慢旋转，我则倒在公司沙发上独自昏睡过去。

如果这也能叫作新生活的开始，那我宁愿不开始，不过因为没钱，也只好硬着头皮干下来。每天和清洁剂、墩布、扫把、吸尘器在一起，一个月过去，我好像把整个东京都扫了一遍。

进入十一月，我比以前更频繁地出现在新大久保那间酒吧里。三儿的演出几乎每场都去，看演出是最大的目的，其次则是为了见夕美，却很少有机会和她说话。夕美既是那里的DJ，同时也是这个活动的主办者之一，我总是看见她不停地忙前忙后，跟这个说话的同时又和那个打招呼，要照顾到所有参加演出的人，又不能怠慢了自己的演出，我从没见过一个女孩有她那么大能量。当然，有时候她也会碰巧出现在我身边，我会跟她快速地打个招呼，不过也仅此而已，她马上又会跑去别的地方。在大多数情况下，在三儿的演出结束后，我既没有跟其他人聊天的心情，

也没有机会和夕美聊天，就只好一个人走出酒吧，坐在马路旁边的护栏上独自听音乐、抽烟。清冽的空气使人困倦，夜晚的新大久保一片慵懒祥和。街对面的便利店店员有时候会出来抽根烟，和其他咖啡、酒吧俱乐部出来的家伙混在一起，我远远看着他们，不知道他们又会有什么故事，也不知道是否会有人将那些故事默默记下再告诉其他人。新大久保微冷的夜风中，在月光的照耀下，我们都是散发出微弱荧光的陌生人。

另外，同样是在十一月里，大概十一月底左右，番长登记结婚，并出人意料地搬到我家隔壁来了。

番长搬家那天，他和他老婆带着不少行李来到我楼下，电话一响，我和森君便立刻下楼。因为事先说好了搬家日期，森君很早就来我家等着了。我们在楼下把东西按大小分好，我和森君搬大件，番长拎起所有杂物，留番长老婆在楼下看着其他行李。用了将近一小时终于把所有东西搬上楼，之后又是漫长的收拾、整理时间，直到天黑他们才安顿好。不过那也包括了大家在我房间喝茶的几个小时。

番长搬来后，我家里就不再寂寞了，这样说有点奇怪，不过事实如此，想串门了，只需要一秒钟就可以出现在对方家门口，简直是随意门的效率。再加上番长经常半夜来敲门，然后笑眯眯地说，请让我在你家抽根烟……既然住得近了，一起吃饭也就成了习惯，森君也是一个电话召之即来，我家俨然变成了大众食堂。

说起吃饭，还有过一次不愉快的事件，不过那事件马上就被愉快地化解了。起因是某次森君提议吃火锅，我和番长觉得麻烦，最后各退一步达成共识，我们决定吃炖菜。下午我们一起去町田车站附近的超市购物，买了白菜、豆腐之类，还有几种肉，之后一起迈着欢快的步伐回我家。回家后我和森君还有番长老婆看着电影喝着

与麻木在清醒之间

可乐，任凭番长一个人在厨房忙来忙去，看着电影闻着厨房里传来料理的味道，那真是一个幸福的下午。直到番长将一大锅炖菜摆上桌，然后事件就发生了。

我们四人围着桌子坐好后，先盛了米饭，然后倒上饮料，并由番长本人亲自掀开锅盖，除了炖肉和菜，许多白色的颗粒物漂浮在最上面，和油混在一起。一开始我们以为是碎掉的肥肉，仔细看才发现是无数白色小肉虫的尸体，已经熟了。惊讶之余，事实上只有番长老婆一个人在惊讶，我和番长还有森君几乎是爆笑起来，还用手机拍了照。谁也不知道这些东西是从哪儿冒出来的，番长说他在处理肉菜的时候完全没发现这些东西，不过既成的事实摆在面前，又不能视而不见。我理解番长说的话，日本超市买来的菜几乎不用很认真洗，一般用水冲冲就直接下锅了，也许正因为如此才导致了这一大锅悲剧。后来等我们笑够了，才想起要给商场打电话交涉。翻出买菜时留下的小票，番长老婆拿起电话打过去，直接找到值班经理，说明事情原委后留下电话、地址，那边的答复是马上着手解决，一会儿联系。而我们也不知道要怎么解决。既然菜不能吃了，只好改炒饭，于是番长又回到厨房把刚蒸好的米饭给炒了，黏糊糊的炒饭。围着桌子吃炒饭，再看看眼前一大锅冒着热气的炖菜，我真想用勺子盛点菜汤喝，毕竟也不过就是些小肉虫子而已，并且肯定是熟了的小肉虫子，应该无害。不过这提议在番长老婆的反对下即刻被否决，她马上就要吐出来了。遗憾！

四个人无奈地吃了会儿炒饭，距离打电话差不多过了一小时左右有人按门铃。番长跑过去开门，一个瘦弱的老头儿站在门口，说是超市的值班经理本人，特意过来确认小肉虫事件，并对我们的遭遇表示深深的歉意。我们把老头儿让进屋子，本来还想稍微厉害一下，比如，赔钱啊、怎么吃啊、很重要的炖菜啊之

类的。结果我们还没开口，老头儿先从随身带的书包里取出些现金，核对金额后把购物的钱全部退了回来，理由是不知道哪里出了小肉虫，所以全额退款。又拿出一盒小蛋糕算是赔罪。接着他用事先准备好的空玻璃瓶把每样菜都装了一点，盛了点汤，最后又捞了几个小肉虫进去，说是要回去逐个确认，看哪里出了问题。这样一来我们也没办法假装凶狠了，并且老头儿每干一件事情之前都会转着圈地鞠躬，每说一句话之前都要加个"对不起"，我们只能在边上看着他忙来忙去，并配合他的频率跟着不断点头。这哪儿是值班经理，这应该是职业的危机公关专家吧，我们连插话的余地都没有，老头儿所有动作几乎一气呵成，完美契合着他每一句话甚至每一个语气，等我们觉得他似乎还有话想说的时候，老头儿已经完成所有工作，站在门外了。最后一次深深地鞠躬，我们也鞠躬，之后他还替我们轻轻关上了房门。我们站在屋子里听着蹬蹬蹬的脚步声逐渐远去，仿佛是看了场一个人的话剧。我不敢保证所有碰到这种事的人都会有我们这么好的运气，不过来日本七年，我倒是第一次亲身经历这样的售后服务。

小肉虫子事件过去几天后，我第一次要到了夕美的联系方式。

一开始我以为会被无视，结果却意外简单。那天依然是跟着三儿去新大久保的场子看演出，由于我们去得很早，客人基本上还没到，夕美在吧台那里摆弄着一杯不知道名字的粉色鸡尾酒，我和三儿坐在观客席上无聊地抽着烟，背景音乐是《海贼王》的片头曲，音量很大，也许今天的DJ时间是动漫主题。我想了好久要不要去和夕美打个招呼，现在她身边没有人，也许是个机会。但我又不确定应该说什么。我正琢磨着，烟抽了一半的时候，夕美自己跑过来打招呼，她把那杯不知名的鸡尾酒送到三儿面前，三儿摆摆手拒绝了，又送到我面前，我端过来尝了一口，极度得酸，不知道里面放

与在麻木之间清醒

了什么。粉色的鸡尾酒怎么会有这么强烈的酸味我不得而知，只喝了一小口便宣告放弃，皱着眉还给了夕美。

夕美看我皱起眉，哈哈大笑着把酒接了回去，看来她是知道味道后故意拿给我们喝的。我几乎是喊着跟她说，这东西太难喝了，下去带你去喝点好喝的吧？夕美高兴地不停点头。我接着说，你弄新文身了吗？夕美摇摇头。有时间的话我们组织文身温泉聚会吧？！我又说。这让夕美表现出极大的兴趣，但是有文身不让进温泉哦！她说。我说我知道，所以才要组织文身温泉聚会哦！把身边所有有文身的人都叫上，包场！夕美听后更是不停点头。看她感兴趣我便顺势要了她的电话，准备认真筹划一下，夕美完全配合。我倒不是为了要电话信口胡说，我是真有这个打算，只是没有合适的机会告诉夕美，这次却没想到意外顺利。

同一天，演出结束后我依旧和三儿一起开车回家，那天我们走一条不经常走的路。记得是开到三轩茶屋附近的时候，三儿问起我是不是喜欢夕美，我说是，第一次见就很喜欢。三儿又说，尚君，你知道夕美的工作是什么吗？我说不知道。三儿说，她是风俗店的陪酒小姐。我说那又怎么样？三儿不再说话，手扶着方向盘，一个人笑起来。风俗店也好，陪酒女也好，我既没去过，也没接触过，我只知道夕美是个很努力的DJ。我这么跟三儿说，三儿很认真地点点头，说那就好，陪酒小姐当然没什么不好，只要尚君不介意。我说不介意，之后幻想了一下夕美陪客人喝酒的样子，想象中的夕美穿起华丽的晚礼服长裙，盘起头发，修过的指甲和手里的酒杯同时发出香槟色的闪光……那不是挺好看的吗？没什么介意的。

自从那天顺利要到电话，我和夕美的联系渐渐多起来，也渐渐了解到她其实是个标准宅女，每天除了去风俗店打工，剩下的时间几乎都用来看动画了。那段时间，我帮她在中国网站上下载了不少动画周边的东西，音乐最多，而音乐里《东方Project》最多，一开始不知道她说的东方是什么，我以为是东方神起，回去查了一下才知道，设定庞大的东方帝国实在是令人大开眼界。顺便说一下，我个人最喜欢红美玲……因为红美玲帽子上那颗星星很好看……之后我和夕美有了第一次约会，至少我觉得那是次约会。暗黑城的约会，时间大约是在临近新年的时候。

暗黑城只在每月的第三个周末才招待一般访客，其他时间只是个都市传说。那里有最顶尖的工业舞曲DJ和最诡异的地下工业金属乐队，主办者据说是个年过四十的老人妖，每到暗黑城开城的夜晚，这家伙都会带着乐队整晚表演他们那些包括了工业哥特金属风格的地下金曲。同时还有别的乐队混杂其中，据说最过瘾的是自带SM表演的乐队，可惜我没碰到过。

那天我和夕美约在新宿见面，然后先去某个家庭西餐厅吃晚饭。其间两个人一直在聊关于动画片和音乐的事情。她给我介绍了一堆我不知道的东西，后来经过我确认的包括《妖精的旋律》《叛逆的鲁鲁修》《寒蝉鸣泣之时》，还有著名的《CLANNAD》。全部仔细看过后，我都快要被感动死了，尤其是《妖精的旋律》，因为过于虐心，以至于我完全拿不出勇气再去看第二遍，至今如此。遗憾的是，我却不能给她提供什么有用的咨询，我知道的她都知道，这方面我是无可奈何了。不过，我倒是能给她介绍很多不同类型的音乐和乐队，主要是工业金属和工业舞曲方面的，哥特类的我不熟悉，不过只有工业类的东西也够她用了。

差不多晚上十点，我们出发去暗黑城。我们买好票进到里面，演出已经开始了。巨大的音乐声混合着廉价香水的味道、汗的味道、酒的味道和说不清是什么的味道，在一片黑暗中我几乎看不到夕美的脸。而那时正好有个夕美的朋友在做DJ，借着DJ台边小台灯

与　在
麻木　清醒
之间

的光线，我看到那家伙身高大约一米八五，但却瘦得一塌糊涂，身上穿着我看不出材质的衣服，也许是自己做的，发型也说不上是什么，因为他头上根本就不是头发，而是好像从黑云中爆炸出一团七扭八歪的彩虹般的东西。当夕美把我介绍给他，他很开心地跟我打过招呼，同时拿出一个巨大假阳具开始对场子里的观众挥舞，我基本上惊呆了，夕美在旁边捂着嘴不停地笑。

简单跟这家伙说了几句话，我和夕美费力地挤到里边。夕美说这个活动她经常来，有不懂的地方问她就好了，想看的乐队尽可以挤到前面去看，不用管她。开始我觉得不好意思，跟女孩子看演出怎么能把她自己扔在一边不管呢？不过我马上就照她说的做了。因为我们进去没一会儿就有一支三人工业金属乐队上台，穿黑皮衣的女主唱、披着外星人皮的吉他手和一个穿中式大褂的鼓手，好像七龙珠里的桃白白。他们的音乐相当暴躁，相比一般的工业金属又有更多电子乐的成分，属于我最喜欢的风格。这乐队在地下圈子里也似乎相当有名，第一首歌刚开始，所有的观众都开始向前涌。我看了看夕美，问她想不想离近点，她说这乐队的演出经常看，想看的话自己挤进去吧。我说好，就一个人挤到场子中间去了。本来想折腾一会儿，结果因为人实在太多，连抬胳膊的空间都没有，便只好放弃，也只看到第四首就实在受不了人多，我又挤了出来。夕美看到我出来好像一点都不意外，笑着问我怎么样，还要不要再进去一次？我说算了吧。不过那支乐队实在是相当出色，推荐给喜欢工业金属的朋友，有时间去日本混地下演出的时候可以搜搜，名字叫作BAAL。

大部分演出结束后，我和夕美上二楼各自买了杯饮料，之后靠在二楼护栏上看着下面，乐队已经换了，观众依旧。我问夕美这样的演出是不是有很多。夕美说是啊，还有比这更棒的，下次

带你去，刚才那个挥舞阳具的家伙就是主办者之一。我说请一定带我去，夕美笑着点点头，几滴杯子上的水滑过她的手掉进下面人群中。

跟夕美约会后没多久，很快迎来了二○○八年的最后一天。下午起床后，我坐在床上披着被子，因为怕冷还开着空调暖风，一边吃刚泡好的方便面一边看电视。那天大部分电视台都在播同样的内容，东京市内日比谷公园里设立了"过年派遣村"，这件事成为当年年底的最大新闻。数百名因为失业而无家可归的流浪者聚集到那里接受政府救援，从电视新闻里看到大大小小的几十顶帐篷连成一片，相当壮观。经济危机似乎比想象的严重，并且这些汇聚到派遣村寻求援助的人里，不乏因为失业而自杀未遂的人。派遣算是什么呢，按中国的说法也许就是临时工吧，不被需要的时候随时解除劳动合同，被扔到街上自谋生路。

看看这些人站在冬日的露天公园里，手捧政府发的茶和饭团，再看看自己吹着暖风坐在被子里吃着泡面，甚至还有一份工作，我瞬间觉得自己过得还不错。等我吃完面好歹爬出被窝已经接近傍晚，整理一下随身带的东西，穿好衣服又站在厨房里抽了根烟，我准备出门去夕美家参加新年聚会。

夕美家就在新大久保附近，具体地点想不起来了，距离那间韩国酒吧走路大约十分钟左右。因为那天晚上在酒吧会有更大规模的跨年聚会，于是夕美说来参加聚会的可以先到她家吃饭，算是热身，之后大家再一起过去，我有幸被登记在邀请名单中。

从山手线坐到新大久保，我按照地址找过去，到达夕美家的时候差不多晚上七点左右，比约定的时间提早了一个小时。上去敲门，开门的是夕美同屋小雪，一个很漂亮的年轻女孩，养了条吉娃娃。打过招呼走进门，夕美正在厨房做饭。第一次见到穿家居服的

与 在
麻 清
木 醒
之
间

夕美，不过也没有那么家居，长迷彩裤配黑色的短袖背心，几乎没化妆，头发随便盘在脑袋后面。小雪倒是认真打扮过了，穿了一件大红色的中式旗袍。招呼我坐下，夕美拿出饮料和一大堆女孩喜欢的零食，之后又回到厨房忙去了，我和小雪坐在桌子边跟她的吉娃娃玩。随便聊了会儿，我问夕美晚上吃什么，她说主菜是煎火腿，小雪从老家带来的，据说很有名也很贵。并且按照夕美的经验，火腿最好的烹调方法就是只用橄榄油简单煎一下，其他一概不需要，吃的时候微微撒上一点黑胡椒和盐就可以了。另外还有麻婆豆腐。我感叹她居然会做麻婆豆腐，当然是日式的，她说除了日本料理以外，中华料理是她最喜欢的。

接近晚上八点，也是我们最初约好的时间，夕美家又来了一个赴约的家伙。这人我不认识，光头，戴着大墨镜，留着小胡子。我站起身和他打招呼，他也相当主动地和我打招呼，坐下后就开始发烟抽。发烟这种事日本人一般不做的，很外向的家伙才做。后来听夕美说他叫小Z，传闻以前是关西某社成员，后来不知道为什么脱离某社，一个人跑东京来了，现在在新宿做自由司机。听说是某社成员，我就问他是不是也有日本电影里经常看到的那种满背文身，他立刻脱下上衣转过来背向我，那里果然文着一张巨大的鬼头，我马上开始尊敬他了。我说弄一个这样的要多少钱？他说忘了，接着就开始独自哈哈大笑起来。我说我也有文身，你看这样的在日本要花多少钱。说着我挽起袖子给他看自己的文身，他看了看说大约五万日元左右吧。我说真够贵的。他又哈哈大笑起来，说这都是小钱，不算什么，既然大家都喜欢文身以后就是兄弟了！是吧夕美？！夕美在厨房里也笑起来，问他是不是来之前就喝多了。现在每当我想起小Z，总是不自觉地联想起改造人弗兰奇……

记忆中那天在夕美家吃饭的就我们四个人，再加上吉娃娃。

而晚饭其实并没有吃多久，虽然火腿味道相当棒，麻婆豆腐也很够味，但吃到九点多我们还是准备出发去酒吧。夕美估计参加跨年聚会的人应该差不多到了，作为主办者之一，又是驻场DJ，迟到的话不太礼貌。

简单收拾过家里，四个人穿过新大久保七拐八拐的小街道，到达酒吧的时候，门口已经站满了参加聚会的人，我们好不容易挤到里面去，在门口又差点被挤出来。三儿他们早就到了，这会儿正在台上表演，我随便找了个位置看演出，夕美则进到舞台后面跟几个酒吧的人在一起。在巨大的音乐声中，身边的人挥舞着手臂，日语和韩语混在一起高声尖叫着。透过人群我望着夕美，本能地很想带她离开这儿，虽然不知道能去哪儿，也不知道离开后我们能做什么，但我一直这样期待着。偶尔夕美也会望向我这边，但我不确定她是否真的看见了我，我只是不停望着她，直到三儿演出结束。

临近十二点，我去吧台买啤酒，挤过满满一屋子人在吧台边上遇见小Z，他手里拿着两小瓶真露，正和一个好像大学生模样的韩国人拼酒。韩国人说真露很危险，不能这样喝，小Z倒是不在乎，一口气干了一瓶，那个韩国人只好也拿起一瓶，不过喝到半瓶就实在受不了了，小Z又自顾自地哈哈大笑起来，抢过那半瓶酒塞到我手里。韩国人凑到我耳边跟我小声说，真露就是炸弹，小Z要完蛋了。我跟他笑了笑，摇了摇头。这时候大家开始倒数新年倒计时，我把真露瓶子高举起来跟着喊，同时猛灌了几口。小Z也喊，只是喊了一半就把另一瓶真露送到嘴边喝起来，数到零的时候正好喝完，这是他的庆祝方式，我真是佩服他。然后伴随着人群爆发出"新年来啦"的狂欢声，小Z幸福地倒在了属于二〇〇九年的地板上。

在酒吧里迎来新年之后，现场演出基本结束，只剩下DJ时间。夕美是第一个上台的，因为韩国酒吧这里主要以韩国音乐为主，我

与
麻木
在
之间
清醒

对那些没什么兴趣，喝完手里的真露又跟三儿喝了几杯啤酒，便一个人走到外面想透透气。深夜的大久保街道上空荡荡的，既没有行人也没有车，看起来有些陌生，空气中弥漫着过年的味道。这时候红白歌会已经结束了，大多数人都正在和家人团聚吧？我靠在马路护栏上点起烟，深深吸了一口，抬起头把烟用力地吐向暗紫色天空，一瞬间感觉有点冷，我马上裹紧衣服。

也许是因为疲倦和酒的缘故，靠在护栏上我不自觉地闭起眼睛，有点恍惚。吹着夜风，我用耳朵辨识着周围的声音，但除了酒吧里传出的微弱音乐声，再无任何其他动静，我就那么闭着眼抽完了整根儿烟。把烟头扔在地上踩灭，我睁开眼直愣愣地盯着地面，心里渐渐升腾起莫名的失落感。

想一想自己来日本已经第七年，仍旧一事无成，工作没有着落，爱情也尽数失败，似乎已经失去了继续留下的理由，同时又不想离开，搞不清自己依然清醒着还是已经麻木了，如同独自漂流在灌满迷雾的汪洋中，喊不出声音，也流不出泪水，方向感尽失，越是挣扎就越是绝望。也许在未来的某一天，这绝望会淹没我的头顶，让我失掉所有力气，失掉所有表情，失掉幻想，失掉感动，再也不胡乱憧憬，再也不寄托希望，只剩下空洞的躯壳漂浮在叫作人生的无尽海面上，等着被腐蚀，被消失。

不过，也许那样才是最轻松的结局也说不定。想到这儿，我变得有些开朗起来，又点上根儿烟，同时看着酒吧入口，幻想着夕美会碰巧从里面出来。我很想过去紧紧抱住她，趁我还没有变成一具空壳，我想亲口对她说她将是我最后的希望。可直到我把烟抽完也没看到她。于是新年伊始，我独自在大久保街边的护栏上坐到天亮，抽了一整盒烟，把能燃烧的全部燃烧掉了。

三十三　酒精依存症

　　一月末，中国春节，不过日本早就取消了旧历，所以春节照常上班。傍晚六点多，我结束工作从品川坐上山手线，小睡了一会儿后抵达新宿，之后换上小田急线继续睡。因为实在太困，我故意选择了没什么人坐的慢车准备一路睡回家。什么时候开的车根本没有察觉，路上偶尔睁开眼，豪德寺，等到再睁开眼，刚开过登户。还有多久能到家我也估算不好，也许再过半小时吧，时间、地点已经全无概念。眼前站满了刚下班的公司职员和拼命按手机的大学生，我双臂抱在一起，头靠着座椅，眯起眼睛看着他们，每个人都是一副了无生气的表情，和我一样。春天已经不远了，却没人能高兴起来。

　　到达新百合丘的时候，父亲突然打来电话，那时候车正停在站台里，换快车的人下去后，车厢里几乎是空的，我接起电话。跟父亲随口聊了几句后，父亲提起今天是大年三十，怎么也不往家里打个电话，现在全家人正聚在一起准备吃饭，你应该问声好。当时我睡得一塌糊涂，注意力还不能集中，想跟他说我刚下班，现在困得要命，但勉强打起精神后却没说出口。我说我正在朋友家也准备过年吃饭，乱哄哄的忙了半天就忘了打电话。父亲勉强接受了这个理由，把电话转给母亲，跟母亲聊了几句，她又把电话转给其他亲戚，几乎跟所有人都说了一遍"春节好"才终于挂掉。之后我在座

位上透过车窗望着巨大且繁忙的新百合丘站台，身体完全使不出力气，脑子里空荡荡的一片纯白，本能地拒绝思考、拒绝行动，只想把眼睛闭起来继续一个人坐着不被打扰。

　　父亲、母亲、家里的亲戚等等，都遥远得仿佛是存在于另一个被虚构出来的地方，而我对那个地方只有些淡薄的记忆，淡薄到要怀疑其真实性，我就快想不起他们的样子了。这样想着想着，眼前的新百合丘车站也变得陌生起来，听不清内容的广播笼罩着无数我不认识的人，他们穿行在车窗外，看起来如同某部陌生电影里的某个陌生画面。难道这都是我想象出来的？我一定是太困了，我决定继续睡觉。再次闭上眼睛，我想起那个仿佛是被虚构出来的地方，那是北京。

　　上楼后我没有直接回去，先敲了敲隔壁番长家的门，正好他在家。我问他今天怎么过，时间还早，没事的话一起过年吃饭吧。番长毫不犹豫地同意了，说老婆回娘家了，自己正没事干，本来就打算叫上我过春节的，只是不知道我几点下班。我说好，接着又给森君打电话，那时候森君还在加班，不过他说下班后一定过来，就我们三个人过春节好了。定下来之后，我连自己家门都没进就和番长先去车站超市采购了。我们买了牛肉，买了豆腐，又随便买了点蔬菜，当然还有三人份的速冻饺子。拿着东西回到家，番长一个人在厨房忙着做饭，我开了红酒，随便收拾了一下房间，又在电脑里翻出一部周星驰的电影，准备晚饭的时候看。

　　森君过来的时候差不多晚上八点半，那时候番长已经炖好了牛肉豆腐，又拌了几个凉菜，就等他进门煮饺子了。反正时间有的是，吃饺子之前，我们先喝了会儿酒，吃着菜聊天，听森君抱怨他的工作有多无聊，听番长抱怨结了婚就不能在房间里抽烟，听我抱怨找不到好工作，每天累得像条狗。抱怨得多了，看周星

驰电影都笑不出来了。不过说起来，那天我们究竟看的是哪部电影来着，全无印象。

番长几乎不喝酒，森君也不过喝了几口，结果几乎是我一个人喝了大半瓶红酒。等我觉得喝够了也已经很晚了，这才煮了饺子一起吃。虽然还不到夜里十二点，不过能吃上饺子就算过年，意思意思就差不多了。吃完饭我们继续看电影，把电影看完又聊起放炮的事。在这边除了去唐人街以外想买炮基本上不可能，番长提议要不然往楼下扔几个红酒瓶子听个响儿吧？反正有一大堆。借着酒劲我还真想扔来着，不过幸亏有森君这个永远都够理智的家伙在，他劝我们放弃了这个念头。但说起他的理智，其实也分事情。北京开奥运会之前，独自跑到青森去号称保护圣火的事也只有森君干得出来。他真的去了。而我曾经一度认为他是因为工作压力太大自己疯掉了。

接近十二点的时候，我们吃完饺子，看完电影，放弃了扔红酒瓶子，所谓过年就这么结束了。森君说第二天还要上班，所以准备回去睡觉，番长也说困了，于是我们只好散伙。他们离开后，我收拾了厨房刷了碗，把饭桌、椅子之类收起来，坐在电脑前继续喝红酒上网。当我把一瓶都喝完后，考虑了很久要不要再开一瓶，反正家里还有些存货，第二天又正好不用上班，既然是过节，干脆过个彻底好了。于是我又开了一瓶，并且都喝了。随着酒精不断渗入身体、神经、大脑，我仿佛能听见时间流逝所发出的极为细小的嗡嗡声，那之后我到底干了些什么则完全没有印象，不是现在没印象，是因为我喝多断片了。第二天中午醒来，却发现枕头莫名其妙湿了一大片。

春节过后下了几场雨，气温忽高忽低，不过进了二月，渐渐稳定下来。到了二月中旬，有一个对我来说既重要但其实也没什么关系的日子——情人节。不用说，新大久保那间韩国酒吧必然有活

与　在
麻木　清醒
之间

动，而三儿也必然要去演出，夕美也必然会出现，我也必然会去。提前在夕美博客上看到演出公告，我就在那里留言说一定到场，夕美回复说请一定光临，并且保证有她自己手工制作的精美巧克力作礼物。

夕美自己亲手制作的巧克力哦！情人节那天傍晚出发后我坐在车里对三儿说，三儿却只是冷笑着回答我，又不是给尚君一个人的，我也有。于是我马上就萎了。结果也正如三儿所说，关系不错的这些人都收到了夕美的巧克力，无一例外。并且收到后，我没有马上吃，直接放进大衣兜里，等到演出结束后才想起来。那时候已经快到凌晨了，整块巧克力都化在里面。好歹抢救出一大部分还能吃，不过剩下的部分和包装纸混在一起，只好扔掉。

进入三月，我开始忙得一塌糊涂，公司有了新项目，要去给几栋新盖好的大楼刷某种防水涂料。早上七点多就要到现场，并且干到傍晚才能收工，回公司整理整理，每天到家都要晚上九点以后。那些似乎永远也不会结束的重复作业给我带来从未体验过的空虚，自己仿佛被圈进一个空气稀薄的巨大气泡里，被束缚，被软化。挥之不去的绝望感无论是在醒着的时候还是在睡觉的时候总是纠缠住我，差不多三个星期的时间，我如同行尸走肉一般，单纯凭借意念驱使着肉体去做那些单调的无脑工作。再加上体力严重透支，导致那段日子我消沉得厉害，精神状态也持续恶化，只好喝更多的酒来帮助睡眠。既没有时间去看演出，也就不可能再见到夕美，每当我面无表情地站在施工现场的大楼楼顶，看到下面延绵的钢铁森林总是压抑得想要呕吐。唯一让我还能坚持工作的动力就是尽快回家听音乐喝酒，对于那时候的我来说，音乐和酒精成为宣泄感情的仅有的两个出口，在那之外，我感受到的现实生活只有一片荒芜。越来越迷惑的我，不知道有多少次在醉酒的晕眩中一个人躺在床上努力

思考，我到底在做些什么，我做的这些事情有什么意义，我为什么要去做以及我还能坚持多久。不过我从没有得出过什么像样的答案，最后只是更加烦躁地被酒精拖入糟糕的睡眠。当我终于熬过那三个星期，从工作中解放以后，我叫上番长和他老婆在家做了很多菜，想要认真吃上一顿，彻底放松身体和精神，可就在那天，番长老婆说我似乎染上了酒精依存症。

具体来说，我也不知道酒精依存症有什么特殊表现，除了不断喝酒、不停喝酒，甚至用喝酒代替喝水以外，我并没有感觉到任何身体上的变化。但是番长老婆明确表示，说我抽烟的时候手总是在抖，而且抖得很厉害，我自己则从未察觉。我就跟她说可能是因为累的，因为将近一个月的时间没休息好，所以身体太疲劳了。她也没过多反驳我，只能劝我少喝点，说看到我堆在桌子和地上的十几个空酒瓶就觉得好可怕。

等他们离去后，我端着酒瓶坐在椅子里，一边喝酒一边思索番长老婆的话，也许是她想多了，酒精依存症？那是只有电视剧或者电影里才会发生的事情，到目前为止，身边可从未有过这种案例，怎么会发生在我身上？不过看了看堆在家里的酒瓶，我又有点在乎她的话，如果是真的呢？于是我攥着酒瓶平伸出手臂，举起来自己观察了大概两分钟，除了有些不稳以外没什么特别的，也许是因为手里有重物的原因，手臂在持续用力所以看不出来？接着我换了一只手，把拿烟的手自然平放在大腿上，低下头盯着使劲儿看。开始仍然看不出什么，反倒觉得自己很滑稽。不过时间长了，大约五分钟以后，我也渐渐看出自己的手确实在抖，幅度不大，但很明显，虽然还不至于把烟灰抖落。这让我有点害怕，但也许还不太严重，远远没到酒精依存症的程度吧？那岂不是完蛋了？我这样想。

可就在几天之后，我仍然满不在乎地在家继续喝红酒，一边喝

与麻木之间 在清醒

一边听音乐。直到自己不知不觉间又喝多了，完全无理由地站起来在屋里快速地走来走去，然后下意识地举起椅子扔进了壁橱，我这才认识到事态的严重性。好在那天楼下的住户没有投诉，椅子和壁橱也没有损坏。就算不是酒精依存症，这样下去也迟早要把自己毁掉。于是，第二天，我就把家里所有的空酒瓶都清理了，那之后则再也没有买过。

三月末的时候，好久不见的岳程打来电话，说自己搬了家，要不要过来玩会儿。作为一个深度宅男，我几乎从不主动联系别人，即便如此还能有朋友想起我实在是令人感动，于是我马上同意了。问他新家在哪儿，他说在池袋，就在我刚来日本时上过的语言学校附近，我觉得这可以说是某种宿命性的巧合。

按照约定的日期和时间，我坐车到了池袋，走上七年前每天上学的那条路。路上风景没有任何变化，松屋还在，银行还在，加油站还在，语言学校还在，只是路上没碰到中国留学生。经过语言学校门口继续向前走过两条街，就是岳程新家了。找到门牌号，我伸手敲门，开门的竟然是个相当漂亮的外国女人，哈喽！外国女人说。我装作自然又自信地说"哈喽"，其实我英语能力基本接近于零。打过招呼后，直到岳程出现在美国女人身后，乐呵呵地招手让我进去，我才犹豫着在玄关换了鞋。进到屋里后发现外国人不止这个女人，还有五六个分别坐在床上、沙发上，甚至地板上，有男有女，全部说英语。我问岳程这是个什么局，岳程简单解释说只是个一般性质的家庭聚会而已，这些老外都是那个美国女人叫来的，顺便介绍说美国女人叫汉娜，来自……好像是洛杉矶还是纽约，严重摇滚乐中毒，来日本是想做摇滚歌手，会说一点日语，不过基本沟通还是英语。我说那这个汉娜就是你新找的女人喽？岳程马上否定说只是同屋而已，完全是出于俩人分房租比较便宜的考虑。我深表怀疑。

随便找个座位坐下，一时语塞。不懂英语的我不知道该怎么办，手里拿着汉娜递过来的饮料只能不断保持微笑，试着说了句日语，但回答又全是英语，我准备不再开口，真是折磨。不过岳程倒是聊得挺开心，他从哪儿得来的英语能力我不得而知，并且好像和其他外国人都挺熟。记忆中有加拿大人、英国人，还有德国人，反正我既听不出口音也分辨不出来。不过有个德国女人倒是给我留下很深的印象。

那是在岳程看我实在与别人无话可说后，他把我让进自己房间，说要给我听听他最近写的歌。听着听着，那个德国女人也进来一起听。她身高几乎和我一样高，也很粗壮，胳膊上的体毛还是金色的，而且很重。和我说了几句话，看我听不懂就叫岳程翻译，其实她说的话很简单，也就是这歌不错啊之类。但似乎有严重的德国口音，我一个词都没听懂，也不知道岳程是怎么听明白的。之后她打开随身带的背包，掏出一瓶最大容量的可乐，拿起手边的杯子给我和岳程各倒了一杯。我喝过才知道那原来不是单纯的可乐，里面掺杂了大量威士忌。我问她这是什么，她兴奋地说了一大堆，岳程翻译说因为她是来东京旅游的，这里消费太高，所以想喝酒只好随身携带，每天都装一大瓶这样的东西在身上，省酒钱。听后我撇撇嘴对她竖起大拇指，这倒是全世界通用，她看后爽朗地笑起来，并和我握手，然后自己干了一大杯。

晚饭的时候所有人聚在客厅，每人领了一枚盘子，上面装满了原味也就是无味的墨西哥玉米片。另有两种酱摆在桌子中间，牛油果酱和西红柿鸡蛋酱，都是汉娜做的。

简单的晚饭后，大家聚在客厅一起抽烟、喝酒，讲我听不懂的笑话。岳程时不时看我一眼，我只能苦笑着摇摇头，表示既听不

与
在
麻木
之
清醒
间

懂也没什么兴趣。后来他给我使个眼色又把我叫进房间，我们继续听他的新歌。那时候他很迷电子乐，给我讲了好久关于电子乐的知识，可我却对电子乐毫无兴趣，就使劲跟他聊工业电子，这也是我唯一能接受的算是电子乐的东西了，还好岳程对此也并不反感。

聊了会儿音乐，我们聊到现在大家的状态。岳程说自己正在某个设计公司上班，弄些广告设计的活，并且准备叫汉娜一起组乐队，做一种介乎于摇滚和电子乐之间的东西。我还挺感动，这么多年过去了，他还在坚持画画、坚持做音乐，至少理想依然健在。当他问到我最近如何的时候，我只能说现在在一家做房屋清扫的公司干活，每天出去给别人打扫房子，好像小时工，既无理想又没抱负，过一天算一天，根本谈不上过得怎么样，绝望透顶。对此岳程没发表什么评论，也许是没办法评论吧。原来在北京的时候，大家都还过得有声有色，那时候我们刚刚跟摩登天空签了一纸合约，就要打出首张同名专辑，脑子里注满了不现实的兴奋剂，岳程自己则随时准备出国。我们对出国还没什么概念，只是觉得他要去更远的地方冒险了，那一定是比这里更精彩、更刺激的世界。

虽然都还没有实现，不过所有的一切都看起来棒极了。而对比现在的一筹莫展，十年过去了，他无法评论的心情我倒是可以理解，曾经彻夜在望京附近吃烤串、喝啤酒、谈理想谈到天亮，每天混在中央美院听摇滚乐的两个人，现在却羞于开口了。不，是我羞于开口了，羞于谈起过去的时光。对于我来说，岳程如同镜像般的存在，不是我自己的镜像，而是我们这一群人过去的镜像。每次看到他，我总是充满对过去的怀念和向往。

但我看不到未来，自己的未来，从他身上，从这里，从我自己身上……

三十四　暗黑城 Ⅱ

　　自上次与夕美单独约会算起，转眼间已经过去三个多月，随着四月到来，才终于又迎来我与她的第二次单独约会。这期间我们偶尔通电话，她有时候会开玩笑地请我去她工作的店里玩玩，这让我很尴尬。一是因为那些地方消费太高，像我这种角色有点消费不起。另外我很难想象自己会以客人的身份去见夕美，虽然我很想和穿上晚礼服、盘起头发、画上精致晚装的夕美坐在一起聊天，可又能聊些什么呢？那样的气氛总不至于聊工业音乐或者动画啊漫画之类，所以我总是不知道怎么回答。但在那以外的地方，夕美和一般女孩子没什么区别，我们尽可以聊我们都喜欢的话题。只是我不会请她喝酒，因为有次她对我说，那样感觉是在和客人一起约会，会让气氛冷下来。虽然我没去过那些给女人买酒喝的店，但完全理解她的意思。

　　和夕美第二次的暗黑城约会依旧是在新宿，记忆中白天下了雨，有点冷，很不巧夕美还感冒了，我说那完全可以取消约会，让她在家休息。但夕美拒绝了我的提议，说没关系，虽然有点睡眠不足，但也只是普通感冒而已。

　　约会当天我们没有一起吃晚饭，因为白天我要打工，为了节省时间，所以工作结束后各自解决了晚饭，直接约在新大久保夕美家附近，决定走路过去。见面后，我们肩并肩走在夜晚的大久保街

上，差不多晚上九点，又是周末，街上每个开着门的店铺都挤满了人，狭窄的人行道上还不时有自行车通过。我和夕美一边说话一边躲避着行人，不停地被打断，还要跳来跳去地避免被别人碰到。就这么艰难地走了一会儿，夕美提议穿小路过去，我赞成，这样下去连话都没办法好好说。每天来往于新宿和新大久保的夕美对附近很熟悉，跟着她穿过好几片住宅区和铁道桥，具体路线我根本没有头绪，就是现在看着地图我也说不出来。

我问她怎么记住这些路的，换作对新宿并不熟悉的外人，势必会在这些拐来拐去的小路里失去方向。夕美回答说因为经常和客人一起走。她们这行业提供一种可以和客人提前约会的服务，去店里之前要按照客人的要求陪他们逛街、吃饭等，然后才把客人带去店里。于是走得多了，对这一带就很熟悉，因为见面地点每次都不尽相同，所以新宿一带几乎所有的小路她都带客人走过。这也是一种能力，我想，要是把我随便放在新宿某个地方，然后再让我走去某个指定地点，我一定没办法走出这些看起来都差不多的街道。尤其是到了晚上天黑下来，对于我来说，夜晚的新宿就是一座超大型的迷宫主题乐园，包括其周边，一旦盲目闯进来好像永远都不可能凭借一己之力再走出去。而夕美仿佛是这座迷宫里忽隐忽现的引路精灵一般，这里是她的世界，她熟知这里的一切，她也负责把别人带向这里。我只有紧紧跟着她才不会迷失。

拐进歌舞伎町，我和夕美先去附近便利店买了点口香糖之类能打发时间的东西，按照夕美的判断，这么早过来肯定会排队等候入场，要做好等待的准备，感觉上好像去迪士尼乐园。而她的判断完全正确。当我们拐过一个路口远远看到演出地点的广告牌，发现那下面已经排起了相当长的队伍，都是等着入场的。老外好多啊！我说，因为排在队伍里的几乎全是欧美人。是吗？夕美也看了看然后

转向我说，难道尚君不是吗？哈哈哈。对啊，这样说起来，其实我也是个老外啊……我自己倒是忘了，反正中国人和日本人看起来都长得差不多嘛！我强调说。这事让夕美笑了好久。

　　排队的时间里，我和夕美有一搭没一搭讲着最近的生活，没什么重要的，纯属打发时间。后来因为等的时间实在太长，已经过了开场时间，整个队伍却根本没有要向前挪动的意思，于是我们决定暂时离开，干脆找个地方坐下等，开场后直接进去也不会损失什么，反正越到后面演出才越精彩。后来听说是场地里面音响出了问题，所以开场时间被推迟，看来那时我们的选择很正确。

　　离开由欧美人构筑起来的长队，我和夕美走了几分钟，在一处类似街心公园的地方停下，我们并排坐在路边台阶上。虽然夕美自己没说，但我看出她的确是累了。睡眠不足加上感冒，好几次我问她没问题吗，她的回答都是没问题，坚持要进去看演出。

　　相比新宿其他地方，这里显得格外安静，大多数人都穿行在旁边的两条街，没人往这里走，可能是因为这里什么都没有吧，只有几个台阶和一些绿植。不过清净的地方反而显得有点冷。夕美坐在我身边，不时把头放在蜷起来的膝盖上，似乎马上就要睡着了。我独自点上烟，没怎么和她说话，看她很累的样子又很担心她的感冒，便把外套脱下来盖在她身上，夕美没有拒绝。

　　抽着烟看看四周，没什么灯光，垃圾桶之类的小东西都藏在阴影里，不远处传来醉鬼和女人大笑的声音。和夕美坐在这里，坐在喧闹的歌舞伎町中一个没人打扰的地方，我很希望时间能就此停下来，哪怕只停下来一会儿也好。虽然有点冷，但我却感觉很幸福，或者说很放松。很久没有这么放松了，某种安心感，说不好。要怎么对待夕美，我还拿不定主意，毕竟这只是我和她第二次约会，我其实很想抱住她，帮她取暖，但又没那个勇气。而勇气来自于自

信。一无所有的我就算能拥有夕美，却想不出应该如何面对今后可能要面对的诸多问题，毕竟眼下的我对自己都没有信心，何况再加上坐在身边的夕美。能满足于这一刻的安静和放松对我来说已经知足了。当然我不知道夕美是怎么想的，她几乎从不主动表示出什么，也许约我出来这事本身就是一种主动了，可我知道她身边总是有很多男性朋友，不缺我一个，再说看演出这种事情对她来说也许都算不上是约会，对她来说可能这都没什么，是我自己想多了吧？

　　因为这对我来说很重要，尤其是对现在的我来说，这无比重要。我不知道如果没有机会和夕美约会，没有任何可以期待的事情，落魄的自己还能在这个城市坚持多久。每次能和夕美单独见面，我都把她当作是重要的约会对象，带着一百分的谨慎和小心不去冒犯她，不做愚蠢的事情，比如唐突的告白，或者毫无预兆的肢体上的过分接触。看起来这的确有点笨，但是我不敢冒险，我害怕不会再有下一次约会，我不想每天都一个人坐在家里对着电脑发呆。哪怕只是出来散散步、随便走走也好，只要夕美在身边，就是一种救赎，就是一种希望。

　　想着想着，越发悲观起来，我把烟头踩在脚下，深呼吸了几次，不管怎么说，这也是一次重要的约会，还是不要想那些没用的。我转头看看夕美，发现她正看着我。尚君，我们去买点热的喝，好冷！夕美说。好，说完我站起身，夕美也跟着站起来，我们走向来时买口香糖的便利店。

　　买了两罐热咖啡，夕美坐在便利店门口的护栏上一边喝一边抽烟，我站在她对面，漫不经心地喝着自己的咖啡，路灯把我的影子深深映在夕美身边。不远处有个不大的垃圾堆，堆着一些不知道写了什么的废纸和垃圾食品包装盒。

　　"尚君，北京怎么样，生活方便吗？"夕美说。

"哦，对北京感兴趣？还好吧，没有东京方便，不过毕竟是大城市，也还可以。"我说。北京，很模糊的地方，已经想不起什么具体的东西，一个被冠名为"故乡"的地方。

"想离开这里。"夕美手里轻轻捏着咖啡罐慢慢小声说。

"嗯。我也是。"我说。看着夕美有气无力地靠在路灯杆上，我把某些想法生生硬地从脑海中抹去了。

终于等到能进场，我和夕美好不容易才挤到场地最后面。借着闪烁不定的舞台灯光，我看了看演出宣传单，前面已经有一支乐队演过了，目前是第二支乐队在演，没听说过的乐队，朋克和金属的混杂物，除了足够热闹和音量巨大以外没什么特别的。我问夕美这是什么，夕美说她也不知道。

松散地看了十几分钟演出，夕美说去卫生间，我点点头，她便走开了，剩我一个人站在后边。夕美刚去不久，我就目睹了一场并不血腥的单方面斗殴。原因貌似是有个喝醉的中年日本大叔，不小心，不过也许是故意的，摸了一个日本女孩的屁股，而那个女孩是和男朋友或者说男性朋友一起来的，还是个很高很壮的白人。在一片吵闹的音乐声中日本女孩对着大叔骂了几句，之后很明显地去和自己的白人男友投诉，于是那个白人不等大叔解释就一拳打在他的脸上。大叔晃了晃，绝望地抄起手里的啤酒瓶想要去砸那个白人，但被旁边的观众拦住了。结果大叔只是白挨了一拳，那之后也再没反抗，一个人灰溜溜地离开了。整个过程大约持续了十分钟，等所有人的注意力都回到演出上，我又抽了根烟，直到我抽完，夕美还是没回来。我打电话过去，没人接，不停打了好几次都是如此，我开始担心了。

刚才被摸屁股的女孩就站在离我不远的地方，我考虑了几分钟，走过去拍了拍她的肩膀。我解释说女友去卫生间很久了都没出

来，能不能请她进去帮我看一下。那个女孩的心情好像已经恢复了，很痛快地答应下来。看着她进去没一会儿，女孩出来和我说，确实有人在里边，已经说过话了，马上出来，让我不要担心。我跟她道谢。

女孩出来不久，夕美揉着眼睛从卫生间出来，我马上迎过去。她说不小心坐在里面睡着了，对不起。看着她很疲倦的样子，我大声说我们回家吧，我送你回去。不过夕美还是不同意，说在后边地板上坐一下就好，说完自己走到场地后边找了个空地独自坐下了，我也只好跟过去。坐下后夕美抬着头不知道在看什么，我低下身子坐在她身边。音乐声很大，面前不停有人来回走动，在前排观众的阴影中我只能看到他们的腿。夕美抬头看了一会儿漆黑的天花板，也许还有别的什么我不知道，便把头埋在自己膝盖上，我贴在她耳朵边上问她是不是又要睡觉了，她微微点了下头，我伸手摸了摸她的头发。我也不知道自己为什么要这么做，只是突然把手伸了出去，完全下意识的。之后夕美轻轻靠在我身上，在巨大的音乐声中迅速睡着了。大约……三十分钟左右，我们一动不动地坐在地板上，我抽了几根烟，也许是五根，对演出已经完全没有任何兴趣。被吵闹的音乐声和污浊的空气所包围，如果不是有人在面前走动，如果不是烟在面前散开，有几个瞬间我以为时间真的停下来了。

短暂的睡眠过后，夕美摇摇头醒了过来，我在一片光线怪异的暗影里勉强看着她。尚君，我们回去吧，实在太困了，夕美说。我点点头，时间接近午夜两点。跟在夕美后面我们走回街上，夕美依然穿着我的外套，我却感觉不到冷。

凌晨的歌舞伎町挤满了人，稀薄的荷尔蒙的味道弥漫在空气中。依旧是夕美带路，我们穿过几乎没人的小路走去新大久保方向。路上夕美好几次跟我道歉，说因为她的原因没有好好看演出，

我说没关系，以后有的是机会，还是身体最重要。这时候夕美才告诉我，几个小时后她还要去上班，只能尽量睡会儿恢复体力，不然没办法应付白天的工作。我说会有人上午就去花钱找女人喝酒吗？她说有啊，这工作不是只有晚上才开始，有白天的。虽然不是责备的态度，但我还是对夕美表示了很小的不满，早知道这样就不要看演出了，我应该早点回家的。夕美只是笑笑，自那以后我们便不再说什么。在陌生的街道上七拐八拐走过叫不出名字的住宅区和商店街，走过已经关起门不再营业的店铺，我和夕美两个人只是专心走路，奇妙的是竟然一点也不觉得尴尬，耳边只回响着我们走路的声音。偶尔夕美会说，晚上空气很好啊之类的话，我也只是"嗯嗯"地随声附和而已。

回到夕美住处，那时候早班电车还没开出来，夕美叫我上楼，我点头答应。进房间后夕美去卸妆洗澡，我坐在客厅里抽烟看电视。奇怪的深夜剧、电视购物、不断报道世间琐事的新闻，无论哪个都好像和这个世界没什么关系，看起来仿佛是来自其他星球的虚构品。

夕美洗完澡出来，开始坐在不远的地方背对我吹头发，穿着家用的单薄睡衣。那会儿我有点困，不过想了想再过一会儿就有早班电车可以坐，也只有强打精神。坐在夕美后面看着她在那儿努力弄干头发，我不能虚伪地说完全没有和她上床的想法，也许就算我没这么想，其实这本身就是一次邀请也说不定。合适的时间，正确的地点，我和刚洗过澡的夕美，以及我们在凌晨回到这里的毫不牵强的理由，该有的都有了，只差还未发生的经过和想象不出来的结果。不过这想法只是一刹那的事情，首先夕美感冒了，并且明显地严重睡眠不足，再过几小时又要去应付客人。我虽然犹豫过，但心里对这道选择题已经有了答案，就是完全不作

为，等到早班车的时间乖乖回家去。而无论是选对还是选错，交给夕美自己去判断好了。这么想着，我把注意力和视线重新移回到莫名其妙的电视节目上。

一切都收拾完毕，准备睡觉的夕美躺到床上。床就在我身后，我仍旧坐在地板上背靠着床沿，听她在床上掀被子、翻身、按手机的声音，我并没有回头多看一眼。

"看电视没意思吧？"夕美说。

我点点头，随手点上根烟。

"你用遥控器换台，换到能看DVD那里，有张盘在里面，推荐你看。"

"好啊，应该早点告诉我。"说着我拿起遥控器换台，果然显示有能看的DVD。

"是什么？"开始播放片头的时候，我问夕美。

"《秒速五厘米》。"她说。

"《秒速五厘米》是什么？"

"名字啊，尚君知道新海诚吗？"

"新海诚，听说过。声优？"

"是导演。你看吧，很好看。我要睡觉了。"

"好。"我起身关掉房间里的灯，把电视机音量调到最小。混着夕美微弱的呼吸声，我坐在那儿几乎是含着眼泪把《秒速五厘米》看完了，黑暗中只有屏幕发出的光。东京上空的乌鸦，豪德寺的铁道口，破旧的信箱，大海。天蒙蒙亮的时候我歪头看向窗外，对面楼的几扇窗户和杂乱的店铺形同一幅写实主义装饰画，并不时传来真实世界乌鸦的叫声。

到了首班电车时间，我关掉电视机，转身看了看还在熟睡中的夕美。静谧的房间被一层蓝灰色的细小粉尘所笼罩，微弱的光线中

很难看清夕美的脸，有那么几秒钟，我甚至觉得夕美的存在是自己凭空想象出来的。轻轻走到门口，在玄关穿好鞋，开门出去，又极小心地为了不发出声音慢慢关好夕美家的门。我回到街上，目标是新宿车站，现在走过去可以坐小田急线第一班下行列车回町田。

大致确定方向，我迈步走出夕美家的细小街道回到商店街，最后回头看了看夕美家的楼，已经被晨光照亮了很大一片，希望出门时没有吵到她。按照计划的路线我快速穿过几条街，自以为是地朝着新宿站方向前进，结果走了一会儿却错误地来到新大久保站。没有夕美带路果然不行，再加上脑子困得发沉，没注意路上的光景，糊里糊涂的我似乎走了完全相反的方向。没办法直接坐小田急线，这样去新宿需要换一次车，徒增麻烦，不过既然已经走到这里，也只有买票上去。

买好票上了站台，基本上没有人，只有零星几个乘客在站台上打着哈欠。找到一张长椅坐下后我使劲搓了搓脸，远远看着大久保路上高高低低凌乱分布的楼群，分不清哪个是夕美家。等车的时间里我拼命回忆这一夜发生的种种细节，却没什么头绪，纷乱的画面无序地闪烁在脑海里，我实在太困了，完全不能集中精神。至于夕美把我带去她家算不算是一种邀请，也许吧，但毕竟我们之间什么都没发生。既然已经走出夕美家，再怎么琢磨也已经没有意义，随它去好了。仍然记得的，只有夕美在地板上睡去后我伸手摸她头发的那一瞬间，那一瞬间清晰无比地印在脑海里，挥之不去。夕美一定是感觉到了，所以才靠在我身上吧，不然的话……坐在长椅上我险些睡着。算了算了，暂时就这样。我打了个哈欠，站起身，远远望着应该有电车开来的方向，却只看到几只乌鸦的影子匆匆掠过铁道，消失在站台后面。

与 麻木 在 之间 清醒

三十五　梦

　　与夕美第二次约会之后，毫无预兆地工作减少了很多，最长的时候整整一星期我都闲在家里，收入跟着骤减，时间却多得用不完。番长和森君偶尔过来吃饭，三儿他们也不时过来露一面，但与以前不同的是，这些家伙都变得忙起来，平时最闲的就是他们，轮到我有时间，想见他们反倒变得不容易了。

　　因为无所事事，我经常在街上胡乱地走来走去。穿过町田街道走进商店街，再从商店街走回町田街道，好像在急于寻找什么东西，却始终都没认清自己在找什么。有时候干脆只是从小田急线车站走到横滨线车站，然后再急匆匆返回小田急线车站，无意义地穿梭。人群里仿佛隐藏着巨大的秘密，我越是急于去揭开秘密的真相就越是被人群所迷惑，而越是迷惑，就越是想弄清楚迷惑我的究竟是什么。莫名其妙的不安，无的放矢的过剩情感。

　　而那之后的某天，我突然又不想走路了，甚至不想见人，每天坐在家里，双手下垂，对着电脑屏幕不停眨眼。饿了就去便利店买饭团和泡面，有时候也会一个人在深夜里慢慢溜达着去麦当劳，站在柜台前十几分钟却想不出吃什么。再之后我下载了几个做音乐的软件打发时间，刚开始还很认真，不过胡乱编了些想法出来后又全部删掉了，最后则彻底地不再想做任何事。花很多时间用来看窗

外，以及对着天花板发呆。又开始喝酒，但不像以前喝得那么凶，只是晚上才喝一点，再没有独自喝醉过。夜深人静后，我会坐在电脑前只开一盏台灯，闭上眼静静地听，俨然某种发了疯的仪式。并且我对自己说，这样也许能听到时间流走的声音，肯定不是滴答滴答那种，具体什么声音说不好，但只要用心去听就一定能听到，不过试了几次都没有成功。时间流走的那种声音怎么可能听到呢？时间是不是真的在流动着都没人知道吧？也许地球早就不再旋转了也说不定。

五月初做了一个梦，记忆犹新，我梦到自己自杀了。做梦的时候，我好像正在电车里，是刚下班还是刚从哪里玩回来已经忘记，总之是在电车里，靠着椅背我睡着了，之后做了那个梦。梦里的我一个人在家，还是坐在电脑前，跟普通生活没什么两样，可能因为是在梦里吧，对周围事物的印象反而显得更加真实。那些酒瓶子、地毯的颜色、鼠标的形状、窗帘位置等等，全部一模一样，根本没有感觉自己在梦里。坐在电脑前的我正在网上看视频，看着看着渐渐察觉到某种异样，有什么不对劲，又说不好什么不对劲，到底是哪儿出错了，似乎一切正常嘛。过了一会儿，异样的感觉凭空消失，我继续看视频。又看了一会儿，我意识到自己好像听不见声音了，哦？调大电脑音量，还是听不见，我又去拧音箱的音量开关，开到最大情况也没有好转。梦里的我失聪了。镇静，我自言自语，但听不到自己自言自语的声音。再试试，重启电脑试试，也许是电脑坏了，于是我重启电脑，结果还是一样。镇静，我再次对自己自言自语，而下一秒自己却突然出现在某片不知名的沙滩上。

时间可能是正午，太阳悬在天上放出刺激的大片白光，因为实在过于耀眼我有点怀疑那光是不是假的，比如人为的？不管怎么说，一切都亮极了。我把一只手搭在额头上四处环望，沙滩后面是

一排小树林，前面是看不到尽头甚至看不到两侧轮廓的无尽的海。海、沙滩、小树林，再无他物。在观察海的时候，很自然的又很不自然的，我发现自己又能听见了，海浪小心翼翼涌上沙滩的声音，以及风吹过身后小树林发出的略显遥远的沙沙声。被太阳的强光所包围，我感觉很疲惫，不是身体的疲惫，而是好像自己的能量正被慢慢抽离自己身体的疲惫，于是我在沙滩上坐下来。沙子很热，却不烫，很舒服。坐下后我试着思考和确认现在自己所处的环境，东京？不是很像，热海？有点像。说不出是哪儿，也感觉不到方向，似是而非的地方。

坐了一会儿汗流下来，沁到眼睛里，我抬手揉揉，一阵刺痛。微弱的海风带来些许凉意，我起身走向大海。是什么驱动着我这样做已经没有答案，我只是遵循梦中自己的本能，一步步在那片莫须有的沙滩上留下脚印。踏入海水中，温吞吞的感觉传来，没有想象中的那种清爽，看着海浪循环往复地涌向这边又退去，加之头顶上太阳的烤灼，我感到阵阵晕眩，越来越虚弱，并被某种力量推搡着继续迈步走向海水中。当海水淹到胸口的地方，我回头望了望来时的沙滩，恍惚中看到了纯子，在强光的作用下我看不清她的样子，可能是纯子。她面向我这边没有任何动作，只是一味站在那里，我眯起眼睛集中精神想要看清她，她却在一阵强光中消失了。环顾四周，这里依旧只有海、沙滩以及小树林。慢慢转过身，我看着漫到胸口的海水，耳边传来细微的声响。向前走，纯子说。我没有怀疑这声音的出处，继续迈开脚步用力走向更深的地方。

其实那之后我也没有走得更远，在某个地方脚下突然失去支点，我坠向大海的深处。被海水完全淹没后，我感到一丝恐惧，勉强挣扎了几下却使不出力气，力量逐渐丧失，我开始呈自由落体状慢慢下落，很舒服，很温暖。最初的恐惧过后我放松下来，任凭自

己沉入更深的地方。看着头顶上的海面，空无一物，但是渐渐可以看到光的凝结，被海水过滤后的光没有那么强烈。我盯着光源，看到太阳，如同一个巨大的黄色橙子浮在离我很远的天上，不断变得更加清晰，同时也不断变得更小。从橙子大小变为某种纪念硬币大小，又变成五百日元大小，又变成五日元大小，最后终于变成浮在头顶的小光球，闪烁几下便消失了。

光球消失的瞬间我看到某个城市的幻象，漫无边际且凌乱不堪，城市上空中还悬停着一枚巨大的金色齿轮在慢慢旋转。接着幻象消失，黑暗包围住我。我对自己说，这只是个梦，现在结束了。

下一站，町田。下一站，町田。

被车厢内的广播声唤醒，我睁开眼睛望向车窗外，傍晚时分，大片低矮的住宅群后面排列着数不清的高层建筑，更远处是山，无一例外都被夕阳打上橘色的影子。

那天回家后，我洗过澡，吃了几个团子当作晚饭，之后坐在电脑前让自己镇静了一会儿，接着给夕美写了封很长的邮件。在邮件中，我写道，我很喜欢你，我也从很多人口中听了你的很多故事，但我没有机会一一去证实。不过没关系，也许以后我还会听到更多关于你的故事，也许你能自己将它们讲给我，那都是以后的事情。谢谢你几次邀请我一起去看演出，虽然我是个一无所有的家伙，但如果还有机会，请让我回报你一些什么。无论是什么，比如策划文身团的温泉旅行，我会尽力去实现，希望下一次暗黑城的旅行还能有你在我身边。大致就是这样，我没有明确提出要夕美做我女朋友，并不因为什么，只是觉得那样有点土气。

写完信，我犹豫了一会儿，抽了不少烟，最后决定将信发给夕美。那时候还不算很晚，可能是夜里十点左右吧，但我感觉很累，就去睡觉了。半睡半醒之间我想起梦中那个巨大凌乱的城市，那一

定是东京，我想。在我彻底睡着后，悬停在天空中的那枚巨大的金色齿轮终于无声无息地停止了转动。

邮件发给夕美几天后，正在打工午休的时候，我从手机上发现了夕美的回信。内容不长，话说得很暧昧。大概意思是很感谢我喜欢她，也很感动，希望我们能继续一起去看各种演出，也希望能多多见面。总之，没有任何明确的回答，如同我写给她的邮件，也没有任何明确的要求。看过回信我关掉手机，心里莫名地沉重，这根本就是一次没有任何意义的沟通，我没有勇气对夕美提出任何要求，而夕美对我似乎也有所隐瞒，善意的隐瞒，或者是可怜。我没有回信。

到了五月末，有一天我和大飞在MSN上聊天，那次相当严肃的聊天进行了大约十几分钟。大飞首先问我，你在东京还好吗？我说一点也不好。然后他说不好就回来吧，现在北京还挺有意思的。我说想想。他说，你走的时候跟我说的那些梦想实现了吗？我说我早就忘了那些梦想是什么。他又说，既然如此还不如回来，至少回来住还舒服些。我说也许吧，就这样。那天正好赶上我休息，跟大飞聊完后，我就回卧室躺下了，无事可做，也完全没有心情做，所以半睡半醒一直躺到天黑。起床后屋里漆黑一片，我懒得开灯，就借着月光坐在床上抽了几根烟。有点饿，外面很安静。抽完烟我打开台灯，盯着堆在床边的衣服看了一会儿，长长叹了口气，决定动身回北京。

三十六　北京

　　故事接近尾声，其实我也不知道自己到底要讲什么。时间一年一年消逝而去，我却只能站在原地任凭其无声无息地急剧掠过，拼命伸出手去想要挽留些什么，结果却是零，大喊着我在这里、我在这里、我在这里啊！也没人能听见，甚至连我自己也听不见。那些我心里的声音被时间快速扯向自己身后，瞬间化成不为人知的粉末，消失在一筹莫展的青春期里。在日本的七年生活让我变得谨慎、内向、刻薄，甚至冷酷。再这样下去，我不知道自己会成为谁，还能不能保持自我都是问题。现在回过头来看，在那片时光的废墟上屹立不倒的，唯有寂寞所留下的一座虚无的纪念碑而已。

　　当我把自己要回国的消息散出去以后，朋友们反响很大。我先拜托森君，问问他周围有没有新来的留学生，需要家具、电器之类的东西，免费奉送。他立刻就找到一堆人，约好来帮我处理这些我不再需要的东西。然后是番长，在我走之前，他把能找来的家伙全部找来，在我家里最后聚了一次。番长、望月君、三儿、友广、凯宾先生、西爷，有时间来的都来了。我们在一起听音乐，对着瓶子喝红酒、拍照，也算是留下了最后的回忆，三儿还送了我几张日本地下Hip Hop的DVD当作纪念。他们走后，我把需要收拾的东西慢慢收拾了一遍，不要的留下，还要的东西则打包寄回北京。没有联

系纯子，也没有联系夕美，因为我也不知道联系了又能怎样。

临走前一天，我带着随身的背包走到街上，给岳程打了个电话，问能不能过去借住一晚，因为从池袋去机场比较方便。岳程答应下来，让我随时过去。跟他道过谢，我听着音乐坐车去池袋。

那天岳程家里依旧聚了很多人，都是我不认识的家伙。我也没和他们说太多话，一直躺在岳程房间里慢慢喝酒、听音乐。岳程对于我回国这件事没有更多表示什么，好像什么都没发生一样，胡扯着乱七八糟的琐事，我举着酒瓶子就在一旁跟着笑。是不是出来久了，对于自己身在何处这种事已经没有人会在意了？我们这些放弃了家里优厚的条件，跑到国外自己折腾的家伙，对于家的概念恐怕已经改变了不少，有床就是家，其他都可有可无。能睡觉能吃饭就是一天的好生活，至于那之后会飘向哪里，等飘到那里再说吧。

虽然在岳程家无事可做，可我们还是熬到很晚才睡，期间我们聊过什么早就不记得了，喝了很多酒，而真正躺下的时候天已经快亮了。缩在地板上，盖着散发出强烈异味——也许是酒味——的毯子，我眼睁睁看着窗外的天空渐渐改变颜色，眼睛疼得要命却毫无睡意。其他人，包括岳程都已经睡着了，房间里隐隐约约回响着沉重的呼吸声，我却脑袋昏沉沉地睁着眼睛一直躺到出发的时间。为了不吵醒别人，在自己上的闹钟响之前我就把它关掉了，因为不需要。之后悄悄穿好衣服，我拎着背包缓缓走出门，再缓缓将门关好走下楼梯。揣着护照和机票，按照七年前来时的路，经过语言学校大门，穿过银行和加油站，迎着清晨阴晦的天空，我面无表情地走向池袋车站。

一路无语，也没听音乐，我只是一个人默默地来到成田机场，按程序办理托运，然后出关。在候机室里，我对着能望向外边的大玻璃站了好久，心里空荡荡的没有任何想法，在那儿看着眼前起起落落的飞机，我喝了好几罐可乐，直到听见登机广播。最后的最后，我用手机拍了一张映在玻璃里的自己，不过照片上只有一团黑影，根本看不出是谁。算了，就这样吧，我想，之后便登上飞往北京的飞机。还不错，居然是个靠窗的座位。

　　落地到了北京，第一件事就是给大飞打电话，约好了他来接我。走出到达口，我很快就从人群里认出他，没变。简单拥抱了一下，我们拿起行李向外走。我觉得好奇妙，那种感觉，好像站在那里和大飞拥抱的不是自己，而是别人借了自己的身体出现在接机人群中，听觉、触觉、嗅觉一切感官都变得很陌生，我脸上自动浮现出很怀念的表情，双腿也不自主地迈开步子随着大飞一起走。我到底在干什么？难道没有人觉得这很恐怖吗？我这是要走向哪里？偶尔勉强望向别处，只有数千张不认识的脸，我的嘴巴抽搐着紧紧合在一起，干涩得要命。

　　坐上大飞的车，我们加速开向市区。沿途风景似乎有些变化，又似乎没有。上次回国是什么时候？想不起来，但周围这些景物看起来从未如此陌生。闲聊了一会儿，大飞问我，这是哪儿你知道吗？我说三元桥？大飞笑了，说咱们还没进四环呢，我无语。后来他又问我，一块儿吃个饭再回家吧？想吃什么？我想了想，OK，那我们吃卤煮吧。大飞点点头。进入市区后，我偶尔能发现自己熟悉的地方，大多数却已经认不出来了，但我没说出口，仿佛一旦说出口，这些地方就会变得更加陌生，就这样不声张的话至少我还能默默地拼命回忆。当大飞开始减速准备停车的时候，他再一次问我，这是哪儿？我四处看了看，新街口？大飞笑着说这是北新桥，之后靠边停车。我看到旁边一家店的牌子上写着"北新桥卤煮"。

　　吃饭的时间并不长，我们各自点了卤煮和几样凉菜，大飞喝了可乐还是橙汁之类的饮料，我弄了瓶久违的燕京啤酒。聊了什么已

与　在
麻木　清醒
之间

经忘记，我只记得店里很吵，好像所有北京人都聚到这里来了，耳边充斥着北京话，让我总是莫名其妙地想笑出来。

吃过饭我们回到大飞车里，他可以把我送回家。路上我给父亲打了个电话，告诉他我已经到了，这就回去。

"这么晚才到？什么时候回来？"父亲责问道。

"到了有一会儿了，大飞来接的我，我们吃了个卤煮才回去。饿了，别担心。"我一边说一边和正在开车的大飞笑起来。父亲在电话另一端叹了口气。

"你现在在哪里？"

我现在在哪里？

我拿着电话扬起脸，飞快地环视四周。我现在在哪里？我不知道这里是哪里，全然摸不着头脑[1]。

---

[1] 再次向一九九六年版林少华译《挪威的森林》致敬。

终章

　　二〇一一年年末，在距离玛雅人预言世界毁灭的日子还有整整一年的那天中午，我和昕走进东城区民政局空荡荡的结婚登记处，一边隔着玻璃眺望四周胡同里的平房房顶，一边等待工作人员能快点结束午休回来上班。虽然有五级大风在窗外呼啸着掠过东四上空，但登记大厅里却装满了北京冬天特有的温暖阳光，昕不时拿出手机悠闲地对着外边没有云的天空拍照，我则安静地坐在她身边对着窗外发呆。再过一会儿，这里的工作人员就要结束午休返回，并打开我对面的门，而我和昕将走进那里，按照事先计划好的约定在这里登记结婚。

　　初次见到昕，是在二〇一〇年初春，岳程带着自己的乐队来北京愚公移山演出，主唱就是那个叫汉娜的美国女人，新裤子则去做了嘉宾。既然岳程回来了，当时的新裤子便把我也叫去，算是某种怀旧，让我有幸临时充当了一次老东家乐队的鼓手。演出结束后我正要从舞台侧面的台阶下来，昕就在舞台下面和我打了招呼。之前我们虽然也有过几次接触，但单独聊天还是第一次，也就是在那次，我开始特别注意到这个活蹦乱跳的北京丫头。

　　她和我一样生于北京长于北京，小时候每天早上都会看着天空中成群飞过的鸽子去上学，傍晚再回到四合院的家里吃母亲亲手做的炸酱面或是大包子。我们有共同的成长背景，有说起来腔调一样的北京口音，对于独自跑出去七年又回到这个城市的我来说，那种亲近感若不是长久生活在国外恐怕是无法体会的。有了这份亲近感，我们便开始更频繁地出去约会，一起去北海公园划船，一起去我没听说过的陌生电影院看电影，也一起去她喜欢的卤煮店吃卤煮。时间长了，终于有一天，我在傍晚的东二环边上鼓起勇气对她说，我喜欢你，今天晚上你就别回家了。结果昕的脸顿时变红，如同即将落在远处某栋高层住宅楼后面的太阳。之后我们拉起手，共同经历了平凡却欢乐的恋爱时光，直到走进东城区民政局的结婚登记处。

这是新的冒险。

回国后，当我偶尔和日本那边的朋友联系时，我就会给他们看我的结婚照片。当他们也偶尔问起我回国后的现状，我就会对他们说，尚君现在正和妻子还有猫一起生活，已经不再独自一个人喝酒了。

而回到北京后最经常发生的，就是和朋友聊起在日本这七年时间对于我来说意味着什么。刚回国那会儿，我总是嘟嘟囔囔说不清楚，时至今日，回来已经六年的我依旧还是说不清楚。对于现在的我，也就是身处二○一五年的我来说，那是一段好像不曾存在过的时间，过于遥远也过于不真实。躺在自家床上回想起在工地拼命打工的日子，回想起午夜漫步于新宿东口的日子，还有在横滨公园草坪上午睡的日子，仿佛那都是别人的故事。

随着我一点点把这些故事写出来，我才慢慢得以确认原来这些都是真的，光是回忆它们就用去了将近二十二万字，我实在没办法用简单的几句话，就把稍稍带有些哲学味道的所谓"意味着什么"成功叙述出来。能正确把握住其实质并将其转化为语言，对我来说还需要时间。但现在我能说的就是，我已经找到了曾经苦苦追寻却最终分崩离析的安稳生活，找到了我的妻子，也找到了我的猫。再无其他，也不再奢求。

最后，作为一个将自己最好的青春全部献给了东京这座超级城市的普通中年大叔，我想祝福那些还在日本以及其他遥远国度拼命活着的家伙，希望所有人都能找到属于自己的爱情，也找到属于自己的未来。不要在意那些莫须有的孤独和看似无法逾越的困难，那都是你想象出来的，总会有光能照进你的房子，无论那光有多么细小多么微弱，你要做的只是抬起手臂拉开窗帘而已。

当然，除非你很有钱，那就是另一个故事了。

感谢番长、三儿、阿望、森君、夕美、岳程、凯宾先生、一郎、西爷、社长、友广，还有其他没有在这里出现的家伙，你们帮助我度过了那些最艰难的日子，我们是一辈子的朋友。

再见！

二〇一五年七月十八日于北京

与

在

麻木

清醒

之间